长安花

有些不能忘的事、

不能忘的人，

正好活在你的书写里。

扶風傳

西安出版社

吴克敬　著

图书在版编目（CIP）数据

扶风传 / 吴克敬著 . -- 西安 : 西安出版社，2023.9

ISBN 978-7-5541-6941-4

Ⅰ . ①扶… Ⅱ . ①吴… Ⅲ . ①长篇小说—中国—当代

Ⅳ . ① I247.5

中国国家版本馆 CIP 数据核字 (2023) 第 121822 号

扶 风 传

FUFENG ZHUAN

吴克敬 著

出 版 人：屈炳耀

出版统筹：贺勇华

责任编辑：付　洁

印刷统筹：尹　苗

出版发行：西安出版社

社　　址：西安市曲江新区雁南五路 1868 号影视演艺大厦 11 层

电　　话：（029）85253740

邮政编码：710061

印　　刷：西安市建明工贸有限责任公司

开　　本：787mm×1092mm　1/16

印　　张：25.5

字　　数：336 千

版　　次：2023 年 9 月第 1 版

印　　次：2023 年 9 月第 1 次印刷

书　　号：ISBN 978-7-5541-6941-4

定　　价：68.00 元

△　本书如有缺页、误装，请寄回另换。

目

录

【引子】

扶风

我思肥泉，兹之永叹。
思须与漕，我心悠悠。
驾言出游，以写我忧。

——《诗经·邶风·泉水》节选

扫码听诗

直落三千尺，倏然跌进了一眼枯井里一般！从扶风县北的闫西村，我头一次下到县城来，感觉就是这么突兀！

我身怀感慨之情，欲要询问一位知情者了，却好有我热爱的风先生陪伴着我，使我感受得到，他老先生今天的心情不坏，在我需要请教他时，他便以他风所有的能力，柔柔软软地轻拂着我的面颊，让我知觉他还带来了一场润泽人心的雨。因为我有点发烫的脸，蓦然领受到了滴滴雨星，发出滋滋的轻响。立志要做风先生学生的我，既不会躲开那暖人的风，更不会躲开那润心的雨。我满心好奇地风里来，雨里去，奔波在凹于两条河水夹峙的扶风县城里，感受着河的温情，以及城的奇崛。北下的河叫七星河，西来的河叫小漳河，七星河的流水清澈细瘦，小漳河的流水浑浊粗狂。细瘦的七星河流水，在我的眼里如是婀娜多姿的一位女子；粗狂的小漳河流水，在我的眼里如是强悍霸蛮的一个汉子！二者交汇在县城东门口偏南点儿那处地方，让我不能不有所幻想，幻想两条自然的河流，可是一对不离不弃、千万年相亲相爱的夫妻？

风先生发现了我内心的幻想，他出面为我证实说了哩。

风先生说："你的幻想有意思，我赞同你的幻想，夫妻的七星河、小漳河所养育的扶风人，可不就是女子多情缠绵、男子刚烈慷慨的吗？"

风先生说着，就还随口念出《诗经》里关于故乡的一首诗，那首诗的名字叫《泉水》。诗曰：

毖彼泉水，亦流于淇。有怀于卫，靡日不思。娈彼诸姬，聊与之谋。

出宿于沸，饮饯于祢。女子有行，远父母兄弟。问我诸姑，遂及伯姊。

出宿于干，饮饯于言。载脂载辖，还车言迈。遄臻于卫，不瑕有害？

我思肥泉，兹之永叹。思须与漕，我心悠悠。驾言出游，以写我忧。

我听着风先生的吟诵，给他诚惶诚恐地点头了。因为我知晓这首古老的歌谣，出自许穆夫人（前690—？）的手笔。姬姓的她远嫁给许穆公，并身死许国，既是中国文学史上见于记载的第一位女诗人，也是世界文学史上见于记载的第一位女诗人。《诗经》中，署名的诗作非常少，而她一人就被收录了三篇，可谓十分罕见。短短的几行诗句，运用赋法铺写了虚景，从而真挚地表达了她对故国深切的怀念。风先生此刻抑扬顿挫地吟诵这首古老的歌谣，其用意大概就在于此了。我感动风先生的有情有义，以为从历史深处走来的他，晓得我们扶风人，懂得我们扶风人。我们扶风人应该因风先生而开心，而骄傲，而自豪。不过，初来扶风县城的我，还有一些别样的感觉，那就是四围的土崖，壁立着，高高的如一圈流年颓丧的井壁，险恶地向里挤压着，使人不免心生一种无可奈何的恐慌。

恐慌的我在心里自问了："这是扶风县城吗？"

当然还会默默叹息："咋这么小呢？"

默默自问的我，是要检讨我对它的感情了。因为我是扶风人。扶风人之痴爱扶风，那是多么自然的事情呀！仿佛沉淀在血液中的酒曲，越是贮存得久长，越是要发酵，越是发酵便越有劲头。那是不容亵渎、不容玷污、极为纯粹的一种故乡情。

我默默地叹息凹在东西南北几道大原坡根脚的县城，终古都是那么一条斜坡样的小街，前些年拓宽了一回，虽把坑坑洼洼的麻石老街除了去，浇筑成平平展展的混凝土新街，却难改变西高东低的大趋势，更难延长一丝一毫的景象。前有河水拦头，后有大原断尾，小小的县城只能如一只僵卧井下的青蛙，任你百般营养，也是难得发育了。

我埋藏在心里的秘密，又岂能隐瞒得了风先生？他是看出来了，看出我心里藏着的秘密。他知无不言，而又言无不尽地给我说了哩。

风先生说："原地徘徊一千步，抵不住向前迈出一步；心里想上无数次，不如真正地行动一次。这个世界不缺守成者和空想家，缺的是开拓的勇气和实干的精神。不要为内心的犹豫和怯懦所束缚，向前走就会看到美好。"

风先生可是真能说呀，他说罢这一大段话，没歇气地又说上了。

风先生说："心是晴朗的，所见都是阳光；心是善良的，所遇都是好人；心是美丽的，所闻都是欢悦。你就笑着吧，世界跟着你微笑；你就善良吧，生活报答你以善果；你就乐观吧，未来给你的满是希望！"

我被风先生说红了脸，但也坚定了信心，放胆而豪迈地走出我县城北乡的村庄，拥抱我走进来的扶风县城了。在扶风县里安下身，不用别人说，也不要风先生指导，我的眼睛即可真切地看见：古老的扶风县城，还有更多令人惊讶的事情出现……清晨的雾霭，说浓不浓，说淡不淡，像是织女抛向空中的白绸，清清亮亮地飘拂在不能感触的微风里，充盈了县城的角角落落，推之不去，使人顿觉心旷神怡，爽爽朗朗。而我则静静地沉浸在晨雾的洗礼中，蓦然还会听到，西街尽头的豆腐客，伸一伸脖子，便和东街头的菜贩子，站在各自的一端，讨论着当天的定价。其中就有年长的老相识，从自己的后脖领上拔出黄铜的旱烟锅，装上烟叶，又各在街的一端，伸着烟锅碗儿，遥遥地对起火来。一明一灭的火光，在渐渐淡下去的晨雾中显得特别明亮。生意来了，西街头的老者不小心掉了一枚硬币，叮叮咚咚顺坡直下，滚到东街头的老者脚前，老者捡起来，挑在烟锅头上，再送给西街头的老者。

老者是要相互招呼一声两声的。

一个说："小心收好了。"

另一个说："难得你叮咛。"

扶风老县城就是如此狭窄和小巧。但这狭窄和小巧，如同风先生说的，恰是我们扶风老县城的特色哩。由于自然环境的局限，它无法追求大的奢想，便于这小巧中独立于世，粗粗算来，也该有一千八百余岁了。

历史上的扶风县可是以三辅重地之一扬名的，扶风人更是以"扶风豪士"粗犷放达、善骑射、有忠骨而受人敬仰。风先生对此知之甚多，他要给我说，便会如数家珍，滔滔不绝，说个清清楚楚——什么投笔从戎的班超、马革裹尸的马援、平定河北的耿弇、镇守河西的寇恂，这"班马耿寇"四大望族的先贤，永为世人传颂。更有设坛讲经的马融，因他博大精深的经学思想而名垂青史；思夫想夫的苏若兰，因她万般柔肠织造的织锦回文诗而流芳百世。更有古公亶父，率子孙在县北召陈、庄白一带修筑宫室，其遗址历历在目，记史的墙盘、盛酒的折觥，各类青铜器不断出土，一次次震惊考古界，扶风也被誉为"青铜器之乡"。但最令世界震惊的，当属1987年在法门寺地宫出土的金银器了。1981年倾覆的法门寺塔，在中华人民共和国进入盛世之时暴露出来的历史财富，不仅使国人注目，亦令东南亚、日本、印度的佛教信徒欣喜不已。佛祖释迦牟尼的那枚指骨，如漫漫长河中的月亮，照耀着每一位向善者的心灵。翌年，法门寺塔修竣重启，法门寺博物馆建成开放，在四月初八的佛诞日，成千上万信佛不信佛的人赶到法门寺礼佛，争睹佛指舍利的光彩，以及金银、琉璃、秘瓷和绸缎等唐室奉佛钦赠的祭物。其空前盛况，不亚于一千三百年前数次奉迎佛骨进入唐都长安、洛阳的情景。

热闹是大热闹了一回，风光是大风光了一次。扶风人别提有多高兴了。但热闹一过，风光一去，安静地回望我们扶风故地，细思量却总觉有所失似的，心中空空荡荡，不是个滋味。到扶风之外的大地方跑过的人更为浮躁了，眼见得法门寺拓建的几条商业街上店铺林立，所进所出的货物，有哪一种是扶风地产？那些盖不起楼、立不起厦的农民，沿街撑起一顶顶苫布，所卖的煎炒小吃，亦尽是西邻岐山的臊子面、擀面皮，东邻乾县的锅盔、豆腐脑。这些小吃，扶风人日常也做，也吃，而占领市场并扬名省城市府的却没有扶风，这实在是件没有道理的事情。于是，有识者便挖掘出鹿糕馍、油炒粉这种独具扶风特色的小吃，立意要推向市场。苦心孤诣地推了数年，却怎么也推不出个大名声，只好在扶风县的地摊上，垂死地挣扎着。

好强的扶风人又岂甘落伍？风先生用他历史的眼光，看得比俗世中的人要清晰一些，他就天才地说了呢。

风先生说："以是因缘，经百千劫；好坏随缘，不负本心。"

风先生说："行动这件事，从来不需要等到什么好天气好状态，此时此刻就是永远，此时此刻就是一切，成果就在前方，成就永不退缩。"

好像不只我听得见风先生的忠告，智慧的扶风人都听到了风先生的鼓励，大家义无反顾地向着开放繁荣的新世纪行进着……春节回家，看到过去最为落后的北部沿山三乡的变化，我大为感慨。以往的时候，姑娘往南嫁，越往南地越平，生活越富有；现在是姑娘往北嫁了：富裕从来都是决定婚嫁的基本条件。天度、南阳、黄堆这三乡，早些年开始栽种苹果树、梨树，以及桃、杏、李子等杂果树，不仅村民收入增加了，气候环境也大为改善。阳春三月，一级一级的台田上，这里一片粉白梨花，那里一片粉红桃花，染得田野流彩溢翠，芬芳醉人。听说元宵节时，北三乡组织起的社火队，有近百辆装扮一新的彩车，扯旗放炮、敲锣打鼓地下县城耍了一通。喧天的锣鼓，震天的炮仗，把个小小的县城大轰动了。

那是一种张扬，更是一种鼓励……扶风的明天要变个样了呢。

的确是变了样，从凹在小漳河与七星河谷里的深沟，轰轰烈烈地往北原规划起了一座新县城。新的县城如古周原新生的美女壮汉一般，栉风沐雨，迅速地成长着，一日是一日的模样，一天是一天的成长。几年的光景，楼宇林立，街衢纵横，新的小学与中学，新的西医院与中医院，新的图书馆与体育馆，新的公园与广场，别说我的一双眼睛数不清楚、看不明澈了，便是风先生，也被乱花迷了眼睛。

风先生倒是客观，摇头晃脑地说，新城的发展日新月异，是不可限量的呢。但无论如何发展，新城都离不开老城，老城是根，根深才能枝繁，才能叶茂，新城是老城的新枝和新叶，双城共存共荣，双城蒸蒸日上。

风先生如此说来，把我前些日子新作的一篇《扶风赋》，歌风般诵念起来了。

赋曰：

　　扶风古郡地圣，始兴于汉，大盛于唐。扶助京师，以行风化。起暮连旦，蔚为典范。足登渭河，头枕乔山。肩毗乾永，手携岐武。土肥壤厚，天道自然。

　　扶风古邑地神，雄才辈出，名闻华夏。伐纣兴周，太公赤胆。佛入美阳，帝临周原。宝塔摩天，莲灯传奇。班马耿窦，文武双全。青铜故乡，史海昭然。

　　扶风古原地盛，草碧天蓝，地覆天翻。老城旧貌新颜，新城一派肇端。村野粮丰果鲜，城镇商贸荣繁。臊子面香，鹿糕馍酥。宾朋纷涌，扶风欣然。

那只神奇的大脚印

【传一】

诞弥厥月，先生如达。

不坼不副，无菑无害，以赫厥灵。

上帝不宁，不康禋祀，居然生子。

——《诗经·大雅·生民》节选

　　结识风先生，与他为友，不知是我的幸运，还是不幸？我糊涂着，却又心悦诚服地跟随着他，像是受降了的俘虏一般，亦步亦趋，不离不弃。

　　春天来了，花儿开了，碧蓝的天上云淡风轻，尊敬的风先生约上我，向渭河边上的揉谷来了。风先生给我说，他要带我寻找远古时的一只大脚印……生于古周原、长于古周原的我，历经磨难、年逾古稀而能被风先生俘虏，听命于他，有时是快乐的，而有时却心惊肉跳，生怕被他嫌弃，更怕被他唾弃。风先生这个人太有个性了，他喜怒无常，是难以捉摸的，总是来去无迹、动息无形。我所以被他俘虏，是因为历史上那些一时豪杰与千古风流的人物，大都仰赖着风的力量，或扶风而起，或乘风而上，他们是我的榜样。我苦心于文字的锤炼，虽不敢有"文章千古事"的大志气，却屡受"文章憎命达"的小苦难，私心扶风有为，便潜心在自立的扶风堂里，满怀深情地赞美风，以为风是美酒，风是力量，风是万物的灵魂，风是万类的精神，风自《诗经》里走来，"风之""雅之""颂之"，风当仁不让的是为华夏万千文字的长子，风凭借天力，轻拂林花花乱影，劲吹山鸟鸟分声。

　　无所不知的风先生啊！无所不能的风先生啊！

　　风先生引领后学的我，在扶风县所在的古周原上，一路下到渭河边上来，寻觅那只神奇的大脚印，我们找得到吗？

　　不过找不找得到又有什么要紧的呢，我有风先生引领，听他老人家给我述说那些远古的故事，我就很满足了。可不是吗，追随着风先生，我从一面仿佛古城墙般耸立云天的原坡上，踉踉跄跄地下到原跟脚来，不等我开口向风先生询问关于那只大脚印的事，他就先给我说起了大脚印所在的这片土地何以起名揉谷的往事。其中居然牵连着复兴汉室的刘秀，仔细地听来，竟那么有趣。

风先生像当时在现场似的，把每一个细节都观察得极细致。他在我的面前，很是率性地轻拂了一下他的衣袖，这就当即把我连同他一起带入东汉初年的那一日。

那一日风和日丽，传说征战数年的刘秀，在洛阳皇宫的龙椅上安顿好他高贵的屁股后，颁发出的第一道诏命，就是派出一定规模的迎驾团队，去到他的故乡迎接他的生身母亲，入京来享受繁华了。儿子的成就，与母亲共享，也许才最有意义。黄袍加身的刘秀那在乡间的母亲，做梦般地被她的皇帝儿子派来的人扶上一辆豪华的"轿车"，风尘仆仆，一路前行，走到姜嫄氏当年踩了巨人脚印的地方时，蓦然就有了某种神异的感应，她老人家觉得内急，这便喝令轿夫，停轿解手了。路边没有现成的茅厕，贵为皇帝母亲的她老人家，很好地保留着乡村生活的习惯，因此也不见怪，自己个儿下轿来，一溜风钻进一边的谷子地里，蹲下身子，哗哗啦啦地一通泼洒，身心因之轻快起来，昏花的眼睛也好使了许多。她很容易地发现，即将成熟的谷穗儿，也许因为太过饱满，也许因为见着了身份尊贵的她，全都恭而敬之，低垂下沉甸甸的头颅，混迹在壮实的谷子秆儿之间，不敢面见她。但有那么一穗谷子，调皮得可以，竟然不知羞臊，还就颤颤巍巍像只有灵性的小兽，绒绒地偎进了她老人家的手里，使得她的双手顿然痒痒起来，便顺手逮住那穗谷子，习惯性地揉了揉，给这片土地揉出了个"揉谷"的地名。

老人家喜欢上了她"揉谷"的这个地方，就还下榻在这里，住了一天一夜。而她落轿停歇的地方，与"揉谷"姊妹似的，双生相望，兴起了一个名为"安驾"的村落。

　　风先生拉出刘秀的老娘来说事，我就顺着他的话头，问了他一个问题。

　　我问风先生："看你说得跟真的一样，当时你亲眼见了吗？"

　　风先生是个有脾气的人哩。他听我这么问他，愠怒地瞥了我一眼，把我吓得不轻，正想着要挨他老人家一顿嚎叫了呢！然而却没有。因为风先生从我问他问题的脸上，看出了我问他的话没有一点恶意，便强忍着我对他的不恭不敬，转换了一下脸色，盯着我看了一小会儿，竟还把他看得扑哧一乐，回答我提出来的问题了。

　　风先生说："你不能怀疑我。当然我也不能太霸道。"

　　风先生说："那你说吧，揉谷的名字还有别的说道吗？"

　　我没有客气，给风先生还嘴："当然有了！"

　　我如此坚定地说来，倒把风先生给唬住了。被我唬住的风先生，把他如风似的巴掌按在自己的脑门上，轻轻地拂来抹去，抚摸了片刻，便如梦方醒般，使劲地一巴掌拍在额头上，给我说他想起来了，确实有个另外的传说。我乐见风先生这种虚怀若谷、知错就改的态度，便朝他嬉皮笑脸地乐了乐，把我所知晓的另一个关于"揉谷"地名的传说，与风先生言语交流了。

　　我说："我知晓的这个传说，也与刘秀关系密切，是他成就复兴汉室梦想的过程中一个非常好玩的小插曲。"

　　这一好玩的小插曲在我的记忆里印象太深刻了。有那么一段时间，我在古城西安的一家纸质媒体主持工作，应一位朋友的邀约，赶在个双休日，与他一起去他的家乡终南山采风。随行请来的一位民俗学家，引导我们去到黑河的深处，拜访那里的一棵古玉兰树及一座山巅上的殷娘娘庙。那棵玉兰树千岁有余，独木占地近三亩之广。我们去的日子，正值玉兰花盛开的时候，远远看去，满树如雪似霜般的白，不见一枝一叶的绿，既清雅，又圣洁。我们走近了才发现，这棵千年玉兰树的树身上，居然有两根碗口粗的树股，齐茬儿断落在树根下。站在花香扑鼻的玉兰树跟前，民俗学家把县志上有关玉兰树的记述，绘声绘色地给我们讲解着，而我却没太听进耳朵里，只是目不转睛地注视着玉兰树上的断茬儿和断在玉兰树下的树股，两相断裂的地方，白晃晃刺人眼目。我为此不仅惋惜，而且痛伤，想那两根断了的树股，如是我的双臂一般，我感觉到了我的肉疼，甚至心疼……我疼痛得是要询问个原委了呢。然而我张着嘴，因为疼痛竟然说不出话来，倒是善解人意的风先生不计前嫌，插话进来给我解围了哩。

风先生说："人老成妖，树老成精。"

风先生说："这棵千年的玉兰树，是已老成这一片山地百姓的守护神了！"

风先生说出口的两句话，使陪同我的朋友和那位民俗学家不禁都恍惚起来。他们自幼生长在这里，知晓这里的两户人家，就在去年深冬时节，不知什么缘故，竟然都悲惨地断了根脉……我的朋友和民俗学家不想大家的情绪受影响，就没有说那不快活的事，而是仰起头，看向玉兰树的主干，只见上面新生出了三根碧翠的枝股，于是就很高兴地指给我看了。民俗学家比我的朋友嘴快，他抢先说了，说是玉兰树上一年能发几股新枝，春来的日子，他们这里的人家就会添丁加口几个新生的娃娃。他说的话，不仅被我的朋友证实着，同时还被风先生证实着，他俩你一言我一语，都说新春的那一天即有一家人添了新丁，还有两户人家的妇人大肚子怀着娃娃，过不了多久，村子里是还会添丁加口两个新生儿哩。

我的朋友和风先生说着，就还给我透露了两个好事情，说是新春得子的那户人家，今日招呼来邻里亲朋，给他们的小娃娃做百岁哩。

山里人的话说得好哇，为了庆贺新生小娃娃的百日，而把它当作百岁过，怎么说都是个吉祥的好彩头……在这里采风的我，中午被热情的这户人家请上了他家小娃娃的百岁宴。我们大快朵颐地饱餐了一顿，然后给人家的百岁小娃娃拴上我们用红色大额人民币折叠的"百岁花儿"，没再逗留，即从他们家退出来，去了计划中的殷娘娘庙。巧是不巧，我们参拜的这位殷氏娘娘，不仅牵连上了"揉谷"的地名，还牵连上了姜嫄氏踩过的大脚印。

立志复兴汉室的刘秀，几经成败，在与篡汉王莽的一场争战中败走黑河河谷，往秦岭深山里躲避来了。

孤身一人的刘秀，逃跑得精疲力竭；而尾随他的追兵，旌旗猎猎，人叫马嘶。饥饿加上疲劳，刘秀几乎都要绝望了。情急之中，他看见黑河边上有一户人家，便跌跌撞撞地扑进去，眼见一个豆蔻年华的山里姑娘，正在灶房里烧火打搅团（一种民间吃食）。姑娘被突然闯进的刘秀惊得站了起来，她手里拿着一根燃烧着的火棍，慌张得如一只山野里的兔子，睁着圆溜溜的一双眼睛，查视着刘秀，摇晃着手里的火棍，有种随时戳向刘秀的架势……刘秀说话了，他叫姑娘别怕，说他是刘秀，王莽篡夺刘汉江山，他是刘姓后人，是要从王莽手里夺回汉家江山，自个儿坐龙庭的。他还说，眼下他有难在身，只要姑娘帮他躲过眼前的大难，他就封姑娘作娘娘！刘秀的话，说得姑娘把她手里的火棍塞进了灶眼里。透过洞开的窗门，听到追兵的马嘶声，看到追兵高举的旌旗，她二话没说，拿出父亲的破衣裳给刘秀换上，并把刘秀华彩的衣裳塞进灶眼里烧成灰，让刘秀穿得破破烂烂地蹲在灶火窝，给灶眼里添柴火；她则不慌不忙，手握木勺，有条不紊地继续打着她锅里嘭嘭冒着气泡的搅团。

追兵撵来了。他们不会放过这一户炊烟缭绕的山里人家，他们闯了进来，手指灶火窝里的刘秀，问姑娘了。

追兵问："他是什么人？"

姑娘答："我的男人。"

追兵问："你还见过一个男人吗？"

姑娘答："见过。"

追兵问："那男人呢？"

姑娘答："沿着河道往里跑去了。"

在一群如狼似虎的追兵面前，殷姑娘一点都不羞惧，面对追兵的问话，不露一丝破绽。特别是在追兵揪住烧火的刘秀，把尖利的刀子抵在刘秀的脖子下，大有血刃刘秀的架势之时，姑娘家奋勇地钻进追兵与刘秀的中间，用身体隔开他们，给追兵很是自然地说了，她说她的男人自小就不会说话，哑巴着哩。她就这么巧妙地掩饰着骗走了追兵……那个时候的刘秀，不知是真的害了怕，还是假装害了怕，总之他浑身颤抖着，像是筛糠的筛子一般。躲过这几乎无法躲过的一灾，刘秀平心静气地留在姑娘的家里。在姑娘的服侍下，刘秀热烫烫地吃了一肚子的搅团，不仅填饱了肚皮，还来了精神。临别时，刘秀问了姑娘的姓名。姑娘说了，要他记着秦岭山里有棵大玉兰树，玉兰树边有户殷姓的人家，他吃了殷姓人家姑娘的搅团。

刘秀没有问出姑娘的名字，但问出了姑娘的姓，他便金口玉言，给殷姑娘许诺了呢。

刘秀说："日后你就跟着我，做我的娘娘吧！"

刘秀说："你在家好生等着，等我坐了龙庭，我立即差人用八抬大轿抬你入宫。"

刘秀没有食言，他坐了龙庭后，还真就差人来接终南山里的殷姑娘了。而要做刘秀娘娘的殷姑娘，从她居住的终南山里，山长水远，山道弯弯，被抬在轿子里走到了姜嫄氏踩了巨人大脚印的地方。也许是殷姑娘这时内急了，也许是那片谷子地太诱人了，被众人前呼后拥着的她，从明黄色的八抬大轿里传话出来，要抬轿的轿夫落下轿子，她要方便了。服侍着她的宫女们，揭开亮黄色的轿帘，扶着殷娘娘下轿来，走到一边的谷子地里。

她解下裤带，蹲下身子，解除她肚腹里汹涌着的秽物……恰在这时，对于农事颇为熟悉的她，很自然地看见了低垂着脑袋的谷穗儿。沉甸甸的谷穗穗，压着细瘦的谷秆儿，掩藏在了谷丛里，被蹲下身子的殷娘娘看得一清二楚。终南山里的殷姑娘，现如今的殷娘娘，什么时候都敏感着农事的丰歉，她爱那金黄色的谷穗，就如爱她那还未盘起的大辫子一样。她捉住身边的一穗谷子，和她的大辫子比了比，她笑了，笑着把拿在手里的谷穗穗，在她合起来的两只手掌心里，稔熟地揉了起来。

刘秀的殷娘娘在这里揉了一下谷穗穗，姜嫄氏踩过巨人脚印的地方就被当地人叫成了"揉谷"；而她安了会儿轿驾的地方，就也被叫作了"安驾"。

揉谷，安驾……安驾，揉谷。一样的名称，两样的传说，哪一个是真？哪一个是假？我是糊涂了呢。我不敢妄自论说，因此就"甩锅"给风先生，向他求教，任凭他来说了呢。可我却把风先生给弄丢了，一时之间，我转着圈子寻找风先生，但就是找他不见。心有疑惑的我，以为是自己的莽撞把风先生得罪了，就热乎乎地呼唤了风先生几声，我的呼唤融入无处不在的风声里，显得那么细小。我得不到风先生的回应，就在这个名为"揉谷"和"安驾"的地方，寻找起姜嫄氏当年踩过的那只巨人的大脚印了。

天朗气清，日丽风和，我漫步在乡间的阡陌上，放眼看去，平畴沃野，勤劳的庄稼人把他们赖以生存的土地耕种得仔细极了。

阡陌的一边，是已经起身摇旗的麦苗儿，而另一边，则是黄花初绽的油菜地。我置身其间，想象着我要紧紧依靠的风先生，知晓他有跨越季节的能力，懂得祖先开辟出来的这片土地是没有闲月的。要过冬了，就种植上过冬的麦子、油菜；而夏季来时，就种植上玉米、高粱……

过去的日子，无论麦子、油菜，无论玉米、高粱，可都是锅头上吃用的哩。但现在不一样了，与这里相近的西北农林科技大学，是会把他们的科研成果拿来这里试验种植的哩。对耕种事宜颇多兴趣的风先生，在我找不见他的时候，就是被这绿油油、金灿灿的庄稼所迷醉，如风般漫游进麦子地、油菜地，吹拂着碧绿的麦子和金黄的油菜，让麦子地如是波浪涌动的海洋一般，起起伏伏，不见尽头；而金黄色的油菜地，如是泼彩的巨幅画卷，香溢天际！

哦！我看见风先生了，他没有怪罪我刚才对他的轻慢，不然的话，我又怎么能与他撞个满怀？

撞进风先生怀里的我，死死地拉住他的手，不再丢开。我向从历史深处走来的风先生，放胆询问曾经刻印在这片土地上的那只远古时的大脚印了……多么神奇的一只大脚印，它究竟在哪儿呢？满眼都是无边无际的麦子地、无边无际的油菜地，我看不见那只传说中的大脚印。风先生看得见吗？也许他看得见，也许他像我一样，亦是看不见的。我的这点小心思，瞒不住风先生的慧眼，他瞥了我一眼，即不无责备地告诫了。

风先生说："意识世界在人的眼里，应该是个复杂的存在，唯有心甘情愿地融入，消除自设的各种界限，深入地查看细节，并观看整体，如是风景，既要走得进去，还要走得出来才好。"

担心我不能听懂他的说教，风先生就以水为例，给我进一步地说了。

风先生说："水不只是液态的，还可能是固态、气态的。意识也是这个样子，可以'固化'为某种物质，还可以'液化'成有思想的灵魂，甚或是'气化'成无形的精神。"

风先生这一通说教，我似乎听明白了些什么，却又觉得什么都没明白。糊涂着的我是这样想了呢，作为人怎么可能事事明白呢？如能处在一种似乎明白而又不甚明白的状态，才是正常的呢。因为人的面前，有太多太多的未知依然难以明了，而有待于分解与辨析。我努力地消化着风先生的说教，他自己则又以风的姿态环绕着我，轻声细语地吟诵起了一首远古时的歌谣：

> 厥初生民，时维姜嫄。生民如何？克禋克祀，以弗无子。履帝武敏歆，攸介攸止。载震载夙，载生载育，时维后稷。

> 诞弥厥月，先生如达。不坼不副，无菑无害，以赫厥灵。上帝不宁，不康禋祀，居然生子。

> 诞寘之隘巷，牛羊腓字之。诞寘之平林，会伐平林。诞寘之寒冰，鸟覆翼之。鸟乃去矣，后稷呱矣。实覃实讦，厥声载路。

> 诞实匍匐，克岐克嶷，以就口食。蓺之荏菽，荏菽旆旆。禾役穟穟，麻麦幪幪，瓜瓞唪唪。

> 诞后稷之穑，有相之道。茀厥丰草，种之黄茂。实方实苞，实种实褎。实发实秀，实坚实好。实颖实栗，即有邰家室。

> 诞降嘉种，维秬维秠，维穈维芑。恒之秬秠，是获是亩。恒之穈芑，是任是负，以归肇祀。

> 诞我祀如何？或舂或揄，或簸或蹂。释之叟叟，烝之浮浮。载谋载惟，取萧祭脂。取羝以軷，载燔载烈，以兴嗣岁。

> 卬盛于豆，于豆于登，其香始升。上帝居歆，胡臭亶时。后稷肇祀，庶无罪悔，以迄于今。

我听清楚了，风先生吟诵的不就是《诗经·生民》的句子吗？

对古文略知那么点儿的我，在风先生吟诵之时，即给自己做了同步翻译，知晓原诗是说：当初先民生下来，是因姜嫄能产子。如何生下先民来？祷告神灵祭天帝，祈求生子免无嗣。踩着上帝拇指印，神灵佑护总吉利。胎儿时动时静，一朝生养下来，健康地成长为人，他就是我们敬仰的先祖后稷。

哦！那只神奇的大脚印，原来是伟大的造物主给予人世的种子哩。

既如此，一切就都好说了。我们周人的始祖姜嫄氏受孕后，怀胎十月产期满，头胎分娩很顺当。产门不破也不裂，安全无患体健康，已然显出大灵光。上帝心中告安慰，全心全意来祭享，庆幸果然生儿郎。新生婴儿弃小巷，牛羊爱护来喂养。再将婴儿扔林中，遇上樵夫被救起。又置婴儿寒冰上，大鸟暖他覆翅翼。大鸟终于飞去了，后稷这才哇哇啼。哭声又长又洪亮，声满道路强有力。后稷很会四处爬，又懂事来又聪明，觅食吃饱有本领。不久就能种大豆，大豆一片苗壮生。种了禾粟嫩苗青，麻麦长得多旺盛，瓜儿累累果实成。后稷耕田又种地，辨明土质有法道。茂密杂草全除去，挑选嘉禾播种好。不久吐芽出新苗，禾苗细细往上冒，拔节抽穗又结实，谷粒饱满质量高。禾穗沉沉收成好，颐养家室是个宝。上天关怀赐良种，秬子秠子既都见，红米白米也都全。秬子秠子遍地生，收割堆垛忙得欢。红米白米遍地生，扛着背着运仓满，忙完农活祭祖先。祭祀先祖怎个样？有舂谷也有舀米，有簸糠也有筛糠。沙沙淘米声音闹，蒸饭喷香热气扬。筹备祭祀来谋划，香蒿牛脂燃芬芳。大肥公羊剥了皮，又烧又烤供神享，祈求来年更丰穰。祭品装在碗盘中，木碗瓦盆派用场，香气升腾满厅堂。上帝因此来受享，饭菜滋味实在香。后稷始创祭享礼，祈神佑护祸莫降，至今仍是这个样。

拙劣如我，如此释译风先生吟诵着的《诗经·生民》，可能是要被识家耻笑的呢。

好在我这人脸皮子厚，不甚惧怕别人的耻笑。而且是每被人耻笑一回，我都会有新的见识，还会有新的认识，来弥补我的缺失与不足。可不是吗，《史纪·周本纪》中就有详细的记载："周后稷，名弃。其母有邰氏女，曰姜嫄。姜嫄为帝喾元妃。姜嫄出野，见巨人迹，心忻然说，欲践之，践之而身动如孕者。居期而生子，以为不祥，弃之隘巷，马牛过者皆辟不践；

徙置之林中，适会山林多人，迁之；而弃渠中冰上，飞鸟以其翼覆荐之。姜嫄以为神，遂收养长之。初欲弃之，因名曰弃。"

都说重男轻女，《诗经·生民》与《史记·周本纪》所歌颂、所记述的，全然不是那个样子。我们的先祖，似乎还有点儿"女性至上"的倾向，落生一个那么优秀的男孩子，竟然弃之于野，想想也是够悲伤的哩。

野合而生的后稷呀，更悲伤的还不是他被弃于野，而是他有母无父。

近代社会有一段时间，最忌讳的是野合生子。用现在的话来说，文明点儿称之为"非婚生子"，粗俗点儿就叫"私生子"。造成这一结果的原因可能多种多样，其中最不堪的，即是犯罪学上所说的"强奸"了。女性因强奸而受孕生子，可是太坚强、太令人敬佩了！而使人更加敬佩的是，"私生子"大都十分聪灵，成长起来后，一般都会有常人难以企及的大作为、大成就。

那或许是因为他人看他的眼光，怜悯或者鄙视，轻蔑或者歧视，使有此生育背景的人特别的自尊、特别的自重、特别的自爱、特别的自信，从而激发出了特别的潜力。

教民稼穑的后稷，姜嫄氏野合而生的儿子，会不会就是那样一种情形呢？今天的人不好说，我自然也就不好说了。不过我有形影不离的风先生做伴，向他老人家请教倒不失是一个好方法。我没有犹豫，把内心的想法说给风先生听了，但我不仅没有得到风先生的回答，而且还迎面遭受到他一阵冷风般的抽打。我的脸被抽打得疼了，抽打得红了，还伴生着一种说不清的瘙痒……尊敬的风先生大概是惩罚我了呢！

风先生能够原谅我的无知，但绝不会原谅我的无耻。我捂着被风先生惩罚过的又疼又红又瘙痒的脸，低下头来，面对我脚下的土地，似乎有所醒悟：华夏民族的后来人，可不都托生于那只神奇的大脚印吗？

感慨间，风先生俘虏了我的身体，竟还揪住我的意识，使我依偎着他，亦如风似的走进当年姜嫄氏走过的那只大脚印上。看见了还是个小姑娘的姜嫄氏，无羁无绊，野气而又美艳，爽利而又放浪，她在那个春暖花开的日子里，如同一只灵巧的小鹿，臂弯上挎着个藤编的篮子，走出家门，窜跃在阡陌纵横的原野上。她的眼前有一株荠荠菜，或是一株麦禾瓶、一株刺荆芽等其他可以果腹的野菜，她就撺上去，小心地把它掐在手里，轻轻地摔掉上面沾染着的杂草，投进藤编的篮子里……星星般闪烁的一簇迎春花吸引了姜嫄氏的眼睛，她欢快地扑向那簇迎春花，折下最为繁密的一枝，贴着她的耳鬓，插在了她的乌发里！

美到极致、爱到极致的姜嫄氏，沐浴着习习的春风，享受着暖暖的春阳，她不会老去，她永远青春靓丽。

后来传说中"揉谷"的刘秀母亲，或是刘秀的殷娘娘，她们高贵而又质朴，她们如姜嫄氏一样灵动秀美。

【传二】

黍与稷

彼黍离离，彼稷之苗。行迈靡靡，中心摇摇。
知我者，谓我心忧；不知我者，谓我何求。
悠悠苍天，此何人哉？

——《诗经·王风·黍离》节选

"民以食为天！"

风先生看见我在电脑上敲出"后稷"两个字，就热烘烘地趴在我的耳朵边，热辣辣地给我说了那五个字。他为了证实自己说得有理有据，就还拉出司马迁来，说是他在《史记·郦生陆贾列传》中讲得非常清楚：秦朝末年灾荒不断，加之秦二世的暴政，使得民不聊生。天下群雄奋起反抗，有个叫郦食其的人去见刘邦，发现刘邦是个很没礼貌的人，就当面批评了他。刘邦当时正在洗脚，听了郦食其的批评，便起身不洗脚了，恭恭敬敬地把郦食其请到上位……郦食其给了刘邦许多有益的建议，当刘邦与项羽相争在荥阳、成皋一带，刘邦有点儿招架不住项羽的攻势，产生后撤他处的想法时，郦食其及时给他进言，说是作为成就统一大业的王者，是以平民百姓为天的，而平民百姓又以粮食为天。

风先生咬着耳朵对我说的话，使我意识里的后稷蓦然升格成了神！

在中国农业发展史上，后稷是当之无愧的谷神。我如此想来时，风先生是开心的，他还与时俱进地给我说起了"杂交水稻之父"袁隆平，说他也堪称谷神哩！年代相差数千年的两位谷神，所作所为，都为了使老百姓吃得饱。我完全赞成风先生的观点，但我还是要把后稷与袁隆平区别来看呢。袁隆平的"杂交水稻"，根植于中国农业发展的基础之上，他有许多可资借鉴的经验；然而后稷呢，他有吗？他什么都没有，他只是母亲姜嫄氏野合了巨人的脚印后生下的孩子。

后稷生得憋屈，长得苦难。便是成了谷神，他所面对的，不仅有十分严峻的生命权问题，还有更为严峻的生存权问题。

那就是吃什么？以何果腹？可能的途径就是茹毛饮血了。那个时候，谁的基本生活状态又不是这样的呢？有母无父的后稷，野合而生，生母姜嫄氏似乎并不怎么喜欢他，因此他一次次被生母所弃。他最先被弃于小巷子里，想不到有牛羊撵来，用牛乳、羊乳喂食他；不怎么喜欢他的姜嫄氏，就把他抱着扔到村外的树林里去，结果有伐木的人救助他；姜嫄氏没了奈何，干脆把他抱着抛弃在冰河上，然而自有翱翔天空的飞鸟俯冲下来，展开翅羽，关怀他，温暖他……儿子是母亲身上掉下来的一块肉，他的生母姜嫄氏，到这时还能弃他不管吗？当然不能了。他有了母亲的怀抱，有了母亲给他起的名字——弃。

风先生对此自有说道，后稷的生母姜嫄氏，没有掩盖她作为母亲的过错，用一个"弃"字，既给了儿子以名讳，亦给了自己以罪罚。

古周原上的人家，但凡家里添丁加口，无一例外，都要在满月之时大操大办，给家里新添的丁口举办一场颇具规模的满月宴，不如此，不足以表达对儿孙的爱。对此，风先生不说我亦知晓，因为我就参与了许多小孩子满月宴的吃喝，年龄大了点，就还常被举办孩儿满月宴的父母请来，当众为满月儿说些祝福的话。我能说什么呢？《诗经》里的一些句子，此时就会涌上我的心头，使我情不自禁地诵念出口：

> 乃生男子，载寝之床。载衣之裳，载弄之璋。
> ……
> 乃生女子，载寝之地。载衣之裼，载弄之瓦。

从《诗经》里走来的风先生，就喜欢我抓住机会诵念《诗经》呢。

如果我在人家小孩子的满月宴上开口诵念了《斯干》，他就还会鼓励我诵念另一首歌谣：

> 蓼蓼者莪，匪莪伊蒿。哀哀父母，生我劬劳。
> 蓼蓼者莪，匪莪伊蔚。哀哀父母，生我劳瘁。
> ……

很自然地，我会继续诵念出这首名曰《蓼莪》的歌谣。两段古代刻画生儿育女的诗句，非常传神地表达了父母亲对于新生命的切肤之爱。他们家的热炕上添了自己的骨肉，如果是个男孩儿，就让他睡在炕头上，给他穿华美的衣服，给他玩白玉璋；如果是个女孩儿，就把她包在襁褓里，给她陶制的纺锤玩。我听后来的研究者说了，以为歌谣所表达的意思，有点儿重男轻女的倾向，但不要忘了，它能很好地唤醒小孩子的性别意识，使孩子们在成长的过程中，男孩子就长个男孩子的样子，女孩子就长个女孩子的样子，这难道不好吗？

如果说《斯干》中的句子充分传达了父母亲养育孩子的迫切期望，《蓼莪》则充分表达了父母亲生养孩子的不易，特别是孩子初生的头一个月，更是难以用语言表达了呢。

"人生人，吓死人！"

风先生仿佛过来人似的，探头在我的电脑屏幕前，不仅嘴里说着那样的话，还怕我听不真切，就伸出手指，在键盘上敲出了这样六个字。我开心风先生给予我的帮助，就把他的手摸了一摸，结果摸得他情不自禁地又敲出了这样一句话来：

"小孩子的生日，可是母亲的受难日哩！"

风先生代我敲出来的这些话，如真理一样不容他人质疑。他看出了我对他的那一份敬意，因此还得意了起来。

得意起来的风先生，伸手在我的电脑键盘上继续敲着字，他敲出了"满月"两个字。我想，兴致甚高的风先生还会继续敲字哩，便放手让他在我的电脑上操弄了。而他也不客气，很大方地接手了我的电脑键盘，极为顺溜地敲出了下面这些内容。风先生言之凿凿，说是新生儿满三十天进行"满月礼"（也叫"出月"）的习俗，就源自姜嫄氏。

风先生的说教影响着我，让我蓦然穿越回数千年的时候，看着姜嫄氏给她的儿子后稷做满月了。

未婚而孕而育的姜嫄氏，开始时可能知觉丢脸，是不怎么待见她的月子娃后稷的哩。她一而再、再而三地遗弃她的亲生儿子，然而天意使然，她的月子娃不仅没有毙命，而且活得很好，还越长越帅气，越让人心疼。姜嫄氏能怎么样呢？她哭了。还是个青春少女的她，一把鼻涕一把泪，向结冰的河面跑了去，跑到她的弃儿身边，从几只飞鸟暖融融的翅羽下抱来她的弃儿，又一把鼻涕一把泪地把他抱回家，招呼来她的亲朋好友，以及左邻右舍，给她的弃儿大操大办了一场宴席。

不知姜嫄氏计算过了没有，这一天，刚好是她的弃儿出生后满月的日子。

姜嫄氏也许无意给她的弃儿实施后来盛行的满月礼，但她这么做来，使她的弃儿成长为后世敬仰的谷神，于是人们就都学习她，模仿她，在他们小孩子出月的日子，宴请亲朋好友与左邻右舍，实施满月礼了呢！你做他做的，相沿至今，已然成为新生儿成长不可缺少的礼仪了。当然了，风先生高兴大家给自己的新生儿热热闹闹地举办满月礼。然而，风先生对此似乎另有话说，因此他把满脸的喜悦之色收敛起来，没头没脑地问了我一句话。

风先生问我的话是："你不觉得姜嫄氏心中有愧吗？"

我能怎么回答风先生呢？虽知觉他说得有理，但我一个后来人，怎么好评判我们的老祖母姜嫄氏？我没有那个胆子，所以就没有回答风先生。而风先生似乎也不需要我的回答，就照着他过来人的认识，说他想说能说的话了。

风先生说："姜嫄氏宴请亲朋好友、左邻右舍，是为她的弃儿之举赎罪呢！"

风先生说："我吃了她的宴席，我原谅了她的不是。"

风先生说得兴起，就还说姜嫄氏把她神仙般的弃儿那么一次一次地往野外遗弃，倒是给了弃儿许多滋养，使她的弃儿出生后还没睁开眼睛，就先感受到了自然界的神秘与神异。他见风就长，长得自己能走能跑了，真就如一个野生的弃儿一般，很少在家里待。他抓住一切机会往野外去，钻梢林，步草地，爬高山，涉大河，常常是哪里黑了睡哪里，哪里饿了吃哪里，后来被称为黍和稷的野生植物，就这么被他发现了。

谷神后稷啊！他收集了黍和稷的野生种子，拿回家来，试验着耕种了。

后稷的试验是成功的。风先生感念后稷的好，众百姓亦感念后稷的好。风先生与受益的老百姓无不感恩戴德后稷的试验，他们一起吟唱出了一首名为《黍离》的歌谣，为神奇的他证明着：

> 彼黍离离，彼稷之苗。行迈靡靡，中心摇摇。知我者，谓
> 我心忧；不知我者，谓我何求。悠悠苍天，此何人哉？
>
> 彼黍离离，彼稷之穗。行迈靡靡，中心如醉。知我者，谓
> 我心忧；不知我者，谓我何求。悠悠苍天，此何人哉？

彼黍离离，彼稷之实。行迈靡靡，中心如噎。知我者，谓我心忧；不知我者，谓我何求。悠悠苍天，此何人哉？

　　把整首歌谣翻译成现在的语言，就是说：看吧，那黍子一行行，高粱苗儿也在长。走上田地脚步缓，心里只有忧和伤。能够理解我的人，说我是心中忧愁；不能理解我的人，问我把什么寻求。高高在上的苍天啊，何人害我离家走？看吧，那黍子一行行，高粱穗儿也在长。走上田地脚步缓，如同喝醉酒一样。能够理解我的人，说我是心中忧愁；不能理解我的人，问我把什么寻求。高高在上的苍天啊，何人害我离家走？第三章重复地继续说：看吧，那黍子一行行，高粱穗儿红彤彤。走上田地脚步缓，心中如噎一般痛。能够理解我的人，说我是心中忧愁；不能理解我的人，问我把什么寻求。高高在上的苍天啊，何人害我离家走？一看二看三看的，古文翻译成白话文，可能缺少点儿诗意，不过要好明白一些。

　　黍和稷是两种不同的植物。对此我是糊涂的，而风先生则知道得非常清晰。他给糊涂的我说了，黍是黄米，稷是高粱。风先生这么说来，我就明白了，知晓二者皆在五谷之列，其中黍煮熟后有黏性，稷则不黏。古今著录，多所不同，汉以后混淆得更甚。幸亏有风先生在，他在后稷发现黍与稷的时候就伴随着他，知晓后稷命名为黍的植物，叶子线形、籽实淡黄色，去皮后黄澄澄的，米粒很小，煮熟后具有一定的黏性……百姓们感念后稷的发现，更感念黍的珍贵，为了交易时的公平，会将百颗黍排列起来，取其长度作为一尺的标准，即"黍尺"。

　　黍的作用被古人不断地开发着，后来还用以酿酒、做糕等。

　　广阔的黄土高原，因其自然环境的适应性，现在还广泛地种植有黍，而且也种植着稷。这里所说的稷，并不是《诗经》中的稷，即高粱，而是陕北人依然在种植的糜子。"千年的糜子，百年的谷"，农谚的描述最能说明黍与稷的本质。带有一层硬壳的糜子能存放千年不坏，同样的道理，也有一层硬壳的黍能存放百年不坏。我曾长时间在乡村生活，见识了家里的老人为了备荒而存放在瓦瓮里的"黍"与"稷"，一年一年地存放着，都有许多代了。

《说文》有云："稷，五谷之长。"《汉书·郊祀志》又云："稷者，百谷之主，所以奉宗庙，共粢盛，人所食以生活也。"风先生太熟悉这些古文献的记载了，他说起话来引经据典，我是插不进一句嘴的哩。

但我出生、成长在古周原上，不仅食用过"黍"与"稷"制作的食物，还参与了将"黍"与"稷"作为祭品祭祀祖先的过程。逢年过节的时候，家里的中堂上，照例要安顿好祖先的牌位，早早晚晚地给祖先上香、祭酒，燃烧的香烛所插的地方，就是盛着"黍"与"稷"的一口瓷碗。考古发现对此提供了非常有力的证明。20世纪初，北平研究院在古周原上的斗鸡台发掘新石器时代的遗址，在一个瓦鬲中发现了稷粒。新中国成立后，中国科学院考古研究所在陕西西安半坡新石器时代遗址中，也发现了稷粒。正如郑玄在注《周礼·小宗伯》时所说："祭祀用谷、黍、稷为多。"

正因为此，我们古周原上的人家，谁家里添了人口，家里的老人依例要做一个装满"黍"与"稷"的小枕头，给小小孩儿枕呢。

教民稼穑的后稷无愧于谷神的地位。风先生对此念念不忘，他仿佛掉进了故纸堆里似的，还要翻出《竹书纪年》给我唠叨了呢，说什么"汤时大旱七年，煎沙烂石，天下作饥，后稷始降百谷，烝民乃粒，万邦作乂"。还唠叨说："尧水九年，汤旱七年，天下弗安，黎民饥阻，拯民降谷，功在后稷，后稷不克，上帝不临，耗斁下土，宁丁我躬！"好了，有风先生不断地唠叨，我还有啥说的呢？只能说我们今天的人，饮食上比起古人丰富了许多，奢华了许多，但"黍"与"稷"被后稷发现培育出来后，至今依然活跃在我们的餐桌上。

动手来写这篇短章时，我回了一次故乡，有意去了趟关中四大名台之首的教稼台。在这里的一户农家乐里，要了一碗熬煮得黏黏的小米稀饭和一盘糜子面粑粑，我一口小米稀饭，一口糜子面粑粑，细嚼慢咽，吃喝得非常小心。我品味着"黍"与"稷"的原味，似觉比任何时候，吃喝得既香且油。

黍、稷甘如饴，我沉浸在从古至今的那种大味里，思念我们的谷神后稷，知觉他是再伟大不过了呢！

吃喝罢了"黍"和"稷"制作的食物，我满足地抹着嘴，走出农家乐，就爬上了农家乐一旁的稷王山……前些年的时候，我就上过一次稷王山，知晓伟大的后稷陵就在山顶上，后人为了纪念后稷的功绩，不仅为他在这里修建了陵园，还修建了庙宇和高塔。不多一会儿，我就爬上了稷王山巅，站在了刻有"后稷明堂"四个字的庙门前，放眼四顾，山川河谷，八方道路，田野林荫，一览无余。

过去的农历四月十七日，无论官方还是民间，每年都有致祭后稷的活动。现在亦然。我来的日子，刚好举办过致祭不久，还能看得出当时的场面是非常盛大的哩。

现在的致祭活动，结合了国家级的"农高会"（中国杨凌农业高新科技成果博览会），其中设立的一项"后稷奖"，很为从事农业技术研发和推广的人们所向往，谁获得了是谁的荣耀。为杂交水稻研究与推广作出伟大贡献的袁隆平，就获得过"后稷奖"呢！

后稷从野生植物中发现了黍和稷；袁隆平的杂交水稻，也是从发现一株原生水稻开始的。

什么是野生？什么是原生？我不甚了了，但我有风先生指导，就少了许多麻烦，他会给我以准确的说教。我为此咨询过他，他很是不屑地说："现在的人总是特别饶舌，尤其是口袋里揣着高级职称本本的一些人，为了凸显他的能耐，总要把一个简单的话题说得高深莫测，其实不如简单点好，别人听来也好懂。你问我'野生'和'原生'植物有什么区别，要我说，都是还没被人为栽培过的植物。"

风先生的一句话，说得我内心一片透亮。

我因之还生发出一点感想来，以为"野生"和"原生"的好，是必须尊重和保护的呢！但我们现在的人，打着科学的旗号，以科学的名义，不断地干预甚至嫁祸于"野生"和"原生"的东西，可是非常要不得的。风先生的眼睛太犀利了，他看出了我内心的活动，伸出他暖如春风的手，轻轻地摸在我的脸上，给我耳语似的说了两句话。

风先生说："农家乐里的小米稀饭的味道好吧？"

风先生说："农家乐里的糜子面粑粑的味道正吧？"

风先生说的话，让我顿然有所思，有所想，想我们今天常常要抱怨，吃的各种蔬菜，没有了那些蔬菜的原味；吃的猪肉、羊肉、牛肉等，亦没有那些肉的原味；便是我们人自己，似乎也找不见人的原味了呢！风先生喜欢我内心里的所思与所想，他依然温柔地抚摸着我的脸面，给我又说起话来了。

风先生说："回来吧。"

风先生说："回来做人自己吧。"

风先生的话严重地影响着我，我走进后人为后稷建立的庙堂中，去到安顿他精神与灵魂的享堂里，仰望他庄严的塑像，我没出声地向他祈祷了。

我祈祷说："你一个没有父亲的男人，把自己活成了一个伟大的父亲！"

我祈祷说："中华文明与中华文化的父亲！"

我祈祷说："我们敬爱的老祖宗啊！"

声色雎鸠

关关雎鸠，在河之洲。
窈窕淑女，君子好逑。
参差荇菜，左右流之。
窈窕淑女，寤寐求之。

——《诗经·周南·关雎》节选

扫码听诗

我相信，风尘仆仆的风先生，是伴随着黄河的巨浪，来到芳草萋萋的洽川的。

我还相信，黄河的每一滴流水，都见证了风先生的行程，它们相亲相爱相敬，相依相恋相偎。风先生知晓，浩浩汤汤的黄河水，在巍峨高峻的源头上，最初都只是一片飘飘摇摇的雪花哩！六瓣冰样的花儿，姿态各异，而又特别烂漫，相互纠缠着，以一种曼妙的轻盈，飞落在雪山与冰川上，静默下来，处子般一动不动，把自己诚实地融为雪山与冰川的一部分，等待在雪山与冰川之上，千年万年……那样的等待，既美丽着雪山与冰川，更美丽着它们自己。

但美丽的冰雪，其内心却是躁动着的。

躁动着慢慢地向下移动，又不知移动了多少年。这样的移动是雪山、冰川苏醒的过程，它们知道它们是该从沉睡的状态中醒悟过来，接受阳光的抚慰，感受阳光的温暖……阳光使得冰雪成了倏忽睁开眼睛的一滴水，一滴源头上的水啊！那滴水晶莹剔透，无色无味，带着母性的柔韧与美，还有母性的纯洁与爱，从它深爱的源头出发了。穿越山谷，跨越险滩，原来的一滴水，不断地汇聚着，汇聚成一条撼天动地的巨流！蛇曲深幽的晋陕大峡谷，培养着黄河桀骜不驯的性格，可它一旦冲出禹门口来，见识到了大平原的宽容，便又迅速地改变着自己，变得柔顺和缓。黄河轻歌曼舞般与风先生一起来在洽川，先看见了那个人称"瀵泉"的泉眼，汩汩的流水吹动着细碎的黄沙，泉眼经由水的塑造，真如大黄牛屙在黄河浅水边的牛粪堆一般。

放浪不羁的黄河少有风先生的自由，它也许注意到了瀵泉边将要发生的一件事情，但它奈何不了自己的冲动，继续着东去的步伐，丢弃下风先生，让风先生来为那件事情作证了。

好奇的风先生睁大了眼睛，他看见了那位雄才大略的周家天子文王姬昌，还看见了日后为人歌之颂之的太姒女。风先生在看见他俩的同时，还看见了"关关"鸣叫的雎鸠鸟儿。无所不知的风先生，可是非常喜欢这种名叫雎鸠的水鸟呢，它们形状类凫，不仅黄河边上有之，江淮间亦有之。生有定偶，终生不相乱。扬雄作《羽猎赋》，即不吝笔墨，这么来写雎鸠了："王雎关关，鸿雁嘤嘤，群娱乎其中，嘿嘿昆鸣；凫鹭振鹭，上下砰磕，声若雷霆。"

因为雎鸠生性贞洁，在扬雄的笔下，很自然地就冠戴上了一个"王"字，而成了"王雎"。

风先生在黄河洽川的瀵泉边，耳听王雎鸣叫得那叫一个欢实。不过此一时也，他的全部注意力都集中在了文王姬昌和太姒女的身上。从周原而来的文王姬昌，血气方刚，他千里迢迢到黄河边上来，也许是耳闻了洽川的风光，以及瀵泉的奇妙，心里有了到此一游的想法，但根本的目的还是考察民情、观察地胜……小小的一片周原，经过数代周人的经营与开发，已经不能满足他们生存的需求了，特别是他这位胸怀天下的雄主，是已有了向外扩张的想法了呢。为了充实他内心里的想法，文王从偏在关中西部的周原一路东往，他风餐露宿，这便走到黄河边上来了。他看见了黄河滩上汩汩喷涌的瀵泉，看见了洽川一带随风舞荡的芦苇，并抬眼朝黄河东岸更加遥远的地方眺望了一阵子。当他觉得眼睛累了，收回他的眼光，想要歇一歇他的眼力时，却不经意地看见了太姒女。

也许是因为太姒女的乌发上插着那朵荇菜的花儿吧，黄灿灿吸引了文王的眼睛。

所谓的一见钟情，在文王看见太姒女的那一瞬间，得到了一次撼人心魄的证实。文王的眼睛很没出息地盯在太姒女的身子上，挪不开了……家在潆泉边的姒姓人家的大女儿，每天都要到这里来采摘荇菜，这是她的责任呢。多年水生的荇菜，在太姒女的眼里浑身都是宝：黄色的花冠美艳惹人；鲜嫩的茎和叶子，既是喂养猪羊的好饲料，也是营养人的一味野菜。太姒女的家里养了几头正待育肥的猪娃子和羊羔儿，她大把大把地采摘着飘浮在浅水上的荇菜茎叶，采摘来一大把了，就拿到水边的沙滩上。太姒女一遍遍地采摘着，一遍遍地往沙滩上摊，摊开荇菜给太阳晒了呢。温热的阳光晒去荇菜茎叶上的水滴，晾晒出一大堆来，太姒女就折来两根芦苇秆儿，拧巴拧巴，把晒好的荇菜拦腰捆起来，背在肩上就要回家去了。

回到家里，太姒女还将在荇菜捆子里挑拣出一些更为鲜嫩的茎和叶子，以及带在茎叶上的黄色花儿，做成荇菜绿豆粥，给家人吃喝哩。

荇菜鲜嫩的茎叶和花朵柔细多汁，做成荇菜绿豆粥，可是非常馋人的哩。太姒女从老母亲那里学来的做法是：把精心挑选出来的荇菜茎叶和花淘洗干净了，备在一边；先以温水浸泡绿豆，再淘出足够家人食用的黍米，入锅加水熬煮；眼看着绿豆煮得绽开花纹，而黍米也已微烂，即把备在一边的荇菜茎叶和花投入锅里，快速地翻拌，翻搅均匀了，就盛在碗里，端给家人吃了。

荇菜绿豆粥所以受人喜爱，关键在于其丰富的药用价值，食用之后，不仅可以解热，还能够利尿。

熟练地打捆好晒好的荇菜，太姒女将其背上肩头，是要回家去了。然而看她看得入迷的文王姬昌，又岂能这么放她走？内心燃烧起来的一股火苗儿，到了这个时候，呼呼地向他的头脸延烧着，烧进了他的眼睛里，使他的眼睛如同燃烧的火光一样，热烘烘地往外扑了，扑向他眼前的太姒女。腼腆淳朴的太姒女似乎要被燃烧起来了呢！

忙碌着采摘荇菜的时候，太姒女即已感受到文王眼光的火热，不过她隐忍着，忍到了这个时候，她不能忍了。她因此睁着一双闪闪发亮的眼睛，也来盯视文王姬昌了。

四目相对，蓦然间撞出来的那串火花，让看着文王姬昌和太姒女的风先生，当下如风一般，脱离开了他俩，躲到一边去了。风先生是个知趣的人，他虽然躲开了文王姬昌和太姒女，却还牵心着他俩，远远的不敢回头，只凭他风所特有的那一种感触，感受着两人的举动与言语……文王一步一步地向太姒女走着，太姒女没有后退，她就那么安安静静地等在她站着的地方，直到文王走到她的身边，伸出手来，搭在她的肩膀上。她娇嫩的小身子，像被晴空中的一束电光射了一下；她背在肩上的荇菜捆子，抖抖擞擞地从她的肩上掉落到了脚下，散成了一片。她张了张嘴，但没有说出话来，而是对文王腹语了两句。

太姒女说："你是谁呀？"

太姒女说："你要干什么？"

不知文王姬昌听见了太姒女的腹语没有，总之风先生是听到了。他还听见了文王说给太姒女的两句腹语。

文王说："你是我的人。"

文王说："我要要了你。"

风先生在听见文王与太姒女的这几句腹语对话后，知道要发生的事情，已不可避免地在黄河滩上的潢泉边，干柴烈火般发生了。因为风先生不仅凭着他的第六感觉知晓了他们的举动，还看见那片生长得蓬蓬勃勃的芦苇，像被一种特殊的力量推动着，呼啦啦向一边斜着倒了过去，倒得不能再倒了，又反弹回来，向另一边倒过来……密不透风的芦苇，在向任何一方倾倒过去时，都会不能自禁地战栗着，发出飒飒的声响。但芦苇的声响掩盖不住雎鸠鸟儿的啼鸣，"关关……关关……关关……"雎鸠鸟儿的啼鸣声，声声入耳，是那么嘹亮，是那么烂漫。我因之联想到，此后的男女两情相悦时，男子把女子搂在怀里，女子本能地要表达点儿自己的矜持，她会小小地挣扎一下，男子这个时候会怎么办呢？大多数时候，都是会随口哄女子两声的，他哄她："乖乖，乖乖，我的小乖乖。"

我撺着风先生，把我的想象告诉了他，求证男子哄女子时所说的"乖乖"，与雎鸠鸟儿"关关"的啼鸣声，可有什么联系？

风先生被我的想象惹笑了，他笑得呵呵的，不过他很乐意回答我的问题。但在回答我的提问时，他伸手把我的脑袋极为欣赏地摸了摸，这才说了哩。

风先生说："你可真会想象呀！"

风先生说："我说不好，不过我想的与你一样，差不多吧，应该是这个样子。"

风先生说："关关……乖乖……"

风先生重复地说着这两个词，把他说得更乐了呢。大乐特乐的风先生，从黄河边上的洽川瀵泉，风一般跑了开来。他没有歇气，迈着他轻盈如风的脚步，头也不回地向西走着，走到了渭河边的咸阳地界。他有点先知先觉地停歇下来，守候在那一段渭河河岸边上，等着回程的文王姬昌，还有追随他而来的太姒女。

还别说，风先生真把文王姬昌和太姒女，在咸阳段的渭河边等到了。

文王姬昌是先到这里来的，他到达这里时，距离他在黄河洽川瀵泉边与太姒女野合已经过去了半年时间。他走到这里时，没有要停下脚步的意思，还想着继续往前走，走回他的周原上去。风先生看到他这副模样，就以他风的方式，把文王揽了下来，要他好生等在这里，等待追随他来的太姒女。风先生拦挡文王姬昌的方式非常独特，他既以风的能量撕扯住他的衣袂，还以他风的能力耳语他曾经说给太姒女的话。

风先生说："你是万民尊重的王哩！"

风先生说："王一言九鼎，话可是不能白说呢。"

风先生说："你要了人家女子，还给人家女子说，'你是我的人'。"

风先生说："你的人追随你来了！"

文王姬昌被风先生的几句话说得愣住了，生性雄强的他，谁的话都可以不听，但风先生太特殊了，他的话不能不听。文王姬昌因此等在渭河边上，耐心地等着追随他来的太姒女。还别说，真如风先生说的，在黄河洽川瀵泉边野合了一场的太姒女，在那个漫天飘舞着红色霞光的傍晚，挺着怀有身孕的大肚子，沐浴着暖暖的红色光晕，出现在了文王姬昌的视野里。他向她看去，觉得她格外温馨迷人！心里的愧疚，赶在这个时候，猛然爆发出来。文王姬昌想迎着太姒女走过去，但他的双脚却像是钉在了原地，怎么都迈不开步。风先生看着文王那个样子，他是笑了呢。

笑着的风先生给文王说："没啥好发愣的，快去迎接你的人吧。"

风先生说："你看不见她的小肚子吗？她怀上你的骨血咧！"

在风先生的提醒和催促下，文王姬昌迈开步子了，他迎着太姒女走了去。两人走得很近了，文王停下了脚步，太姒女也停下了脚步。但就在太姒女停下脚步的那一瞬间，她朝着他乐了一乐……太姒女的那一乐，仿佛天边的晚霞一般，灿烂极了，靓丽极了，文王顿然丢失了君王应有的那种姿态，他张开双臂，虎扑向前，把近在咫尺的太姒女一下子环抱在了他的怀里。文王姬昌把太姒女抱得太紧了，抱得太姒女不得不提醒他，让他放松点儿力气。

太姒女说："我要出不来气儿了。"

太姒女说："小心我怀着的娃娃。"

太姒女说："你的娃娃哩。"

还有比这更感动人的时刻吗？风先生搜寻着他的记忆，不是很多。因而在这个时候，他不像文王姬昌与太姒女在黄河洽川瀵泉边野合时那么心惊肉跳地跑着要躲开他俩，而是不错眼地盯视着他俩，为他俩别后重逢开心高兴，高兴开心……他俩相拥相抱，在风先生的眼里，两人拥抱得地老天荒。风先生怕他俩就这么抱成一座历史的塑像，就走到他俩身边，用他风的形式轻拂他俩的脸面，对他俩说了呢。

风先生说："差不多就好咧。"

风先生说："过了河就是家了呢。"

风先生说："想想办法，你俩就过河回家去吧。"

当时的渭河，流水汤汤，有种野性的烂漫，河面特别宽阔，而且水流湍急，要想过河还真不是一件容易的事。开始的时候，文王姬昌叫来一叶小舟，想要扶着太姒女乘舟而过哩。但是小小的一叶舟，在轰轰隆隆的激流中，翻上来，跌下去，太不平稳了。文王扶着怀有身孕的太姒女，刚一登上小舟，她便被颠得呕吐不已。见此情景，文王急忙把太姒女从小舟上又扶下来，想着用别的办法渡河了。什么办法最好呢？好心的风先生提议文王搭桥了。

风先生说："搭座桥就好了。"

风先生说："搭起一座桥来，既能解决太姒女过河的问题，还能方便百姓生活，何乐而不为呢？"

文王姬昌把风先生的话听进了耳朵里，他当下招呼来在渭河激流中摆渡的许多叶小舟，将它们用绳索连接起来，以舟船为梁，连接成了一座浮桥。然后便扶着太姒女，很是轻便地渡过了渭河，回到了周原上的王宫里……见证了这一切的风先生，心里特别感佩两情相悦的文王姬昌和太姒女，他情不自禁地向人们吟诵起了一首歌谣，他先吟诵出来，别人听闻到了，跟着继续吟诵，于是就有了《诗经》开篇的那首名为《关雎》的诗。

把《诗经》放在枕边，随时都能阅读的我，从风先生的嘴里知晓了那许多美丽的故事，我是也要吟诵的呢。

关关雎鸠，在河之洲。窈窕淑女，君子好逑。

参差荇菜，左右流之。窈窕淑女，寤寐求之。

求之不得，寤寐思服。悠哉悠哉，辗转反侧。

　　参差荇菜，左右采之。窈窕淑女，琴瑟友之。

　　参差荇菜，左右芼之。窈窕淑女，钟鼓乐之。

　　我吟诵的声音吸引了风先生的注意，他听得出，我的吟诵可是不得要领的哩。因此，他有几天时间追着我，给我做着这首歌谣的辅导，使我一点点地学习着，领会着，约略知道了些本质性的东西。全诗分为五章，开始以那只"关关"啼鸣的王雎鸟起兴，壮写了故事发生地的美好景色，以及太姒女采摘荇菜时的自然飘逸。我不揣冒昧，当着风先生的面，大胆地说了我的认识，以为我们现在的人，别说是一个君王，就是侥幸有个好爸爸的人，大概都不会喜欢上一个在黄河岸边采摘荇菜的女子。现在的一些人，太注重一个女子的外表了，而忽视了对于女孩子性情的辨识。这么看来，周文王就是有王的气质，他不仅一眼即看出了太姒女的身姿是"窈窕"的，还看出她是一个"淑女"。

　　这个"淑"字的出现太重要了，家教不好、修养不好的女子，可是难有这样的气质呢！

　　孔老夫子编辑《诗经》，能把这首歌谣隆重地排在首位，大概也是被那个"淑"字打动了呢。《论语》作为孔子的思想载体，非常重视君子精神的树立，《论语》有云："人不知而不愠，不亦君子乎。"什么意思呢？就是天下人都不懂你，而你也不怨恨，更不愠怒，这不就是君子吗？自"君子"而"淑女"，两者的结合，应该是最理想的生活哩。

　　后来的日子，一天天地过着，很好地证实着文王姬昌和太姒女的夫妻生活，不仅美满着他俩，还美满着天下人。

　　现在的文明人，文雅点儿称呼自己的老婆为"太太"。何为"太太"？我询问了风先生，他给我解释说，这一称呼最初就源于西周初年的"三太"。

太姜、太任和太姒，历史上统称为"三太"。太姜为周太王的后妃，王季的母亲，周文王的祖母。她智慧非凡，以身作则，教导着自己的儿子们，为儿子们培养了高尚的人格品质。大儿子泰伯与二儿子仲雍，知道父亲古公亶父，也就是周太王，想把王位传给弟弟王季和他的儿子姬昌，兄弟俩便主动离去，远赴荆蛮，为中华文明开拓出了另一番天地。太任是周王季的正妃，她旦夕勤劳，以尽妇道。太姒入得门来，虽然贵为文王夫人，依然不改她的性情。她非常仰慕祖母太姜和婆婆太任的贤德，继承了两位前辈完美的德行，早晚勤勉，极尽妇道，从未有过失礼和过失；她还极尽子女之孝道，经常回家探望和安慰父母。她以妇礼妇道教化天下，被世人尊称为"文母"。文王的姬昌一心理外，文母的太姒专心治内，一胎又一胎，居然给文王生下了十名男丁。

生儿不易，养儿尤难，而教导儿子则是难上加难了呢。

太姒做得就非常好，她以身作则，教育十子，十个儿子无不学富五车，却又寡言少语；无不志向远大，却又虚怀若谷；无不自信有为，却又谨言慎行……总之，他们在她的深情教诲下，全都兄友弟恭，长成了对国家十分有用的栋梁之材。继承了王位的二子姬发，青出于蓝胜于蓝，干脆起兵伐纣，灭了无道商王，建立了八百年大周的天下。

不过，这是后话了。我不在这里多说，而是拉住风先生的手，向他请教"三太"教育儿子的一些情况。

风先生因之拿来《大戴礼记·保傅》给我说了，他说太任品貌端庄，德行高洁，凡事合乎仁义道德才会去做。她仁爱和顺，深明大义，生活俭朴，并从前辈那里继承来一个胎教的传统，当自己的孩子还怀在肚子里时，不让他们见到恶色，听到淫声，口出恶言；如果母亲接触到外界好的人和事，以为能够让胎儿感应到，就絮絮叨叨地讲给胎儿听……晚上入眠前，像做功课一般，少不了请来乐官，既朗诵诗歌，还演奏高雅的琴乐。

因为"三太"的模范作用，古代有教养的妇女，把给孩子进行胎教视为一项须臾不可忽视的任务。大凡怀有身孕的妇女，睡觉时绝不侧身而卧，站立时绝不左歪右斜，当然更不能吃不洁净的东西，不能坐位置不正的座位，不观粗俗的举动，不听靡靡之音。

《诗经》里一首名为《思齐》的歌谣，就很好地记述了"三太"的大美与大德。风先生太会抓机会了，他不失时机地给我把这首歌谣吟诵了出来：

思齐大任，文王之母。思媚周姜，京室之妇。大姒嗣徽音，则百斯男。

惠于宗公，神罔时怨，神罔时恫。刑于寡妻，至于兄弟，以御于家邦。

雍雍在宫，肃肃在庙。不显亦临，无射亦保。

肆戎疾不殄，烈假不瑕。不闻亦式，不谏亦入。

肆成人有德，小子有造。古之人无斁，誉髦斯士。

风先生没有揽功于己，而是在吟诵罢这首歌谣后，摇头晃脑地给我说，这首歌谣就是文王姬昌自己吟诵出来的哩。

一个大男人，怀念歌颂自己的母亲和祖母，是再自然不过的事了，而很少有谁歌颂自己的老婆。我们伟大的周文王姬昌，算是开了个先河。他在这首由他创作的歌谣里，不吝辞藻地夸耀祖母和母亲雍容端庄、贤淑美好后，更拿出几多优美的词句，夸耀他的夫人太姒。他极言"大姒嗣徽音"，此话的大意，让风先生解释来说，就是周文王借用夸耀祖母、母亲的机会，夸耀太姒兼嗣太姜、太任之德，是两位老祖宗美德的集大成者。

风先生说得来劲，就还说周文王把他的爱妻太姒，依据"礼法"之概念树为榜样，倡导人们要好好学习与效法。

修身，齐家，治国，平天下。的确是值得我们后人学习的呢。

草香怡人

【传四】

周原朊朊，堇荼如饴。

爱始爱谋，爱契我龟。

曰止曰时，筑室于兹。

——《诗经·大雅·绵》节选

扫码听诗

荠菜、香椿头、蒲公英、枸杞头、马兰头、野葱、野蒜、紫花地丁、马齿苋、嫩刺芽、血皮菜、水芹菜、灰灰菜、车前草、夏枯草、野豌豆、麦禾瓶、扫帚菜、曲曲菜、地皮菜、霸王花、榆钱儿，等等，多了去了，不下百种。我在这个冬去春来的日子，回到古周原上的家乡，撵着这些我小时候熟悉的野菜，乐此不疲地采摘着。采摘上一种，也不放清水里洗，拿在手上甩一甩，拍一拍，就往嘴里塞着嚼了。形形色色的野菜，形形色色的味道，我嚼食得不亦乐乎，嚼食得满嘴绿色的汁水……风先生看见了，他好奇我的举动，就还打趣地说我了呢。

风先生说："你是在学公亶父吗？"

风先生说："当年的公亶父'率西水浒'，就很是惬意地品尝了周原上的野菜哩。"

对于风先生的说教，我没有什么可辩驳的，因为我早就从成就于古周原上的一部《诗经》里，阅读了那篇名曰《绵》的歌谣，对公亶父当年的作为有了些了解。所以在风先生指导我的时候，我还就不免卖弄地把《绵》中的诗句，一字一句地诵念了出来：

绵绵瓜瓞，民之初生，自土沮漆。古公亶父，陶复陶穴，未有家室。

古公亶父，来朝走马。率西水浒，至于岐下。爰及姜女，聿来胥宇。

周原膴膴，堇荼如饴。爰始爰谋，爰契我龟。曰止曰时，筑室于兹。

乃慰乃止，乃左乃右，乃疆乃理，乃宣乃亩。自西徂东，周爰执事。

乃召司空，乃召司徒，俾立室家。其绳则直，缩版以载，作庙翼翼。

捄之陾陾，度之薨薨，筑之登登，削屡冯冯。百堵皆兴，鼛鼓弗胜。

乃立皋门，皋门有伉。乃立应门，应门将将。乃立冢土，戎丑攸行。

肆不殄厥愠，亦不陨厥问。柞棫拔矣，行道兑矣。混夷駾矣，维其喙矣。

虞芮质厥成，文王蹶厥生。予曰有疏附，予曰有先后，予曰有奔奏，予曰有御侮。

我不打磕绊的诵念，很有点儿卖弄的嫌疑。想到这里，我的脸红了，知道我在风先生的面前，是没有那个资格和能力的。风先生倒是没有见怪，仿佛还受到了我的感染，像我一样，把汉朝时的一篇《羽猎赋》，摇头晃脑，运用风所独有的韵律，给我抑扬顿挫地诵念了哩。他诵念道："其十二月羽猎，雄从。以为昔在二帝三王，宫馆台榭沼池苑囿林麓薮泽财足以奉郊庙，御宾客，充庖厨而已，不夺百姓膏腴谷土桑柘之地。女有余布，男有余粟，国家殷富，上下交足，故甘露零其庭，醴泉流其唐，凤皇巢其树，黄龙游其沼，麒麟臻其囿，神爵栖其林……"风先生歇了一口气，又继续诵念："非尧、舜、成汤、文王三驱之意也。……历五帝之寥廓，涉三皇之登闳；建道德以为师，友仁义与为朋。……于是禽殚中衰，相与集于靖冥之馆，以临珍池。灌以岐梁，溢以江河，东瞰目尽，西畅无崖，随珠和氏，焯烁其陂。玉石嶜崟，眩耀青荧，汉女水潜，怪物暗冥，不可殚形。玄鸾孔雀，翡翠垂荣，王雎关关，鸿雁嘤嘤……于兹乎鸿生巨儒，俄轩冕，杂衣裳，修唐典，匡《雅》《颂》，揖让于前……"

风先生把我震惊到了，他一口气诵念出这许多文字，没有深刻的理解和认同，是很难做到的呢。我毕恭毕敬地仰望着他，听他把《羽猎赋》全文诵念下来，知晓风先生诵念的文字，原为汉时文化大家扬雄撰书的呢。

扬雄的"扬"姓，本为周王族"姬"姓庶支的一脉。扬雄自幼好学，最大的爱好就是读书。唐代诗人卢照邻在《长安古意》里声言"寂寂寥寥扬子居，年年岁岁一床书"，说的就是他。还有修撰《汉书》的班固，在《扬雄传》里，更是评价他"不汲汲于富贵，不戚戚于贫贱，不修廉隅以徼名当世"，盛赞他品性高标，不追逐富贵，不担忧贫贱，不粉饰自己以求取声名。

史书中形象如此伟岸的辞赋大家扬雄，其所作的《羽猎赋》，被风先生一字不落地诵念出来，他是要给我传达什么意思呢？

我大费心思，仔细地琢磨着风先生推崇的《羽猎赋》，它看似书写了当朝天子的美德，其背后的意图，则像我诵念出的《诗经·绵》一样，还是在歌颂周家王室中历代君王的功绩。我的理解得到了风先生的肯定，他轻拂衣袖，用他温情的手掌抚摸着我的脸面，让我受活极了。不过，我还有问题要问他哩。

我的问题集中在了公亶父的名讳上。我向风先生讨教："你嘴里称呼的公亶父，史书上怎么多称古公亶父？"

风先生被我这个小儿科的问题逗笑了。他呵呵地笑了笑，依然温情地抚摸着我的面颊，给我详细地解释了。

风先生说："他的老祖先是叫公刘吧？"

风先生说："这里说的'公'，不是姓，不是名，而是对有成就、受尊重者的誉称。周王朝之前的商代，利用甲骨刻写的文字，用到'公'字时，大都是冠冕给祖先的；到了周朝时铭铸的青铜器上，所用'公'字，又多是对王朝重臣的美誉。"

风先生说："这么给你说，你明白了吧？"

我给风先生虔敬地鞠了一躬，从此明白"公"字原来还有这层意思。才疏学浅的我，大有继续向风先生虚心学习的空间。我因此自作聪明地给风先生说了，说是史书竟然也有不甚精准的地方，古公亶父的那个"古"字，就像原来的周原，今天的人叫来，都要加上一个"古"字，称之为"古周原"了。这一说法，《崔东壁先生遗书》讲得很是明白，书中指出，"古公亶父"之"古"，着实为"昔"之义耳。孙作云先生的考证，更是言之凿凿，不容置疑，他认为，"公亶父"不能称为"古公亶父"或"古公"。《诗经》四字一句，故在"公亶父"前加一"古"字，以足其文。司马迁不察，在《史记·周本纪》中一再曰"古公亶父"或"古公"，这是不对的。

这一段貌似无趣的闲话，却帮助我从远古时的周族人里，拉扯出了他们又一位伟大的先祖——公刘。

农神后稷发现并成功培育了黍和稷，使他的后辈儿孙在他们的祖居地备受恩泽。因为他是谷神，他的儿子不窋受到荫庇，继承了稷官的责任，掌管农业。不窋晚年，夏后氏国政衰败，轻视农业，"弃稷不务"。不窋因失去官职而逃奔到了西北边陲的戎狄之地，也就是现在的甘肃庆阳。然而不管时局如何变换，后稷的儿子不窋都没有放弃祖先开创的农耕技艺，他手把手地将其传给儿子陶，而陶又传给他的儿子公刘。

后稷带着个"公"字的曾孙公刘，是位极具天赋的农耕传人。

司马迁的《史记·周本纪》对此就有非常清晰的记载，说是"公刘虽在戎狄之间，复修后稷之业，务耕种，行地宜"。为了他们家族的兴旺发达，他不甘寄人篱下，就向着祖先曾经生活的地方不断地迁移，"自漆、沮度渭，取材用，行者有资，居者有畜积，民赖其庆。百姓怀之，多徙而保归焉。

周道之兴自此始，故诗人歌乐思其德"。

以农为本的公刘，带领族人励精图治、奋发图强，周人的生活日渐好转。他的儿子庆节，因之还在豳地（今陕西彬州、旬邑一带）建立了国都。此后，历经皇仆、差弗、毁隃、公非、高圉、亚圉、公叔祖类七代人，他们家族的又一位杰出的人物出现了。

那就是后人尊敬地称其为周太公、周太王的公亶父了。

又一个带着"公"字的先祖啊，他继承了先祖后稷、公刘的大业，积累德行，普遍施行仁义，国人都非常爱戴他。风先生不愧是从《诗经》里走来的先知与先觉，他在把那个"公"字给我解释透了之后，还就公刘的伟大，一头钻进《诗经》里，找出其中的《閟宫》来，不无得意地给我诵念了出来：

　　　　后稷之孙，实为大王。
　　　　居岐之阳，实始翦商。

诗句中的"大"字，是做"太"字用的。太王可不就是史书里的周人先祖公亶父吗？他担任周族首领的时候，商朝暴虐至极的武乙统治天下，武乙嫉妒周族人众的财富，就不断掠夺周人。与此同时，北方的猃狁也趁火打劫，侵扰相对富庶的周人。公亶父的族人们是勇敢的，大家团结在首领的身边，拿起刀枪，奋起反击着武乙，反击着猃狁……每一次反击，都有周族人血洒疆场，施行"仁政"的公亶父不忍他的族人流血牺牲，就把他们开辟出来的肥田沃土主动送给侵犯他们的武乙、猃狁之流，他则带领族人，像他的祖先一样，再次踏上了寻找新家园的路程。

风先生把公亶父当年动员族人说的话记得非常牢靠，数千年后的今天，他不无伤感地给我又说出来了。

风先生所以记忆得十分牢靠，是因为他当时就跟随在公亶父的身边，满含热泪，聆听了公亶父为了他的族人免受无妄之灾，不再牺牲生命，把自己的姿态放得非常低，他向大家说："民众拥立君主，是想让他给大家谋取利益的。现在的武乙、猃狁之流，常来强势侵犯我们，掠夺我们的财产，杀害我们的骨肉，我们是拼过命了！但我们的实力还是弱了点。我们能把自己有生的力量全部牺牲了吗？这不明智。因此我是想了呢，他们侵犯我们的目的，无非是夺取我们的土地，当然还有我们的民众。我不忍看着我的民众这样牺牲，而是想要大家活下去，活出一个幸福的未来。大家可否替自己想想，我是首领，他们也是首领，跟着我或是跟着他们都是生活，这有什么区别呢？如果民众为了我的缘故去打仗，牺牲民众的父子兄弟，只为让我做你们的君主，我实在担待不起。"正是因为公亶父的开明和仁爱，他的族人没有一个背叛他，大家紧紧跟随着他，南渡漆水与沮水，翻越梁山，迁徙到岐山脚下的周原上来。他的族人扶老携幼，相率而来，一路之上，那些小邦国的民众也被他的事迹所感动，纷纷归附，直到他和族人到达周原的时候，族群人数不仅没有减少，反而进一步壮大。

风先生是把公亶父当时说的话翻译成今天的语言给我说的哩，他把我给说哭了。我哭，风先生也哭，我俩不堪回首公亶父的往事，全都泪水涟涟，感叹唏嘘不已。

哭啼着的风先生，赶着这个时候，又把《诗经》中那首名为《绵》的诗句吟诵了一遍。他吟诵完，让我非常意外地，突然说了这样一句话。

风先生说："公亶父可是个怕老婆的人哩。"

风先生的这句话说出来，先把他自己惹得破涕为笑了呢。当然了，我也是被他惹笑了。这没什么稀奇的，风先生就是这么有趣，他既会管理自己的情绪，还会管理自己的情感，绝不会沉溺在一种糟糕的心态中不能自拔。所以，当他心情不是太好的时候，总会给自己找个开心的话题，或者理由，让他自己和与他在一起的人都开心快乐起来。

风先生乐了，我也乐了。乐起来的他，居然把我胡诌的一篇《夫妻赋》，赶在这个时候，拿出来念叨了：

夫妻情深，相亲相敬相爱。风雨同舟，贫贱始终，生儿育女责任重，扶老携幼步天籁。勤劳俭朴，雅逸风清，为邻汗水浇青松，长远巧手相与共。

夫妻情笃，相扶相携相守。磨砺真情，不言弃离，举案齐眉共舞蹈，耳鬓厮磨同歌乐。效法前辈，砥砺后辈，家事国事铁肩担，诚信乐观向未来。

夫妻情隆，相乐相和相终。知热送风，遇寒送暖，避风挡霜是港湾，酸甜苦辣长相依。克艰攻难，友善和谐，老骥伏枥新征程，矢志不移唱晚晴。

风先生念叨着我胡诌的文字时，我是脸红了呢！

不过我们喜欢的公亶父夫妻，确乎是那个样子哩。公亶父爱他的妻子，他的妻子太姜亦爱他。风先生见证了他们夫妻恩爱一生的情状：作为部落首领的公亶父，将家事都交给太姜处理了；而关于家国大事，他也会征求太姜的意见，与她共同商量，包括向侵犯他们部落的武乙、猃狁妥协，迁徙以后在哪里定居，都是他们夫妻一起商量定下来的。"周原朊朊，堇荼如饴"，夫妻俩"率西水浒，至于岐下"，抓起一把周原上的厚土，握出油脂来似的是身为丈夫的公亶父；而撅下几棵野菜，投进嘴里来嚼的是身为妻子的太姜。

王地土肥草香，和睦和谐的公亶父与太姜，时刻不忘"仁德"二字的要义。他们夫妻二人享受到了，还推己及人，教化自己部落的夫妻，使其亦能够和睦相处，共享天伦之乐。

男大当婚，女大当嫁，自己没能力娶妻结婚的人，就由官府帮助他们结婚；同时尽量不征兵役、徭役，减少夫妻分离的日子。这样一来，部落人口增加很快，而在那个时候，人就是财富。人口红利极大地促进了他们随之推行的"务耕种、行地宜"的农业发展政策，实现了"行者有资，居者有畜积，民赖其庆"的局面，加之太公"积德行义"，使得"国人皆戴之"。这奠定了周人礼教文化的基础，使得他们部落逐渐强盛了起来。

厥功至伟的公亶父，没有把这些功劳独揽在他的身上，他感念天意让他娶了个好老婆，给他生育了泰伯、仲雍和季历。

几位儿子，因为母亲太姜的教育，都十分贤明。按照当时部落社会的惯例，公亶父的王位应传给长子，他的长子泰伯是理所当然的继位人。父王公亶父也许有那个意思，感觉老三季历人贤能力强，希望他来继承他的事业。泰伯没有争没有抢，他采取了避让的措施，托词采药，拉上他的二弟仲雍，走出他们兄弟生长的周原，一路向东，远去了荆蛮之地……泰伯很好地葆有了父母亲的美德，与当地的荆蛮人和谐相处，教授他们农业生产的技能，团结了大量的当地人，大家心悦诚服，拥戴他在太湖之滨建起了国号"句吴"的方国，还在今天的无锡梅里营建起了都城。

虽然奔吴而去的泰伯建立起了他的小方国，但在他得知父王去世的消息后，又毅然携手二弟仲雍回去奔丧。

在周原上他们周族的王宫里，三弟季历和众臣全都求泰伯来继承王位，可他坚决不从，料理完丧事后，即又返回了江南。季历无奈，登上王位，却遭到商的嫉恨，被暗害致死。泰伯因之再一次回家奔丧，群臣又再一次请求他继位，而他也再一次在办完丧事后返回了他的江南。

"泰伯，其可谓至德也已矣。三以天下让，民无得而称焉。"多年后孔老圣人评价他的话，被风先生牢牢地铭记在心，他时不常地要给我念叨一回。

作为吴姓中的一员，我心心念念着泰伯的圣心大德，为有他这一个吴姓祖先而骄傲。前些日子，我的女儿在留学美国、英国后学成归来，受聘在南京的东南大学任教，春节时我去那里看望女儿，专门留出两天时间来，拜访了泰伯立国的遗迹，以及他去世后的埋葬地。

我的朋友风先生，是伴着我一起去的。有他在，我对泰伯的认识会更准确一些。

我俩赶到无锡梅里，即今天的梅村时，恰在正月初九日，而这一日刚好又是泰伯生日。梅里人为泰伯建立了祭祀他的祠庙，设定了庙会……人山人海的庙会中，我和风先生手牵手走在密不透风的人群里，好不容易走进祠庙，买了高香，举着要给我们吴姓的老祖宗敬上，却半天抵不到香炉前去。来庙里的人，像我一样，心情都是虔敬的，大家一个跟着一个排队上香。就在轮到我上香的时候，风先生趴在我的耳朵眼上，给我诵念出了这样两句民谣：

正月初九拜泰伯，稻谷多收一二百。

多么实在的祈望呀！大家祈望得到泰伯的庇护，过上幸福美满的生活。仁德的泰伯应该有这个能力，也有这样的神力，能让他爱护的老百姓过上好日子。可不是吗，唐代诗人陆龟蒙拜谒泰伯庙时，情之所至，书写下来《和袭美泰伯庙》一诗，就镌刻在庙廊的一块石碑上，被风先生看见了。

看见了的风先生，没有迟疑，顺口诵念了出来：

故国城荒德未荒，年年椒奠湿中堂。

迩来父子争天下，不信人间有让王。

我耳听着风先生的诵念，眼睛却看向了泰伯庙殿前明代修建的石牌坊上凿刻着的"至德名邦"四个大字。这四个字帮助我很好地解决了一个怀揣在心里的问题。那就是生养了我的扶风县北乡闫西村，除了五房吴家子孙，从来未有一户姓闫的人家。奥妙原来就在周武王灭商后，派人找到这里来，把吴姓始祖泰伯的曾孙仲奕封于阎乡，从此仲奕的后代就以阎姓明世，"闫"是"阎"的异体写法，"阎"与"闫"是不分的哩。

龙滋味

【传五】

笃公刘，于豳斯馆。涉渭为乱，取厉取锻。止基乃理，爰众爰有。夹其皇涧，溯其过涧。止旅乃密，芮鞫之即。

——《诗经·大雅·公刘》节选

中华儿女引以为豪的吼声是："我们是龙的传人！"

然而周人迁豳建立起部落的时候，还与龙有过一些不堪回首的斗争哩。风先生传说的一则故事，就很能说明问题。他像当时在现场似的，给我说得绘声绘色，说是豳地百姓在公刘的统领下，社会生活取得了长足的发展，大家丰衣足食，却也面临强敌武乙及戎狄的不断侵袭。他们历经磨难终得安稳，又不幸遭遇了特大天灾。是年春夏之交，一场突如其来的暴雨，像天河决了大堤，倾盆不息。豳地平地积水三尺，洪水滔天，冲走了百姓的猪羊，还有粮食家产，以及鲜活的生命……为了救民于水火，公刘亲率部落里的青壮年，爬上阻挡洪流去路的一座大山，把山挖开一道口子，排泄祸害百姓的洪水。可是白天挖开的豁口，到了晚上又会倔强地合拢，再次阻挡洪水的流泻。一连数天，公刘率领族人，就这么反反复复地挖山不止，但就是解决不了问题。洪水越来越汹涌，豳地的老百姓扶老携幼，四处逃窜，祈仙求神，绝望至极。作为首领的公刘，没有理由放弃，没有时间丧气，他依然率领部落青年，在那座大山开挖。就在这个关键的时候，有位白发白髯的老者飘然而来，落脚在公刘的身边，摇头晃脑地念出了四句谣谚。

谣谚曰：

> 不怕千刀万刀，就怕南山蒉草。
>
> 若要龙脉断裂，芦苇须得斩削。

白发白髯的老者把谣谚如风般吐露出来后，没有等到公刘醒悟过来，即又如风似的飘然去了。徒留公刘手握一把巨大的石耜，愣怔了好一会儿，这才明白过来：阻挡着洪水流泻的这座大山，原来是一条活龙！怎么办呢？运用挖掘的方法，是永远也挖不开山口的。情急之下，他手执石耜，奋力铲掘大山，可他如何铲掘都不起作用。在他几乎要绝望之时，公刘抬眼看见山梁顶端生着一根叶片锯齿样的羹草，就跑了去，将它折在手里，拿来锯山梁了。他日夜不停，锯了三天两晚上，锯得山梁断开了一道宽大的豁口，豁口深处喷出来一股黏稠的血柱，汇入洪流滔滔而下。不到半天时间，祸害幽地的滔天洪流即被排泄一空。老百姓感念公刘救民于苦难的伟绩，大家欢欣鼓舞，焚香祭酒，敬奉公刘，把他当街抬起来，一次次地抛向空中，并山呼公刘恩德比天。

这座山此后被人叫作"斩断山"。

公刘斩断的可是一条龙脉哩！那是不是预示着他也将鱼龙变化，做主宰天下的龙？公刘没有多想，他唯一想的是百姓能够安居乐业，又岂会顾自己的私利。对此，我多有疑惑，就不揣冒昧，向风先生询问了几句。我首先询问的是关于那位白发白髯的老人，他是谁呢？是风先生吗？我的问题把风先生问得呵呵呵呵好一场乐，他乐着回答了我。

风先生说："凭你怎么说吧，说是我就是我。"

风先生说着，还把《诗经》里的那首《公刘》诵念了出来：

　　笃公刘，匪居匪康。乃埸乃疆，乃积乃仓。乃裹糇粮，于橐于囊。思辑用光，弓矢斯张。干戈戚扬，爰方启行。

　　笃公刘，于胥斯原。既庶既繁，既顺乃宣，而无永叹。陟则在巘，复降在原。何以舟之？维玉及瑶，鞞琫容刀。

　　笃公刘，逝彼百泉，瞻彼溥原。乃陟南冈，乃觏于京。京师之野，于时处处，于时庐旅。于时言言，于时语语。

　　笃公刘，于京斯依。跄跄济济，俾筵俾几。既登乃依，乃造其曹。执豕于牢，酌之用匏。食之饮之，君之宗之。

笃公刘，既溥既长，既景乃冈。相其阴阳，观其流泉。其军三单，度其隰原，彻田为粮。度其夕阳，豳居允荒。

笃公刘，于豳斯馆。涉渭为乱，取厉取锻。止基乃理，爰众爰有。夹其皇涧，溯其过涧。止旅乃密，芮鞫之即。

风先生抑扬顿挫地诵念罢了这首歌颂公刘的诗歌之后，又把周人关于龙的故事，给我讲了两则。

一则是公亶父从豳地"率西水浒"，在走向周原的路途中，遭遇了众多艰难险阻，其中就有与龙殊死搏斗的情景。不过在我想来，那样的龙，可能不是真的龙，而是一条又一条的河流。"隔山不算远，隔水不算近"，古人太少今人的手段了，与一条河流进行抗争，即会把那条河视为一条难以征服的龙……人与自然的关系，在远古时候，大约该是这个样子呢。

我把我的认识毫无保留地告诉了风先生，他睁大了眼睛，看了我好一阵子，没有多言语，而是还原成他风的样子，遁迹去了。

他去就去吧，我趁此机会，把阅读过的一些历史知识梳理了一下，知晓我们中华民族对于龙的认知与研究是很清晰的呢。闻一多先生说了，龙是中华民族"发祥和文化肇端的象征"。他的观点很好地对接了孔丘老先生的观点，这位智慧的长者，在两千多年前，就为龙的精神做了最为本质的注解，开了将人间出类拔萃者比喻为龙的先河。《庄子·天运》记载，孔子曾去拜见老子，归后三日不谈拜见之事。弟子问他："先生您去拜见老聃公，难道就没什么话说吗？"孔子回答道："你们知道我见到什么了吗？我见到了龙！"他进而说："龙，合而成体，散而成章，乘着云气飞翔于阴阳之间。我惊异地张开了口却忘记了合，又怎么能与人家说呢！"一生乐于说教、视他的说教为终生理想的孔子，见了老聃便无话可说。这是孔老先生的德行，他有这个自知之明，而后来人对他的这一德行，是极推崇的哩。譬如司马迁就在《史记·老子韩非列传》中，几乎照本宣科地做了又一次记述，他写道："孔子去，谓弟子曰：'吾今日见老子，其犹龙邪！'"

孔子贵为圣人，他对于"龙"的敬重，所体现的不还是一种强烈的自然观吗？

到了老年，周游列国后回到曲阜的家里，孔子不再图谋远游，而专注于"六经"（即《诗》《书》《礼》《乐》《易》《春秋》）的整理。在此期间，他提出了一系列关于龙的重要认识，如"龙德广大""神龙精处""龙德而隐""龙德正中""龙德时进""云龙谐天利人""亢龙思危""龙德知化"，等等。我不能对先圣的每一个说辞作出解释，但我能够感悟先圣所推崇的"龙德"，归结起来，就是他一贯倡导的君子之德，亦即"谐天利人，广施普惠，追求中正，懂得进退"的理想之德。

龙在中国文化中的根，是扎得很深很深的呢。

龙的崇拜，龙的精神，可以说就这么深刻地根植在了中华民族的灵魂里。无论南方北方，无论东方西方，考古界在长期的考古发现中，都有关于龙的发掘，像河南濮阳蚌壳摆塑龙、内蒙古翁牛特旗三星他拉红山文化遗址中的玉龙、浙江良渚文化遗址中的玉龙，以及山西省临汾市陶寺遗址中的彩绘蟠龙纹陶盘，都很好地证明着龙的崇拜在中华大地普遍而又深广。

在我用心梳理着龙的来龙去脉时，遁迹了一会儿的风先生，也许自觉有了他插话的必要，便就带着他特有的"风"气，倏忽逼迫到我的身边，把我前些年为我们家乡的臊子面撰写的一篇赋文，咿咿呀呀地念叨了出来：

　　臊子面香，西府名望。天下一绝，华夏第一面也。虽则地方小吃，神州之内知音多；原来西府灶头，如今寰宇处处有。溯源正宗,扶风岐山两家。扶风煎稀香,岐山酸辣汪。周公庙头锅底火,法门寺前锅里汤。宴友待客,非十八碗不能尽兴。

臊子面香,味美四方。一年养猪,五花大肉爁臊子;刀快肉细,五谷香醋焖厚味。渭北小麦,三茬精粉擀面条;饸薄长宽,滑溜筋道为上佳。弱水深泉,浓汤大味红白绿;烫舌润喉,鲜香无比韵无穷。闻有好者,缺一餐魂不守舍;传有嗜者,他乡千里相思泪。

臊子面香,人间绝响。历史悠久,世代传承灿烂;荟萃日月,浓缩气象万千。春夏秋冬,常食强筋健骨;细品慢咽,常吃荡气回肠。特色鲜明,男女老少咸宜;贫富皆喜,物美根植民心。魅力无穷,黄土地上最佳肴;竟至于斯,精神源泉三秦魂。

风先生念叨着我的拙作《臊子面赋》,我明白,他是在提醒我另一则周人关于龙的故事。公亶父"率西水浒",给他们周人开辟出"堇荼如饴"的居住地后,选择三子季历做了他的继承人,做了部落的王。季历死后,姬昌继位,是为周文王。文王像他的先祖一样,首先面对的还是如何与自然和谐相处的问题。当其时也,泛滥的渭河是他们族人最难征服的一大灾害,一年到头,不是干旱就是水涝。然而周人选择的生活方式,是他们祖先最为推崇的农耕生产,这是他们强国富民的基本手段。因此,如何治理渭河,便成了横在文王姬昌面前必须逾越的一道难题。文王姬昌没有被苦难吓住,而是主动与渭河抗争了。他的子民在遭遇旱灾或是水灾的时候,首先想到的人就是他。百姓惊恐万状,赶到文王姬昌的面前,向他告发渭河里有条黑龙作妖,它沉睡不醒时就干旱,睡醒起来又腾云播雨,搞得遍地水起,庄稼种不进地里去,种进去了又收获不回来。

文王姬昌不愧是老百姓的主心骨,他愤而率众去到渭河边,低头观察渭河中的流水,抬头观察天上的流云,不知他是真观察到了,还是为了安抚人心，只见他毫不犹豫地张弓搭箭，向空中的一团黑云射了去。

风先生当时就在现场，他和现场的老百姓，眼睁睁看见一条作妖的黑龙，带着文王姬昌射在龙鳞上的箭头，跌落在了渭河边。黑龙似乎还要挣扎，但文王姬昌抽出他的佩剑，砍在挣扎着翻滚成一团的黑龙身上，当下将它砍作两段……百姓们欢呼雀跃，簇拥着勇敢的文王姬昌，回了他们各自的家。可是留在渭河边上断成两截的黑龙却神奇地对接起来，愈合成了一条完整的龙。它腾空而起，复在天上行云布雨，祸害百姓！有了射龙经验的文王姬昌，岂容黑龙肆意猖獗！他再次走出王宫，去到渭河边上，射杀了黑龙。但是死而不僵的黑龙故态复萌，依然祸害百姓不息。文王姬昌因此想了，如何才能彻底降服黑龙？想来想去想出个办法，文王姬昌号令他的族人，把王宫里的九口青铜大鼎抬到渭河边来，注入河水，架上柴火，烧煮得青铜大鼎里的水沸腾起来，这才又一次张弓搭箭，射落黑龙。他大声地嘱咐他的百姓，拿来自家案板上的碗筷，还有菜刀，任意割取黑龙身上的鳞甲与肉，然后到青铜大鼎的边上，捞取大鼎里煮熟的面条，浇上青铜大鼎里的滚汤，烫熟黑龙的碎肉，连汤带面带黑龙肉，吞咽进肚子里去。

风先生说了，文王姬昌也食用了那一顿龙肉面。他食用罢了，还给这难得一尝的美味起了个名字，曰"浇汤面"。

古周原上流行了许多年的浇汤面，如今已是这里的百姓须臾不能缺少的一种美食，而且还慢慢地衍化着，变成了今天的"臊子面"。当地人所说的"臊子"，其实就是"小肉片"的意思。扶风、岐山两处古周原上的县域之地，最是盛行臊子面了。其特点就如我在《臊子面赋》里强调的那样，岐山县的臊子面，辣是一个方面，酸是一个方面；而扶风县的臊子面，虽然也要点醋，但绝对不会太酸，至于辣子则干脆没有。因为辣子舶来我国已是多年之后了，扶风县的人，不能忘记文王姬昌的恩德，所以就坚持文王姬昌与百姓一起食用臊子面时的原汁与原味。

现在的我工作生活在西安城里，过些日子，嘴馋我们扶风县的臊子面，就会驾车回去一趟。

我回去时，风先生不会落下，他是一定会伴随我的哩。就在昨天，我与风先生相约相伴，又一次驱车回了扶风县。我与风先生不会去别人家里，只会钻进我堂弟家里，品尝他家锅灶上的臊子面……我所以有此喜好，都在于我们家族祖传的臊子面自有我们家的味道，而我坚持认为我母亲生前调和的臊子面味道，是我们那里最好吃的一味。对此，我不怕与人争辩，哪怕大打出手也无所谓。然而没有长生不老的母亲，我母亲不在了，我堂弟家的味道倒也十分相近，便凑合着满足一下我对母亲的想念与思念。

恰其时也，风先生把我曾经的一段记忆，在他香香地吞食了一口臊子面后，给我提说了出来。

风先生给我提说出来的是一条青铜龙！年轻时我在扶风县文化馆工作过一段日子，有"青铜器之乡"誉称的扶风县，时不常的会有一桩让人惊喜的消息传进馆里来。我记忆得非常清楚，就在中华人民共和国成立四十三周年纪念日的下午，散布在召公镇的文物通讯员打电话来，说他们镇上的海家村出土了一条青铜龙！消息传来，身在文化馆的我当下便兴奋起来，骑上我的飞鸽牌自行车就往三十里开外的青铜龙出土地赶去了。

那是一条残着的青铜龙呢！虽然残缺着，却也相当巨大，盘在一起，长约一米有余，我骑在自行车上，远远地就看见了。我看见那条青铜残龙，沐浴在夕阳璀璨的霞光下，生动极了，很有一种腾空而飞的气势……我把自行车的轮子踩得亦如腾飞一般，猛地骑行到海家村村民围着的青铜龙跟前，没有刹住车闸，居然就冲得扑爬在了青铜龙的身上。

海家村的村民急忙伸手拉我，而我还赖着不愿意起来，全身心地拥住这条残龙，感觉青铜龙如是一个活着的肉体，我的身子贴在它的龙体上，似乎还能感受到它的体温和脉动。我震惊了！因此就在心里默默祈祷了起来，希望青铜龙的重新现世，能给我们现世的人带来吉祥和福祉。

风先生也赶来了，他关心着我磕破了的腿弯，俯下身来，关切地问我腿弯里疼不疼？疼是一定的，但我没有回答风先生对于我的关心，而是向他反问了一个问题。

我问："这条青铜残龙，莫不是被割了肉做臊子面的那条龙？"

我问出来的话，不仅把风先生逗乐了，便是挖刨出这条残龙的海家村村民，也都乐了呢。

风先生乐着给我说："也许是吧。"

海家村村民肯定都知晓臊子面的来历，所以也都说："啊呀呀，咱们可都是吃了龙肉的人哩。"

玩笑归玩笑，作为扶风县文化馆的一员，我的责任，是把村民们挖掘出土的青铜残龙运送回县上的馆里。我过来之前，在文化馆的出纳处领了两千元，那个时候，奖励主动献宝的群众，最多就是这个数。我数都没数，就把钱全掏了出来，往村里管事的人手里塞去，让他组织人马，把青铜残龙装上一台小四轮的拖拉机，把我的自行车也架上去，一同往县文化馆去了……回到馆里来，我在写青铜龙入库报告时，是这么形容的：龙首是硕大的，巨睛突目，双耳斜出，两角雄壮，方形大口，上下唇翻卷着，双齿紧扣，侧视着的头部向上，挺起棱角分明的一条高鼻梁，张牙舞爪，活灵活现。

一份报告资料，我写了这些文字后，按照规定，还写了出土地。

出土地海家村的这个"海"字，倒是很有讲究。听他们村里人说，早在周朝时，他们的村子东边是一片汪洋大泽。后来水退了，开垦成了庄稼地。原来是个什么样子，没人见识过，但就在近段时间里，那一大片耕种着庄稼的大凹地，仿佛要梦回西周，重温一遍水泽的浪漫似的，先于中心地带积起一片水洼，不多几日，渐次扩展，那片大凹地就又是一片水的世界了。

水生龙，龙养水……我们出土了青铜龙的古周原，可是有些纪念龙的节日哩。最典型的要数二月二"龙抬头"。当天，家家户户都会炒棋子豆儿。这种豆儿的做法很特别：先用细白的麦面打成手指厚的饼，再用木梳扎上许多龙形花纹，然后在锅里烙得半熟，最后切成指头肚儿一般大的小豆儿，倾在大铁锅里慢火炒了。

炒出来做啥用呢？献龙啊！

龙在哪儿呢？这就要引回来了。

生长在古周原上的我，在故乡参加了许多次的引龙活动。譬如除夕的前一天，就有一个撒灰引龙的活动。每家每户派出家里有威望的人，去到附近的龙王庙里引龙回家。端上一撮箕掺了白石灰的草木灰，从大门外撒起，一条线撒到灶间来，绕着水缸撒一周，家里人谓之"引财龙"。再则就是撒谷引龙了。引罢了"财龙"，端一碗掺了糜子和谷子的粮食，亦从大门外撒起，一条线撒到井房，绕着水井撒一周，家里人谓之"引福龙"。

除此之外，是日为男子者，都要烧水剃头，是谓"剃龙头"，俗以为这样做可助人生尊贵。当然了，是日还有不少禁忌，如不能使针线、使刀子、使剪子，怕的是伤了龙睛，招致灾祸；不能挑水、洗衣、磨面，怕的是挑水惊了龙子，洗衣伤了龙皮，磨面碾了龙首；等等。

凡此种种，都充分地说明人与龙水乳交融、血脉相通，其关系可是不容亵渎的哩。我亲爱的风先生真会抓机会，他赶在这个时候，把我撰写的一篇《神龙赋》，满怀真情地诵念了出来：

华夏神灵兮龙，民族图腾。麒首鹿角虎睛，神乎其神。鳄嘴狮鬣蟒腹，怪乎其怪。鹰爪凤尾锦鳞，异乎其异。兴起舞天蔽日，喷嚏致雨。趣来蹈海弄潮，嘘气生云。捕风捉影难描，乾坤横扫。吞纳世间万象，天象阳刚。

华夏神俊兮龙，宇宙王尊。形合大体天游，摄取阴阳。形散大化地荡，纵横神州。确实万牲王业，沟通鬼神。晴空惊雷一声，身若云翻。天蹈彩舞歌乐，豪情武穆。乘龙快婿凤鸣，萧史秦宫。卧龙南阳茅庐，诸葛孔明。

华夏神韵兮龙，天地恩荣。容纳四海百川，龙威激荡。融汇山魂岳魄，龙脉广阔。行云擎电布雨，温润万物。气贯长虹龙兴，养福九州。衔珠献瑞吉祥，大道高怀。弘毅自强云霄，龙马精神。兼收并蓄笃行，厚德载物。

【传六】

诽谤木

文王在上，於昭于天。
周虽旧邦，其命维新。
有周不显，帝命不时。
文王陟降，在帝左右。

——《诗经·大雅·文王》节选

扫码听诗

求贤若渴的文王姬昌，听闻哪里有贤人，就会从相对豪华的王宫里走出来，去找他。那一次外出访贤，走得远了，唯觉肚子饥饿，口中发渴，实在难忍，就坐在一棵村口的大槐树下歇息。

风先生热爱着文王，他不忍仁慈的文王口渴肚子饿，就用他特有的方法，把一位手提瓦罐儿面糊糊的农妇，连推带拉地送到大槐树下，并平地刮起一股小风，把盖在瓦罐上的那块粗麻布吹起来飘向文王，被文王伸手逮住了。农妇为了讨回她的粗麻布，就向文王走了去，文王把粗麻布还给她，但也向农妇提出了一个请求，问她能不能把瓦罐里的面糊糊匀他吃点儿。

农妇面有难色，但她还是给文王匀了些出来，给他吃了。

农妇倒是没有多说什么，而旁边的风先生却给文王多了一句嘴。他说："人家是给她丈夫送饭充饥解渴的哩。"

风先生说："她好心匀了你一些，在田间劳动的她丈夫就少了那一些。"

肚子饿得咕咕乱叫的文王，是把风先生说的话听进耳朵里了。但他都吃了，又能怎么办呢？而且他馋着的嘴、馋着的眼睛，依然向着农妇的瓦罐里张着、瞅着，农妇看得出来，饥渴着的文王，是还要吃她瓦罐里的面糊糊哩。心地纯良的农妇轻轻地叹了口气，就又给文王匀了一些吃了，吃得文王顿然精神爽快，口中余味无穷，觉得这面糊糊比他王宫里的山珍海味还要香甜可口。

风先生代替文王向农妇致谢了。他说："你好心会有好报。"

风先生说："你不知晓吃了你面糊糊的人是谁吧？我告诉你，他就是老百姓爱戴的文王哩。"

不知农妇听清楚了风先生的话没有？而她也有她的话要说，就回了风先生和文王一句话。

农妇说："饭要送给饥渴的人，衣要送给受冻的人。"

风先生听了农妇的话，感动得说不出话来了。但文王听后，依旧关心着给他解了饥渴的面糊糊，就谢了声农妇，问她说："大嫂，这面糊糊是啥粮食做的？这么好吃。"

农妇坦诚地告诉他："三月春荒，农家人青黄不接，只有芒麦成熟得早，用它救急，搭救性命。"

文王自此知道了芒麦的好，说是所有的粮食中它应该独占鳌头，以后就改叫"大麦"吧……恰在这时，农妇于田间辛苦劳动的丈夫也是饥肠辘辘，他一次次抬头观望答应送饭给他的妻子，却怎么都瞅不见她来，就丢下手中的农活，回家吃饭了。他走到大槐树下，看见妻子与一个过路客人说话，即从妻子手中接过瓦罐，劈头盖脸地砸在了妻子的身上，把盛着面糊糊的瓦罐儿都砸碎了。文王就在现场，他把一切看在眼里，心里很是过意不去。他想上前与那丈夫辩白几句，而那丈夫发罢脾气，转身又到他劳作的田间去了。农妇没急没恼，她轻脚慢步，回家重新给她丈夫做饭去了。文王感动农妇的好脾气，觉得她既忍劳，又忍怨，就尾随上去，很是抱歉地给她说了。

文王说："我不该吃你丈夫的饭食，害你遭了打。"

农妇倒是很会说话。她说："客人莫要见怪，我丈夫不是小气人，他怪我有失礼貌，没有把客人请到家里去招待，才打了我的。"

农妇的话刺激到了文王，他思忖，自己出宫来四下访问贤德之人，眼前的农妇和她丈夫不就很贤德吗？文王因此解下他腰间的玉带递给农妇，让她拿着，并告诉她，日后如若遭遇急难，就拿上这根带子到王都去找他，他会帮她解除一切危难。文王嘱咐罢农妇，便依依不舍地离开了。离开后的文王，心里记挂着农妇，因此他在王宫之内，还想着大槐树下吞食大麦面糊糊的滋味，就吩咐他的御厨做来给他吃了。但他吃得一点都不香甜，御厨做的面糊糊苦涩不堪、寡淡无味，远远不及农妇做的好吃。

三年的时间过去了，农妇的家乡遭了天灾，实在无法谋生度日，她想起吃大麦面糊糊的客人留给她的玉带，便与丈夫一起将玉带带在身上，一路讨米要饭，去找文王了。

文王当年饥渴难耐，吃喝农妇的大麦面糊糊是在一棵大槐树下；巧的是，农妇来到王都，找见文王的地方，也有一棵大槐树……农妇有所不知，文王所以坐在大槐树下，就是从她那里获得的灵感。一有时间，他就会从王宫里走出来，在大槐树下，与树下的老百姓拉家常，说高兴了大家一起笑，说悲伤了大家一起悲伤。因为此，文王总能及时准确地听到老百姓的声音，并及时准确地调整他的政策规划。政令从上到下畅通无阻，老百姓爱戴文王，文王更爱惜老百姓。

农妇和她的丈夫在大槐树下见着了文王，拿出玉带相认，文王想着农妇当时说过的那句话，"客人来了要请进家里去"，他没有犹豫，当即起身，恭请农妇和她的丈夫进入王宫里，安置他们住下，并当着满朝文武官员的面，封夫妻俩为"贤德人"。

贤德的农妇夫妻没有让文王失望。他俩在王宫里住了些日子，文王去看他俩，想起那瓦罐里的大麦面糊糊，就给农妇说，王宫里的御厨咋做都没她做的好吃。农妇听后，就自觉地给文王做着吃了。可是文王尝了几口，也没尝出在她们村外大槐树下吃时的味道，就问了农妇原因。很会说话的农妇，既有长期在乡村生活的经验，又有了在王宫里的生活阅历，略一思忖，就把问题的关键想透了。

农妇冲着文王淡淡地笑了笑，说："饥时糠也甜，饱时肉也嫌。"

文王听罢，拍案称好，说道："贤德人自有贤德的道理，我明白过来了。"

明白过来的文王说："饱时不忘饥时苦，富贵常记贫贱寒。"

与农妇夫妻的交往给了文王莫大的启发，从此天下有了什么困难和问题，他不只在王宫里向他的大臣们询问，还一定要广求民间的意见，将各种意见综合起来，出台安邦定国、济世安民的政策与法规……周朝八百年江山，这一主张与立场，是起了大作用的。班固修《汉书》，总结文王的得失，最为推崇他的一个品德，就是他听得进老百姓的心声。

班固的原话是这么说的："仲尼有言：'礼失而求诸野。'"如此说来，孔老圣人也是非常赏识文王的德行呢。

然而品德高尚、德行高标的文王，却不可避免地遭到了小人的诬告。这个小人就是与文王同时代的崇侯虎。司马迁的《史记》记载了崇侯虎是如何跑到商纣王面前，摇唇鼓舌告黑状的。他说什么"西伯积善累德，诸侯皆向之，将不利于帝"。崇侯虎揣摩透了纣王的小心思，知晓文王的德望对他确是一种威胁，而且知晓小小邦周在文王的励精图治下，已经很是强大了，大到如《论语·泰伯》所说的那样，"三分天下有其二，以服事殷"。商纣王不傻，他要借题打压文王了。商纣王青红不分，皂白不辨，当即把文王关进了大狱，并把他的待遇断崖式降低为下大夫级。

周文王事后在他为自己书写的回忆录《周易》里，详细地记述了狱中的情况："系用徽纆，寘于丛棘，三岁不得，凶。"一十三个字，字字带血。风先生当时放心不下被囚狱中的文王，便及时赶来，日日相跟，时时不离，他给我说了，说是纣王将文王用绳索捆缚，关在丛棘之中的监狱里，三年不得释放。风先生还说，文王在回忆录《周易》中亦说，他的饮食是"樽酒，簋贰，用缶，纳约自牖"。这是什么意思呢？意即一日两餐，每餐一杯酒、两碗饭，用缶装盛，从窗口送入。生活上的艰苦，对于文王来说，倒是受得了。因为他牢牢记得，当他吃了那位很会说话的农妇做的大麦面糊糊后，农妇与他说过的话，那话是他困于牢狱之中时的精神支柱，他没有什么扛不过去的。但是远在周原王宫里的妻子太姒，却真的为他急了呢！

情急中的太姒想了一个主意，决定以子换夫。

风先生感知到了太姒的这一主张后，立刻以他风的能力旋回到周原上，劝说了太姒。可他不仅没有劝说得住太姒，而且还激发起他们大儿子伯邑考代父赴难的决心。伯邑考告别了母亲太姒，在风先生的陪同下，到商纣王的都城朝歌来了。文王的回忆录《周易》对此也做了记述："系小子，失丈夫。系丈夫，失小子。"不离不弃的风先生，在朝歌亲眼看见伯邑考面见了纣王，传述了他母亲的良好愿望。风先生听着伯邑考入情入理、感人肺腑的叙述，他忍不住都热泪盈眶了呢！然而暴虐的商纣王听了伯邑考的话，不但没受感动，反而哈哈大笑起来。他的笑声把风先生惊着了，他知道商纣王的笑可不是什么好兆头。吃惊的风先生不由自主地把他的拳头都握了起来，可他能有什么办法呢？他一点办法都没有，就那么眼睁睁看着，接受了命令的刽子手把孝顺的伯邑考先杀后烹，做成肉饼，装进食盒里，送到狱中的文王手边，让他食其子肉了！

文王也许不知，食盒里的肉饼是杀了他大儿子伯邑考烹制的，就伸手拿了一个，送到了嘴边。

当其时也，人情味浓厚的风先生猛地扑到文王面前，想要夺掉他拿在手上即将要吞食的肉饼，可他的动作还是慢了点，可怜的文王，把用儿子肉烹制的肉饼，没嚼没咀，一口就吞下了肚腹……风先生因此想了，智慧的文王是已知晓了一切，知道他吞进肚腹里的肉饼是他大儿子伯邑考的血肉。他所以将其吞咽进肚腹里，就是为了麻痹商纣王，好让自己走出牢狱的大门，回他的周原上去，与他的百姓同甘苦，共患难，大力发展家国势力，有朝一日，来向暴虐无道的商纣王复仇！

文王忍痛吞咽了爱子伯邑考的肉后，太姒又筹划用重金购买了许多奇珍异宝，以及美女，着人献与纣王，这便换来了文王的自由。

自由了的文王姬昌，回到他日思夜想的周原上来，走到了王宫门前，再往前迈出一步，他就又能坐上王位，发号施令了。可就在那一刻，紧随在文王身边的风先生，却看见文王回了一下头。他看向了王宫门前的那棵大槐树，没有犹豫，当即转身过来，走到那棵大槐树下，靠着大槐树的树干，结结实实地坐了下来。他的这个举动，当即引起围在王宫门前的百姓的注意，众人无不欢欣鼓舞，一首《诗经·文王》的歌谣，就此在大槐树下轰然震响起来，响彻了高远的云霄。

　　歌谣云：

　　文王在上，於昭于天。周虽旧邦，其命维新。有周不显，帝命不时。文王陟降，在帝左右。

　　亹亹文王，令闻不已。陈锡哉周，侯文王孙子。文王孙子，本支百世。凡周之士，不显亦世。

　　世之不显，厥犹翼翼。思皇多士，生此王国。王国克生，维周之桢；济济多士，文王以宁。

　　穆穆文王，於缉熙敬止。假哉天命，有商孙子。商之孙子，其丽不亿。上帝既命，侯于周服。

　　侯服于周，天命靡常。殷士肤敏，祼将于京。厥作祼将，常服黼冔。王之荩臣，无念尔祖。

　　无念尔祖，聿修厥德。永言配命，自求多福。殷之未丧师，克配上帝。宜鉴于殷，骏命不易。

　　命之不易，无遏尔躬。宣昭义问，有虞殷自天。上天之载，无声无臭。仪刑文王，万邦作孚。

　　周原上的百姓高声大嗓地传唱着《文王》的歌谣时，风先生也跟着唱了哩。但他还又分出点儿注意力来，把目光投向文王与众百姓在其下载歌载舞欢乐着的那棵大槐树……树老成神，在文王姬昌遭遇诬陷、被囚商纣王都城边上的羑里牢狱中时，与文王似有某种神秘联系的这棵大槐树，见不着常来它树荫下会见老百姓、聆听老百姓心声的文王，可是太伤心了。对此风先生有他独特的见解，以为人与物交往久了，是会产生感情的。对文王颇有感情的大槐树就是这个样子，它见不着文王，就落光了树叶，并在此后的日子里，像是沉睡过去了一般，再也不发新叶，光秃秃地等待着文王的归来。

大槐树等回了文王姬昌，它感怀文王的恩德，而文王亦感怀它的阴凉。

双方在回头相互深情地看着时，风先生有意无意地煽动起一股风来，簌簌地摇晃着大槐树上密密麻麻、细细碎碎的枝条。那么摇着晃着，不仅文王看见了，风先生看见了，便是围在这里迎接文王的老百姓也都看见了：大槐树的枝条，像是接收到一种神异的指令，蓦地就都绽放出点点绿色来，并迅速地生发着，如文王当时在它的树荫下聆听老百姓心声时一般，从一点点的绿色，生发为满树浓密的绿叶。

大槐树这一神奇的举动，强烈地吸引了文王姬昌，也吸引了风先生。

此后的日子，文王姬昌坚持他原来就有的习惯，有时间了，就来到大槐树的浓荫下，与他的百姓谈话、交流。当然了，文王姬昌要做的事情很多很多，要操的心很多很多，他想到大槐树的浓荫下与他的百姓见面聊天，但他的时间太有限了，总是不能做到。怎么办呢？文王想了一个办法，他颁令下来，号召老百姓心里有要说的话，能够见到他的面，就见了面说；如果见不到他的面，就说给他安排在大槐树下有文字能力的人听，让他们照样抄录下来，粘贴在大槐树的树身上，他找时间到大槐树下逐一目视。

文王姬昌在世时，对于他的这一承诺遵守得非常好。许多好的政策法令，就是因为老百姓的要求，才发布实施的哩。

风先生有许多关于文王姬昌的深刻记忆。身为君子的伯夷、叔齐，听说了文王的事迹，知他勤于政事，重视发展农业生产，礼贤下士，广罗人才，就远道前来归顺于他；还有在磻溪垂钓的姜尚，亦为他所吸引，被聘请来周做了国师……不同诸侯国的人相互间发生什么龃龉，想要求得一个公平的评判，也会撵到文王姬昌跟前来，让他定夺了。虞国和芮国的国君，为了争夺一块土地，你争我抢了很久没有一个公认的结果。因此双双商定，来找文王主持公道。当他们从自己烽火漫天的国土踏入文王的国境里来，即看见耕田的农夫相互让田，路上的行人相互让路。最后，两人走进文王的都城里来，看到的情景就更是让他俩佩服不已：街市上人来人往，熙熙攘攘，但无论如何，男女自会分道而走；头发斑白的老人不用负重，相互见面，都要客气地稽首致礼。两人及至走到文王的朝堂上来，看到听到的莫不如此，士人礼让大夫，大夫礼让卿相。两人不用给文王说什么了，他俩自觉惭愧，相互也谦让起来，说："我们所争的，正是周人所羞耻的。像我们这样的人，怎么能来践踏君子的厅堂呢？"

于是乎，虞国和芮国的国君都把土地让了些出来，他们两国从此和睦相处，再没了争讼。

然而人不能永生，"郁郁乎文哉"的周文王，终究奈何不了时间的流逝，他老了呢。文王老死的日子，不知别人注意到了没有，风先生是敏感地观察到了，与文王姬昌休戚与共、生死相依的大槐树，先是满树的绿叶卷曲着，枯黄着，到文王的臣民悲悲戚戚，把他们爱在骨子里的文王抬埋到郊野里后，大槐树上的叶子就落得一片不剩了，而且从此之后，再没有生发出叶子来。因为此，大槐树慢慢地树枝断，树股折，最后就只留下一根树干，顶天立地地挺拔在原地，继续接受老百姓的爱戴，承受老百姓给王室敬献的心里话。

那些话，既有歌颂君王的，也有诽谤君王的。虚怀若谷的周文王后继者，感动着先王的恩德盛举，感受着先王的大度与情怀，就把这棵大槐树的树干誉称为了"诽谤木"。

因为周文王的关系，从那棵大槐树起，诽谤木在中华文明的历史上一直发挥着应有的作用，放手天下的百姓在其上书写谏言、指责批评政治过失，而使执政者有个听取百姓声音、改正自己过错、治理整个国家的言论渠道……唐太宗算是一位贤明的皇帝，他从善如流，却也有考虑问题欠周妥的时候。譬如有一次，他嫌弃朝臣上奏的事情不够真实，便欲加贬斥。就在此刻，魏征向他直言谏议："古者立诽谤之木，欲闻己过，今之封事（用袋子封缄的上书），谤木之流也。陛下思闻得失，只可恣其陈道。若所言衷，则有益于陛下；若不衷，无损于国家。"唐太宗高兴地接受了魏征的话，并赞扬魏征说得对。

历史上有关诽谤木的事例，太多太多了。有正面的，也有反面的。

风先生对此多有记忆，不过他给我说了，或者正面，或者反面，不断地发展着，最终都取决于君王自己的修养。唐德宗贞元二十年（804），关中大旱，农作物歉收。京兆尹李实正想聚敛进奉，以固恩宠，对于百姓的诉苦便全不在意。唐德宗召见他，询问人民疾苦。他奏道："今年虽旱，谷田甚好。"经他这么一说，关中的租税没有得到减免，人民只好拆房子卖瓦、卖木料以供赋敛。皇城里一家戏班子的演员顺嘴编了段戏词，演出时唱给人们听了。其中的几句戏词很有点儿讽刺的意味，说什么"秦地城池二百年，何期如此贱田园。一顷麦苗五石米，三间堂屋二千钱"。向德宗谎报了实情的李实听到了，如闻他的死期一般，恼羞成怒，奏报那位演唱了这段戏词的演员成辅端"诽谤国政"。唐德宗不做任何调查，即下令处死了成辅端。

朝中有位正直的官员，因此上书德宗，讲了古代设立诽谤木，欲达下情不可加罪的道理。唐德宗这时倒没有怪罪这位官员，但他后悔了没有，无人知晓。不过京师里的百姓，都切齿痛恨上了李实。

后来立于皇宫前的华表，被人说是从历史上演变而来的诽谤木。究竟是不是呢？我不好说什么，便问了从远古走来的风先生，他老人家居然如我一般，也不好说什么。六百多年之前，从他侄子建文帝手中抢来江山的朱棣，在北京修建承天门的时候，前后各立了两根叫作"华表"的汉白玉柱。你能说那就是"诽谤木"吗？虽然柱头上立着几个叫作"望君出"和"望君归"的石犼瑞兽，起意监督"人间之龙"，希望皇帝能经常出得宫来，体察民情；回到宫里，料理国事。但不知有哪个皇帝像周文王一样，真正做到了？

哦！使命艰巨的诽谤木呀！

我为此发出了一声慨叹，风先生是听见了。他听见了后，以他可以有的历史身份，很是暧昧而又不屑地看了我一眼。他这一眼把我的脸面当下看红了，红得几乎要破出血来，知觉自己是没有慨叹的理由，更没有慨叹的资格……风先生把我脸上的窘态尽收眼底，与我颇多交往的他，理解我内心的感受，他不愿意我太过窘迫，就收回他眼里的暧昧和不屑，很是热心地又给我说起了我十分喜欢的《诗经》一书。

风先生说："你那么乐读《诗经》，可你知晓《诗经》是怎么来的吗？"

风先生的一句问，顿然点醒梦中人。我假意而虚心地回问了风先生一句。

我说："请先生赐教。"

然而风先生早已看透了我内心的虚假，他轻轻地挥了挥衣袖，就如一缕温软的细风，拂着我的面颊，飘逸得不见了踪影。不过，我可以毫不客气地说了呢，对于《诗经》的来源，我多少还是知晓点儿的。因为我阅读过唐代诗人白居易创作的那首新乐府诗《采诗官》，其中对此叙述得就很明白了。身为朝中重臣的白居易，为着朝政的清明有感而发，开宗明义地在《采诗官》中指出，本诗旨在"监前王乱亡之由也"。接着就还十分明了地写道："采诗官，采诗听歌导人言。言者无罪闻者诫，下流上通上下泰。周灭秦兴至隋氏，十代采诗官不置。"

从白居易的新乐府诗《采诗官》里，我是读出一种情味来了。

可以说自周文王起，于朝中设立"采诗官"这样的职官，选拔贤良人才，供给他们一定的财货，让他们走出王城，巡游各地，采集民间歌谣，是一种游走在世间的"诽谤木"。如此做来，更能贴近百姓，体察民俗风情，倾听百姓的心声，观照朝廷治国牧民的政治得失。

《汉书》对此也有非常精准的描述，譬如《艺文志》即曰："哀乐之心感，而歌咏之声发。诵其言谓之诗，咏其声谓之歌。故古有采诗之官，王者所以观风俗，知得失，自考正也。"而《食货志》亦曰："孟春之月，群居者将散，行人振木铎徇于路，以采诗，献之大师，比其音律，以闻于天子。"《汉书》里的这两段记述所说明的是：采诗，即采取怨刺之诗也。

我因之很想穿越回那个时代，做个游走乡野的采诗官。我甚至浪漫地想了，把采诗官想成了一只一只既辛勤又称职的蜜蜂，翩翩飞舞，采闻那似花粉、花蜜般美丽动人的歌谣。

我正不知天高地厚地幻想着，游走的风先生窥探到了我的幻想，他是乐了呢。乐着的他把如风般细柔的手指划拉在我的头发间，我感觉痒酥酥的，伸手去抓，居然把风先生的手指抓在了手里。可能是我抓得太用劲了，我听见风先生轻轻地喊叫了一声痛。随即又说了我一句，他说我想得倒是美哩。

风先生的这句话使我疑心起来，疑心当年的他应该就任职过采诗官呢。

我的疑心获得了风先生的认同，他在我握着的手里悄悄地挣扎了一下，当着我的面，一下子真就恢复了他采诗官的模样。他豪迈着，又谦恭着，慷慨着，又内敛着，深怀着一个采诗官应有的敬业精神，欣欣然脚步矫健地行走在笔直的官道上，或是弯弯曲曲的乡间小道上。风先生手中摇动着一只木铎，那枣木制作的木铎被他长年累月拿在手里，汗沁油润，又红又亮，他走一步，木铎即发出一声清清的脆响。那美妙的清响，如一首不绝于耳的乐曲，穿越道路旁的小树林或者小溪流。在田间劳作的百姓们听到了木铎声，他们的心情当即会愉快起来，追着手摇木铎的风先生而来。采诗官的风先生早就花白了须发，他看着向他围拢来的百姓们，即会停下他行走的脚步，随便找一棵树的树荫，或是一道土坎的阴凉，坐下来，招呼着众百姓，与他们嘘寒问暖，请求他们将新的歌谣唱出来。而他则用一柄锋利的小刀，在他带在身边的竹片上，将新歌谣飞刀如花般地刻录下来。

以诗歌的名义巡游天下，风先生是太幸福了。

我无法知晓，像风先生一样的采诗官，他们的薪水是否丰厚，但我知道，他们是深受百姓欢迎的。他们采诗官来到某个村庄的日子，往往就是那个村庄的一个节日。村里的百姓也许会备了酒，把挂在屋檐下风干的羊腿或猪肘子，割一刀来，上火烹煮好了，盛在瓦釜里，与采诗官一起分享，一起歌乐。他们甚至有那样的资格和条件，与某个村庄里的某个女子，来一场爱的亲密接触。

风先生一定又窥探出了我心里的幻想，他因此咿咿呀呀地把《诗经》里的那首《硕鼠》声音洪亮地念诵了出来：

> 硕鼠硕鼠，无食我黍！三岁贯女，莫我肯顾。逝将去女，适彼乐土。乐土乐土，爰得我所。
>
> 硕鼠硕鼠，无食我麦！三岁贯女，莫我肯德。逝将去女，适彼乐国。乐国乐国，爰得我直。
>
> 硕鼠硕鼠，无食我苗！三岁贯女，莫我肯劳。逝将去女，适彼乐郊。乐郊乐郊，谁之永号？

甘棠树

蔽芾甘棠，勿翦勿伐，召伯所茇。

蔽芾甘棠，勿翦勿败，召伯所憩。

蔽芾甘棠，勿翦勿拜，召伯所说。

——《诗经·召南·甘棠》

扫码听诗

现在的扶风县召公镇，原来可是叫菊村的哩。风先生对此记忆非常深刻，有那么几句不甚雅气的乡间口谱挂在风先生的嘴上，他时不常地要朗声诵念出来：

烟锅烟，带过带，我到菊村买过菜。

菊村有个花姐姐，拽住我腰带不放开。

口谱的意思一目了然，讲的是个暧昧的事情哩。风先生不会往深处说，我也就没必要往深处问，就那么暧昧在听者的意识里吧，乐都不要乐。现在改叫召公镇，是否有那样一重意思，我不能妄说，但有一点是可以肯定的，那就是对历史人物召公的纪念了。不过我还是很喜欢原来的那个名字，即口谱里所说的菊村。为什么呢？因为这四句暧昧的口谱，很好地表明了这个原名叫菊村的镇子是很繁华的哩。对此，我的一些经历还可以证明，菊村确实是扶风县西北乡少有的一个大镇子。20世纪中叶时，镇子的城墙还雄伟着，根底上砌石，墙面上包砖，东南西北四座耸天接云的高门楼下，开着四道大榆木门，门扇上包着厚厚的一层铁，钉着一排溜一排溜的大铁钉，大铁钉各自戴着个拳头般的铁炮头，看着既牢靠又威严。我的老父亲跟集（赶集）上会，把我当作家里的小掌柜来培养，就让我伴在他的身边，背点儿旱烟或是干辣椒，到菊村镇的街市上售卖……因为年岁小，我听着风先生诵念的口谱，小眼睛很没出息地就要四处张望，想要看见口谱里说的那些花姐姐。

不消说，花姐姐是看见了呢。但我看见了花姐姐，却没见谁去拽谁的腰带。我因此还无端地生出了些失望感。失望的我，脑子转得倒是不慢，忽然就想起来，镇子名称既然叫了菊村，就应该到处有菊花的呀！

然而我是只有失望了哩。满镇子里纵横交错的几条大街上，我张望了再张望，就是看不见一簇菊花的影子。也就是说，菊村没菊……善解人意的风先生看出了我内心的失望，就撺着我来，给我说了呢。风先生说的是过去，很久很久以前的过去了，这里的人家，是都喜欢菊花、热爱菊花、种植菊花的，不仅在自己的家里种植菊花，便是旷野之上，也到处都是人们种植的菊花哩。许多是人工种植的，而更多的是野生野长着的，每逢夏去秋来起霜的日子，菊花迎风顶霜而开，姹紫嫣红，肆意地绽放着，不到深冬雪埋，菊花不会败落。

风先生给我讲述的菊村镇曾经的那一幅景象，还真的使人迷而醉之哩。不过我没有太过迷醉，即又听见风先生把我后来撰写的一篇名为《菊花赋》的短文，唠唠叨叨念出了声：

菊花何婍分，高秋艳绝。清水洗尘，淡雅香透风摇。茂乎凝霜，轻肌弱骨流芳。清俊兴逸，金蕊映日流霞。娇柔妩媚，浅淡芳菲性空。孤标挺拔，豪迈爽气冲天。时风幽韵，傲秋百花羞煞。世风幽葩，凌寒诗风长天。

菊花何琦分，高风声绝。郁乎垂光，陶潜采之东篱。避浊隐清，微之植菊绕篱。残秋风卷，放翁收菊为枕。流水歌吟，清照以菊自比。骞翻思远，诚斋乐菊鄙金。诗心墨染，钟会赋菊神驰。淡泊宁静，品高低调致远。

菊花何绮分，高怀誉绝。灿乎秋表，疏篱晨霜朝阳。袖怀暗

香，菊影障目雁行。微风翕动，云髻轻拂毛嫱。应节顺时，弄芳
荣华西施。红芒青柯，爱菊如痴福灵。绿叶缥枝，煌然挥藻人伦。
沁润身心，气息通畅舒泰。

念叨罢我撰写的《菊花赋》，风先生没歇气地就还给我说了。他说那
个时候，这里不仅菊花烂漫，还有一棵古老的树，更是为人所尊崇、所敬
仰呢！

我知晓那棵树的名字叫甘棠。

我起小跟着老父亲到菊村镇跟集上会，不知什么原因，我的老父亲在
把他和我背到集市上的旱烟或者是干辣椒销售完了后，会牵着我的手，把
我拉到一处羊肉泡馍的炉头前，从他裹着的腰带里抠出点儿小钱，给我叫
一碗羊肉泡馍，让我等着吃；他自己则偏到一边的醪糟摊子前，把他从家
里拿来的黑面蒸馍掰碎在一个残着口沿的破碗里，让卖醪糟的摊主给他煎
煮了。我与老父亲各自吃罢羊肉泡馍和醪糟煮馍，再没有了事情做，就该
是我们父子回家里去了呢。然而没有，我的老父亲总会自然而然地继续牵
着我的手，去到那棵树冠很大的甘棠树下，在那里静静地坐上一阵。

不只我和我的老父亲要到甘棠树下坐一阵，来菊村镇跟集上会的人，
似乎都有来甘棠树下坐一阵的习惯。

在甘棠树下静坐的次数多了，而我又没啥事干，唯一能做的，就是观
赏这棵古老的甘棠树了。春天的时候，甘棠树会发出一蓬一蓬的浅黄色嫩
芽，过些日子，嫩芽生长着，会变为浅绿色，进而还会变得深绿。在浅绿
变为深绿的当日，从那密密麻麻的树叶里，生发出一小串一小串的花儿来，
那花儿亦很小，米粒一般，但香气浓郁，直扑人的鼻孔。我与老父亲静坐
在甘棠树下时，如遇甘棠开花时节，我即会不能自禁地抽搐着鼻头，贪婪

地嗅吸甘棠树的花香。那白得如云似的小小花儿，一直会绽放到夏季，花儿没有全败，而青色的刺果即已挂在了甘棠树柔柔弱弱的枝头上，有风吹来，既会左右摇摆，还会上下跃动……不过静坐树下的人，不会让青果在树枝上活跃多久，自会你需要了摘几颗，他需要了摘几颗，拿回家去，把甘棠果与车前草等一同架火煨汤，给有需要的人喂服，既可以助人清凉，还能够帮人解毒。

乡村中的人或畜，发生误食中毒的事情，没有比甘棠的青果更起作用的物料了。一次，我的口腔上火溃烂，老父亲便把甘棠树上的青果摘了几颗，拿回家来，给我煨服了两天，我溃烂的口腔就好了呢。

甘棠树的果子与叶子还可以煮水洗脚，能够预防和治疗脚气病。成熟了的果子取仁儿榨油，更是妙不可言，少量地食用点儿，即可降低血脂，调节血压，促进身体的微循环，增强机体的抵抗力，使人延年益寿……就在我口腔溃烂的日子里，老父亲带我到菊村镇跟罢集，再次来到甘棠树下，不仅为了治疗我的口腔溃烂病症摘了几颗青果，还静坐在树下，嘴里不停地念叨什么，呜呜哝哝的。我想听清老父亲在呜哝啥话，可我怎么听都听不清楚。倒是守在甘棠树下的风先生，把我老父亲嘴舌上呜哝着的话听清楚了。

听清楚了的风先生，鼓励我的老父亲说："说吧，说吧。"

风先生说："好些日子了，来甘棠树下的人，没有不给甘棠树述说的。"

风先生说："大家的日子过得苦，生活难，给甘棠树说说也好。"

风先生那么给我老父亲说着话，把我听得一愣一愣的，我起身想要投进风先生的怀抱里，被他抚慰抚慰……风先生张开了他的双臂，但我却没能扑进他的怀里去。因为风先生似乎还有话说，他张嘴吐气如兰，把《诗经》中一首名为《甘棠》的歌谣，带着些悲伤的语调，一字不落地诵念了出来：

蔽芾甘棠，勿翦勿伐，召伯所茇。

蔽芾甘棠，勿翦勿败，召伯所憩。

蔽芾甘棠，勿翦勿拜，召伯所说。

风先生把原文很好地诵念出来后，居然还给我翻译成现代汉语又念叨了一遍。要说古人的诗句，是不好用今天的白话文来说的呢，说出来虽然好懂，却也会失去原诗的韵味。不过风先生的翻译倒是很有些意思，我是听进去了呢。他说："棠梨枝繁叶又茂，不要修剪莫砍伐，召伯曾经住树下。棠梨枝繁叶又茂，不要修剪莫损毁，召伯曾经歇树下。棠梨枝繁叶又茂，不要修剪莫拔掉，召伯曾经停树下。"我因此想到了我的老父亲，还有许多我不认识的老人，他们来菊村跟罢集，上罢会，不约而同地到甘棠树下坐一坐，甚至像我父亲一样，对着甘棠树咕咕哝哝地说些他们心里的话，原来是因为他们延续着一种远古时的传统，把想说要说的心里话，说给他们见不着面的召公听。

可不是吗，名为姬奭、受封召公的他，是很受百姓的拥护和爱戴的。当时的他巡行乡里城邑，走到这棵甘棠树下，总会席地而坐，就在树下听取老百姓的心声。如果谁有争讼的事情，也可以当面说给他，而他绝不推诿，当即会在甘棠树下给他们说理论法，给予公正的决断……总而言之，无论是他治下的侯伯，还是庶民百姓，都极尊重他的判决，不管多么棘手的争讼，经他判决都能各得其所，众人无不心服口服。召公的姬奭年老身死，而百姓感念他，你一嘴、他一嘴地围绕着这棵甘棠树，群体创作了这首《甘棠》的歌谣，并由此还留下一个"甘棠遗爱"的历史典故。

那个曾在甘棠树下与老父亲一起感怀甘棠树的我，业已年逾七旬，在写这篇短章时，我与须臾不能脱离的风先生，一起又去了一趟菊村。

现在的菊村别说与召公那个时候不一样，便是与我小时候去过的菊村也不一样了，不仅我那时见识过的城门没有了踪影，便是如同西安城墙似的菊村老城墙也没有了踪迹。无序拓展着的菊村镇，大而无当，乱得让人难辨东西，更遑论南北，仿佛一位手艺极差的村妇在一口黑锅里摊大饼，摊着的面糊糊是新的，却也破破烂烂，使人不忍直视……不过有一点好，我是必须说的，那就是许多人的家门口都栽种了一种叫"大丽菊"的花儿，一簇一簇又一簇，一片一片又一片，或浅粉，或深红，倒也赏心悦目，烂漫得可以。

我不认识这身材高大壮硕的花儿，就问了跟我在一起的风先生，他说出了"大丽菊"的名字，并好心地说，此菊花非彼菊花，但终究有了菊花，有胜于无，还是值得庆幸的哩。

我赞成风先生的说法，就拿起我的手机，给艳丽的大丽菊拍了几幅照片。然后就与风先生去找那棵历史闻名的甘棠树了。原来生长在菊村村口上的甘棠树，今天则已经被圈围进镇子上新建起来的中学校园里了。我与风先生打听到了甘棠树的消息，就在杂乱的菊村镇街道上，转转弯弯，转磨着去到中学校园里……新冠疫情肆虐的日子，中学里的老师和学生，在我和风先生走进来时，全都在校园的操场上，相互之间拉开一定的距离，在吃中午饭。他们面对着，或者围绕着的，就是甘棠树了。

对于眼前的情景，我与风先生都没有说啥。我相信风先生此刻与我心里想的一个样，甘棠树能在这样的一种氛围里生长，倒是很有意义的哩。

我与风先生没有打扰吃中午饭的老师和学生，就那么安安静静地站在远处，遥遥观望着依然葳葳蕤蕤的甘棠树。睹物思人，我没出声地与风先生一起，把《诗经》里的《甘棠》一诗，在心里细细地又重温起来了……

在我俩重温着的时候，一个召公辅佐过的王的形象，蓦然浮现在了我俩的眼前，那就是历史上满是骂名的周厉王了。这一位召公，不是《甘棠》诗里所写的召公，而是召公次子的后人召虎，也就是史书中所记述的召穆公。召公虎亦如他的先祖召公奭一样受人敬仰。

暴虐成性的厉王，把自己的朝政搞得极端混乱。别人不说话，召公虎则不能不说，不说不是他的品性。他仗义执言，惹得厉王很不开心，但他还要进谏……进谏没能阻止厉王的恶行，厉王多行不义而自毙，国人愤而反抗，把他赶出国都，还要揪出他的太子姬静。太子姬静逃无可逃，走投无路时，躲藏进了召公家里。愤怒的国人撵了来，把召公的家团团包围起来，胁迫召公交出姬静。交还是不交？召公权衡再三，以为姬静的父王有错是他父王的事情，太子没有错。所以他出面劝说国人："先前，我劝谏他的父王，他父王不听，所以才造成这次的灾难。我能理解大家的心情，但我不能交出太子让你们杀害他。那样做只是发泄怨恨，并不能解决问题。而且我受命侍奉君主，我的责任也不容许我交出太子。"召公的劝说起到了一些作用，国人不愿意为难他，但也不想饶恕太子。沟通在继续着，召公是无可奈何了，他因此忍痛把自己的儿子代替姬静交给了国人，方才免除了姬静被杀害的悲剧。

召穆公传承了先辈的美德，风先生唯恐后人混淆，强调怀德守仁的召公奭，遗传基因可是太强大了，而他自己也是做了很多很多好事。公元前1044年，召公奭跟随武王伐纣，在牧野之战中击败商军，商朝末代君主帝辛自焚而死，商朝灭亡。

在艰苦卓绝的兴周伐纣战斗中，武王的弟弟周公手持大钺，召公手持小钺，两人夹辅在武王左右。他们在取得了关键性战役的胜利后，举行了祭社大礼，向天下宣布周朝政权的建立。紧跟着大行分封制度，封功臣，封宗室，功劳巨大的召公被封在了蓟地，也就是诸侯国的燕国。但召公没有前去就封，只是派他的长子姬克前往，他自己则留守都城，继续辅佐周王室。因为他的忠诚，武王再一次封赏了他，因此就有了今天扶风县的召公镇。

周武王去世后，其子姬诵继位，是为周成王。成王在位二十二年，因病亡故。临终时担心太子姬钊不能胜任君主之位，就还遗命召公与毕公率领诸侯辅佐太子。召公视年幼的姬钊为社稷的根本，不仅带他拜见先王庙，期望他向先祖学习，多节俭，少贪婪，以专志诚信统治天下；还奋笔疾书，写出《顾命》一文，教导姬钊。史书对此记载得很详细，言称召公辅佐成王、康王两代君主，开创了四十多年没有使用刑罚的"成康之治"，为周家王朝延续八百多年打下了坚实的基础。

正因为此，历朝历代都有大贤著书作诗，记述或歌颂召公的功德。司马迁的《史记》有云："召公之治西方，甚得兆民和。"又云："召公奭可谓仁矣！甘棠且思之，况其人乎？燕外迫蛮貉，内措齐、晋，崎岖强国之间，最为弱小，几灭者数矣。然社稷血食者八九百岁，于姬姓独后亡，岂非召公之烈邪！"还云："武王克纣，天下未协而崩。成王既幼，管蔡疑之，淮夷叛之，于是召公率德，安集王室，以宁东土。"后来的戴德也说："洁廉而切直，匡过而谏邪者，谓之弼。弼者，拂天子之过者也。常立于右，是召公也。"三国的曹髦更是对召公推崇不已："朕闻创业之君，必须股肱之臣；守文之主，亦赖匡佐之辅。是故文武以吕召彰受命之功，宣王倚山甫享中兴之业。"盛唐名相房玄龄亦以召公为榜样，极言："萧曹弼汉，六合为家；奭望匡周，万方同轨，功未半古，不足为俦。"还有唐代史学家司马贞著《史记索隐》，评价召公云："召伯作相，分陕而治。人惠其德，甘棠是思。"

历史上的召公，配得上《诗经·甘棠》的那一份美誉。三月花如白雪、八月果实累累的甘棠树，已然成了召公的化身和象征。后世的某位官员，如果有幸被拿来与甘棠并论，那就是对他最高的褒奖了。

周恩来总理生前即被人亲切地尊称为"周公"。周公虽非召公，但受人敬仰的程度没有什么差别。而且周总理亦特别喜欢海棠，他生前就特别着意中南海居所西花厅的那棵海棠花。周总理过世后，夫人邓颖超睹花思人，写了《西花厅的海棠花又开了》一文，回忆她与总理五十年来相依相伴的革命生涯。正因为此，许多人在文章里，以及心里头，会把周总理喜爱的海棠树与象征召公的甘棠树相比拟。

众人这样的一种心情，是很令人感动的。但从植物学的角度来讲，海棠与甘棠还是有区别的，哪怕是周总理居所西花厅门前的西府海棠，也就只能说是海棠。

风先生就是一个海棠迷，在他眼里，因为生长于西府（周原一带）而得名的西府海棠比起别的海棠更加美丽。西府海棠树大花艳，花姿潇洒，花开似锦，既有"花中神仙"之称，更有"花贵妃"的美誉。行文至此，风先生来了劲头，他把陆游咏海棠的诗句轻轻地念诵出来了："虽艳无俗姿，太息真富贵。"风先生念诵完还要解释一番，说陆游的这两句诗写尽了海棠花的艳美高雅。他这么说来，又念诵出了陆游咏海棠的另外两句诗："猩红鹦绿极天巧，叠萼重跗眩朝日。"他还解释说，陆游把海棠花的繁茂及其与朝日争辉的形象，可是写绝了。

风先生记忆了许多有关海棠花的诗句，我也一样，也有许多关于海棠花的诗句于我的记忆里萦绕呢。

宋代刘子翚就曾诗云："幽姿淑态弄春晴，梅借风流柳借轻……几经夜雨香犹在，染尽胭脂画不成。"他形容海棠似娴静的淑女，妩媚动人，雨后清香，难以描绘。而苏东坡亦为之倾倒，"只恐夜深花睡去，故烧高烛照红妆"。到了近现代，钟爱海棠花的梁实秋先生，在其散文《群芳小记》中对海棠做了一番描述："一排排西府海棠，高及丈许，而花枝招展，绿鬓朱颜，正在风情万种、春色撩人的阶段，令人有忽逢绝艳之感。"前人之于西府海棠的兴趣感染着我，我在我的扶风堂小院里就也栽植了一株，但还小着，不能大放光彩，不过总有一天，我的西府海棠，是也会嫩绿衬嫣红、艳丽世间的。

甘棠树的文字，书写到此可以结果了。可是一件名为"琱生尊"的青铜器，突然地撞进我的意识里来，让我欲罢不能，我是还得继续续貂的呢。

风先生发现了我心里的图谋，他似真似假地把他如风般的巴掌抡起来拍在我的脸上，嘱咐了我一句话："为尊者讳，你不知道？"我当然知道，但事实摆在那里，还是以青铜铸造的方式记录下来的，我又如何讳哉？风先生的巴掌没有打掉我的主张，而是把我打去了两件琱生尊的出土现场……2006年11月的那天，天上飘着星星点点的细雪，就在召公原始封地上的扶风县五郡西村，取土的村民很偶然地刨出了一组西周时期的青铜器窖藏，出土器物二十七件（组）。其中两件带有铭文的五年琱生尊最为重要，经专家后来研究，其上的铭文与业已传世的五年琱生簋、六年琱生簋上所记述的一个事件，具有非常精准的连贯性。

风先生应该就在现场，因为他早在西周时青铜尊的拥有者府上，就见识了这两件尊器，再次眼见，不需要别人解读，他就看得懂琱生尊上的铭文，翻译过来即是：

> 唯五年九月初吉，召姜以琱生壶五、寻壶两，以君氏命曰：
> 余老，止我仆庸土田多刺，弋许。勿变散亡。余宕其三，汝宕其

二。其兄(公)其弟。乃余蠹大璋报妇氏，帛束、璜一，有司登两。犀琱生对扬朕宗君休，用作召公尊鐽，用薪通禄得屯襦终，子孙永宝用之享。其又敢乱兹命，曰：汝事召人，公则明巫。

从这两件青铜尊铭文记述的事情，可以清晰地看出召公（召虎）的另一面。一位名叫琱生的贵族因大量开发私田及超额收养奴仆，多次被人检举告发。正月的一天，司法机关再次到其庄园调查，朝廷指派琱生的堂兄弟召公负责督办此案。看到朝廷要动真格的了，琱生便采取贿赂召公的办法，让其网开一面。周厉王五年（前873）九月，琱生先给召公的母亲送了一件青铜壶，并请召母及其在朝廷做大官的丈夫向召公说情，希望大事化小，小事化了。为保证事情办成，琱生还给召公的父亲送了一个大玉璋。在召公答应了琱生的请求后，他还得到了琱生送给他在朝觐王时要用的一件礼器圭。

两件琱生尊上的文字与早已出土的五年琱生簋和六年琱生簋上的铭文相互印证，记录下了琱生的官司在召公的大力斡旋下，有了天翻地覆的大转机。给琱生透露这一信息的人，偏偏就是受贿于琱生的召公。召公给他说了呢："这场官司终于平息了。你知道吗？这可都是因为我父母出面给我说了话。"召公不仅给涉事犯罪的琱生透露了如此重要的法律信息，还把判决书的副本作为还礼拱手送给了他。琱生不是傻瓜，他听得懂召公的意思，因此又给召公送了一块玉作为报答。

一场奴隶主权贵与国家司法较量的官司，就这么贿赂来贿赂去，最终以犯罪人琱生获胜而结束。

好一个不知羞耻的琱生，他输理赢了官司，喜出望外是肯定的。他应该安安静静偷着享受他的欢喜才对呀，可是没有，他居然还请了铸铜工匠，给他铸造了两件青铜尊、两件青铜簋以作纪念，并不知廉耻地把他行贿的细节，一字一字铸在器身上，永传后世。我在风先生的帮助下，既阅读过瑚生尊上的铭文，还阅读了瑚生簋上的铭文。我阅读着，除了觉得可笑之外，大概还是可笑了。这该是周朝贵族的真实写照，在他们眼里，行贿受贿、徇私枉法，原来是那样的稀松平常，拿人钱财，为人消灾，如此丑事，却也不以为耻反以为荣地铸刻在青铜器上，炫耀于世。这让今天的我，都要为他们而脸红了。

劝谏厉王、辅佐宣王的召公呀，你是世之无双的正人君子哩！在血亲宗室命运危急的关键时刻，连亲生儿子的生命都不惜爱的人，却为什么不能抗拒瑚生财贿的腐蚀呢？

"天下衙门朝南开，有理没钱甭进来。"风先生在我糊涂着时，插话进来说了这样一句民间俗语。那我还能说什么呢？我能说的话是："官司都是用钱来打的！"

封神台

【传八】

牧野洋洋，檀车煌煌，驷騵彭彭。

维师尚父，时维鹰扬。

凉彼武王，肆伐大商，会朝清明。

——《诗经·大雅·大明》节选

"封神台上的草木长不起来，是因为醋家婆当年端着一盆醋泼了的。"风先生在给我说了这句话后，把他自己先惹得大笑不止。

我的朋友风先生好玩吧？他玩笑罢了，是会说些正经话的哩。果不其然，他引领着我，来到我小时候常要爬上去玩儿的封神台上，很有种指点江山、挥斥方遒的气概。风先生把我们脚下的古周原扫视了一眼，给我不无豪迈地说了呢。他说："姜子牙当年在这里筑台封神，你知道他一口气封了多少神仙吗？"

还别说，我是被风先生问愣了。

在此之前，我只晓得上年龄的人曾给我们这些爬上封神台玩耍的小子儿说过，说是千里乔山山脉就数这里神气足。姜子牙受命周武王，在这里大封兴周灭纣的有功之人，他端坐封神台顶的玉石宝座上，论功封神，上榜的神仙多了去了，大有"万仙来朝"之势。仅仅一个截教，其阵势即如《封神演义》所云那般："一团怪雾，几阵寒风。彩霞笼五色金光，瑞云起千丛艳色。前后排山岳修行道士与全真；左右立湖海云游陀头并散客。正东上：九华巾，水合袍，太阿剑，梅花鹿，都是道德清高奇异人；正西上：双抓髻，淡黄袍，古定剑，八叉鹿，尽是驾雾腾云清隐士；正南上：大红袍，黄斑鹿，昆吾剑，正是五遁三除截教公；正北上：皂色服，莲子箍，镔铁锏，跨麋鹿，都是移山倒海雄猛客。"还云："翠蓝旗，青云绕绕；素白旗，彩气翩翩；大红旗，火云罩顶；皂盖旗，黑气施张；杏黄旗下万千条古怪的金霞，内藏着天上无、世上少、辟地开天无价宝。又是乌云仙、金光仙、虬首仙，神光纠纠；灵牙仙、毗芦仙、金箍仙，气概昂昂。"又云："七香车坐金灵圣母，分门列定；八虎车坐申公豹，总督万仙。无当圣母法宝随身；龟灵圣母包罗万象。金钟响，翻腾宇宙；玉磬敲，惊动乾坤；提炉排，袅袅香烟笼雾隐；羽扇摇，翩翩彩凤离瑶池。奎牛上坐的是混沌未分、天地玄黄之外、鸿钧教下通天截教主。只见长耳仙持定了神书奥妙德道无穷兴截灭阐六魂蟠。"最后的结果是："左右金童随圣驾,紫雾红云离碧游。通天教主身心变,只因一怒结成仇。两教主克终有损,天翻地覆鬼神愁。昆仑正道扶明主,山河一统属西周。"

广封了截教的神位之后,多宝道人、金灵圣母、无当圣母、龟灵圣母亦都得到了应有的神位;而赵公明和他的三位妹子,世称三霄娘娘的云霄仙子、琼霄仙子、碧霄仙子,也获得了非常好的神位;再就是九曜星官的崇应彪、高系平、韩鹏、李济、王封、刘禁、王储、彭九元、李三益,以及二十八星宿的角木蛟(柏林)、斗木豸(杨信)、奎木狼(李雄)、井木犴(沈庚)、牛金牛(李弘)、鬼金羊(赵白高)、娄金狗(张雄)、亢金龙(李道通)、女土蝠(郑元)、胃土雉(宋庚)、柳土獐(吴坤)、氐土貉(高丙)、星日马(吕能)、昴日鸡(黄仓)、虚日鼠(周宝)、房日兔(姚公伯)、毕月乌(金绳阳)、危月燕(侯太乙)、心月狐(苏元)、张月鹿(薛定),还有三十六天罡星与七十二地煞星,等等,不一而足。

三十六天罡有:天魁星(高衍)、天罡星(黄真)、天机星(卢昌)、天闲星(纪丙)、天勇星(姚公孝)、天雄星(施桧)、天猛星(孙乙)、天威星(李豹)、天英星(朱义)、天贵星(陈坎)、天富星(黎仙)、天满星(方保)、天孤星(詹秀)、天伤星(李洪仁)、天玄星(王龙茂)、天健星(邓玉)、天暗星(李新)、天佑星(徐正道)、天空星(典通)、天速星(吴旭)、天异星(吕自成)、天煞星(任来聘)、天微星(龚清)、天究星(单百招)、天退星(高可)、天寿星(戚成)、天剑星(王虎)、天平星(卜同)、天罪星(姚公)、天损星(唐天正)、天败星(申礼)、天牢星(闻杰)、天慧星(张智雄)、天暴星(毕德)、天哭星(刘达)、天巧星(程三益)。

七十二地煞有:地魁星(陈继真)、地煞星(黄景元)、地勇星(贾成)、地杰星(呼百颜)、地雄星(鲁修德)、地威星(须成)、地英星(孙祥）、地奇星（王平）、地猛星（柏有患）、地文星（革高）、地正星（考鬲）、地辟星（李燧）、地阖星（刘衡）、地强星（夏祥）、地暗星（余惠）、地辅星（鲍龙）、地会星（鲁芝）、地佐星（黄丙庆）、地佑星（张奇）、地灵星（郭巳）、地兽星（金南道）、地微星（陈元）、地慧星（车坤）、地暴星（桑成道）、地默星（周庚）、地猖星（齐公）、地狂星（霍之元）、地飞星（叶中）、地走星（顾宗）、地巧星（李昌）、地明星（方吉）、地进星（徐吉）、地退星（樊焕）、地满星（卓公）、地遂星（孔成）、地周星（姚金秀）、地隐星（宁三益）、地异星（余知）、地理星（童贞）、地俊星（袁鼎相）、地乐星（汪祥）、地捷星（耿颜）、地速星（邢三鸾）、地镇星（姜忠）、地羁星（孔天兆）、地魔星（李跃）、地妖星（龚倩）、地幽星（段清）、地伏星（门道正）、地僻星（祖林）、地空星（萧电）、地孤星（吴四玉）、地全星（匡玉）、地短星（蔡公）、地角星（蓝虎）、地囚星（宋禄）、地藏星（关斌）、地平星（龙成）、地损星（黄乌）、地奴星（孔道灵）、地察星（张焕）、地恶星（李信）、地魂星（徐山）、地数星（葛方）、地阴星（焦龙）、地刑星（秦祥）、地壮星（武衍公）、地劣星（范斌）、地健星（叶景昌）、地耗星（姚烨）、地贼星（孙吉）、地狗星（陈梦庚）。

此外还有九龙岛四圣、金鳌岛十天君、魔家四将，等等。

看着姜子牙有条不紊地封着神，开始时周武王是高兴的，以为姜子牙大公无私，封神封得有礼有节，功臣良将各安其位，无不开心欣悦。但封神的仪式很是连贯地往下进行着，周武王就有些急了呢。不只武王急了，便是事不关己的风先生，之前只是兴高采烈地看着热闹，现在也要急了呢。武王与风先生急在了同一个问题上，那就是天上的星宿、地上的神仙，都被姜子牙一一封神给了他人，他自己呢？就不给他留个神呀仙的位置了吗？

这么想着的周文王，还有风先生，就都责怪起了他们自己。因为在姜子牙对诸位功臣良将封神的时候，他俩都走了一会儿神，白日做梦般回到了昔日伐纣时壮怀激烈的战场上了。

半生寒微的姜子牙，先祖倒是很有地位，曾担任四岳之官，因辅佐夏禹治理水土而有大功，被封在吕地。大名吕尚的姜子牙就没有那么幸运，他出生时，家境已经败落了。不过他谨遵先祖遗训，勤奋刻苦地学习天文地理、军事谋略，以及治国安邦之道，期望能有为国施展才华的一天。可是姜子牙直到七十岁还是一无所成，最后只能背井离乡，远涉渭水之滨的磻溪，借钓鱼的机会求见文王姬昌。他是一介布衣钓龙袍，垂钓了些日子，还真光光彩彩地钓入了周文王的宫室里，并于文王亡故之后，辅佐他的儿子武王姬发剪灭了无道的商纣王……血肉横飞、尸横遍野的战场上，被尊为"师尚父"的姜子牙大声鼓励着自己，也鼓励着众将士："苍兕苍兕，总尔众庶，与尔舟楫，后至者斩！"他亲率兵伍，自领前锋，在与商纣王决战牧野的那场最为关键的战役中，武王占卜以为不甚吉利，而当时天公又不作美，狂风席卷着飘泼的暴雨，众人皆畏惧，不敢进军；但姜子牙以为，狂风和暴雨对商纣王已然不利，而且会使他麻痹大意，此时是进军的最好时机。他因之身先士卒，如是一个骁勇的敢死队队长，左手拄持黄钺，右手秉握白旄，带领伐纣的队伍冲进了商纣王的军队，像《史记·周本纪》所描述的那样："武王使师尚父与百夫致师，以大卒驰帝纣师……纣师皆倒兵以战。"

风先生当时就在伐纣的阵前，他目睹了这个场面。作为敢死队队长的姜子牙带领精兵强将，突击了商纣王的军队，结果一冲锋，纣王的前线军队就发生了叛乱，纷纷倒戈来迎接周武王。这个时候，武王开始向前进军，纣王的军队就全崩溃了。

在封神台上走了会儿神的周武王，想到的是姜子牙助他伐纣的壮举；风先生走神想到的，则是已在百姓当中流传开的一首《大明》歌谣。孔老夫子后来编辑《诗经》时，把这首诗编在了"大雅"之中。

歌谣曰：

明明在下，赫赫在上。天难忱斯，不易维王。天位殷適，使不挟四方。

挚仲氏任，自彼殷商，来嫁于周，曰嫔于京。乃及王季，维德之行。

大任有身，生此文王。维此文王，小心翼翼。昭事上帝，聿怀多福。厥德不回，以受方国。

天监在下，有命既集。文王初载，天作之合。在洽之阳，在渭之涘。文王嘉止，大邦有子。

大邦有子，伣天之妹。文定厥祥，亲迎于渭。造舟为梁，不显其光。

有命自天，命此文王，于周于京。缵女维莘，长子维行，笃生武王。保右命尔，燮伐大商。

殷商之旅，其会如林。矢于牧野：维予侯兴，上帝临女，无贰尔心！

牧野洋洋，檀车煌煌，驷騵彭彭。维师尚父，时维鹰扬。凉彼武王，肆伐大商，会朝清明。

歌谣共八章，最后一章着重歌颂了姜子牙，特别是诗中用到的"鹰扬"二字，写出了八十余岁的他居然能如雄鹰飞扬般勇猛。风先生怕我们今天的人不能很好地领悟歌谣的要义，就把最后一章诗句抑扬顿挫地翻译了出来。风先生云："牧野地势广阔无边垠，檀木战车光彩又鲜明，驾车驷马健壮真雄骏。还有太师尚父姜太公，就好像是展翅飞雄鹰。他辅佐着伟大的武王，袭击殷商讨伐那帝辛，一到黎明就天下清平。"

英勇无畏、功劳巨大的姜子牙，周武王颁令你封神功臣良将，你也不能太忘我了吧！

回过神来的周武王有点不能忍地提醒姜子牙了。他说："可不能把你忘了！"

周武王对于姜子牙的提醒，先把风先生给提醒了。他跟着说："你把天上地下的神仙都封没了。你自己呢？给你封个啥神呀？"

聪明如姜子牙，他不会忘了他自己呢。他那时候心心念念着的，是他的好老婆醋家婆……传说姜子牙钓鱼，愿者上钩。他从早到晚，一天一天复一天，就从来没有钓到过一条鱼。但他家是贫困的，其妻马氏便嫌弃于他，意图离去，姜子牙劝她说了："我有朝一日会得到荣华富贵，你可别这样做。"马氏听不进他的劝告，强硬地离开了他。后来姜子牙官居一人之下、万民之上时，马氏羡慕他的地位、财富，于是就想与他破镜重圆。但姜子牙看穿了马氏的为人，就将一壶水泼在地上，让马氏去捡。马氏捡回来的只是淤泥，姜子牙因此说了："若言离更合，覆水已难收。"

然而，事情真是这个样子吗？

我不敢妄加评论，风先生应该有那个资格，就这个问题说一说哩。因为风先生当时就在姜子牙封神的现场，他把姜子牙的心理活动看得一清二楚。功成名就的他，此时此刻，挂念在心而念念不能忘却的，还就是他那个倔强的马氏老婆了……传说歪曲了马氏的形象。她的祖上专做酿醋的营生，凭着祖传的手艺，她的父亲赚得家财万贯，是乡里一等一的富裕户。然而，当家的父亲人到中年却膝下无子，愁得他四处烧香求神，这才给他求得了一女。父亲爱她如掌上明珠，给她起名马招弟，期望她的到来能招引来一个弟弟，当然，如能招引来一串弟弟更好……生长在如此富裕的一个家庭里，马招弟是享大福了呢。但她天性既不娇贵，更不娇气，除了完成父亲安排她读的书本外，就是到自家的醋房里转悠。她见什么新鲜就问什么，而且还好动手，看着醋房的伙计做什么活，她亦插手去做，干这干那的。及至长大成人，马招弟不仅醋房里的活儿样样能干，还都干得比别人出色。父亲逐渐变老，而取名招弟的她招引来的弟弟又十分年幼，父亲就把醋房的生意托付于她经营了。

一介女流的马招弟，不负众望，把父亲托付于她的醋房生意越做越大。乡邻们看在眼里，都夸她是个能干女子，提亲说媒的人鱼贯而来，但是马招弟愣是没有答应任何一个人。

花开花落，年复一年，小小的一个马招弟，都熬成了一个老马招弟了。她年逾六十八岁，还是那么着意于她的醋房生意，并不断地钻研酿醋方法，改进酿醋方式，使得她家酿造的醋水香浓馥郁，并进到周家王朝的宫廷里。马家香醋既是宫廷御厨必备的调味品，还是宫廷宴席上饮用的佳酿（那个时候，所谓饮酒，其实品饮的是醋呢）。与此同时，胸怀大志的姜子牙，因为商纣王的四处追捕，就从他的故土东海，东躲西藏，辗转千万里，寻觅到了周原上来。这时的他不仅贫困潦倒，又饥又饿，还满身的疮疾，趴卧在路边的草丛里呻吟着。此时，他远远地嗅闻到一股奇异的香气，不绝如缕地传来，直往他的鼻孔里钻，嗅闻得他都要醉了呢！姜子牙不知何物如此醇香，就举头向香气飘来的方向观望，他看见了马氏招弟肩挑两个瓦罐，一路风摆柳似的走来了……马氏招弟还没有走到姜子牙的身边，姜子牙即已深深地呼吸着，强打精神站在了路边，等着马氏招弟来。

好凑热闹的风先生，又岂能错过这样的一个时刻。他旋转着如一股风似的赶来，先就报告姜子牙了呢。

风先生说："她的醋水香吧？"

风先生说："看把你香得都流口水咧！"

风先生说："她叫马招弟。"

风先生说："你没有媳妇，她没有汉。"

风先生说："缘分这个东西，撺着你俩来了！"

风先生的话姜子牙一定是听见了。不仅他听见了，肩挑醋罐子的马氏招弟也听见了。她在听见风先生说的话时，还听见了姜子牙说出的话。

姜子牙说："大嫂瓦罐里挑的是啥呀？咋这么香哩！"

姜子牙说："能赊我一口喝吗？"

马氏招弟把她挑在肩上的醋罐子卸下来，没有给姜子牙打醋喝，而是问了他两句话。

马氏招弟问："你把我叫大嫂了。"

马氏招弟说："你看我是大嫂吗？"

自知失言的姜子牙，这便想起了风先生刚刚说给他的话，就脸红了起来，给马氏招弟赔罪了呢。

姜子牙说："小生有眼无珠，赔罪赔罪。"

姜子牙说："您是大姐。大人有大量，我是真的需要品饮点儿大姐瓦罐里的啥子哩。"

马氏招弟乐得扑哧一笑，当即把她的醋罐子双手端起来，让姜子牙伸头张嘴，接住罐口，给他往嘴里倾了……美美地喝了一肚子的香醋，姜子牙擦着嘴的时候，马氏招弟还把瓦罐里剩余的醋水往姜子牙的疮疾上涂抹，原来又疼又痒的疮疾，被醋水涂抹后，不仅不疼不痒了，还迅速地痊愈着。姜子牙用他的一双眼睛，直直地盯在马氏招弟的脸上看，看得马氏招弟狠狠地还他一眼。这么你一眼、他一眼的，一场醋水的姻缘，就如此不讲道理地成就了呢。满腹醋水的姜子牙神清气爽，七十二岁的他，像是六十八岁马氏招弟的俘虏似的，亦步亦趋，跟在马氏招弟的身后，直接去了她家的醋房。也不用谁张罗，他俩自个儿安排，当晚一个做了新娘，一个做了新郎。

风先生是他俩爱情婚姻的见证人，他俩闪婚成家，风先生没捞着宴席坐，但他没有不高兴，而是趴在马氏招弟酿好的醋瓮边，饱饱地喝了一场大醋。

老手旧胳膊的两个人，在新婚的日子里，倒是你恩我爱，卿卿我我，幸福快乐。但所有的快乐幸福都抵不过姜子牙内在的事业心，他不会沦陷在马氏招弟的温柔乡里不能自拔，而是继续寻觅着成就事功的道路。因为此，他每天早晨起来，都要拿上他的直钩钓鱼竿，去到磻溪峪口的那块大石头上，背水而跪，做他"愿者上钩"的钓鱼游戏……如此下去怎么办呢？马氏招弟说他了，说得一点都不客气，说他一个大男人贩卖猪羊，贩猪时羊的价钱贵，贩羊时猪的价钱贵，把钱赔了一河滩；接着又去卖面，面摊子刚撑起来，一碗没卖出去，刮来一股风，连面摊子都随风刮跑了！"你说你能干啥吗？就老实在家，跟着我做醋好了。"马氏招弟苦口婆心，把姜子牙说得哑口无言，他都要转变心意了呢，但最终还是撂不下心底的事功意识，于是就还每天早晨起来，去到磻溪峪口，继续他"愿者上钩"的钓鱼游戏。

见婚姻说和，见吵架说散。风先生敏感地觉察到了姜子牙、马氏招弟两人婚姻的危机，他就撺着姜子牙，好心好意地劝说他；劝说罢了姜子牙，又撺着马氏招弟劝说她了。风先生把他俩谁都没劝住。一日傍晚，玩了一天"愿者上钩"钓鱼游戏的姜子牙，灰塌塌地回家来了。他没有想到，到了家门口的他，可是有家难回了。马氏招弟端了一瓦盆的醋，站在家门口等着他，等他走到门口时，顿然将醋泼在了他的面前。腾起的醋香味直冲姜子牙的鼻孔，他还不知是何道理时，马氏招弟说了一句话。

马氏招弟说："还玩你的'愿者上钩'的钓鱼游戏去吧。"

姜子牙能咋办呢？他看着与他恩恩爱爱的马氏招弟泼醋在地，就什么都明白了。因此,他在家门外站了一个晚上,第二天太阳升起的时候,朝着自家的大门，向马氏招弟喊了一嗓子："你只顾眼前,又岂知我胸怀壮志！"然后便转了身子，依然不思悔改地去了磻溪峪口，继续他"愿者上钩"的钓鱼游戏。

坚持就有成果，姜子牙还真把真龙天子的周文王钓到手里了。

　　一身布衣的姜子牙换穿上军师的袍服，既帮助周文王做了许多实事，更协助周武王举兵灭商，剪除了惨无人道的商纣王，建立起宽仁厚德的周家王朝。武王颁令他大封功臣良将，他筑起封神台，在封赏着众臣神位的时候，他看见关心他的周武王急了，风先生也急了，他俩急他们的，他一点都不急。原因是他表面上大封功臣良将，而心里想着的还有他的老婆马氏招弟，他想，伐纣兴周的胜利，他老婆马氏招弟是也立下大功了呢！

　　督师东进朝歌的誓师大典，在周原上的王城东门外举行，贵为军师的姜子牙，伴在周武王的身边，慷慨激昂地动员全军，誓死歼灭商纣王……就在这个时候，他看见了泼醋于他的马氏招弟。

　　马氏招弟不是一个人来的，她带领了一支很有规模的队伍，人人身穿马家醋房酿醋时才穿的白色衣裳，肩挑一根扁担，担子两头各是一个装满陈醋的瓦罐，报名随军讨伐商纣王……看着马氏招弟带来的一队挑醋人，别人可能无法知晓其中奥妙，但姜子牙一眼就看明白了。看明白了的他，蓦然想起他与马氏招弟头一次见面时，马氏招弟用醋水给他治疗疮疾的事情。他知道马氏招弟组织起的挑醋队伍，不只是给他壮大威势，更是关心着战场上的伤员。在真刀真枪激战的战场上，伤员需要救治，没有她的醋水咋办？感激着马氏招弟的姜子牙，用他明亮的眼睛与她远远地对视了一下，就号令讨伐商纣王的队伍开拔了。

　　伐纣的战争是残酷的，征战的队伍有伤有亡，亡者就地安埋，伤者就由马氏招弟和与她一起挑醋来的人救助了。还别说，她的醋水疗治伤痛，还是很起作用的哩。

　　等到打了胜仗，要庆功了，马氏招弟的醋水作用更大，众将士灌上一口，即能激发起更加强烈的战斗欲，进入战斗的序列中，不顾生死，奋勇向前……要说论功封赏，他老婆马氏招弟也该有个神位呀！然而，伐纣的战争取得全面胜利后，姜子牙班师回朝，他感念助他打了大胜仗的老婆马氏招弟，就偷偷地回了一趟家。可他回到家里来，没有看到他活着的老婆马氏招弟，而是看见了安安静静躺在棺材里，就要被醋房的工友以及乡邻们抬着埋葬的马氏招弟！

姜子牙痛彻心扉地哭了一场，他配合着醋房的工友和乡邻，把他的老婆马氏招弟安埋入了土。

正在给功臣良将们封着神位，封到最后再无可封时，姜子牙把他面前盛满醋水的青铜爵双手捧起来，向着四方恭恭敬敬地揖了又揖，拜了又拜，然后高呼一声马氏招弟的名字，就把满青铜爵的醋水洒在了封神台上。收回青铜爵的姜子牙，面向周武王，说出了他的请求。

姜子牙说："我王惜爱老臣，就封老臣一个醋坛神吧。"

姜子牙给他自封了醋坛神，他的老婆马氏招弟自然就是醋家婆了。在我着意来写姜子牙和马氏招弟这一对爱情冤家的时候，风先生陪伴着我，去到古周原上，先到葬埋着醋家婆的扶风县田家河村走了一趟。在村口，风先生不由自主地漫说起了流传在这里的一首民谣。不过，风先生刚漫说了个开头，就被田家河村的小子儿们听见了。听见了的他们蹦蹦跳跳，把风先生起头漫说的民谣，仿佛歌乐一般，唱说了一遍又一遍。

歌词曰：

> 田家河，有古迹，马氏家，巍然立。
> 马氏本是姜尚妻，相休来此把身栖。
> 上天派她来做醋，传遍千家与万户。
> 冢内芳魂人仰慕，醋家婆醋香如故。

风先生与田家河村的小子儿们歌乐似的唱念出来的民谣，像是为今天的田家河村做广告一般，我是听进耳朵里了。我不仅把这首朗朗上口的民谣听进了耳朵里，还又抽搐着我的鼻头，贪婪地嗅吸起他们村飘荡着的一股独特的醋香味……对了，正逢酿醋的时节，田家河村家家户户，赶着点儿都把醋家婆的香醋酿好了呢！

风先生的话多，他赶着点儿问了我一句话："小伙子呀，你见识过酿醋的过程吗？"

我白了风先生一眼，不再理他，而是沉浸在我母亲酿醋的那一份神秘与辛劳中了。关中西府不只葬埋醋家婆的田家河村酿醋，所有的村庄，因为醋家婆的照拂，是都会酿醋的哩。我们家距离田家河村说不上近，但也说不上远，就在姜子牙当年大封众神的封神台下，村里的人家无不赶着点儿，要酿出自家一年时间里吃的醋水来。小时候，我就曾帮助我母亲酿了几年醋，知晓要在三伏天制醋曲。制作时先把大麦、青稞磨成粉，一半一半，兑进上年淋过醋水的醋糟里，盛放进一个大得离奇的竹编笸篮里；然后往铁锅里注水，同时架起火来，烧到水滚，抽掉锅底的火，拿来准备好的桃树叶子，以及防风、柴胡等几样中草药，投进水里泡上半个时辰；直到滚烫的热水完全凉下来，就用水瓢舀了，往笸篮里的大麦、青稞与旧醋糟里浇，一边浇，一边拌，拌到抓一把在手不散开即可……这时，一项至关重要的事情就要开始了，那就是我母亲指派我爬到封神台上，撵着一丛丛开着蓝色花儿的荆条，采摘回新鲜的荆条花，既不用细择，也不用清洗，直接往醋曲里掺和了。

掺和好了荆条花，散散的醋曲一下子便显得十分鲜活了。但使其鲜活那么一会儿，就要把它装进制作醋曲的模子里，裹上包布，先用拳头捶，然后还要整个人站上去用脚踩呢。

捶实踩硬了，将醋曲从模子里取出来，立于家中有阳光的地方晒着发酵……发酵的时间有长有短，长则一年不多，短则一月不少，取决于酿醋的实际需要。需要酿醋时，把成块成块的醋曲砸成碎块，上碾石碾细，然后投入一口大瓮里，倒满水拌和起来。家里的灶头上有发霉的馒头、多余的剩饭，今天有了今天投，明天有了明天投，看着瓮里的醋浆咕嘟咕嘟不断地冒泡儿，就到曲熟的时候了。但此时还不到淋醋的时机，还需要有一次发酵的过程。这一次仍然少不了竹编的大笸篮，先往笸篮里铺上一层厚厚的麦麸子、玉米皮之类的物什，再把瓮里发酵过的醋曲舀出来，往笸篮里拌了。干湿的程度，还是一把抓在手里不散的样子。将其阴在家里的一间房子里，既要给笸篮里的醋曲盖上棉被，还要在放置醋曲笸篮的房间的一面墙上，请来木刻版画的醋坛神，张贴好了，临时做一方小小的架板，为醋坛神上香祭酒、点蜡照明了。

醋坛神的姜子牙，是做好一料醋水的保证，没人敢怠慢。醋曲发酵几日，他神圣的画像前，香火就得燃烧几天。

醋曲发酵好了，就到淋醋的工序了。这是醋家婆的领地，姜子牙功成下岗，他的老婆登台亮相了。像姜子牙似的，醋家婆也是一幅木刻版画的样子，张贴在原来张贴姜子牙画像的地方，像姜子牙一样领受家里人的敬奉。供板上给姜子牙上什么香，祭什么酒，点什么蜡，就要给她也依样儿地做，绝对不敢马虎，也不会马虎。不过淋醋的方式似乎要复杂一些，两个或三个淋醋的瓦瓮，一字排开在醋家婆的面前，离地半尺多高，瓮底的一侧钻有一个小眼，接续上一根细细的竹筒，操持淋醋的家人往淋醋的瓦瓮里添上发酵好的醋曲，然后再添上适量的清水，放开淋醋的竹筒，出口处就会如小孩儿撒尿一般，淋出红红亮亮的醋水来。

我不明白，为什么不淋醋的日子，没有那种两翅闪着蓝色光点的白色蝴蝶；淋醋的日子到了，翅膀上有蓝色光点的白色蝴蝶就会翩然飞来，围绕着淋醋瓦瓮，盘盘旋旋，飞舞不息……我听母亲说过，她说那就是醋家婆哩。她操心家里淋的醋出问题，特来巡视察看，照护指导。来到家里的蝴蝶般的醋家婆越多，这一料的醋水就一定会淋得多，味道香。

这是母亲的说法，我不能不相信，但又有所怀疑，因此我还问了风先生。结果风先生的说法像与我母亲商量过似的，都是一个样儿。

来田家河村里访问醋家婆，应该正是家家户户淋醋的日子，满村飘荡着的全是醋水的香气。我和风先生不敢张嘴，似乎张嘴呼吸的不是空气，而是一口又一口的醋水，我俩都要醉在他们村的醋味里了。不过我俩醉着醋，就更觉要去醋家婆的坟头上走一走，给她老人家拜一拜……在醋家婆的坟头前，一个叫赵小娟的女子刚好也在那里。她是扶风县华泰果蔬专业合作社的理事长，人样儿生得乖巧，心眼儿又极活络，自知她有这一责任似的，不仅继承了醋家婆酿醋的秘籍，还大力发扬醋家婆酿醋的美德，在她主持的合作社里打造出了一款自己的醋业品牌，即举世无双的"醋家婆"香醋。

赵小娟来到醋家婆的坟头上，是她有一料新醋要上醋瓮淋了，便虔诚地按照祖先的仪轨，给醋家婆上香祭酒求告了。

赵小娟如何给醋家婆祭奠，我和风先生就也相跟着如何祭奠。行礼一毕，赵小娟与我加了微信，她回她县城里的公司去了，而我和风先生还有我俩的路要走，便与她告别，一路北上，去到当年姜子牙封神的封神台下，拾级而上，不知爬了多少级台阶，终于一身汗水地登顶台巅……难以想象几千年前姜子牙封神时这里是怎样的一种形态，但眼前看到的，依然非常恢宏。前来朝拜的游客络绎不绝，他们心心念念地朝拜他，这没有错，但我想要告诉大家的是，千万不要忘了醋家婆。

风先生理解我的心情，他扯了扯我在封神台上被风吹得飘起来的衣襟，拉着我走到封神台的边上去，让我放眼封神台的山坡。我看见了，因为姜子牙泼了醋水而不生长大树的坡面上，一丛又一丛，满是开着蓝色花儿的荆条，我的眼睛湿润了。我没有说什么，只听风先生幽幽地说了一句话。

风先生说："蓝色的荆条花儿，可是醋家婆闪闪发亮的眼睛哩！"

香头会

【传九】

嘒彼小星，三五在东。

肃肃宵征，夙夜在公。寔命不同！

嘒彼小星，维参与昴。

肃肃宵征，抱衾与裯。寔命不犹！

——《诗经·召南·小星》

野河没有河，野河是一座山。

野河山满山遍野都是洋槐树，到了春暖花开的日子，就是满山遍野的洋槐花。也许是我偏执了，偏执地认为洋槐花即是妈妈的花，洁白玉润，清甜芬芳，诗意迷人，它具有妈妈所有的美丽与温馨、靓丽与温暖，还有清丽与温润……记忆中，祖居在乔山脚下的我们村，赶着洋槐花初绽的日子，村里的老奶奶、老妈妈是要追着洋槐花转的。扛一杆捞钩，挽一个竹篮，去到乔山小心地攀折着洋槐花，拿回家来，择出一串一串的槐花，把它们将在一口瓦盆里，在井边打水淘过，拌进适量的面粉，上锅蒸了，就是一餐难得的美味。特别是在春荒的日子，洋槐花干脆就是接续口粮的不二选择。

这是一种证明，证明洋槐花确是妈妈的花。

离开了乡村，离开了妈妈，离开了洋槐花，我进入高楼林立的大城市。我体会着城市的改变，高楼更高了，马路更宽了，街灯更亮了，还有宽阔的广场和葱茏的草坪，以及一批批从乡村车载而来的大树，那是城市的客人，既熟悉又陌生，它们被请进来，以它们各自的美，装点着不断延展的城市。然而深藏记忆中的洋槐花，在城市当中，似乎要稀薄得多。我排遣不掉心中的牵念，于是在洋槐花初绽的日子，约上风先生，驱车回到故乡，钻进了满山洋槐花的野河山。我呼吸着洋槐花浓郁的馨香，一下子蜕去了城市生活的模样，而完全还原成一个游子的情状，浸淫在洋槐花莹洁的世界里，快活得满心就只有香透心肺的洋槐花了。

妈妈的洋槐花啊！有点乡村生活经历的人，是都会同意我的观点的。

风先生就很赞赏我的观点，他像我一样，是也迷醉在野河山的洋槐花香阵里了。迷醉着的风先生四处游逛，用他独有的方式抚摸着他摸得到的每一簇洋槐花，一边抚摸，一边自言自语地说着我内心也在说的话。他说："妈妈与洋槐花是最亲近的，妈妈就是洋槐花，洋槐花也是妈妈。"

妈妈就是洋槐花上锅蒸了吃的洋槐花麦饭；洋槐花也可以不用蒸，生着吃就是一味新鲜；当然还能包了饺子煮着吃，烙成槐花饼掰着吃，甚至还能熬洋槐花水喝，因其性凉味苦，有保护心脑血管的功能。花开花落，是为妈妈的洋槐花，虽无牡丹之华贵、玫瑰之妩媚，但其所独具的美，却不是牡丹、玫瑰可以比拟的。它的美不在花形，亦不在花色，而在于其肆意怒放的繁盛，花开成簇，在细嫩的纤叶映衬下，又显得特别壮观！我爱洋槐花，就像爱我的妈妈一样。为此，我给妈妈一样的洋槐花还作了一篇赋文。

风先生十分喜爱我作的《洋槐花赋》，他与我沉浸在野河山霜降雪埋般的洋槐花林子里，情不自禁地将它吟诵了出来：

天公遗美，造秀扶风，野河山兮槐花玉洁。土酥草醒，蜂飞蝶舞，煌然凤凰来栖。峰青岭翠，画风锦绣，荡乎春意盎然。人丽风暖，月华朗澈，悠然古邑福荫。春水碧蓝，春草翠青，浩乎故地情怀。

地母钟灵，诡秀扶风，野河山兮槐花玉润。流霞遍野，飞云如虹，阴岭问道觉禅。琴箫鼓瑟，珠玉雪清，甘棠遗爱情深。陌上草色，陇上稼穑，槐里香魂缘深。寸心春思，明眸春望，馥郁春野绚烂。

人和风华，轩秀扶风，野河山兮槐花玉蕤。晴空明澈，云霓明洁，风清气爽神逸。雪肌柔情，白蕊彩锦，琼花次第千里。香阵盈野，扶摇腾天，玉容神游万里。槐花胜玉，槐香至馨，大赋芳绝群英。

风先生把我撰写的《洋槐花赋》吟诵罢了后，似还不能罢休，接着就还把《诗经》当中的那首名曰《小星》的歌谣顺带吟诵了出来：

嘒彼小星，三五在东。肃肃宵征，夙夜在公。寔命不同！
嘒彼小星，维参与昴。肃肃宵征，抱衾与裯。寔命不犹！

对于《小星》这首《诗经》里的歌谣，像风先生一样，我也是极为喜欢的哩。特别是当我爬上野河山时，便是风先生不吟诵出来，我也是要吟诵的呢。过往的日子，我在野河山就吟诵过好多遍，我知道把那短短的几行小诗翻译成后来流行的白话文，即："小小星辰光朦胧，三个五个闪天东。天还未亮就出征，从早到晚都为公。彼此命运真不同。小小星辰光幽幽，原来那是参和昴。天还未亮就出征，抛撒香衾与暖裯。命不如人莫怨尤。"不管别的论说家如何论述《小星》这首远古的歌谣，我坚持以为，歌谣所表现的，全然是颂扬云霄、琼霄、碧霄三位娘子的哩。正如《毛诗序》说的那样："《小星》，惠及下也。夫人无妒忌之行，惠及贱妾，进御于君，知其命有贵贱，能尽其心矣。"难道不是吗？全诗短短两章，每章的前两句起兴于写景，但景中有情，言情叙事，把主人公星夜赶路、为公事奔忙的情况描绘得生动得体。诗中反而复之强调的"肃肃宵征，夙夜在公。寔命不同！""肃肃宵征，抱衾与裯，寔命不犹！"壮写的可不就是她们姊妹三人当年的情状吗？

三姊妹所以有此彪炳史册的英雄壮举，是要感谢她们的大哥赵公明呢。

风先生亲历了当时的情景，他追随周武王伐纣兴周的步伐，看见作为截教弟子的赵公明，座下骑黑虎，掌中擎金鞭，更兼缚龙索、二十四颗定海神珠奇宝在身，从他修行的峨眉山罗浮洞出发，为周武王打前锋，他的三个妹子，云霄、琼霄、碧霄随从身边，向商纣王的朝歌杀奔而去。有了三位妹子的辅佐，赵公明一路势如破竹，歼灭了商纣王后，论功行赏，他被姜子牙封为金龙如意正一龙虎玄坛真君，也就是世俗尊称的财神爷。

然而遗憾的是，没有功劳也有苦劳的三位妹子，却未获得应有的封赏。不过也还说得过去，民间百姓把她们三位都尊敬地称为了仙子，即大姐的云霄仙子，二姐的琼霄仙子，三姐的碧霄仙子。

百姓所以尊称她们仙子，是因为三姐妹的能力很强。她们曾经一同在三仙岛上修炼，过着与世无争的生活，持有法宝金蛟剪、混元金斗，法力十分高强。特别是大姐云霄，早在开天辟地时就已经成就道行，斩尽三尸，抛尽六气，连阐教上仙燃灯道人也对三姐妹高看一眼。

英勇的三姐妹，未能被姜子牙授封为神，别人看着不平，但她们自己倒都看得很淡，很无所谓。她们从征战商纣王的战场凯旋，回到周原上来，沿着乔山山脉靠近封神台的地方，一边耳听眼观着姜子牙大封众神，一边静悄悄地把她们穿在脚上的绣花鞋脱下来，抖了抖鞋窝里的征尘。征尘翻倒在地上，这便堆垒起三座大山来。大姐云霄、二姐琼霄鞋窝里的征尘堆垒起的山头在封神台东边，三姐碧霄鞋窝里的征尘堆垒起的山头在封神台西边。三座大山一字儿排开，极为壮观。大姐随口大声地把她的山头叫了"东观山"；二姐见样学样，就把她的山头也大声地叫了"中观山"；三姐碧霄听得清楚，就也跟着两位姐姐把她的山头大声地叫了"西观山"。

按理说三姐妹给她们的山头高声大气起着名字的喊声，封神台那边封神正酣的姜子牙能够听见，但人家装聋作哑的水平太高了，愣是装着没有听见。

事情就这么不很公平地过去了，三姐妹各自喊了一嗓子，便都安下心来，做她们各自山头上的仙儿了。老百姓感念三位仙儿的好，就出工出力，伐木烧砖，开山取石，为她们姐妹在各自的山头上修筑了各自的庙堂，世世代代供奉着三姐妹，香火不断，供养不停……大姐和三姐很是享受这样的供奉，无所事事地做她俩的仙子娘娘。但二姐琼霄心眼儿细，她发现来她庙堂里上香的人们，有一些快乐，有一些不快乐。快乐的人琼霄娘娘祝福他们继续快乐；而不快乐的人们呢，琼霄娘娘就有意给他们使个小绊子，让他们抬脚过不去庙门，或者崴一下脚，使他们迟滞一会儿，再听听他们内心里的恓惶。琼霄娘娘听得仔细，她听出了不快乐的人，差不多都怀有"不孝有三，无后为大"的心事。好心的琼霄娘娘摇身一变，就幻变成了一尊世俗仙子，着意于为愁苦家无子女的人们送子女了。

香头会就这么合情合理还又合乎人情人性地在琼霄娘娘的中观山兴起来了。

久未谋面的风先生对此似乎特别感兴趣，在我端坐电脑前敲着字词时，他蓦然而至，伸手到我面前的电脑键盘上，先敲出"野河"两个字，再从字符表里找到那个"＝"，敲上去后，又敲了"野合"两个字。他这么敲来，我似乎明白了些什么，但不是很明白，而他又一阵风似的想要躲开我溜走。我意识到了他的图谋，就在他从电脑键盘上收手的一瞬间，逮住了他的手，没让他溜走。我要他给我说明白了。风先生没有办法，便很不情愿地悄着声，给我说了两句话。

风先生说："你想想姜嫄氏吧。"

风先生说："再想想周文王吧。"

风先生这么说来，我就没有什么困惑的了。伟大的姜嫄氏，伟大的周文王，可不都是因为一场有趣的野合，而成就了他们一人为人之始祖的盛名，一人为人之明君的大名的吗？想到这里，我不禁乐得埋头暗笑了起来，这便带动了风先生亦低头暗笑了呢。暗笑着的我和风先生知晓，野河山的名称，可还是周文王圣心大发起的哩！其中有没有纪念他们曾野合过的美好时刻的意思，我不敢妄加猜测，风先生应该知道吧，我询问他了，而他只是极为暧昧地朝我笑，一语不发。但我想了，风先生的这一态度，不就是对我询问的一种回答吗？

我不能太过难为风先生，就丢开他的手，使他可以轻松愉快地溜走了。

风先生是溜走了，而我依然沉浸在我提出来的问题里，做着我的探究……我探究我的老家就幸福地依偎在野河山的南麓，既属山之阳，又属水之阳，所以地理意义上来说，是为好风水。

好风水自然会有好兆头，把王宫建设在好风水处的周武王，完成了父王的遗志，伐纣兴周，带动了赵公明和他的三位妹妹功成返乡，哥哥赵公明去做他的财神爷，三位妹妹无怨无悔无苦恼，她们堆垒山头，做她们山头上的仙儿，倒也自在快活，并深得当地百姓的尊崇与喜爱。特别是二姐琼霄娘娘，她幻化成人间的生育仙儿，就更为人所敬仰和爱戴了。

琼霄娘娘主持的香头会，说穿了，就是有组织的野合。

当然，远古时的人们，对于野合这样的事情，大概都见怪不怪。我生活的古周原上，即野河山下一带，过去常说的一句话就很有意思："娃娃生在谁家炕头上，就是谁家的娃娃。"对于这句话，是否可以这样理解：娃娃的母亲是重要的，而娃娃的父亲就无所谓了？行文至此，我不禁哑然失笑，回过身来的风先生也是哑然失笑了呢。

每年农历的七月七日，也就是牛郎织女在高高的天上，脚踩万千喜鹊临时搭给他俩的鹊桥，横跨银河，双双携手相亲的时候，许多不能生养的女子，强忍住内心的熬煎，登上中观山，向送子娘娘的琼霄求子来了。

千百年来，每年的这个时候，风先生都会寻上山来看热闹。他见识多了那样的场景：四面八方赶上山来求子的女子，或被她们的大嫂，或被她们的姑姑，抑或是她们的姨姨、大姐，悄悄地陪着来，白天时鱼贯地进入琼霄娘娘的享殿，跪拜慈眉善目一脸微笑的琼霄娘娘，给她祭酒上供，从她的塑像前求得一炷线香；待得晚来，于荒草萋萋的山坡上，点燃了香，吸引上山撵会的小伙子尾随她来，双方看对了眼，即在草坡上无遮无拦地上演一场他们两人的野合。

虽然是为野合，却也十分讲究，请了香头的女子，还需随身带来一个大包袱。

包袱里的内容，少不了一个弧圈子馍馍，圆圆的仿佛面蒸的月亮一般，弧圈子馍馍中空处，一定少不了半壶烧酒和一个酒杯。待到撵香头的汉子追上来，两人就选一处能遮羞的草丛，双双对坐下来，女子便打开她带上山来的包袱，顺手铺开，拿起酒壶，往酒杯里斟上酒，双手捧给汉子，敬请汉子喝了。在汉子仰脖子喝酒的时候，女子即会从弧圈子馍馍上掰下一块来，再次双手捧给汉子吃……野合求子，汉子吃不饱、喝不好，又怎么能做事呢？

汉子吃饱喝足了，不用多言语，双方即是一场激情滔天的野合。

风先生给我娓娓道来，说是这一风俗一直延续着，直到破除迷信、破除"四旧"的 20 世纪中叶，才被完全禁绝掉。风先生还说，这样的事情，现在看来确实是不好，但对于当时的人来说，似乎还真的不能说不好。传统社会里，为了家族的延续，这不失是个非常现实的方法。

野河山"引香头"的风俗，似乎还不止这一处。风先生就说了，西去不远的周公庙，也曾有"引香头"的庙会。

据传，野河山与周公庙上的"香头会"大盛之时，到了晚间，开满山花的草坡上，摇曳着的香头星星点点，仿佛星空倒转，铺展在这两处山坡上，场面十分壮美……时过境迁，那样的情景是再也不会出现了。但我忍不住要想，野合也许并不是我们今天所想的那么不堪，因为许多事情在发展的过程中，似乎都有一个野合的过程。譬如我所执迷的文学写作，单一地写下来，就很难有所突破，而如果对于自己的写作，人为地在文体、方法，还有意识之间，野合一番，常会收到意想不到的效果。突破有了，成果自然就大。这样的例子，在中外文学史上举不胜举，可以说，每一次的文学进步，都少不了"野合"的推动。

　　生物学所说的"杂交优势"，大概就是这个意思哩。

　　野合是壮美的，那种绝妙的表现，应该不只体现在文学上，其他方面会有体现吗？我没从事过那些方面的工作，在此就不好多说了。

　　野河兮，野合乎。香头上闪耀着的生命之光。

厉王㝨簋

民亦劳止，汔可小康。惠此中国，以绥四方。
无纵诡随，以谨无良。式遏寇虐，憯不畏明。
柔远能迩，以定我王。

——《诗经·大雅·民劳》节选

周厉王𫓫簋的出土，可太蹊跷了呢。

这是风先生的认识，他灌输给我，使我也就那么想了。素有"青铜器之乡"称谓的古周原，每次有青铜器出土，都是窖藏着的，一窖一窖又一窖，莫不如此。我与风先生就一同见证过扶风县法门镇庄白村两次青铜器的出土。1976 年时，庄白村响应国家号召，大搞农田水利基本建设，劳作的村民偶然挖出一窖青铜器来，正清理着，那边就又挖出一窖来。赶到现场的考古专家，有先有后地命名下来，就有了一号窖藏和二号窖藏之分。他们从一号窖藏中清理出一百零三件青铜器，从二号窖藏里清理出九件青铜器……两次窖藏青铜器的发现过后，扶风县接连还有几次发现，最近的要数五郡西村那一次，几个农民修缮冬季农田灌溉渠道，一镢头挖下去，当下就挖刨出一个青铜器窖藏来，比庄白村的窖藏少了点，却也出土青铜器二十七件（组）。如此说来，青铜器一般不可能被单件发现。

可偏偏那件厉王𫓫簋，就单品一件被推土机推出来了。

我说蹊跷，风先生也说蹊跷，我俩所以觉得蹊跷，就在于厉王𫓫簋的出土太单一了。五千年中华文化的发展，风先生心里有一本账，他知道青铜的"鼎"与"簋"，既是今人眼中的珍贵文物，也是祖先生存和发展进程的见证，更是积淀了我们民族的传统文化精神。那么就需要深刻地认识鼎是什么，簋是什么。单纯说来，最早时的鼎就是古人烹煮食物的器具，而簋则是古人盛放食物的器具。逐渐地演化着，鼎与簋不断升格，就成为各级贵族的专用品，成为古代礼治社会、经济权力的象征。

大禹铸九鼎，所标志的即为一统天下、建立夏朝的开端。

这一开端，有效地传承了好几个朝代，自夏而商，又自商而周，大禹熔铸起来的九鼎，不远千里，辉而煌之地迁入周都洛邑，因此就有了"定鼎"一说。然而只有鼎，似乎不能满足权贵者的心理需求，便又加上了簋。很自然地，"九鼎八簋"之制，从此便成了中央政权的象征。春秋时，楚庄王曾向周定王的使臣王孙满问鼎之大小轻重。他所以"问鼎"，其用心昭然若揭，是明目张胆地觊觎国家的权力。这个权力是周礼规定的，什么人享用多少鼎、多少簋，可是绝对不敢僭越的呢，僭越就得掉脑袋。像天子就能享用九鼎八簋，诸侯则享用七鼎六簋，大夫享用五鼎四簋，元士享用三鼎二簋。

鼎与簋的配套成形，与周文王演绎而成的《周易》有极大的关系，所体现的还是"天人合一"的理想，既富和谐感，又具秩序感，还带有感性认识的直观特点，即"文化型创造"的朴素意识。

问题因此变得很突出了，厉王趞簋怎么就只出土了那一件？这个问题，在我看到我的同事把碎成小片儿的这件青铜簋从土里拣出来时，并没有那样的认识。当其时也，我从就职的扶风县南阳公社拖拉机站调入扶风县农业机械局办公室工作；而陕西省实施的冯家山水利工程到了收尾阶段。工程规划在北干渠经过的扶风县法门镇齐村西南角的那片凹地上挖掘一座陂塘，平时把北干渠的余水储存起来，逢到天旱时灌溉再用。如此不仅能够节约水利资源，还可以抵御干旱，确保农业生产丰收。这项工程动员了数千民工，也动员了数十台东方红75推土机。刚到县农机局工作的我，便受命到齐村陂塘工地协调推土机的使用。

时间在1978年的5月5日，我睡在工地上临时搭建的一个工棚里，大约凌晨两点左右，风先生窜进工棚里，拽住我的耳朵喊我了。

年轻的我正沉浸在自己的美梦里不能自拔，被风先生一折腾，我醒过来了。醒来的我是不快活的，正要与风先生吵闹时，一个上着夜班的推土机驾驶员，也像风先生一般冲进我睡觉的工棚，大喊大叫着，说什么他推出鬼来了！其张皇失措的样子，把从梦里醒来的我惹笑了。此前我阅读过鲁迅先生写的踢鬼的故事，知晓天下是没有鬼的，所以就不信鬼，便从简易的麦草铺上爬起来，拉住喊着"推出鬼来"的驾驶员，向陂塘工地转了去。在路上，驾驶员还心惊胆战地抖擞着身子，上牙磕着下牙，给我述说现场当时的情况。说他也是瞌睡了，微闭着眼睛，驾驶着推土机匀速推着陂塘底部的土，忽然被一个硬物挡得死了车。他以为碰到了石头，就重新把推土机发动起来，加大了油门，猛劲向前推了一下。

驾驶员说，正是他这一推，眼前蓦然冒出许多蓝色的火光！"啊呀呀，鬼火不就是蓝色的火光吗？吓死人咧！"

驾驶员的述说没有吓住我，我在前，他在后，我们一块儿向他驾驶的推土机那里走去。驾驶员不晓得，被他推出来的冒着鬼火的东西，的确不是什么鬼，而是一件难得的青铜宝器。事后经过专家清理整修，居然是一件罕见的西周青铜王器，即周厉王享用过的趹簋。但当时的他，确实受了惊，幸运地把王器的趹簋推出来后，就大喊大叫地跑回工棚来找我，而没管护厉王趹簋出土的现场。因此在我俩重新赶来时，在他驾驶的推土机周围，已经围拢了好几个人。他们像他一样，也是在陂塘底上驾驶推土机的夜班司机，借着推土机散射的灯光，他们在推土铲前的湿土中，刨出了几片沾泥带土的东西，星星点点闪烁着翠绿的光。生活在周原故址上的人，也许无缘挖出青铜器，但传说中的经验告诉大家，青铜器在刚出土时就是那个样子。我此前有过挖刨出青铜器的经历，因此把那里的情景看了一眼，就给还在害怕的推土机司机不无欣悦地说了一句话。

我说："你呀，把宝贝推出来咧！"

风先生当时也紧随着我俩，我说罢话后，他跟了两句。

风先生说："你是有缘人哩！"

风先生说："青铜宝器被你推出来，是你的福气，看还把你吓的。"

推土机的驾驶员被我的一句话、风先生的两句话说得胆气上来了，他不再害怕，而是加快脚步，比我的脚步还快了许多，撵到他推出厉王𣪘簋的地方，拦挡起在湿土中乱刨厉王𣪘簋碎片的人。他一边拦挡着纷纷乱乱的手臂，一边给他们说我来了。他把我说得多么厉害似的，一口一句我是县农机局的领导，领导来了，看你们还乱下手。驾驶员说的话起了一定的作用，在湿土里乱刨的人都不乱刨了。我走到他们跟前，把已经挖刨出来的青铜器碎片，从他们各自手边归拢在一起，安排驾驶员不要再发动他的推土机，就在现场守着，哪儿都不能去，我则撒开脚丫子，往六七里外的法门镇跑了去。

法门镇上的邮电所有电话，我赶到那里，给县文化馆打电话报告了消息，然后又跑回到厉王𣪘簋出土的地方，等着文化馆的人来了。

那时的通讯落后，交通也落后。县文化馆主管文物的专员听到消息倒是非常振奋，骑了一辆除了振铃不响别的零件都响的自行车，就往数十里开外的厉王𣪘簋出土地赶来了。等他来的时候，清早的太阳升起都有半杆子高了。而这时听闻青铜器出土的人越来越多，不仅四邻八村来陂塘工地劳作的民工撵了来，便是周边村庄里的老百姓，也都呼啦啦地赶了来。人们把碎了的厉王𣪘簋围得水泄不通，骑着自行车赶来的文化馆文物专员，急匆匆地把他的自行车往人群的一边撂了去，他自己则削尖了脑袋，从人群里往进钻了。

钻进来的他，只把几块碎片眺了一眼，就惊呼出了声。

他说："这么大个家伙呀！"

他这一喊，还有后来的交往，让我不仅知晓他是个痴迷文物的专家，还与他成了很好的朋友。他叫罗西章。

因为罗西章的耳朵背，说话的声音就特别大，牛吼马叫一般。他把从湿土里分拣的部分青铜器残片收集进他带来的一个大麻袋里后，不让别人动手，就他一个人，把推土机推起来的湿土，细细地翻，慢慢地找，又翻找出一些青铜器的碎片来。他将碎片装进麻袋，扛在肩上，扛去我住宿的工棚里，在那里往一起拼对了。拼对的结果证明了他的判断，但也发现还有许多缺失。缺失的残片去了哪儿呢？不用多想，除有个别小块的混入泥土中之外，其他的肯定被现场的民工捡走私藏起来了。

事不宜迟，罗西章当即向陂塘工程指挥部的领导做了专题汇报，建议在民工中征集缺失的青铜器残片。

当罗西章获知当晚的民工多是法门公社下康村人时，二话不说，骑着他那辆除了铃不响别的部件都响的破旧自行车，黑水黄汗地赶到下康村来，联系到大队、小队的干部，找来当晚在工地劳动的村民座谈。罗西章苦口婆心，向在座村民宣讲政策，介绍青铜器物的价值，并且保证，凡自愿捐献者，他将论斤奖励，奖励金额高于废铜价（这是其时国家对文物奖励标准的一条不成文的规定）。座谈会开了一上午，发言的人不少，却没一点效果，既没人提供线索，更没人上交残片。没办法，罗西章住在了下康村，白天和大家一起劳动，晚上和大家睡在一个炕头。无论劳动还是休息，罗西章的嘴不停，说的都是一句话："青铜器是咱老祖宗留下的宝，被推土机推碎了，咱能让祖宗的宝贝一直碎下去吗？"正是他的锲而不舍和真诚耐心触动了村民的心灵，有人找到他开口说实话了，而这已是罗西章住在下康村的第十个日头。那人不仅开了口，还带头交了几小块青铜器残片，按照规定，罗西章当下兑付了承诺的奖金。局面因此而大开，人们纷涌而来，竞相交来捡拾到的青铜器残片。有个村民先后交了三次，先交的小点儿，后交的大点儿。功夫不负有心人，就这样，罗西章征集到了大小残片三十余块，重的有一公斤多，小的只有一两多。

一件完整的大型青铜器被推土机推碎了，但推碎的碎片又都征集了回来，罗西章还是很高兴的。他把所有的残片运送回县文化馆，本想立即着手修复，但刚巧赶上一年一度的"三夏"工作，他就只有随大流下乡去了。

　　手上、脸上晒脱了一层皮，晒得黑如铁炭的罗西章直到七月中旬才回到文化馆来。洗去一身的尘灰，即开始了对青铜器残片的拼对修复。当时，国家文物的修复管理不像现在那么严格，他提出一个简单的修复方案，报告馆领导同意后，就有板有眼地做开了。此前，罗西章已打听好了，原城关公社农机修造厂的李义民师傅是个远近闻名的氧焊工。他借了一辆架子车，拉着所有的青铜器残片，到农机修造厂找到李义民师傅，俩人便商商量量地焊修了起来。

　　焊修一件器型巨大的青铜器，对罗西章来说是头一回，对李义民师傅来说也是头一回。尽管他俩一个是青铜器研究方面的专家，一个是氧焊方面的能手，但真正做起来，却并不是那么容易。他们遇到的头一个问题，便是器物的对接整形。因为青铜器不比陶器和瓷器，后二者遇到重压碎裂后是不变形的，有残片在，拼对粘接要好弄一些；而青铜器就不同了，重压之下碎裂成残片，往往不复初时的形状，拼对起来尚不容易，焊接起来困难更大。但困难再大，还是没有他俩的办法大。土法上马，找来几块碎木板，垫衬在青铜器残片的两侧，钳在虎头钳上，然后用一把硬木槌，轻轻地、慢慢地敲打校正。事实证明，这在当时应是一个很好的办法，既能达到整形的目的，又不至于损伤铜器，尤其是铜器表面的纹饰和铭文。

　　敲敲打打半个多月，这才使变形的残片严丝合缝地对接了起来。可这只是万里长征走出的第一步，要把对接起来的裂缝焊在一起，就又有新的问题出来了。几千年前的青铜器物不吃今日的氧焊，试验其他一些焊法，比氧焊的问题更大。最棘手的是，刚把裂缝焊起来，因为热胀冷缩以及古器物年久锈蚀等原因，就又照着原来的缝隙裂开了。这可难坏了两位勤劳苦干的人。其时正值八月初，赤日炎炎，他俩围在氧焊机前，急得一头一脸的汗水，却干着急没有办法，两个人的嘴上都急得起了火泡。

还是李义民师傅办法大，他想到了传统的锡焊法，并想方设法找来乡间游走的锡焊工匠，架上一座黑炭小火炉，用一把锡焊的焊头，点粘上烧熔的锡液，在厉王㝬簋的裂缝上，这里点焊一下，那里点焊一下，还就真的解决了问题。不过这个办法太熬人了，费时费力，但这又有什么难的呢？二十多天的时间，他们被滋滋燃烧的焊花烧红了眼睛，却也使一堆残碎的铜片摇身一变，成为一个完整漂亮的巨型青铜簋。

在李义民师傅专意整修青铜器的时候，罗西章除了搭把手外，更专心于青铜器铭文的解读。那时候罗西章的金文鉴识水平还不能说有多高，但他还是读出了其中的一些深义，知道这是一件重要的王器……后来，由文物研究专家组成的专家组充分肯定了罗西章的观点，认为一百二十四个铭文，记载了周王朝第十位国王——周厉王祭祀祖先的祝词。因为此，整修出来的这件王器，就被命名为了"厉王㝬簋"。

风先生那些日子，把他的兴趣和兴奋点，全都寄托在了厉王㝬簋身上。看着出土时被推成一堆碎片的厉王㝬簋，风先生心疼不已；眼见着又被修复成一个完美的厉王㝬簋，风先生自然开心快乐了哩。

开心快乐着的风先生，在专家组鉴别厉王㝬簋的等级时，不禁歌之舞之，足之蹈之，还把《诗经》中的那首《民劳》歌谣颂唱了出来：

民亦劳止，汔可小康。惠此中国，以绥四方。无纵诡随，以谨无良。式遏寇虐，憯不畏明。柔远能迩，以定我王。

民亦劳止，汔可小休。惠此中国，以为民逑。无纵诡随，以谨惛怓。式遏寇虐，无俾民忧。无弃尔劳，以为王休。

民亦劳止，汔可小息。惠此京师，以绥四国。无纵诡随，以谨罔极。式遏寇虐，无俾作慝。敬慎威仪，以近有德。

民亦劳止，汔可小愒。惠此中国，俾民忧泄。无纵诡随，以谨丑厉。式遏寇虐，无俾正败。戎虽小子，而式弘大。

民亦劳止，汔可小安。惠此中国，国无有残。无纵诡随，以谨缱绻。式遏寇虐，无俾正反。王欲玉女，是用大谏。

历史文化知识深厚的风先生，怕我听不懂《民劳》歌谣的内涵，就还在后来的日子，给我用白话文做了非常精到的解释。他说全诗五章，先说"人民实在太劳苦，但求可以稍安康。爱护京城老百姓，安抚诸侯定四方。诡诈欺骗莫纵任，谨防小人行不良。掠夺暴行应制止，不怕坏人手段强。远近人民都爱护，安我国家保我王"；再说"人民实在太劳苦，但求可以稍休息。爱护京城老百姓，可使人民聚一起。诡诈欺骗莫纵任，谨防歹人起奸计。掠夺暴行应制止，莫使人民添忧戚。不弃前功更努力，为使君王得福气"；还说"人民实在太劳苦，但求可以喘口气。爱护京师老百姓，安抚天下四方地。诡诈欺骗莫纵容，反复小人须警惕。掠夺暴行应制止，莫让邪恶得兴起。仪容举止要谨慎，亲近贤德正自己"；又说"人民实在太劳苦，但求可以歇一歇。爱护京师老百姓，人民忧愁得发泄。诡诈欺骗莫纵任，警惕丑恶防奸邪。掠夺暴行应制止，莫使国政变恶劣。您虽年轻经历浅，作用巨大很特别"；更说"人民实在太劳苦，但求可以稍舒服。爱护京师老百姓，国家安定无残酷。诡诈欺骗莫纵任，小人巴结别疏忽。掠夺暴行应制止，莫使政权遭颠覆。衷心爱戴您君王，大力劝谏为帮助"。

把《诗经》里的《民劳》一口气诵念罢的风先生，没有歇气，就又把厉王敔簋上的铭文叨念了出来：

王曰：有余佳小子，余亡昼夜，经拥先王，用配皇天，簧嵩朕心，坠于四方。肆余以□士献民，再簋先王宗室，敔作藁彝宝簋，用康惠朕皇文刺祖考，其格前文人，其濒在帝廷陟降，申恪皇帝大鲁令，用令保我家、朕位、鈇身，阤降余多福，宪朕宇慕远猷，鈇其万年薰，实朕多御，用囗寿，匄永令，畯在位，作毫在下，佳王十又二祀。

像诵念《诗经·民劳》一样，风先生把厉王鈇簋上的铭文叨念出来后，也释成白话文叨念了一遍。

风先生叨念说："厉王自己说了，我作为先王的晚辈，在位上无昼无夜，遵循先王的遗训，努力经营，以配皇天，将盛美之意撒向四方。我尽力任用义士献民，巩固周先公建立的宗室。鈇今作此宝簋，告慰先宗列祖、有文德之先人，请常来往于上帝之所，保佑周室、王位和我自身，赐降多福、保我长寿。先王永命，保我山川林泽专有利益，作固在下。"

一首《诗经》里的歌谣，一篇厉王鈇簋上的铭文，风先生在诵念和叨念时的语气明显有异。诵念前面的歌谣时，他的口气是崇仰的；而叨念后面的铭文时，则满是讥讽与嘲弄了。

风先生在诵念和叨念时有此截然不同的语气，原因在于《诗经》里的《民劳》，依照《毛诗序》的说法，是召穆公写来刺厉王的。《郑笺》云："厉王，成王七世孙也。时赋敛重数，徭役繁多，人民劳苦，轻为奸宄，强凌弱，众暴寡，作寇害，故穆公以刺之。"可不是吗，《民劳》每章的前四句都在强调安民是保国的前提，警诫统治者必须让民众能够休养生息，再三强调民众的劳苦，可见在厉王统治时期，这是一个多么严重的问题呀！

相传《民劳》为召公劝谏厉王做的一首诗，然而刚愎自用的周厉王，哪里听得进《诗经·民劳》对他的劝谏，他依然故我，对人民进行残酷的统治。人民有意见，他不仅不听，还严刑峻法，宠信一名叫荣夷公的大臣。荣夷公自恃有厉王撑腰，更是罔顾所有，利用他的特权，搜刮民财，欺压百姓。周厉王在荣夷公的教唆下，对内封山占水，霸占了一切湖泊、河流，垄断山林川泽的一切收益，禁止老百姓上山砍柴打猎、下河捕鱼，断绝了广大人民群众的生计；对外兴师动众，征伐邻邦，不断加重老百姓的负担。他的倒行逆施、横征暴敛，造成了广大人民的强烈不满，朝野上下，杀机四伏，人人自危，民怨沸腾。作为厉王的卿士，颇受百姓爱戴的召公，听得到国人的议论，看得见社会的动荡，他心里是不安的，就进宫去见厉王，好言好语地劝说他："荣夷公的做法，百姓忍受不了。您如果不趁早收回给荣夷公的特权，百姓就要暴动了，出了乱子就不好收拾了。"你猜厉王会怎么样？他能听召公的话吗？当然不能了，能听他就不是周厉王了。他当着召公的面，很是不屑地撇了撇嘴，说："这点小事情，我自有办法对付。"于是乎，周厉王颁下政令，禁止国人批评朝政。他还从卫国找来一个巫师，要他专门刺探批评朝政的人，告诉他说："如果发现有人在背后诽谤我，你就立即报告，我会严惩这些刁民。"于是卫巫派了一批人到处察听，这批人经常借机敲诈勒索，谁要是不听话，他们就诬告谁谋反。厉王不分青红皂白，凡是卫巫报告，他就杀人，也不知砍了多少国人的人头。

在这样的高压下，国人真的不敢在公开场合议论国事了。便是在路上相互碰面，再熟的人，哪怕是自己的故交，甚至是亲兄弟、亲姊妹，也不敢交谈招呼了，而只是交换一下眼色，即匆匆地走开。

荣夷公和卫巫把这样的状况报告给周厉王听，厉王听得高兴，就还有意召见了召公，不无得意地对他说了："你看，现在老百姓都同意我的做法，没有人反对了呢。"

召公能咋办呢？他只有叹气着给厉王说："您这是强行封老百姓的嘴，哪里是老百姓真就没有自己的想法了啊！这怎么行呢？堵住人的嘴，不让人说话，比堵住河流还要危险呢！治水必须疏通河道，让水流到大海；治理国家也是一样，必须引导百姓说话。硬堵住河流，等到决口时，伤害的人一定会更多；硬堵住人的嘴，比堵塞河流的后果更为严重，是要闯大祸的呀！"

那时的人，分为国人、郊人、野人。国人住在都城里，郊人住在郊区，野人自然居住在野外了，也就是劳苦的庄稼人。郊人和野人，似乎还蒙昧着，而居住在都城里的国人，觉悟得要快一些，他们越来越不满厉王的暴政虐刑，却敢怒不敢言。偏偏就在这个时候，得意忘形的周厉王，还让宫廷里的铸铜工匠，按照他的旨意，熔铸了那个大得出奇的青铜簋，自吹自擂，自夸自傲，铭文颂扬他如何勤政爱民、施恩布惠，深得百姓的拥戴，希望他万寿永命、长在王位。

周厉王的寡廉鲜耻、口是心非，是他自己的悲哀，亦是国人的悲哀。

公元前841年，周厉王的暴政终于搞得国人忍无可忍，大家自发地举行了一次大规模的暴动。起义的国人围攻王宫，要杀厉王。厉王得到风声，慌忙带了一批人逃命，一直逃到黄河边，在彘（也就是一个大的猪圈里）歇下脚来，愤怒的国人加高了猪圈的围墙，把他围困在猪圈里，与猪谋食，十四年后，亦即公元前828年，厉王死在了猪圈里。

"防民之口，甚于防川。"出自《国语·周语上》的这段话还说，"川壅而溃，伤人必多，民亦如之。是故为川者决之使导，为民者宣之使言。"我亲爱的风先生，把这段古人的经典语言插话进来，给我说了后，还不无哀伤地继续说。

他说中国历史上有很多这样的统治者，他们荒淫无道，但又怕人民议论，就采取了压制社会言论的措施，以为如此就可以高枕无忧、平安无事。实际上是愚蠢至极、掩耳盗铃，又岂能堵得住老百姓的口舌？他们这么做来，不仅使下情无法上达，错误的政策得不到纠正，还会加剧社会矛盾。而更可怕的是，民众虽然嘴上不说，但心里却充满了仇恨，只要社会矛盾达到临界点，大规模的暴乱必然爆发，从而给社会造成极大的破坏。

秦始皇统一中国后发布了焚书令，"偶语《诗》《书》者弃市，以古非今者灭族"，思想专制达到无以复加的程度。同时，他还规定了"诽谤"的罪名。秦始皇三十五年（前212），侯生、卢生说了秦始皇的坏话，秦始皇就以"诽谤"之名调查咸阳的知识分子，并由此造成"坑儒"一案，立下了"诽谤者族"的法令。次年，天降陨石，有人在其上刻了"始皇帝死而后分"几个字。由于没有抓到刻字的人，秦始皇竟以诽谤罪把在陨石旁居住的人全部杀死。正因如此，他统一之后十几年，秦王朝就被人民起义的烽火焚毁了。

西汉王朝初建时，仍然保留了秦朝的诽谤罪名。贤明的汉文帝即位后第二年（前178），即毅然将其废除。他说："古之治天下，朝上有进善之旌、诽谤之木，为的就是通达治道而招来谏言者。现在的法律有诽谤妖言之罪，这就使得众臣不敢尽情，在上者无由闻听过失。如此一来，怎能招来远方的贤良？应当废除。"接着还说："小民有时诅咒谩骂上边，官吏以为大逆不道；小民说其他的话，官吏又以为诽谤。小民愚昧无知，因为此种原因将他们处死，我不赞成。从今以后，有犯此罪者不许惩治。"正因为此，才有了后人津津乐道的"文景之治"。

"让人说话，天不会塌。"风先生总是那么善抓机会。他此言一出，就还顺口说了古人说过的一些话，什么"兼听则明，偏听则暗"，什么"良药苦口利于病，忠言逆耳利于行"。

风先生说的那些话，谁不知道呢？但事到临头，谁又做得到呢？

【传十一】

浪漫穆天子

威仪抑抑，德音秩秩。

无怨无恶，率由群匹。

受禄无疆，四方之纲。

——《诗经·大雅·假乐》节选

扫码听诗

权威的说法是，张骞为"凿空"西域的第一人。但风先生不这么认为，他有他的看法，而且言之凿凿，不容置疑。

风先生金口玉言，不会信口雌黄，他在给我讲述他的道理时，从袖口里抽出了一卷名曰《穆天子传》的书。白纸黑字，十分详尽地记述了在张骞奉诏走进西域之前，英武浪漫的周穆王早已走过了。风先生的记忆非常清晰，他说这部书出土在晋太康二年（281）的河南汲县，那里有一座战国时的魏国墓葬，《穆天子传》当时就混迹在一大堆竹简里，有心人在整理的时候，分离出《穆天子传》和《周穆王美人盛姬死事》两部书简，刻板时合并为《穆天子传》而印行。

三国时的音律学家、文学家、藏书家荀勖对这部书做了极为精确的校勘。风先生以他过来人的眼光评价说，荀勖其人可是很不简单呢，他这人高官不做，不仅校勘了《穆天子传》，而且还"上书辞去乐事"，专心致力于图书的校勘编次。

有部名为《古今书最》的书，风先生爱不释手，他不仅认真阅读过了，而且还要反复阅读，知其所有的记述都是可信的。此书即详述荀勖用了大约六年的时间，对当时他能看到的十万余卷图书进行了整理复校。他在复校时，将所有的卷帙都用黄绢抄写了一遍；抄写好后，又都用白丝绸做了包裹。其所复校的《中经新簿》就有一十六卷之巨，著录图书一千八百八十五部。因此可以相信他校勘的《穆天子传》，既是真实的，当然也是可信的。

《穆天子传》里的主角周穆王，为周王朝第五位帝王，姓姬，名满。在他出生时，周家王朝已从"周原膴膴，堇荼如饴"的周原故地，搬迁到今西安西郊的镐京。他的生父周昭王也颇具雄才大略，在国力日渐强盛之时，有心平定南方，将疆土扩大到南方的汉江之滨。然而天不遂人意，昭王乘坐的船只行进在汉水上时，一个浪头打过来，竟然使他船沉人亡。史载"昭王南巡狩不返，卒于江上"，说的就是这起不幸的事件。昭王既死，穆王顺利地继承了王位。也许受了他父王的影响，继位后的穆王更为雄心勃勃，他东征西讨，向东直达九江，向西直抵昆仑，北去攻打犬戎，南往兵伐荆楚，使周王朝的疆域达到了前所未有的壮美与辽阔。

穆天子太能活了，《史记》记载"穆王即位，春秋已五十矣"，又记"穆王立五十五年，崩"。加前接后，穆天子竟高寿一百零五岁。他活得如此辉煌，但让风先生说来，最使他不能忘怀，而要一而再、再而三传说的，还是他西巡三万五千里，于天山之巅的天池私会西王母的浪漫举动了。

不仅《穆天子传》详细记述了周穆王西巡的历史事件，《列子·周穆王》也记录了穆天子的这一事件："（穆王）不恤国事，不乐臣妾，肆意远游。命驾八骏之乘……遂宾于西王母，觞于瑶池之上。西王母为王谣，王和之，其辞哀焉。"作者如此说来，在他生活的那个时候，以他自己的价值准则，批评穆天子或许有他的道理，但时过境迁，如今还能这么以批判的笔法来说穆天子西巡的事吗？不知别人有何想法，我或许受到了风先生的影响，对此是不能苟同的。

风先生在给我讲述穆天子的这一浪漫之举时，不断地要为他竖起大拇指。当然了，我听得欢天喜地，亦如风先生一般，还像今天流行的那样，给穆天子大点其赞。

穆天子决意西巡，范围之广，成就之巨，不仅前无古人，甚至后无来者。如果硬要找来个可以与之比较的人，也许只有元朝初年的成吉思汗了。这位英雄的大汗，和穆天子一样亲力亲为，统兵率卒抵达西域，创下了非凡的功绩。

威仪抑抑，德音秩秩。无怨无恶，率由群匹。受禄无疆，四方之纲。

之纲之纪，燕及朋友。百辟卿士，媚于天子。不解于位，民之攸墍。

风先生感佩穆天子的浪漫，还有他的视野，在给我讲述着时，不禁把《诗经》里的那首《假乐》歌谣吟诵了出来。

我必须承认，风先生对一些历史事物和事件的认识，确有他的独到之处。像他吟诵的这首《假乐》歌谣，应该就是一个很好的印证。同时，素有"青铜器之乡"称誉的扶风县，于 1976 年时出土了青铜重器"史墙盘"，其上铭文近三百字，即如风先生对穆天子的看法一样，美誉他"祇显穆王，刑帅宇海"。由此足可证明，穆天子该是一位充满智慧、受人爱戴，却又惯于统御四方、威震寰宇的伟大君王。

风先生赞美穆天子伟大，我想没人会不服气。试想在他所处的历史时期，一个人想要西巡西域，绝对不是一件容易的事情。只说西巡的交通，就是一个不好解决的大问题，但穆天子天才地解决了。

也许是天助穆天子，他遇到了一个异域的奇人。此人名叫偃师，是一名传奇的机械工程师，他给发誓西巡的穆天子献上了一个比现代机器人还要神奇的偶人。这个偶人与常人的形貌极为相似，周天子初始还以为偶人只是偃师随行的普通人，后经偃师多方解说，并让偶人百般配合，这才使内心强悍的穆天子信以为真。穆天子惊奇于偶人前进、后退、前仰、后仰，动作与常人无一不肖。掰动下巴，则能启唇歌曲；调动手臂，又可以翩然舞蹈……穆天子看得有趣过瘾，就还招呼来他的宠姬们，围着偶人观看。

偶人自觉他的表演非常成功，到要结束时，竟不知天高地厚地给穆天子的宠姬们做鬼脸、抛媚眼，这使得穆天子怒火中烧，认为偶人并非偶人，而是一个活生生的真人。为此他怒怼偃师，指斥他戏弄王尊，当场就要砍下偃师的头。偃师也是急了，迅速捉住偶人，将其大卸八块，摊在穆天子脚下，果然只是一些皮草、木头、胶漆和黑白蓝红颜料组成的死物。已经这样了，穆天子还有疑惑，又让偃师把偶人组合起来，教唆偃师把偶人的心挖出，偶人即不能言语；接着又教唆偃师挖出偶人的肝脏，偶人则有眼而无视；下来还教唆偃师剔除偶人的肾，偶人则腿脚俱在却无法行走……穆天子最后服了偃师，在偃师的协助下，克服千难万险，驾八骏之乘而西巡到西域，于天池私会了西王母。

西王母岂是能私会的？我是要疑惑的哩。不过，风先生却一点也不怀疑，他因之伸手扯住我的耳朵，呵斥我不能怀疑穆天子。

风先生以他过来人的口气，十分坚定地给我说了。他说："你把《山海经》好好读一读，你就没有怀疑了。"被风先生一通斥责，我抱起《山海经》认真阅读起来，发现其中的描述是非常逼真的，白纸黑字，记述了西王母居住在昆仑之丘、瑶池之滨，还称她"其状如人，豹尾虎齿而善啸，蓬发戴胜，是司天之厉及王残"。后来，我在风先生的指导下，还阅读了《汉武帝内传》，其中也写到了西王母，形象虽与《山海经》里的西王母有所不同，但这已经不重要了。我相信西王母容貌绝代，是一位举世无双的女神，她私会过穆天子，更赞叹了汉武帝，赐予了他三千年一结果的蟠桃。

浪漫的西王母，浪漫的穆天子，上下五千年，他俩浪漫得便是汉武帝都不可以与之相比了。

穆天子在瑶池见到西王母后，没有忘记自己的使命，他在偃师的陪同下，驾八骏继续北上，穿过了草木繁茂仿佛仙境的伊犁河谷，走到了"飞鸟之所解羽"的"西北大旷原"，眺望了一下更为广阔的世界，这才选择了一条新的道路，从天山南麓沿路返回。在那个不同民族聚集的地域，穆天子赐他们"黄金之杯三五，朱带贝饰三十，工布三四"，得珠泽人所献白玉石及"食马三百，牛羊三千"，而后悠悠然然地返回了国都镐京。

絮絮叨叨的我，在风先生的帮助下，引经据典说了这么多，就是为了说明，"凿空"西域的人，在张骞之前，还有个雄才大略、不辞辛苦的穆天子哩！

假乐君子，显显令德。宜民宜人，受禄于天。保右命之，自天申之。

干禄百福，子孙千亿。穆穆皇皇，宜君宜王。不愆不忘，率由旧章。

……

风先生抓住机会了，他前头为了配合我的写作，超前吟诵了《诗经·假乐》，到这时又来配合我的写作，将它完整地吟诵出来了。他吟诵毕，怕我们后来人不能理解透，就还用白话文讲说了一遍。他说："风度翩翩而又快乐的周王，拥有万众钦仰的美好政德。您顺应老百姓也顺应贵族，万千福禄自会从上天获得。上天保护您、恩佑您、授命您，更多的福禄都由上天增设。您追求到数以百计的福禄，您繁衍出千亿个子孙儿郎。您总是保持庄严优雅形象，称得上合格的诸侯或君王。您从来不违法，不胆大妄为，凡事都认真遵循祖制规章。"还说："您保持着严整的仪表形象，您拥有优雅的谈吐美名扬。您从来不结怨也没有交恶，凡事都是和群臣们共商量。您配享那上天授予的福禄，堪为天下四方诸侯的榜样。贵为天子担得起天下纲纪，让身边大小臣工得享安逸。天下诸侯大小臣工和士子，也都热爱拥戴着周王天子。正因为您勤于政事不懈怠，使天下百姓得以休养生息。"

古韵古色的一首歌谣，把包括穆天子在内的周王，及德入章，及纲入位，进行了全方位的赞美，真情无限，诗味无穷。

我是沉浸在风先生吟诵的《诗经·假乐》中了。不过有一件文物专家清理研究后取名"班簋"的青铜器，带着一种强烈的精神气息，充盈在我的脑海里挥之不去，那是风先生的缘故了。曾经有过一段时间，好古而又泥古的风先生，活得可是太不开心了，他眼睁睁看着许多传自远古的宝贝珍玩，被人十分轻率地当作废铜烂铁，交售给破破烂烂的废品收购站。他因此呐喊，因此呼号，因此追着他看到的一些传世国宝，想要很好地保护它们，给它们新的未来。还别说，因为风先生的努力，就有许多传世国宝得到了比较好的保护，譬如那件青铜重器的班簋。

当然不只是那件班簋，我曾工作过的扶风县文化馆，就因为风先生，从废品堆里抢救出了好多好东西。

风先生在 1972 年夏忙的日子，满头大汗地跑进县文化馆来，给文化馆的罗西章报告了一件事情。罗西章也不管他忙还是不忙，听风先生一说，就拖着他，骑上一辆老旧的自行车，往十里开外的段家农机站跑了。风先生与罗西章赶到时，已是下午四时多了，他俩顾不上与农机站的领导沟通，直奔后院的化铜炉，大老远即看见了熊熊燃烧的炉火旁，有个工人抡起铁锤向一件汉代高柱铜檠砸下去。

风先生与罗西章见状急忙大喊："别砸！"

但他俩的喊叫没能阻止铁锤的落下，檠盏和檠柱在铁锤下发出一声沉闷的呻吟，当下断为两截。

风先生和罗西章为铜檠而伤心了。伤心的他俩向工人说明了来意，并让他叫来农机站的领导，当场在他们买来的几麻袋废铜里翻找，不仅找到那个已经与底盘分家了的博山炉，而且还又找到了一件完好的汉代蒜头铜壶和一面汉代瑞兽铜镜。把这些宝物带回到县博物馆，风先生和罗西章一件一件仔细观察研究，深感他俩的幸运，又一次挽救了这么多文物。当他俩把注意力全部集中到那件十分难得的博山炉上时，顿觉仿佛置身高峰陡立、云蒸霞蔚的仙山神境一般。风先生和罗西章用眼睛仔细地打量着博山炉，突然发现炉盖上少了一件东西。是个什么东西呢？应该是个小钮吧。再仔细看，就看见了盖顶上有一个小孔，那应该就是装置小钮的孔洞了。从茬口上看，出土时那个小钮一定还在。风先生和罗西章顺藤摸瓜，第二天去到交售这件博山炉的石家村探访，找到了挖出这批文物的那位农民。那位农民倒也老实，说是博山炉的顶盖有件小鸟，很好看，很漂亮，他的孩子很喜欢，他就掐了下来，给孩子玩了。

幸亏孩子喜欢，把玩了几天，把这个青铜小鸟玩得光亮灿黄……到手的青铜小鸟造型太生动了，展翅，昂首，张口欲鸣。拿回到县上的博物馆，把鸟爪下的榫子插入博山炉盖上的小孔，不偏不倚正合窍，也更增加了博山炉的神韵。

那时候的废品站里，有着太多的宝贝、太多的惊喜。就在风先生和罗西章从废品堆中抢救回这座博山炉的时候，风先生还远涉千里之外，与一个叫呼玉衡的人，及他的徒弟华以武，从北京市物资回收公司的废铜仓库里拣拾出了多个国家级的宝贝。天下人都知道，自元朝以降，北京即为中国的政治经济文化中心，其深厚的文化积淀使这座城市遍地是宝。特别是有清一朝，皇家宫苑里不无嗜好文物古玩的君臣，这使得搜古求宝以供己玩的风气达到了前所未有的程度。数百年来，紫禁城收藏了数不尽的国家珍玩。然而，随着封建社会制度的瓦解，以及西方列强的入侵，许多宫廷旧藏，或遭敌寇劫掠去了国外，或被宫人偷窃流入民间。到新中国建立后，北京城内的古物市场火爆了好一阵子，来这里淘宝的人络绎不绝。时光流转，到了 20 世纪 60 年代中叶，大破"四旧"的狂风刮起，原来被人们视为珍玩宝贝的物件，突然变得如同粪土一般，甚至比粪土还不如，放在手里还怕惹出事来，就都偷偷地砸烂，当作废铜烂铁卖掉，换几个糖豆儿给孩子吃。

受过良好教育的呼玉衡，与风先生一样，早就注意到这一非常现象。1972年秋的一天，呼玉衡在风先生的陪伴下，带着他的徒弟华以武，来到北京市物资回收公司，在堆得小山一般的废铜堆里搜拣文物。他们仔细地搜寻着每一个有价值的线索，过去的日子，他们已经获得了许多意想不到的发现，今天还会有意外之喜吗？

期待的心在风先生和呼玉衡师徒二人的胸腔里跳动着。他们没有想到，有一个惊天的发现，就在眼前的这堆废铜里隐现着。

一块一块的废铜，被呼玉衡师徒捡起来扔到身后。突然，他俩翻捡到一块带有特殊纹样的铜片，风先生大喊起来，提醒师徒二人宝贝到手了！呼玉衡师徒听清了风先生的话，他俩把那块青铜碎片拣选出来，擦去上面的泥垢，再看时，风先生与师徒两人的眼睛都直了，青铜铭文！深厚的专业知识告诉他们，这该是一件西周时期的重器了。他们兴奋之情难以言表，立即发动废品回收公司的职工，大家一起上手，搜寻这件器物的剩余残片。功夫不负有心人，翻遍了堆积如山的废铜堆后，终于把这件西周重器的相关残片基本收集到了一起。

青铜器鉴定专家们把拼凑好的这件青铜器鉴定考证了一番，得出的结论让所有的人都大喜过望。因为这件器物便是七十年前从清宫流失了的班簋。

从《诗经》里走来的风先生，太知道班簋的底细了，它可是周穆王时期的一件青铜器哩。作器人的名字叫班，是铭文中提到的"毛伯"的后辈，因而被今天的金文研究者称为"毛班"。毛班之名，在《穆天子传》中多次现身，可知他是周穆王时很受器重的一位军事统帅。班簋上的铭文，有一些就是记述其赫赫战功的。

班簋的出土地点和时间已经无据可考，但风先生可以作证，其所在地就在古周原之上，原因是毛公（也可称毛伯）的封地就在这里。不论怎么说，班簋在黄土里埋了许多年后又出土了，而且成为清朝皇室的收藏，这应该算是班簋的运程，它是不会被埋灭的。清嘉庆年间，大学问家严可均编撰了一部名为《全上古三代秦汉三国六朝文》的书，其中就对班簋的铭文作了详尽的记录。特别是自称"十全老人"的乾隆皇帝，自从得到班簋后，就将其藏在内务府，视为不可多见的爱物。及至《西清古鉴》成书，其第十三卷中，专目收录了班簋的图形和铭文。便是 1935 年郭沫若先生编著《西周金文辞大系》，也不忘收录班簋的铭文。但当时先生仅是做了转抄而已，并不能见到班簋的真面目。

那么，班簋是怎么流失到民间的呢？想来那样一件重器，绝不是哪个宫廷内贼可以偷出来的。既然没有这样的可能，就只能相信这样一个传言：1900 年，八国联军攻陷北京，兵荒马乱，到处都是烧杀劫掠的"大鼻子"，深藏内务府的班簋亦不能幸免，被人盗运出宫，从此不知所终。

班簋的失而复得，让一生酷爱金文器物的郭沫若先生欣喜不已，为此而著文加以介绍，轰动了整个文博界，使班簋在这一时期声名大涨。

这样的一件稀世珍宝，何以被砸毁卖了废铜呢？这应该是不难说清的，仅凭今天的猜想可知，自从班簋流出清宫后，肯定没有一日清闲，倒卖复倒卖，大约就进到一个普通收藏者的手中了。虽然收藏者一直秘不示人，但到了"文化大革命"的年代，收藏者怕了，怕这样一件封建时代的器物给他和他的家庭带来灾难，故而将它砸碎卖了废铜。

这样的猜想，我自己是没有把握的。但风先生自有说法，他眼见了兵荒马乱、人人自危的境况下，发生的许多悲惨事件。连人的命都可能不保呢，何况一件班簋？就是千件万件班簋一样的珍贵文物又能怎么样？结果是不言而喻的。

从废铜堆拣拾回来的班簋，经过专家的精心修复，现已十分完整地收藏在首都博物馆里，成为该馆一件名震四海的馆藏宝器。我曾去那里参观，隔着透亮的玻璃罩子，目睹了班簋的真容，知道它通高 22.5 厘米，口径 25.7 厘米；四耳装饰的兽头呈象首状，首背依靠器壁，下垂着象鼻状的垂珥，底端向内弯曲长垂成足；器身上雕饰着不尽的饕餮纹，古朴而凝重，一百九十八个铭文赫然在目，向世人炫耀着它亘古不变的光彩。

　　我那年去首都博物馆参观，风先生竟然也跟了去，在我看到班簋时，他还凑在我的耳朵边，给我深情款款地交代了呢。

　　风先生说："事物的完整性往往在你闭上眼睛时才看得明白，而睁开眼睛看到的只是一个表面。这大概就是人的心灵了，比眼睛更为明亮。"

　　风先生说："以是因缘，经百千劫，常在缠缚。好坏难料，不负本心。"

鼎盛原上

【传十二】

时迈其邦，昊天其子之。
实右序有周，薄言震之，莫不震叠。
怀柔百神，及河乔岳。
允王维后！明昭有周，式序在位。

——《诗经·周颂·时迈》节选

　　清代旧藏的班簋，经历了一番惊心动魄的劫难后，现藏首都博物馆，是为无可争议的镇馆之宝。

　　看热闹的人不会深究，但我有风先生做朋友，就不只是看热闹了，而是会多嘴多舌问一些别的问题。三问两不问的，就还从风先生的嘴里知道，班簋亦有毛伯彝的称谓。经过专家修复的这件青铜簋，通高 22.5 厘米，口径 25.7 厘米。四耳饰兽首，下垂长珥作为支柱，其后另有小珥。口沿下饰囧纹，夹有两道弦纹。腹饰阳线构成的兽面纹。低圈足，无纹饰。内底有铭文二十行，共一百九十八字。从毛氏后人毛天哲对铭文的翻译来看，铭文说的是：八月上旬，甲戌日，在镐京，周王命令毛伯接替了虢城公的职位（周六师统帅），率领军队以保卫王室的安全；令毛伯整顿四方秩序，并监管繁、蜀、巢三个方国的有关政务，还赐给了毛伯军事指挥的符节。毛伯遵命，和邦族首领（冉季载）制造战车、征召战士，准备攻打东边的反叛蛮夷族。不久，周王还命令吴伯说："率领你的军队作为左师辅助毛叔父。"周王同时命令吕伯说："率领你的军队作为右师辅助毛叔父。"虢城公遣（仲）也命令毛公说："率领你的本族将士跟随宗长出征，一定要竭诚保护好宗长的安全。"经过三年的征伐，然后安定了东夷。（三年里）威严的上天无不保佑，每件事都得以成功。毛公把这些事迹告诉了班（如铭文上面所述），并告诫说，那些狎戎是因为缺乏竭诚之心，违背了天命，所以招致了灭亡。所以要敬德爱民，不要有一丁点的违背。毛班当时就跪拜磕头道："呜呼，超凡伟大的太太公（冉季载）啊，被文王封为宗懿内亲诸侯国的国君，养育出了英明神武的文王圣孙（毛公），接掌了周王朝六师统帅的职位，建立了征伐东夷的丰功伟绩。文王的子孙们无不感念在心，无不敬佩毛公的威猛。毛班我不敢昂首据先祖功勋以自傲，唯有做了这个宝尊彝来颂扬先祖的辉煌事迹，铭记先父爽曾被周王任命为'大正'之职这个荣耀。后世毛氏族子子孙孙，一定要世世代代永远地珍藏。"

无论是叫班簋，还是名曰毛伯彝，这件青铜宝器存世已有三千多年了。因为它出土以来的坎坷身世，居然把许多信息都弄丢了，无人说得清楚，它出土在什么时候、什么地方。对于此，风先生是不以为然的。2014年，我赴台湾岛参加一次文学采风活动，在台北故宫博物院进门处一眼看见毛公鼎时，就听到风先生给我说了哩。

风先生说得非常肯定，也极简约，开门见山一句话："毛公鼎出土在哪里，毛伯彝就出土在哪里；毛公鼎啥时候出土的，毛伯彝就是啥时候出土的。"

我十分赞同风先生说的话，谁让白发苍苍的他，不仅眼见了毛伯制作毛公鼎和毛伯彝时的情景，还见识了两件青铜重器的出土过程……在风先生的记忆里，有太多这样的故事了，譬如扶风县法门镇任家村1940年的那一次发现。当年的正月十五刚过，古周原上的人们还在爆竹、秧歌和臊子面的年气里喜悦着，有几个村民，搭伙往自家的牲口圈里拉土。这是原上农家生活的一个程序，每年的冬末春初，都要在家门前积起一个小山似的土堆，以备日后垫牛圈、马圈之需。小小的任家村，没有谁能够高贵得拴起一挂大车，因此，就只有告亲戚求朋友，趁着人家闲在的日子，借来大车一用。这天，是任六借的大车，为了加快进度，他叫了任德魁和任世云，三家一起先为任六家拉土。有过乡村生活经历的我，干过拉土的活儿，几个人根据各自的特点，是要有所分工的。任六家拉土，三家人的分工是这样的：任六的儿子任汉勤力气大，就由他在村外的土壕里挖土；任德魁和任世云，一个赶车，一个卸土，大家配合得甚是默契。就在赶车卸土的任德魁和任世云吆着牲口把一车土拉走后不久，任汉勤高高地抡起镬头，往土崖上挖下去。这时，风先生似有预感般刮起一股冷风，想要制止他那粗暴的举动，却没能如愿，只见任汉勤的镢头刚挖下去，轻轻一刨，就刨出了一个冬瓜状的东西，骨碌碌滚到他的脚前。生活在古周原上的人，可能自己一生都见不到宝，但都听说过不少挖宝的事情。年轻的任汉勤就是这样，他看了一眼滚在脚前的那团绿森森的东西，敏感地知道，他挖出宝了。要说任汉勤也算是个冷静沉着的人，他脱下身上的棉袄，把他认为是宝的东西盖了起来，接着还在挖出宝贝的地方刨着，这便刨出了一个黑窟窿。借着太阳的光线往里瞧，任汉勤惊得张大了嘴，激烈跳动的心像要从嘴里蹦出来似的。黑窟窿里有太多的宝，一层一层叠压着，任汉勤数了数，根本数不过来。他手按心口，使劲地压了压，让自己尽量平静下来，举起镢头，挖了几个大的土块，严丝合缝地堵住了露出宝贝的黑窟窿。

对任汉勤的这个做法，风先生是欣赏的，他把刮着的冷风调和得温暖了点儿，使在寒风里干活的任汉勤不仅觉不出冷，还觉出了热，热得一张红彤彤的脸都渗出一串串的汗珠子来了。

三头牲口拉着的木轮大车又泊在了土壕里，任汉勤对任德魁和任世云悄声地说了挖出宝贝的事情。因此，他们躲开原先取土的地方，很是诡秘地取土、装车、运送，一直挨到天黑。星星在浓墨似的夜幕上眨巴起了眼睛，任汉勤的老父亲任六，喊来任七、任八、任九、任十等一干本家兄弟，悄悄地潜入土壕取宝了。尽管他们已有思想准备，可在把全部宝贝从黑窟窿里取出来时，还是吓了一跳。太多了！太多了！圆的、方的，四条腿的、三条腿的，竟然有一百六十多件。兄弟们不敢声张，依然悄悄地忙碌着，把取出的宝贝分头藏在家里的炕洞、麦仓中，最后实在找不到放的地方，就还把几件沉到院子里的一口深井里。

过了几天，任六心里还不踏实，佯装卖麦草，借来一挂牛拉大车，把一部分宝贝送出村子，藏在京当乡贺家村的一户亲朋家里。

任家村旁有一条叫美水河的河流，但在我的眼里，这条河却一点都不美。它从乔山一路南下，一年年地冲刷，生生地在古周原一马平川的黄土地上，切割出一条深得惊人的大沟。我的家在沟的东边，从沟东望向沟西，戳进眼睛的那个小村落，就是挖出大宝的任家村。按说有大宝出土，该是任家村的幸运，但我从风先生嘴里听来的事情，却与"幸运"二字一点都不沾边，反倒是因为有宝而灾祸不断、血光屡生，让人听来不禁心惊肉跳、毛骨悚然。

风先生认为任六是有些心计的哩，他把一切做得够严密了。可是没出五日，一群土匪赶在天黑扑进了任家村，见狗打狗，见人打人，嚓嚓吵吵。在家吃晚饭的任六感觉事色不好，猜想土匪是冲着宝贝来的，立马放下碗，端了梯子，上到木楼上，试图从屋顶上掏个洞眼，爬上屋顶，溜到邻家躲起来。风先生已知屋顶上有土匪把守，就好心拉扯着任六的裤腿，不让他往屋顶上爬，但任六顾不得别的了，他把拉扯他裤腿的风先生一脚蹬开，把头从屋顶掏出的洞眼里试试活活地往出探。刚探出半个头，就有守在屋顶上的土匪举起枪托砸了下来，喷薄而出的鲜血冲天而起，洒满了屋顶。可怜任六，就这样丢了性命。

任六一死，土匪也没了章法，匆匆搜了一番，也没搜出一件宝贝，便极不甘心地撤出了村子。

这一拨土匪刚走，又一拨土匪来了。在那个军阀混战、群魔乱舞的年月，古周原上的出产，多是草寇散匪，一帮一伙，隐匿于百姓之中，地也种，家也守，打听到谁家有财可劫就串通起来，扛上家伙就去。他们各有眼线，任六挖出了宝贝，他人死了，宝贝还在，土匪们又岂能善罢甘休。从1940年的正月起，到1942年的4月止，两年多的时间，先后就有四拨土匪围攻任家村，最早是任六被砸破了头，后来任汉勤、任登我、任智、任勇和任世生的老母亲几个人，不是被土匪烧死，就是被土匪吓死。直到任六的小老弟任十，实在忍受不了土匪的祸害，供出了藏宝的地方，宝贝被土匪尽数劫走，任家村才稍稍平静下来。

在这些宝贝里，即有西周青铜重器梾鼎、禹鼎等。其中的禹鼎在1942

年出土后，为西安徐氏所得，于 1951 年捐献给陕西省人民政府，归陕西省博物馆入藏，1959 年拨交中国历史博物馆，即今中国国家博物馆。

说罢了禹鼎在任家村出土后的境况，风先生叹了一口气，在我一而再、再而三的请求下，这才很不情愿地给我说了毛公鼎的出土境况。我所以如此执着，就是想要给毛伯彝找出它的身世来，让它完完整整地出现在人们眼前。但其身世大白的过程，竟然如任家村出土的柬鼎、禹鼎等青铜重器一般，也是那么偶然，也是那么惨烈……道光二十三年（1843），关中西府爆发了一场瘟疫。任家村西去八九里的董家村董治官，眼看他的爷爷早起端着碗喝汤时，有几滴鼻血掉下来，落进碗中的汤里，把汤染得一片红。挨到傍晚，爷爷出门在地里转了一圈，刚回到家门口，便一头栽倒在地上。同为一姓的董春生爷爷，与董治官的爷爷为老弟兄，闻讯赶来帮着料理后事，没承想，竟也头一勾、眼一翻，死在了董治官爷爷的尸首旁。死在一起的老弟兄，自然坟挨着坟，埋在了一起。

后来，瘟疫过去了，有个过路的风水先生，在老哥俩的坟堆前驻足了好一阵子，见有人来，就说这是个好穴位，不出意外，他们的后人是要发财了。

事有凑巧，过了些日子，董春生去他家村西的地里挖红芋（红薯），刨了几下，总觉得镢头被一个硬物所阻，就想看个究竟。刨开一层又一层的土，这就刨出一个绿锈斑斑的大铜圈，和铜圈上同样生着绿锈的大耳子。董春生没有见过宝，但他听人说过宝，当即意识到，他是挖到宝了。联想起过路风水先生的预言，董春生甭提有多高兴了。他怕白天挖宝惹出麻烦，就用刚刨的新土把宝掩埋起来，只等到了夜里，叫了几位本家兄弟，套了一挂牛车，把那个肚大腹圆，两人搂不住、三人搬不动的大宝拉回了家，并悄悄地托人寻找买宝的下家。

董春生心里亮清，穷家小户是驮不起这样的大宝的，在家里多放一天，就多一天的危险。因此，当他的一个亲戚带来一个古董商，人家出价三百块银圆时，他也不还价，接了钱就让古董商把宝拉走了。

关心着董春生的风先生，把他近些日子的情状全都看在了眼里。他为他刨出来大宝而高兴，亦为他刨出大宝而忧心。因为风先生看得见村霸董治官包藏着的祸心，就不失时机地提醒董春生了，要他务必小心那个家伙。但恶人自有他的道理，今日白吃人家一只鸡、明日白杀人家一只狗的董治官，早就盯上董春生了。他的理由是，风水先生夸奖的那片坟地，埋着董春生爷爷，也埋着他的爷爷，董春生挖了宝，发财也该有他的一份。他不想和董春生在村里多争；古董商买了宝，他可以和古董商争呀！主意已定，董治官伙同几个闲汉守在村外的路上，等到古董商拉宝的大车走到跟前，他们夺过赶车人的鞭杆，拨转驾车的马头，将车重新拉回村里来，把大宝卸下来，抬进了他的家里。

古董商奈何不了村霸董治官，就去找董春生理论，让他还钱。董春生不急不恼，给古董商说："还钱可以，你把大宝还我呀。"古董商没话说了。

古董商一肚子的窝囊气，赶着空马车直奔县衙，使了银子，买通了县官，派出了衙役，直奔董家村，把村霸董治官像捆粽子一样捆得严严实实，拉回县城，投进了大狱之中。知县给董治官定的罪名之一为"私藏国宝"，另一项罪名在今天看来就有点荒唐，甚至让人啼笑皆非。平民百姓，什么名字不好起，竟然敢起名"治官"！这使知县勃然大怒，把董治官押在大狱里，用一根铁链吊铐起来，足足吊铐了一个多月。

与董治官一同被押解回县衙的还有那件大宝。进士出身的知县知道这件大宝的价值，但他收了古董商的黑钱，起初是想将它还给古董商的，可他看了大宝腹内的铭文后，他是笑了呢！他笑得有点儿暧昧，还有点阴毒。因为他知道，清朝官场上的规则，手头没有钱，是啥也做不成的。他在知县的任上已经待了好些年头了，他想动一动位子，把自己头上的帽子换得级别高一点，这件得来全不费功夫的大宝，绝对帮得上他的忙。于是知县脸上的笑慢慢变得黑了起来，对古董商说："此乃国之重宝，你私下倒卖，可知是犯罪？"一语即出，吓得古董商跪在知县面前，叩头如仪，在知县转身而去时，他也拉起裤腿，逃之夭夭了。

北京永和斋古董铺开办于道光初年，店主是苏六（名兆年）、苏七（名亿年）兄弟俩。他们经营有方，永和斋生意兴隆，名气很大，在当时的古董界数不上一，也该数得上二。古周原出土的青铜器，有好些最后都辗转进了他们的铺子，传世至今的就有大丰簋等。古周原董家村挖出大宝的消息传到京城后，也传进了兄弟俩的耳朵里，他们便托西安方面的线人打探消息，以便待机出手。

知县以他不甚光明的手段得到大宝后，也想尽快变现，好去贿赂上级官员，为他谋个好职位。打听消息的线人，与知县一接头便谈好了价格，用一大马车的银圆买下大宝，偷运回西安，暂时地秘藏起来。别人不知底细，不好说啥，风先生太知道底细了，他发现知县有了这一马车的银圆铺路，果然官运亨通，平步青云，最后竟然做了京官。

在此期间，知名画家张燕昌的儿子张石匏因为一个偶然的机会见识了这件大宝，他把大宝的形状描绘成图，并把大宝腹内的铭文也摹绘了下来，寄给了浙江嘉兴的名士徐同柏。得到大宝图形和铭文摹本的徐老先生，据此写了一篇《周毛公鼎考释》的文章，始使大宝有了一个公认的名字：毛公鼎。

作为生意人，苏家兄弟想的是赢大利，赚大钱，他们身在北京，为其得手的毛公鼎谨慎地挑选着买家。此之前，身为京城名门之后的陈介祺，在苏家兄弟的永和斋买过几件大东西，而且相互约定，苏家兄弟手里有货，就给陈介祺通报一声。因此，苏家兄弟很自然地就先选定了陈介祺。然而，一纸函件发到陈介祺的府上，却一直不见动静。苏家兄弟便想再找一个理想的买家，他们遍寻京城有此雅兴的人家，倒也有几户出得起高价，但都是不识货的人，给出的价钱与苏家兄弟的心理价位有很大差距，而他们的永和斋又不急等用钱，把毛公鼎放个十年八年不成问题，说不定到时候还能卖出一个更好的价码。因而，他们仍旧把毛公鼎秘藏西安，单等陈介祺或其他满意的主顾。

毛公鼎因此秘藏在苏家兄弟手里达九年之久，直到咸丰二年（1852），陈介祺与苏家兄弟重提毛公鼎一事，这才谈妥了转卖事宜，首付了一千块银圆，由苏家兄弟设法从西安运到北京来。

苏家兄弟深知路途上的艰险，在西安雇用了两挂马车，把毛公鼎装在其中一挂上，为了掩人耳目，还在西安的布市上采买了大量的布匹，分装在两挂大马车上。即使这样了，还觉不甚放心，又在西安享有盛誉的一家镖局，出资请了两位身手不凡的镖客，同车前往北京。镖客和大马车日不离、夜不分，一路还算平安，却在将出河南省境、将入河北省境的地方，遭遇了一群土匪，双方厮打了半天，谁也胜不了谁。随车同行的苏家老七，看出土匪并不知晓大马车上的国宝毛公鼎，就想着丢车保帅，给土匪撇下一大马车的布匹，吆着装载毛公鼎的那挂大马车离开。土匪们也是，看着不能速胜，人家又丢下一大马车的布匹，便见好就收，没有舍命去劫那挂扬长而去的大马车。

谢天谢地，贵重的毛公鼎又在路途上颠簸了几日，终于完好无损地送进了陈介祺的府上，这位京城里的古董大藏家初看一眼，就喜欢得放不下，开口就说："国宝难得！"

陈介祺字寿卿，号簠斋，祖籍山东潍县（今山东潍坊），生于1813年。其父陈官俊（字伟堂）是嘉庆十三年（1808）的进士，曾在清廷的礼部、吏部、工部和兵部任尚书，是个极会做官的人。儿子陈介祺自幼跟随乃父身侧，耳提面命，得到了父亲不少真传。十九岁弱冠之年，即以诗文驰名京师。到了道光二十五年，即1845年时，便名正言顺地以进士之身入翰林院任编修。他这位大翰林，除了优游宦海之外，最大的爱好，就是收藏古董了。他既收藏青铜器物，还收藏古之印玺。道光三十年（1850），陈介祺延请工匠，在他的府上建了座"万印楼"，去楼上参观过的人，无不感叹他的藏印之丰为举国第一，且多是秦汉时的古印旧玺。

只好收藏，不算本事。陈介祺的本事在于，凡是他所收藏的，都必有研究文字存世。刻板印刷达二十余部，其印玺篇里，就记录了一枚赵飞燕的玉印和霍去病的私章。这两枚弥足珍贵的汉时古玺，后来不知为何散佚民间，为东北军少帅张学良于天津所购，赠予他的结发妻于凤至收藏。

自然，这是一段闲话，暂且弃之不说，而专注于大宝毛公鼎了。

正如风先生所说，毛公鼎从偶然出土，到入藏陈介祺手上，应是一个不错的归宿。阅读大翰林《毛公鼎释文》的"后记"，不难看出陈介祺得鼎后的欢欣之情。他说："右周公鼎铭两段，三十二行，四百八十五字，重文十一字，共四百九十六字。每字界以阳文方格，中空二格。……此鼎较小，而文之多几五百，盖自宋以来未之有也。典诰之重，篆籀之美，真有观止之叹。数千年之奇于今日遇之，良有厚幸已。"

何者典诰之重？何者篆籀之美？

翰林编修陈介祺自有他的见解。在初获毛公鼎的日子，他眯缝着眼睛，像只善逮老鼠的猫一样，盯着毛公鼎和鼎腹之内的铭文看。作为一个识家，他读得懂鼎上的铭文，知道其所记述的为周宣王的告诫训词，是一篇十分完整的册命。"丕显文武……配我有周……"甫一开篇，先追述了君臣鱼水般的和谐关系，接着又记述周宣王对毛公的信任，给他权力，让他大胆治理国事。然而宣王对他信任的毛公也有不放心，告诫他要勤政爱民，莫腐败、莫堕落。最后，毛公还骄傲地记述了他在朝中的职权和身份。这样的文字，不说是在周朝很有作用，就是到了今天，依然有其积极的意义。陈介祺对此鼎深为宝爱，其中自然还有铭文字体的原因。毛公鼎铭文清秀圆润，线条淳厚，实为远古书法篆刻的绝品，堪为此道之楷模。

如此一件青铜重器，陈介祺就不能不为它的安全操心了。他一改过去遇到好的收藏物品，就要请来行内同好到他府上吃茶共欣赏的习惯，将毛公鼎秘藏家中，拒不示人。为防不测，他甚至尽其所能，减少毛公鼎在外界的影响。翻看他自己编辑的《簠斋藏古册目并题记》，其中对毛公鼎的记载，只有"大鼎"一条两个字的略记。由此，足见他的良苦用心。后来，陈介祺的曾孙陈育丞先生写了篇《簠斋轶事》的文章，也说他的老爷爷得毛公鼎后"深有'怀璧'之惧，秘不示人"。

一次，陈介祺的故交吴平斋（吴云）写信询问："从前翁叔钧示我毛公鼎拓本，云此鼎在尊处，今查寄示收藏目条无此器，究竟世间有此鼎否？窃愿悉其踪迹，祈示知。"陈介祺读信后避而不答。他还有一知己吴大澂，也来信询问此事，信中说："闻此鼎在贵斋，如是事实，请贻我一拓本。"过去，陈介祺对吴大澂有求必应，送了他不少青铜器铭文拓本，可这一次，却来了个装聋作哑，缄默不言。

咸丰四年（1854）致仕，在返回故里时，陈介祺以身护宝，与毛公鼎一起回到山东潍县的老家，将它小心地藏了起来。

光绪十年（1884），陈介祺在原籍谢世，一生所藏为三个儿子所分割，次子陈厚滋分得毛公鼎等器物。

陈厚滋的二儿子陈孝笙，成人后执掌了一家生计。他不顾乃祖不得经商的遗训，先后办了钱庄和药铺，改弦更张，图谋以商兴家。此一时也，陈介祺咽气时的嘱咐还在他的儿孙耳朵里旋鸣着："宁失性命，不失宝鼎。"但是，进入商圈的陈孝笙，眼里所见都是白花花的银圆，哪里还管祖父的遗训。听说时任两江总督的端方愿出一万两白银购买毛公鼎，头一次得信，陈孝笙还顾及家人的劝告，委婉地拒绝了端方的要求。然而端方又岂肯善罢甘休，差人再去探问。这一次，端方摸准了陈孝笙的心思，给他卖了一个大人情，告诉他，如果答应卖鼎，除了付他万两白银外，还应允他到湖北省的银圆局任职一年，言下之意，就是允许他在任上好好捞一把，以补不足。

陈孝笙心动了，要端方拟一纸文书作为凭证。于是，宣统二年（1910），陈孝笙不顾家人苦苦劝阻，执意把毛公鼎转售给了端方。

此后，陈孝笙在家左等右等，等着端方应允他到湖北银圆局的委任书，却怎么也等不来。情急之下，陈孝笙手持端方所留凭证申辩，这才知晓，凭证上的印鉴不过是一枚过时的废章，是不作数的。陈孝笙如梦方醒，始知他被端方设计骗了。气极之时，还嚷吵着要找端方理论，家里人却劝他别费心了，在这样的昏年暗月里，你一介平民百姓，他朝廷命官，别说理不成反害了自己。

受骗之耻窝在陈孝笙的心里终日不散，时间不长，他即一病不起了。

知晓这件事情始末的风先生，心里同情着陈孝笙，这便诅咒端方不得好死。好死不好死的端方，凭着他旗人的出身，大获满清主子的信任，大权在握，不仅骗购了毛公鼎，还以其他手法弄到了许多宝物，短短几年，他的家俨然成了一座颇具规模的博物馆。就是这样一个权倾朝野的人，也有其背运的时候。光绪三十一年（1905），端方出国考察，带回一架西洋照相机。如果他只是在自己的府上玩玩，倒也没有什么，偏在西太后出殡安葬的日子，他举着那个洋玩意，拍了几个镜头，这就惹得摄政王不高兴了，斥责他"行为不恭"，遂免了他直隶总督的职务。

在家待了三年，端方向摄政王认错求情，就又领了个川汉、粤汉铁路督办大臣的肥缺。到任后不久，四川的保路运动风起云涌，端方率领军队前去实施镇压，想不到应了风先生的诅咒，他兵败被捉，在资州被革命的新军砍下了头颅。

当家的一死，遗老遗少都是些只知抽大烟、玩妓女的货色，再无一人顶得上来，家道很快衰落了下来。没有多长时间，端方收藏在家的宝物已被卖得只剩下一件毛公鼎了。这时，江山业已易主，清朝灭亡，中华民国成立。担任着民国政府交通总长之职的叶恭绰，在离上海不远的苏皖交界处的一家古董铺中，很偶然地见到了饱受飘零之苦的毛公鼎，当即谈好价钱，买下来运到上海，和他早先收藏的古物一并秘藏起来。

在毛公鼎为叶恭绰收藏之际，日本人想尽了办法，企图将它弄到他们的国土上去，给他们的天皇做生日献礼。有此想法的日本人是常到北京琉璃厂打转转的醉鬼四泽，因他头大身子矮，琉璃厂的坐地户还有叫他"板凳狗娃"的。他准备了三万美金，打听好端方的遗孀大烟瘾又犯了，就一步跨入她们已极败落的府门，意欲出手买下毛公鼎。恰在这时，美国学者福开森、英国记者辛普森、法国公使魏武达，抢在四泽的前头，给端方的遗孀送去了上好的大烟膏，暂时保住毛公鼎未被日本人弄走。在这件事上，我们还真得感谢这三位西洋人，特别是那位大鼻子的美国学者福开森。他对中国文化有着天然的膜拜，封建意识竟比中国人还深，譬如他的女儿死了丈夫，他就不准女儿改嫁，奉行的就是中国传统文化中"烈女不嫁二夫"的法则。福开森的中国话说得十分流利，时不时地就到琉璃厂来遛一圈，看到称心如意的古物，不论价钱，非得据为己有不可，因此，还浪得一个"洋财神"的雅号。

此番，福开森在紧要关头勾结另外两个西洋人给端方遗孀送大烟，其实是有点儿黄鼠狼给鸡拜年的味道的。他如日本醉鬼四泽一样，也是想着买下毛公鼎，只是手头还缺那么一把美元，就先用送的大烟把端方遗孀稳下来，并答应付五万美金购买毛公鼎。现在，他有时间筹措那样一笔巨资了。

不知此中消息是谁说出去的，一时之间，围绕着毛公鼎，社会舆论一片哗然，许多爱国人士站出来说话了，疾呼毛公鼎为国之重宝，不能出售给外国人。迫于舆论压力，端方的遗孀也不敢轻易卖掉毛公鼎了，但放在府内，又怕自己控制不住大烟瘾，让人抬出毛公鼎换大烟，就想了个办法，将毛公鼎质押在天津的华俄道胜银行。这使北平大陆银行的总经理谈荔孙坐不住了，认为此等重宝，质押在外国银行是不妥的，就挺身而出，将毛公鼎从华俄道胜银行出资赎出，转存进他主事的大陆银行。

谈荔孙的义举无疑是对的，但最后毛公鼎是怎么流落到苏皖交界的那家古董店，为叶恭绰发现买回，就成了一个无人破解的谜了。

叶恭绰买回毛公鼎后，不忘拓下铭文，分别送给他的亲朋好友。所以，圈内无人不知毛公鼎在他上海的寓所懿园。1937年淞沪会战爆发，上海沦陷，叶恭绰避居到了香港，但其毕生的收藏，包括毛公鼎，都未能带走。

因此，叶恭绰虽然身在香港，心还在上海的家中。偏在这时，他留在上海的姨太太潘氏，耐不住空房孤枕，红杏出墙，与叶家一个管事勾搭成奸，火牛风马，以求白头偕老，这便想出一条毒计来，向日本在上海的宪兵队报告了这一秘密。日本宪兵当即前往搜查。所幸只是搜出一些字画和两把手枪。正是这两把手枪转移了日本宪兵的目标，而对搜查毛公鼎的事有所疏忽。而其时，毛公鼎就掩藏在叶恭绰卧室的床底下。

日本宪兵要弄清两把手枪的来历，自然不会动报告了他们消息的阴毒妇人潘氏，就把叶恭绰的侄子叶公超抓了去，投进监狱，诬他是军事间谍。

叶公超此番转道香港回到上海，是受了叶恭绰的嘱托的，一来处理与潘氏的纠葛，二来设法隐匿转移毛公鼎。在日本宪兵队的大牢里，叶公超屡遭鞭打和酷刑，所说只有一句话，他此番是代表他的叔伯来处理与潘氏的纠葛的。这件事在上海市井之中人人皆知，日本宪兵自然也有耳闻，便不在此事上多问，集中目标，要叶公超说出毛公鼎的下落。

为了脱身，叶公超心里生出一计，秘嘱家中可靠之人，铸造了一个假的毛公鼎交给了日本宪兵，这才使他得以保释出狱。1941年时，叶公超秘携毛公鼎逃到香港，将其交给了他的叔伯叶恭绰，然而不久，香港沦陷，叶恭绰不得已，就又携带毛公鼎辗转返回上海，称病在家，不与外人来往。但他抗战之前就已退出政界隐居不仕，十余年坐吃山空，经济实力不支，无奈再次把毛公鼎典押银行，后为大商人陈永仁出资赎回。1945年抗战胜利后，陈氏心中高兴，分文不收，把毛公鼎献给了国民政府。

这个归宿是叶恭绰所希望的。这在他曾给侄子叶公超写的信里可以看出来："美国人和日本人两次出高价购买毛公鼎，我都没有答应。现在我把毛公鼎托付给你，不得变卖，不得典质，更不能让它出国。有朝一日，可以献给国家。"其言语之铿锵有力，充分地表现了一位爱国者的崇高气节。

在风先生的帮助下，我知道了许多关于毛公鼎的故事，知其与毛伯彝一般，都历经了非凡的磨难，不知数千年前的毛公与毛伯，该做何感想？

想象力丰富的风先生，首先以他坚实的历史文化知识，毋庸置疑地告诉我，毛公与毛伯，同为西周时期的毛氏家人。他们毛家代有才人出，借用《陕西日报》的报道来说，我们敬爱的毛泽东主席的祖居地虽为湖南韶山，但其远祖居地实则为出土了毛伯彝、毛公鼎的古周原。

前年时，我应邀去云南丽江市采风，走进永胜县的毛氏宗祠，看到了那幅铜铸的《毛氏家族源流世系图》，图上清楚地表明，韶山毛氏家族起源于陕西，后经河南、浙江、江西、云南，最终落脚湖南湘潭韶山。

在我注目那幅铜铸的《毛氏家族源流世系图》时，风先生就伴在我的身边，如我一样，认真仔细地看了。他看着，还咬着我的耳朵，给我说了《姓源韵谱》和《辞海》上的一些记述。他说《姓源韵谱》所记毛氏的祖先毛叔郑原名姬叔郑，系圣人周文王之子；又说《辞海》记载，毛叔郑所建毛国在今陕西岐山、扶风一带。好了哩，既有文献记述，又有毛伯彝、毛公鼎实物为证，再说就多余了。

不过兴趣甚隆的风先生，似乎还意犹未尽，他从《诗经》里找出一首名曰《时迈》的歌谣，不亦乐乎地吟诵了出来：

时迈其邦，昊天其子之。实右序有周，薄言震之，莫不震叠。怀柔百神，及河乔岳。允王维后！明昭有周，式序在位。载戢干戈，载橐弓矢。我求懿德，肆于时夏。允王保之！

我知晓《时迈》的句子，无一词一字不是颂扬周王朝的美德的；我还知晓，不仅《时迈》是这个样子，《诗经》里的许多篇章，都是歌颂和赞美周家王朝英明的君王哩。而我因为风先生的缘故，深知其所赞美的诗句，亦符合历史的真实。

毛伯乎，毛公乎，古周原可信温暖的历史伟人。

【传十三】

烈焰天日

日居月诸，照临下土。
乃如之人兮，逝不古处。
胡能有定？宁不我顾。

——《诗经·邶风·日月》节选

哈佛果然是世界一流的大学，哈佛教授解读咱们国家关于信仰问题的论调，实在是太有深度了。

风先生感叹的一位哈佛教授讲座说了："中国人自己都不知道的一个民族特征，却让他们屹立至今。"这位哈佛大学神学院的教授名叫大卫·查普曼，他在一场讲座中，向台下近千名学生分享、解读中国神话故事，并不下十次用激情的语调总结中国神话故事的内核，亦即中华民族的特征。风先生仿佛远渡重洋，在大卫·查普曼教授讲座时，他就身处现场似的，还说在教授的情绪带动下，现场观众一直热情高涨。

大卫·查普曼教授说："我们的神话里，火是上帝赐予的；希腊神话里，火是普罗米修斯偷来的；而在中国的神话里，火是他们钻木取火坚韧不拔摩擦出来的！这就是区别，他们用这样的故事告诫后代，与自然作斗争！"教授还说："面对末日洪水，我们在挪亚方舟里躲避；但中国人的神话里，他们的祖先战胜了洪水。看吧，仍然是斗争，与灾难作斗争！"教授进一步说："如果你们去读一下中国神话，你会觉得他们的故事很不可思议，抛开故事情节，找到神话里表现的文化核心，你就会发现，只有两个字：抗争！"

大卫·查普曼教授的讲座，在这一部分，引用了我国的钻木取火和大禹治水的神话传说。接下来还引用了愚公移山、夸父追日、后羿射日、精卫填海、刑天舞干戚等几个传说故事，阐发他对我国古文明、古文化的崇敬与赞美。

大卫·查普曼教授说了："假如有一座山挡在你的门前，你是选择搬家还是挖隧道？显而易见，搬家是最好的选择。然而在中国的神话里，他们却把山搬开了！可惜，这样的精神内核，我们的神话里却不存在，我们的神话是听从神的安排。"教授继续说："每个国家都有太阳神的传说，在部落时代，太阳神有着绝对的权威。纵览所有有关太阳神的神话，你会发现，只有中国人的神话里有敢于挑战太阳神的故事：有一个人因为太阳太热，就去追太阳，想要把太阳摘下来。当然，最后他累死了——我听到很多人在笑，这太遗憾了，因为你们笑这个人不自量力，正是证明了你们没有挑战困难的意识。但是在中国的神话里，人们把他当作英雄来传颂，因为他敢于和看起来难以战胜的力量作斗争。"教授还说："在另一个故事里，他们终于把太阳射下来了。中国人的祖先用这样的故事告诉后代：可以输，但不能屈服。中国人听着这样的神话故事长大，勇于抗争的精神已经成为遗传基因，他们自己意识不到，但会像祖先一样坚强。因此你们现在再想到中国人倔强的不服输精神，就容易理解多了，这是他们屹立至今的原因。"教授的讲座被录成了视频，传到了社交网站上。风先生给我转述着时，把我的电脑打开来，给我找到教授的视频，让我真切地看了呢。我必须承认，他说得真叫一个好。说是"一个女孩被大海淹死了，她化作一只鸟复活，想要把海填平——这就是抗争！"，又说"一个人因为挑战天帝的神威被砍下了头，可他没死，而是挥舞着斧子继续斗争"。

风先生感慨这位美国教授解读中国神话故事的角度很新颖，也十分到位。

受到风先生转述大卫·查普曼教授讲座的影响，我对中华民族的文化精神有了更深的理解和更全面的认识，正如风先生转述了大卫·查普曼教授的讲座后，感慨给我的几句话一般，认为华夏民族几千年来传说着，也神话着，但最根本的还是坚持"天人合一"的理念，依靠人的主观能力，不断与自然、灾难、环境作斗争。这种精神是如何保持和发扬的呢？

圣者老子言说："天地不仁，以万物为刍狗。"讲的就是这个道理。人的生存，就是如此现实，比之"神爱"也许残酷，但非常实际。

风先生的感慨十分强烈，他结合圣者老子的言说，还补充说了呢。说是勇于抗争，不怕输，不屈服，是中华民族坚持始终的伟大精神，也是中国人坚持不变的最高信仰……风先生因之还把《诗经》中一首名曰《日月》的歌谣，顺口吟诵了出来：

　　　日居月诸，照临下土。乃如之人兮，逝不古处。胡能有定？
宁不我顾。

　　　日居月诸，下土是冒。乃如之人兮，逝不相好。胡能有定？
宁不我报。

　　　日居月诸，出自东方。乃如之人兮，德音无良。胡能有定？
俾也可忘。

　　　日居月诸，东方自出。父兮母兮，畜我不卒。胡能有定？
报我不述。

　　风先生在把《日月》原文吟诵罢后，还耐着性子，用白话文叙述了一遍。他说："太阳月亮放光芒，光明照彻大地上。可是竟有这种人，不依古道把人伤。何时日子能正常？竟然不顾我心伤。"他接着说："太阳月亮放光芒，光辉普照大地上。可是竟有这种人，背义和我断来往。何时日子能正常？为何与我不搭腔？"他还说："太阳月亮放光芒，每天升起在东方。可是像他这种人，说和做的不一样。何时日子能正常？使我忧伤全遗忘。"他又说："太阳月亮放光芒，日夜运行自东方。我的爹啊我的娘，为何让我离身旁。何时日子能正常？让我不再述冤枉。"

　　或许感受到白话文的浅薄，风先生叙述到后来，竟然羞得红了脸，并为他的脸红辩解了两句。他说歌谣表达的情绪，虽然是怨怼幽愤的，却也不失对"日光月辉"的褒扬与向往。

　　我赞同风先生对此所做的辩解，因此就还联想到我在扶风县文化馆工作时的一件往事，那就是青铜阳燧的破土而出与后来的故事了……那个时候的我，主要的任务就是翻阅手边的史书与史料。我捧读晋人崔豹的《古今注·杂注》，看到了一段十分有趣的记述："阳燧，以铜为之，形如镜，照物则影倒，向日则生火，以艾炷之则得火。"这段文字明确了阳燧的质料、形状及用途。此外，我还从《淮南子·天文训》看到一段文字："故阳燧见日，则燃而为火。"后人高诱为之注解："阳燧金也。取金杯无缘者，熟摩令热，日中时以当日下，以艾承之，则燃得火也。"王充的《论衡·说日》亦有说教："验日阳遂（燧），火从天来。"

典籍中的阳燧在我的意识里不断地重现，但其具体的模样，因为缺少实物证明，不仅于我，便是对此多有牵念的人，也总是一直地在猜测中游离着。直到 1972 年 10 月的一天，随着扶风县天度公社民工营到刘家沟水库工地施工的民工，一镢头挖出那个青铜阳燧后，这个悬而未决的谜团，才得以在我的心头慢慢解开。

"改天换地，重新安排旧河山"是那个时候最为振奋人心的一句口号。历时数年的冯家山水利工程到了修建灌溉渠道的阶段，而刘家沟水库大坝就是灌渠工程上的一个枢纽，关中西府的岐山、陈仓、凤翔、扶风等地的农业都将因此受益。征招而来的民工有数万人，在一百五十公里的工程线上干得热火朝天。那天，分派给天度民工营的活就是在水库北边的土壤里挖土，民工们热火朝天地挖了大半天，再有几镢头就能收工回营，洗去脸上的泥污，吃一顿掺了红苕疙瘩的饭食了。那一年红苕大丰收，民工们在来工地时，都带有填充饿腹的红苕，而掺了红苕疙瘩的饭食不仅好吃，而且解饥……挖土民工最后的一镢头抡起来，再挖下去时，镢头尖竟在土里迸出几点火星来，再刨，就刨出了一件青铜编钟，一件兽形车辖，还有一件当时还说不出名堂的青铜阳燧。

很有觉悟的民工们顾不得回工棚去吃掺了红苕疙瘩的饭食了，他们守候在现场，等待县文化馆的专业人员。文化馆的人奖励了民工们一把新镢头后，便背起三件青铜文物回了县城里的文化馆。

　　文化馆富有考古工作经验的罗西章，彼时还不能揭开阳燧的谜底，他在写作关于这次发掘情况的文章时，手拿那个圆形凹面、中央有钮的铜器，反观正看，怎么也搞不清这是个什么物件。因为此前的考古发掘从来没有见过这样的器物，在没有任何参照的情况下，罗西章在他的文章原稿上写下了"器盖"的定语。八年后，即1980年，文章在《考古与文物》杂志发表时，编辑部的编辑依据器型又改为"铜镜"而公布。罗西章不能明确青铜阳燧的属性，杂志社的编辑亦不能明确青铜阳燧的属性，但风先生是明确的，他给罗西章提醒过，给杂志社的编辑也提醒过，但他的声量小了点，没能入得了他们的耳朵。

　　风先生提醒不了罗西章和杂志社的编辑，却有新的实证摆在他们的面前，他们还能那么固执地不听风先生的提醒吗？

　　当然不能了。新的实证就是罗西章退休后，于家里端起一杯热腾腾的红茶，抿了一口，即有消息传进了他戴着助听器的耳朵里，说是又出土了一件那样的青铜器物。这件青铜器物的出土，比上一次晚了二十三年。1995年4月14日，周原博物馆所在地的扶风县黄堆乡，考古人员在抢救性挖掘一处编号为老堡子60号的古墓时，侥幸地发现了它。当时的情况有些紧迫，因为那里发现了盗掘的痕迹，博物馆的人不敢怠慢，决定要与盗墓贼抢时间。可他们还是迟了一步，挖掘中发现，在墓室东北角，盗墓贼挖了一孔直达墓底的盗洞，砸毁椁箱，盗走了大部分随葬器物。即便是这样，考古人员也不敢粗心，仔细地清理着墓室遗存。令人欣幸的是，盗墓贼终究是盗墓贼，他们还缺少那么点儿考古专业知识，再则可以想象，干那种缺德的事，其心必是慌乱的，没有心情翻转墓葬者的骨架，这便给考古人员留下了那个令他们喜出望外的青铜阳燧。

　　对考古抱有兴趣的风先生，不会错过任何一次发现。他闻讯赶到现场，目睹了考古人员从墓主的右臂下面，搜寻出了那枚青铜阳燧。看到那个情景，风先生当即感慨墓主的不容易，他用死去三千余年的尸骨，在盗墓贼的眼皮子下保护住了这枚点燃华夏民族文明火光的阳燧，与此同时，还保护下来了两件精美的玉器。那两件玉器就珍藏在周原博物馆里，一为雕琢精美的龙纹玉璧，一为造型漂亮的玉钺。当然了，那件青铜阳燧也珍藏在这里，不过比之刘家沟水库工地挖出的那一件要朴素得多，那件的背面有着烦琐的鳞纹装饰，而这一件却为素面。

深埋地下数千年的阳燧，出土时通体布满了一层厚厚的翠绿铜锈，但从凹面锈斑的空隙可以看出，其表面原来是很光洁的，没有锈蚀的地方呈现出油黑光亮的景象，这便是行话所说的"黑骨漆"了。

正是这件素面的阳燧，给了罗西章以启发，他联想到刘家沟水库收获的那件难有结论的青铜物件，心头掠过一丝猜想，觉得这是一枚青铜阳燧，那也该是一个青铜阳燧哩……有此猜想的罗西章与爱好阅读古籍的我原就做过交流，这次就更深入地交流。他在与我交流的时候，从远古走来的风先生没有缺席，他十分肯定地说："古人取火，木燧、石燧之外，还有以阳燧取火的技法。"

风先生如此肯定地说了后，还颇为哲学地加了一句话。他说："取火，是人之所以成为人的一个标志；其他动物不会取火，就只能还是动物。"

我赞同风先生的结论，也自古籍中看见，远古之人的取火之法，果如他说的是为三种：用燧石取火于石，用木燧取火于木，用金燧取火于日。所谓金燧，即文中所说的阳燧，此外还有一种说法曰夫燧。前两种取火之法来自自然界，几乎是唾手可得，所以在旧石器时代的晚期，击石取火已有了发现；新石器时代的中期以后，钻木取火也有证明。而就是这后一种，非得要有一定冶炼技术才可能实现。

刘家沟和老堡子意外发现的这两个青铜物件，无疑是阳燧取火最有力的实物证明了。

较之木燧和阳燧取火而言，以燧石取火来得更原始一些。但其流传的时间却比木燧和阳燧要长得多。便是到了盛极一时的唐代，以燧石取火的方法还在广泛应用着。许多著名诗人，在他们千锤百炼的诗篇中，对这一生活现象就有很好的吟咏。如白居易的《北亭招客》："小盏吹醅尝冷酒，深炉敲火炙新茶。"如柳宗元的《韦道安》："夜发敲石火，山林如昼明。"由此可见，或生炉煮茶，或照明巡夜，敲石取火都十分常见了。

小时候的我，还眼见过老辈人敲石取火抽烟的情景。

20世纪中叶的时候，火柴在民间已非常普遍，但乡里的老辈人，抽旱烟时还是舍不下那套原始的取火工具。他们绣得花团锦簇的烟荷包上，总是系着一个皮制小囊，小囊的一边嵌着一个类似斧刃的钢制火镰。点烟时，从皮囊里取出一片火石、一撮火绒。先把火绒反复撕扯，一直撕扯得非常纤柔时，按在火石上面，再用火镰的锋刃砍击火石，迸溅的火花即会点燃火绒。把点燃的火绒压在烟锅头上，美滋滋地咂上一口，旱烟叶子便被引燃了。那时候，我常被老人抽旱烟的情景所吸引，看着浓浓的烟从他们的口鼻冲出来，他们吸溜着挂在嘴边的唾液，咳嗽一声，眯了眼睛再抽，真个是过瘾极了，享受极了。

偏是木燧取火与阳燧取火，来得晚，去得却早。

我们知道木燧是利用摩擦原理生火的。《管子·轻重戊》称："钻燧生火，以熟荤臊。"《韩非子·五蠹》也说："有圣人作，钻燧取火以化腥臊。"这里说的圣人，应该就是燧人氏呢。先民在生活实践中有了创造发明，即被封为圣人，这是对他们的大崇敬。

有过一段木作经历的我知道，木匠行里称扯锯拉钻子为"霸王活"，没有一身力气是做不下来的。一次给架屋的梁头钻孔，我与人拉钻，因那道梁是根干榆木，我们钻着时，钻孔里先有淡淡的烟生出来，待拔出钻头时，钻孔竟腾地燃起火来。我没有吃旱烟的习惯，与我对拉钻子的人恰好是个烟鬼，他现场掏出烟荷包，装了一锅旱烟，对着钻孔里燃烧着的火光，美滋滋地吃了一锅旱烟。

那时候我就想，先民钻木取火该是这个样子吧。后来知道，我的想法是有误的，正如《庄子·外物》所记，"木与木相摩则燃"，而我们遇到的是铁与木的摩擦。这里面有什么奥妙呢？其实用不着追想，那时候干脆没有铁呀！没有铁的时代，恐怕只有以木钻木了。正如吐鲁番交河故城沟北台地出土的那件钻木取火器，呈长方形板状，并有一个略长的直柄。长方形板子的两侧均匀地分布着四个直径在一厘米左右的圆形凹穴。我看到过那个钻木取火器，发现板子一侧的小凹穴里都有烧灼痕迹。我问过专家，他也说不清为什么一侧凹穴有烧灼痕迹，另一侧没有。好在我可以请教风先生，他不无自信地给我说了，有烧灼痕迹的凹穴是置放火绒的，取火时，只需拿一根专用的木棍，对准一侧的凹穴，两手急速搓转，相互摩擦发热，以至迸发火星，点烧火绒。

听了风先生的说教，我还做过一次实验，可惜未能成功。

这使我迷茫起来，好在有风先生的指导，我阅读了大量古籍，发现古人钻木取火，对所钻之木是十分讲究的，一年四季，各不相同。如《周礼·夏官·司爟》称："四时变国火。"到《论语·阳货》，说得更为清楚："钻燧改火。"那么，具体是怎么改变的呢？即春天时取榆柳钻火，夏季时取枣杏和桑柘钻火，秋天时取柞楢钻火，冬天时取槐檀钻火。这样的取火之法，在周代已形成制度，而且跨越千年，到了唐宋时期，依然沿用不衰。杜甫的《清明二首》诗里就有记述："旅雁上云归紫塞，家人钻火用青枫。"这时的家人钻木取火做什么呢？北宋的学人宋敏求在他的《春明退朝录》里有详细的解释："唐时，唯清明取榆柳之火以赐近臣戚里。"有宋一朝，很好地沿袭了这一制度，臣僚在清明日获此赏赐，是要视为家族的荣耀哩！

取火于木燧，取火于阳燧，好像是件相伴始终的事情，宋以后，就很少有人使用了。但在周朝时，二者以其不同的优势性能而逐渐成为生活的常备之物。《礼记·内则》有言，家中子妇，早晨起来穿着时，在腰带上要系上木燧和阳燧，木燧佩带在右，阳燧佩带在左，天阴天晴，都不会误了取火的工夫。

《周礼·秋官·司烜氏》对阳燧有专门的记载："以夫遂取明火于日。"这个执掌夫遂（即阳燧）的人，是周室专设的取火官员，他的职务便是司烜氏。哟嗬，一个取火的阳燧也要在朝中专设官吏掌握，可见那两个出土于周原遗址上的不怎么起眼的阳燧实物，该是多么重要了。

1995 年 8 月 14 日的中午，周原博物馆依照出土阳燧的形制成功地复制了一个。当时，陕西省文物局的副局长陈全方陪同瑞士客人来访。这位名叫马利欧·罗伯迪的客人，其身份为著名律师，同时又特别爱好文物，对周原古址有特别大的兴趣。就在客人参观文物后休息的时候，罗西章拿来复制的青铜阳燧，在客人的面前试了起来。是日，天气晴朗，碧空万里，火热的太阳就悬在周原博物馆的头顶上。罗西章没有古人使用的火绒，便随手撕了一块小纸片，搭在阳燧一边试起来，真不敢想，几秒钟的时间，小纸片就冒起了淡淡的轻烟，随后腾起一束发着蓝光的火苗。马利欧·罗伯迪看得眼都直了，高兴得欢呼起来，说他是世界上最幸运的人，并把取之阳燧的火称为圣火，叫人给他拍了照片。最后，他自己也试着取了火，点了一支香烟，边抽边轻声呢喃："阳燧，哦，今后我可要交好运啦！"

幸运不幸运的，那是客人的说法，而风先生告诉我，就在两件青铜阳燧出土于刘家沟水库大坝和黄堆乡老堡子时，西边的天际上，莫名其妙地都出现了两个太阳！

有此记忆的风先生，在我敲着这些文字时，伸手帮我在电脑上敲了呢。他那么敲来，使我蓦然一惊，并从时间上推算，知道他说得不错，当时的天空，确实是出了两个太阳。虽然当时我不知道刘家沟水库工地挖出了阳燧，亦不知晓老堡子出土了阳燧，但两个太阳出现在天际线上的事情，我也是经历了呢。头一次的时候，我像在刘家沟水库大坝劳作的民工一样，也在冯家山水库的支线工程下着苦力。我在地下二三十米的深处，像只老鼠一样刨土打洞，清早下去，天快黑时再沿井桶子爬上地面来。饭在地下水道里吃，屎在地下水道里拉，一天到晚见不着太阳。那一天，地下水道出了塌方事故，我们早了半小时上了井桶子，眼睛对于明晃晃的太阳很不适应，在井桶边又闭了好一阵子才睁开来。

这一睁开来，就看见西边的天上挂着两个太阳！

在地下水道刨土时不知道，这一天的天气变化很大。清早起来，天上这儿一丝、那儿一缕地挂着薄如细纱的云彩，太阳就在浮动的云彩里穿行，一旦从云彩里露出头，就还很阳光，而一旦被云彩遮蔽，风就冷冷的。这样挨到午后三四点钟，天上的云越积越厚，太阳就不能再露脸儿了，而流转的空气湿漉漉的，像是有一场雨要下，却终究没有落下来。地下水道的塌方就是在这个时候发生的，还好没有压着人，我们撤到了地面上，看见了躲在云后的太阳，阳光从裂开的云缝里刺了出来。

两个太阳啊！相信那一天的周原人都看到了这一奇观，但却没有听到有人议论，连当时看见这一奇观时的惊叹都轻得也许只有自己听得见。脚上，手上，还有衣服和脸上都是泥污的我，像大家一样呆呆地看着西边天上的两个太阳，两个被浮云纠缠着、带着绒绒毛边的太阳，张着嘴巴，不知道该说什么。好一会儿，天和地都是静的，虽然工地的高音喇叭一刻不停地吼叫着，在唱一首《社员都是向阳花》的革命歌曲……或许，那是水汽的作用吧？又或许，那是浮云的作用？我至今不能搞清楚，两个太阳，一个在上，一个在下，相隔着的是一条飘带似的流云，一模一样地贴在天上，直到无情的黑云携起手来先吃掉了一个太阳，又吃掉一个太阳，我们远望的脑袋才耷拉了下来。

这是一个许多人不愿说出的事情。过了许多年，老堡子再次出土了阳燧，又把那一奇绝的天象演绎了一回，让人回想起来，感觉除了蹊跷还是蹊跷。我为此多次问了风先生，无所不知、无所不明的他，居然也给我打着马虎眼儿，说你自己猜想好了。

风先生说："凭你猜想，说是什么就是什么。"

【传十四】

兰台青史

瞻彼淇奥，绿竹猗猗。
有匪君子，如切如磋，如琢如磨。
瑟兮僩兮，赫兮咺兮。
有匪君子，终不可谖兮。

——《诗经·卫风·淇奥》节选

扫码听诗

风先生是个有心的人，他默默地收集了历朝历代许多文章大家和君子哲人对于班固的评价及论述。譬如范晔，他说："司马迁、班固父子，其言史官载籍之作，大义粲然著矣。议者咸称二子有良史之才。迁文直而事核，固文赡而事详。"钟嵘亦云："孟坚才流，而老于掌故。观其《咏史》，有感叹之词。"更有刘勰、傅玄、刘知几论之："班固、傅毅，文在伯仲。""观孟坚《汉书》，实命代奇作。""如《汉书》者，究西都之首末，穷刘氏之废兴，包举一代，撰成一书。言皆精练，事甚该密。"再有黄庭坚、罗璧、程颐大谈："每相聚，辄读数叶《前汉书》，甚佳，人胸中久不用古人浇灌之，则俗尘生其间。照镜则面目可憎，对人亦语言无味也。""班固西汉书，典雅详整，无愧马迁，后世有作，莫能及矣，固其良史之才乎。""孟坚之文，情旨尽露于文字蹊径之中……班氏文章亦称博雅，但一览之余，情词俱尽。"后来的曾国藩感怀前人对于班固的敬仰，总结性地说了："古人称立德、立功、立言为三不朽。立德最难，自周汉以后，罕见以德传者。立功如萧、曹、房、杜、郭、李、韩、岳，立言如马、班、韩、欧、李、杜、苏、黄，古今曾有几人？"

可爱的风先生，在把他记忆中古人论述班固的佳言敬语不厌其烦地说给我时，不忘他的本能，还把一首《诗经》中的歌谣，欣欣然诵念了出来：

瞻彼淇奥，绿竹猗猗。有匪君子，如切如磋，如琢如磨。瑟兮僴兮，赫兮咺兮。有匪君子，终不可谖兮。

瞻彼淇奥，绿竹青青。有匪君子，充耳琇莹，会弁如星。瑟兮僴兮，赫兮咺兮。有匪君子，终不可谖兮。

瞻彼淇奥，绿竹如箦。有匪君子，如金如锡，如圭如璧。宽兮绰兮，猗重较兮。善戏谑兮，不为虐兮。

深爱着《诗经》的我，听得出来风先生诵念的是《淇奥》呢。对这首远古的歌谣，我是不需要风先生给我翻译的，在他诵念的时候，我即和着他的音调，默默地白话了呢……"看那淇水弯弯岸，碧绿竹林片片连。高雅先生是君子，学问切磋更精湛，品德琢磨更良善。神态庄重胸怀广，地位显赫很威严。高雅先生真君子，一见难忘记心田。""看那淇水弯弯岸，绿竹袅娜连一片。高雅先生真君子，美丽良玉垂耳边，宝石镶帽如星闪。神态庄重胸怀广，地位显赫更威严。高雅先生真君子，一见难忘记心田。""看那淇水弯弯岸，绿竹葱茏连一片。高雅先生真君子，青铜器般见精坚，玉礼器般见庄严。宽宏大量真旷达，倚靠车耳驰向前。谈吐幽默真风趣，开个玩笑人不怨。"

在风先生的带动下，我俩以各自可能的方式诵念《淇奥》，不是不知这首歌谣歌颂的是他人之德，但觉班固的一生，其实是最适宜这首歌谣的意趣的。诗句中的"充耳琇莹"与"会弁如星"，在风先生和我想来，应该就是班固了呢，他相貌堂堂，仪表庄重，身材高大，是一位横绝世间的真君子。再是"如切如磋，如琢如磨"的诗句，恰好对应了班固的文章和学问；而"如圭如璧，宽兮绰兮"，则非常好地刻画了一个意志坚定、忠贞纯厚、心胸宽广、平易近人的贤者形象。至于"有匪君子，终不可谖兮"，正好就是风先生与我对班固一生的认识了，他是中华文明史上典型的贤人良臣，被人们称颂是必然的呢。

谋职在扶风县文化馆的时候，我常要到班固的生身地南台村去走一走。这是我的私心了呢，风先生明察秋毫，他看透了我的心思，却也欣赏我的举动，在我步行去南台村的时候，他会悄没声息地撺着我来，给我以他能有的指导。

风先生说了，班固兄妹三人，班固是老大，老二班超，妹妹班昭。三兄妹以及他们的父亲班彪，可都是东汉历史上名垂青史的人物。至于他的弟弟班超、妹妹班昭、父亲班彪，我将有专章叙述，在此就不多说了，只说名班固、字孟坚的他，九岁即能写文章、诵诗赋，十六岁入洛阳太学读书。在这里，班固刻苦学习，贯通各种经书典籍，不论是对儒家还是对其他百家学说，都有很深入的钻研。在此基础之上，他更注重历史考证，不拘守一师之说，不停留在字音字义、枝枝节节的注解上，而是谋求贯通经籍的大义。这为他日后继承父志续写《史记后传》，并基本完成史学巨著《汉书》的写作，奠定了非常扎实的基础。

班固性格包容随和，平易近人，不因为自己才能出众而骄傲，所以得到了同学及士林的交口称赞。崔骃、李育、傅毅等几位太学的同学，就与他很是投缘，赞美他在父亲班彪去世后，编撰的《汉书》以断代为史、纪传为体，首开中国断代体史书之先河。

才华横溢的班固，在编修《汉书》的同时，还刻印了《班孟坚集》《班兰台集》《白虎通义》等著作。他这样的一个人，在上苍面前似乎特别不受眷顾，上天仿佛要考验他的意志与品性似的，不让他一帆风顺，哪怕他多么有理想，多么有才华，多么有能耐，都要给他制造出一个这样的麻烦，一个那样的伤痛……风先生名世以来，见识了太多太多这样的事情，他为此悲伤、难过，可也只能释然。在我糊涂着询问他的时候，他不说别的什么，而是把我背诵得滚瓜烂熟的一段文言文，絮絮叨叨地说了出来："舜发于畎亩之中，傅说举于版筑之间，胶鬲举于鱼盐之中，管夷吾举于士，孙叔敖举于海，百里奚举于市。"还说："故天将降大任于是人也，必先苦其心志，劳其筋骨，饿其体肤，空乏其身，行拂乱其所为，所以动心忍性，曾益其所不能。"更说："人恒过，然后能改；困于心，衡于虑，而后作；征于色，发于声，而后喻。入则无法家拂士，出则无敌国外患者，国恒亡。然后知生于忧患而死于安乐也。"

从扶风县的老县城东坡往上去，快到西宝公路北线的路南处，有个不是很显眼的墓冢，准确无误地标明是为班固的灵魂回归地。地面上，陕西省人民政府于1956年竖立的"陕西省重点文物保护单位"的石碑，早晨迎来朝霞，晚夕送走黄昏，也有些年头了。

我在县文化馆供职的日子里，在风先生的陪伴下，曾经拜访过这里。那时的班固墓，被附近的村庄不断蚕食着，仅仅剩余下馒头般的一块小土堆。我记得很清楚，风先生还因此伤心得流了泪，他横流在脸面上的泪滴感染了阴沉着的老天，居然也在那个时候，电闪雷鸣，哗啦啦落了一场阵雨……阵雨过后，我以县文化馆文保人员的名义，去到旁边的村子里，向村里人借来一辆架子车，在风先生的帮助下，拉来黄土向班固墓上培了。我的举动吸引来了几位上年纪的人，他们与我一起给班固的墓堆上培土。我们协同努力，多半天的时间，矮矮小小的班固墓便壮大了许多。前些日子，我重回扶风县做田野调查，又去拜访了班固墓，发现现在的墓堆比起过去又壮大了一些，并且在墓堆的周围还砌了一圈青砖，栽植了几株柏树。

拜访班固墓，风先生肯定要跟着我来呢。

我按照古周原祭拜祖先的礼仪，给班固墓上了香，祭了酒，吊了裱，然后静静地面对着那块文保碑，把自己的手指头伸过去，在文保碑的"班固"两个字上，反反复复地勾画着……我的勾画，触动了风先生的神经，他不无伤感地与我谈论起了班固的一生，知他既是苦难的，亦是幸运的。幸运的他出生在一个书香之家，自幼接受了非常好的历史文化教育，伴在终日治史的老父亲身边，帮助父亲做《史记后传》，直到父亲亡故，他才不得不从京城迁回扶风的老家居住。

从京城官宦一下子降到乡里平民的地位，这对上进心很强的班固是一个沉重打击。但他毫不气馁，立志继承父亲未竟之业的决心没有改变。

悟性颇高的班固发现，父亲《史记后传》已经撰成的部分，内容还不够详备，布局也尚待改进；没有撰成的部分，需要重新续写。于是困守在家的他，利用家藏的丰富图书，正式开始了撰写《汉书》的生涯……宵衣旰食、废寝忘餐、夙夜不懈，是班固那时的日常生活状态，他苦做苦熬，做得其乐融融，熬得大有成效时，熟悉他的一个人一纸黑状告到洛阳，班固被捉拿下了大狱。偏偏在此之前，班固邻乡一个叫苏朗的人，因为伪造图谶，被捕后很快就被砍了头。此情此景，班家老小无不惊慌失措，担心班固凶多吉少。

好在班固有个杰出的弟弟班超，他为了营救哥哥，骑上快马就从扶风老家急驰京城洛阳，向汉明帝上书申诉，为哥哥洗雪冤枉。

身陷囹圄的班固知晓"私修国史"的罪名不轻，但他无怨无悔，确信自己做的无错，当然更不是什么"罪"。老父亲班彪一生著史，他继承父亲的遗志，并远接司马迁、刘向、扬雄他们严谨的修史传统，都是为了宣扬"汉德"呢。他想，西汉一代二百余年，有过赫赫功业，也有过许多弊政，其中治乱兴衰，使人慨叹，给人启发，写出一部《汉书》，正是当今学者的责任。何况王莽篡权弄政的教训，再不及时撰成史书，后人所能获得的史料，不仅少，而且难以精确！所以他拿起笔来，立志完成父亲未竟之业，如果此番不明不白地被处死，那么父子两代人的心血岂不尽付东流？

班固因之忧愤交加，心痛欲裂……还好有风先生内外串联，通风报信，安慰班固要他少安毋躁，告诉他胞弟班超策马穿华阴，过潼关，业已赶到洛阳，上书面见了汉明帝。

风先生把班固的情绪安抚下来后，又追随着班超的步伐，谒见了几位权势人物，在他们的引荐下，见到了汉明帝……就在班超见到汉明帝时，汉明帝刚好把扶风郡守从班固家中查抄的《汉书》书稿，耐着性子看了一遍。还别说，这位算不上英明的皇帝，阅读着还是手稿的《汉书》，看得不忍释手，心里一遍又一遍惊叹班固的才华世无双者，以为他撰写的《汉书》是一部难得一见的天才奇作。有了这样的感情作基础，班超面见了明帝，把他兄长的一番苦心和成就，涕泪交流地说了个大概，即获得明帝的恩准，不仅下令立即释放班固，并给予了特别的勉慰，召他入得京都皇家校书部，拜为"兰台令史"。

有了一顶"兰台令史"的官帽，班固修史的行为既光明正大，又名正言顺。这顶官帽使他有条件接触并利用皇家丰富的藏书，加快了他修史的进度。然而也前后经历了明帝、章帝、和帝三朝时光，才将《汉书》初步修撰而成。风先生那些日子就伴在班固的身边，看着他刻苦修史，以为《汉书》是继《史记》以后出现的又一部史传文学典范之作。书中撰写的人物事迹，全面地展现了西汉盛世的繁荣景象和时代精神风貌，在叙事写人方面取得了重大成就。在艺术特色上，《汉书》行文谨严有法，似乎更为重视规矩绳墨，在平铺直叙中寓含褒贬、预示吉凶，分寸掌握得非常准确，形成了一种迥然有别于《史记》的独特风格。

《地理志》的入列即为班固所首创，其卓然伟岸的地理观及模式，亦被后世的正史地理志、全国总志、地方志所仿效，对中国古代地理学的发展产生了深远影响。与此相辉映的还有《艺文志》，从考证各学术别派的源流出发，著录了西汉时国家所收藏的各类书籍，是我国现存最早的一部图书目录，在中国学术史上有极高的价值。它继承了《七略》六分法的分类体系，开创了史志目录这一体例，对我国古典目录学的发展有重要贡献。

风先生自信他是班固最为忠实的一个追随者呢，他如数家珍般与我交流着班固的创新和贡献，讲述了以上几点后，话音一转，就又转到班固的文学作品上来了。他说起了班固的赋作、诗歌以及小说……热爱文学的我，被风先生这么一说，当即回想起大学读研时的一幕，教授我们古典文学的那位女老师，身高矮矮的，可她站在讲堂上，给我们讲授起班固的《两都赋》来，那副神气，顿然使她变得高大起来。她运用陕西方言，抑扬顿挫地诵念着，读研究生的我顿时被震撼到了。我竖起耳朵，聚精会神地听着，知晓班固这个我历史深处的乡党，可是太叫人敬仰了呢！

女老师用陕西方言诵念的声音，过去了几十年，似乎还在我的耳鼓上轰鸣着：

或曰："赋者，古诗之流也。"昔成康没而颂声寝，王泽竭而诗不作。大汉初定，日不暇给。至于武宣之世，乃崇礼官，考文章。内设金马、石渠之署，外兴乐府、协律之事，以兴废继绝，润色鸿业。是以众庶悦豫，福应尤盛，白麟、赤雁、芝房、宝鼎之歌，荐于郊庙。神雀、五凤、甘露、黄龙之瑞，以为年纪。故言语侍从之臣，若司马相如、虞丘寿王、东方朔、枚皋、王褒、刘向之属，朝夕论思，日月献纳；而公卿大臣，御史大夫倪宽、太常孔臧、太中大夫董仲舒、宗正刘德、太子太傅萧望之等，时时间作。或以抒下情而通讽谕，或以宣上德而尽忠孝，雍容揄扬，著于后嗣，抑亦《雅》《颂》之亚也。故孝成之世，论而录之，盖奏御者千有余篇，而后大汉之文章，炳焉与三代同风。

　　且夫道有夷隆，学有粗密，因时而建德者，不以远近易则。故皋陶歌虞，奚斯颂鲁，同见采于孔氏，列于《诗》《书》，其义一也。稽之上古则如彼，考之汉室又如此。斯事虽细，然先臣之旧式，国家之遗美，不可阙也。臣窃见海内清平，朝廷无事，京师修宫室，浚城隍，起苑囿，以备制度。西土耆老，咸怀怨思，冀上之眷顾，而盛称长安旧制，有陋雒邑之议。故臣作《西都赋》，以极众人之所眩曜，折以今之法度。

　　原谅我只能把《两都赋》的序照录出来，而不能把后续的《西都赋》《东都赋》全文摘录。因为有点文学素养的人，或许有比我更深刻的记忆，知晓《两都赋》语言规模之宏大、特色之别具、成就之突出、影响之巨大，是开创了京都赋的范例呢！后来张衡的《二京赋》、左思的《三都赋》，无不是班固《两都赋》的延续与发展，其以散体大赋的方法，遵从"劝百讽一"的原则，极大地推动了汉代文学的发展。

　　有《两都赋》奠基，班固跟随窦宪出征匈奴，为纪功而作的《封燕然山铭》，就更加典重华美，历来为人所传诵，并成为后人常用的一个典故。

　　赋在班固的笔下不断成熟的结果，催生出了他诗意的想象，进而又创作了不少诗歌。风先生对此做过比较深入的研究，发现身处东汉时期的他，居然是较早尝试五言、七言诗创作的文人。他对这两种新兴诗体的热爱，几乎到了痴迷的程度，他用史学家的笔法写出来的五言、七言诗，质实素朴，极具教化意义。像他最为人所推崇的五言《咏史》诗，不仅是现存最早的文人五言诗，也是诗歌史上第一首真正意义上的咏史诗，开启了"咏史"这一十分壮美的诗歌题材的先河。

可亲可敬的风先生，太喜欢班固的这首《咏史》了呢。他从我的电脑里不失时机地将它搜索出来，并不管不顾地诵念了哩：

> 三王德弥薄，惟后用肉刑。
> 太苍令有罪，就递长安城。
> 自恨身无子，困急独茕茕。
> 小女痛父言，死者不可生。
> 上书诣阙下，思古歌鸡鸣。
> 忧心摧折裂，晨风扬激声。
> 圣汉孝文帝，恻然感至情。
> 百男何愦愦，不如一缇萦。

在风先生的诵念声里，我听得明白，班固在他创作的五言诗里，歌咏了西汉初年的一位奇女子。那个名叫淳于缇萦的女子，伏阙上书，不仅救了触刑的父亲，还感动了汉文帝，下达了一条废除肉刑的诏令。风先生知道那件事的细枝末节，赶在这个时候，就把那件事简明扼要地叙述了一遍。他说，缇萦的父亲为汉初名医淳于意，曾担任齐之太仓令。文帝四年（前176）时，有人上书告发他触犯刑律，遂被逮捕押往长安。他膝下的五个女儿急得哭作一团，他叹息着骂道："生子不生男，缓急无可使者！"年纪最小的女儿缇萦，痛感"死者不可复生，而刑者不可复赎"的残酷，毅然随父进京，上书给汉文帝，陈言自己"愿入身为官婢，以赎父刑罪，使得改行自新"。事情过去了那么多年，风先生给我简述当时的情景时，依然感佩不已，因此就还要赞颂班固的《咏史》一诗为旷古所少有。

一样通，样样通。班固可以治史，可以作赋，可以诗歌，对小说这一艺术门类，自然也有不错的见识。

班固在他撰书的《汉书·艺文志》里，第一次于史书中提出"小说家"这一名称，并列录小说达一千三百八十篇。明确指出小说起自民间传说，本是街谈巷语，由小说家采集记录，成为一家之言。正是他的这一论断，历史地给予了小说家最有权威性的解释和评价，并由此规范和影响着后世对小说的认知和写作，至今仍发挥着难以估量的功能价值。

编修《汉书》的班固，虽然得到了皇帝赏识，但也不过是个微不足道个兰台令史、校书郎、玄武司马之类的小官。因此他也在等待时机，以求建功立业。

这个机会来得有些突然，班固来不及认真思考，就紧赶着往上冲了……北单于派遣使者来朝纳贡，意欲和亲，章帝询问众官，班固即上书《匈奴和亲议》。然而还没来得及具体实施，章帝便匆匆驾崩，年仅十岁的和帝登上了帝位。很有些政治头脑的窦太后临朝称制，起用自家哥哥窦宪为侍中，掌控大权。但窦宪太过专横跋扈，无视朝廷法律，竟然刺死了齐殇王的儿子刘畅。他的妹子窦太后想了个办法，让他请求率军北征匈奴以赎罪。当时匈奴分南北两部，南匈奴亲汉，北匈奴反汉。正好南匈奴请求汉朝出兵讨伐北匈奴，窦宪便持车骑将军大印，以执金吾耿秉为副，发北军五校、黎阳、雍营、缘边十二郡骑士，及羌胡之兵出塞远征。年届五十八岁的班固，虽因母丧辞官在家守孝，却也投书窦宪，凭着他们班窦两家的世交之谊，被窦宪纳为中护军，随军与之谋议。

这一次远征，汉军准备得充分，辗转寻觅到北匈奴的主力，决战在稽落山一带，大破敌军。单于逃走，窦宪整军追击，直到私渠比鞮海……此一役也，斩杀匈奴王以下将士一万三千多人，俘获马、牛、羊、驼百余万头，来降者八十一部，前后二十多万人。

性情放达偏又耳目开阔的风先生，于刹那间泛滥起来的新冠疫情中，听闻毗邻我国北部地区的蒙古国人，把数万头活羊赶到国境上，给我们艰苦卓绝的抗疫以助力，他便兴致勃勃地赶了去，迎着漠北袭面而来的风潮回溯历史，很是意外地又听闻到了一个喜讯。那就是蒙古国的两位牧民兄弟，去到杭爱山附近放牧，恰其时也，天空下起了蒙蒙细雨，两兄弟寻找着避雨的地方，结果发现了一块刻有汉字的石碑……别人不怎么清楚这块石碑的来历，风先生知道呀！他只是风扫般掠到杭爱山，把那块石碑扫了一眼，就十分肯定地说了呢。

风先生说，现在的杭爱山就是当年的燕然山。班固追随窦宪大破匈奴，受命在当地当时撰写了《封燕然山铭》。

石碑上的铭文虽然经历了两千多年的风霜雨雪，却还一字一句，清晰可见。风先生因此还俯在我的耳边，把铭文中的一段话诵念了出来："铄王师兮征荒裔，剿凶虐兮截海外，复其邈兮亘地界，封神丘兮建隆喝，熙帝载兮振万世。"

也许唯有班固才能写出如此豪迈的句子呢。而窦宪想来亦十分享受班固对他功绩的这一番颂扬。班师回朝来，窦宪威名为之大盛，满朝官员的进退都由他一人决定，所有人都望风希旨。如此得意忘形，可是风先生所悲哀的呢。他眼见窦宪容不得他人犯错，便是与他同朝的尚书仆射郅寿、乐恢二人，一点点的小事惹得他不快，即被他迫害自杀。到了这个份儿上，他还不知检点，竟于永元四年（92）密谋叛乱，事发先被革职，回到封地没几日，亦被逼迫自杀。班固与窦宪的关系，到这时成了他的一个大麻烦。他不仅受到株连被免职，还因洛阳令种兢与他积有宿怨，被种兢借机罗织罪名，大加陷害，最终被捕死于狱中，年六十一岁。

和帝倒是一个明白人，在他得知班固的死讯后，不仅下诏谴责种兢公报私仇的恶劣做法，还把害死班固的狱吏处死以抵罪。

风先生因之感慨地说了，他说："好人也许会遭恶报，但恶人绝对不会得到好报。"

【传十五】

汉书曹大家

秩秩斯干，幽幽南山。

如竹苞矣，如松茂矣。

兄及弟矣，式相好矣，无相犹矣。

——《诗经·小雅·斯干》节选

扫码听诗

我的手指还没有碰触上电脑键盘，风先生就先代我打出"汉书曹大家，才女古今殊"两句话来。

也不知这是风先生自己的见解，还是他人的认识，总之我是认同这两句话的。因为这两句话所说的"曹大家"不是别人，就是班固、班超的亲妹妹班昭。她担得起这样的评价，便是当今之世，她依然为公众所仰慕，在命名金星上的一个陨石坑时，专家们讨论了一番，最终都赞同把那个陨石坑以班昭之名命名。她所以能够享受此等殊荣，盖因为她作为中华民族历史上的第一位女史学家，独自完成了《天文志》撰书的功绩。

比肩其兄的班昭，又名姬，字惠班。可以想象，她如果也是个男儿身，一定会如她的两位兄长一般驰骋沙场。女儿身限制了她，在她年仅十四岁时，即已嫁与同郡曹门的儿子曹世叔为妻，故后世誉称她"曹大家"，所依据的就是夫家的姓。她那位曹姓夫君作为如何，史无记载，但凭风先生记忆，知晓曹世叔活泼外向，班昭则温柔细腻，夫妻两人颇能相互迁就，生活算得上美满。然而老天忌讳人的美满，让薄命的曹世叔在与班昭婚后不久即命丧黄泉，独留一个美艳的班昭苦熬日月。

也许正是因为年轻寡居，班昭把她的全部心思都放在了读书上。

有心的风先生记忆了一件班昭读书的故事：她的父亲班彪一次外出回来，听见自家的儿子班固和女儿班昭在他的书房里吵得不可开交，班彪驻足细听。

只听班固道："你小小八岁的年纪，正是用心读书的时候，怎能好高骛远呢？"班昭反驳说："你是哥哥没错，但你比我长了几岁？你能帮父亲，我就不能帮吗？再说，我利用这个机会，也好向身为父兄的你们学习啊！"班固没把妹子的话听进耳朵里，又道："著书是大事业，不能有丝毫差错，不是谁都干得了的。"班昭才不会被兄长的话压制住，跟着说："你就能干了？想想吧，咱俩当着父亲的面背书，你还没我背得顺溜呢！"班固被他妹子说得脸发红，却还不想认输，就拿妹子的性别来说事了。他言之凿凿道："你一个女孩子，过几年就出嫁了。著书立说，是你一个出嫁女能做的吗？"妹子班昭被兄长的这句话说得哭了起来，便不依不饶说："我一辈子不嫁成吗？就帮父亲写书。"

父亲班彪不急，风先生是急了呢。他在一旁催促起了班彪，说你做父亲的热闹没看够是吗？在风先生的提醒下，做父亲的也想了，怕他们兄妹吵下去伤感情，便不无开心地掀动门帘，进到屋里，拿起班昭书写着字迹的纸片来看，但见头一页工工整整的那一个"传"字，心头不禁大吃一惊，便不顾兄妹因何争吵，只是一屁股坐在桌前，一页一页静心地读了下去。他看得心花怒放，边看边夸班昭，说："看起来，我是不愁帮手了呢。"

听闻父亲表扬她，班昭把她的哥哥班固剜了一眼，偎在父亲的身边很是腼腆地低语了两句。

班昭说："我知道自己读书少，写书还力不能及。"

班昭说："哥哥批评得也对，我应该专心读书。请父亲放心，我今后会一边读书一边学写书。"

好读书且读后能化为己用的班昭，只用一个"博学多才"的词儿，是无法论定她的。年轻寡居的她没有选择再嫁，而是拥书为伴。这些书既帮助她消解着寂寞的日常生活，还推动她拿起笔来，写作她想写的文章，哥哥班固会写的赋、颂、铭、诔、哀辞、书、论等，她也都写得了，而且一点都不弱于哥哥的文笔，甚至有的篇什，比她哥哥所写的还要让人钦羡不已。譬如后人反复阅读，以至被编入高中语文教材的《东征赋》，就非常了得。

我在阅读这篇赋作时，诲人不倦的风先生就给了我辅导。他为了我能更好地理解赋作的含义，就先把文言文的句子扼要地诵念了一下：

惟永初之有七兮，余随子乎东征。时孟春之吉日兮，撰良辰而将行。乃举趾而升舆兮，夕予宿乎偃师。遂去故而就新兮，志怆悢而怀悲！……望河洛之交流兮，看成皋之旋门。既免脱于峻崄兮，历荥阳而过卷。食原武之息足，宿阳武之桑间。涉封丘而践路兮，慕京师而窃叹！……知性命之在天，由力行而近仁。勉仰高而蹈景兮，尽忠恕而与人。好正直而不回兮，精诚通于明神。庶灵祇之鉴照兮，祐贞良而辅信。

乱曰：君子之思，必成文兮。盍各言志，慕古人兮。先君行止，则有作兮。虽其不敏，敢不法兮。贵贱贫富，不可求兮。正身履道，以俟时兮。修短之运，愚智同兮。靖恭委命，唯吉凶兮。敬慎无怠，思嗛约兮。清静少欲，师公绰兮。

风先生删繁就简地诵念罢文言文的《东征赋》后，不歇气地辅导我了。他说这是班昭最为独特的一篇文章，汉安帝永初七年，即公元113年时，她的儿子曹成去陈留赴任，班昭着意伴随儿子一路同行，她沿途耳闻眼见，心有所思，更有所感，为了让她的儿子能够缅怀先贤、体察民难，做个负责任的好官，而创作了此赋……赋作既教导她的儿子，还告诫人们，务必洁身自好、正道正行、慎独敬业。

担心我不能很好地理解《东征赋》的要义，风先生一有机会，就要给我絮叨一番，运用白话文的方式教导我了呢。他使我知晓，班昭随赴任的儿子一起从京师迁往东边的陈留，告别了久居的京城，寄身于陌生的新地。这让她心里充满了悲伤的情绪，常常无法安然入睡。情知是内心徘徊不前，又无法与命运抗争……她与赴任的儿子一路上历经七个城邑，又遭遇了巩县（今河南省巩义市）的道路艰险；眺望了黄河与洛水交汇的景象，见识了成皋著名的旋门壮观；翻越了一座座险峻的山岗，跨越了赫赫有名的荥阳城；在原武县匆匆歇脚用过午餐，当晚露宿在阳武县的桑林之间；渡过了封丘河，马不停蹄地赶路，暗自感叹思恋的故乡越走越远。终于走到了平丘县（在今河南封丘县东南平街）的北城边，进入当年孔夫子遭受围困的匡郭之地，她又忍不住思绪翩跹，久久地站在那里惆怅徘徊，直到暮色降临而忘记回返。接下来走到了长垣县的地界，顺道察访居住在郊外的农民。目睹了蒲城县的古迹废墟，那里早已是荆棘丛生、灌木疯长。她向身边的人请教，思慕着子路当年的威望和神灵。卫国人都传颂他的勇敢和义气，到如今还无不称道颂赞……班昭触景生情，她告诫儿子前路不管是吉是凶，都要敬业慎行、清心寡欲，以孟公绰为楷模。

昭明太子萧统编辑《文选》时，把班昭的《东征赋》收录保存了下来。至清代，一个如班昭一样的女作家赵傅，阅读了《东征赋》，不禁怦然心动，提笔留下八个字的评语，谓之曰"东观续史，赋颂并娴"。

风先生不仅特别赞赏赵傅对班昭的评价，而且知晓班昭生前即依其卓然的文采被召进了皇宫，使得肃然的宫门之内，多了她带着些萧索味道而又才气逼人的清丽背影。是时，把握朝政的也是一位女性，那就是垂帘当政的邓绥邓太后了。这位邓太后是个大有心计的政治家，她十分热爱学习，博学多才而又生性安静娴雅的班昭太对她的胃口了。她先是让宫中所有贵妇人拜班昭为师，继而扩大到宫中所有女子都来听班昭讲学，接着还号令皇家旁系子孙，不分男女，也全部集中在皇宫里听训于班昭，学习各种文化知识。

一时之间，因为班昭，汉宫内出现了"左右习诵，朝夕济济"的向学风习。

风先生见识到了汉宫中曾经有过的那样一个局面，他因之还调侃地给我说了呢。他说那个时候的班昭与邓太后，是为世之少见的一对好闺蜜。不仅史书上记载明晰，风先生更是多有见证，朝廷里的许多政令，邓太后几乎都是与班昭商讨后，才往下颁发的呢……这也难怪，谁让东汉时的皇帝多短命。邓太后能有个班昭这样的师傅，该说是她的大幸哩。邓太后的哥哥邓骘，可也是颇受倚重的外戚，但他倒是很有自知之明，于母亲去世之际，想要急流勇退，上书乞归守制，而邓太后左右为难，拿不定主意，就咨询了班昭意见。班昭没有含糊其词，她回答邓太后："大将军功成身退，此正其时；不然边祸再起，若稍有差池，累世英名，岂不尽付流水？"邓太后认为言之有理，即批准了哥哥的请求。

在朝尽心尽力辅佐着邓太后的班昭，闲暇之余，结合朝廷治理国家的大政方针，以及她的生活历练和在宫廷内讲学所得，整理编写出了那篇流传至今的《女诫》。

作为传统社会推崇的"女四书"之首的《女诫》，虽然存在禁锢女性思想和自由的问题，但其对世俗社会的影响，可是非常大的哩。甫一面世，就被京城世家争相抄诵，不久便风靡宇内。不是风先生顽固，而是他感佩班昭的用心，因此常常不能自禁地把班昭的《女诫》温习一遍，以为班昭从女子的立场出发，所做"七诫"，用历史的眼光来看，自有它的意义。譬如"夫妇"篇中，要求女子把自己的丈夫看得比天大，须敬谨服侍，认为"妇不贤则无以事夫""妇不事夫则义理堕阙"，若要维持义理之不堕，必须使女性明晰义理。"敬慎"篇中，主张"男以强为贵，女以弱为美"，无论是非曲直，女子应当无条件地顺从丈夫。一刚一柔，才能并济，才能永保夫妇之义。"妇行"篇中，制定了四种妇女行为标准："清闲贞静，守节整齐，行己有耻，动静有法，是谓妇德。择辞而说，不道恶语，时然后言，不厌于人，是谓妇言。盥浣尘秽，服饰鲜絜，沐浴以时，身不垢辱，是谓妇容。专心纺绩，不好戏笑，絜齐酒食，以奉宾客，是谓妇功。"妇女备此德、言、容、功四行，方不致失礼。在"专心"篇中，强调"贞女不嫁二夫"，丈夫可以再娶，妻子却绝对不可以再嫁。在她的心目中，下堂求去简直是不可思议的悖理行为，事夫要"专心正色，耳无涂听，目无斜视"。"曲从"篇中，教导妇女要善事男方的父母，逆来顺受，一切以谦顺为主，凡事应多加忍耐，以至曲意顺从的地步。"和叔妹"篇中，说明与丈夫的兄弟姐妹相处之时，应事事识大体、明大义，即使受气蒙冤也是天经地义的事情，万万不可一意孤行，而失去彼此之间的和睦气氛。

从远古走到今天的风先生，反对历史虚无主义，主张评价一个人及其历史贡献，应该运用综合性、阶段性的方法，那样会客观一些、公允一些。

风先生强调说的就是班昭了，她能够得到皇室的赏识，进入宫中教授皇后和贵人经史礼仪，没点儿真本事能行吗？肯定不行。因为能够博得皇家统治者的欢心，绝不是一件容易的事，封她一个"大家"的名号，自然也不是白封的……有人进贡奇异物品给皇室，皇帝是会召令众臣制文作赋、吹捧赞颂一番的。别人的文赋是否华美艳丽，风先生自有论说，他不无幽默诙谐地说，任谁的文赋都赶不上班昭的好，譬如她给邓太后的一封奏章中，就很是肉麻而不失体面地写了哩："伏惟皇太后陛下，躬盛德之美，隆唐、虞之政，辟四门而开四聪，采狂夫之瞽言，纳刍荛之谋虑。"

怎么样呢？班昭把她女人家的聪明才智，非常好地展现在了她的文辞里。对于此，我还有点儿不以为然，但阅历丰富的风先生见识多了人情世故，他因此就很瞧不起我的那种调性，说："你们血性男子，常常都奈何不了时势的压力，何况人家一个弱女子。粉饰粉饰皇室，给他们做做绿叶，衬衬他们的脸色，难道就不能吗？"

能不过的班昭，长袖善舞，给自己赢得了声望和机会，完成了兄长班固所未完成的《汉书》修撰。这是班昭亡兄所期望的，也是她为中华文明所做的一件大功德。

长兄班固遭受窦宪一案的牵连，冤死狱中，留下一部尚未撰写完成的《汉书》，班昭便自觉接手了这一巨大的史书续写工程。好在她幼年时即十分喜好研读文史知识，后来又在长兄班固编纂《汉书》的过程中参与其中，做了较为深入的工作，因此在长兄死难后，她上书汉和帝，就也得到了和帝的恩准。和帝特别下旨，令班昭可以进出皇家独有的东观藏书阁，参阅珍贵的历史典籍，这使她续写长兄未完的《汉书》时，得心应手了许多……《汉书》在她的手里成书后，不仅获得了当朝士族阶层的高度评价，也获得了后世学者的争相传诵。尤其是书中极为棘手的《百官公卿表》与《天文志》两个部分，完全是她的独创。

独创了这两部分史书内容的班昭，却谦逊得可以，仍然署名她的哥哥班固。后来的学问家马融，为了求得班昭的指导，还常跪在东观藏书阁外，十分恭敬地聆听她的教导。

班昭的文采，在她帮助哥哥班固续修的《汉书》中得到了充分的体现，这部书是我国第一部纪传体断代史，是正史中的优秀作品之一，人们称赞它言赅事备，与《史记》齐名。但这一切在风先生看来，都不如她为了兄妹亲情写给汉和帝的那篇折子更为感动人，使人阅之不禁潸然泪下……汉和帝永元十二年（100），出使西域的二哥班超，派他的儿子班勇入贡回到洛阳，带来了一封写给和帝的奏章，极言："臣不敢望到酒泉郡，但愿生入玉门关。臣老病衰困，冒死瞽言，谨遣子勇随献物入塞。及臣生在，令勇目见中土。"班超把他叶落归根的心思表奏得够真切了，而和帝却没有理会。其间三年有余，班昭日夜想着死难的哥哥班固，更想着客居异乡的哥哥班超业已年逾七十，强烈的依恋与怜悯心，使她不顾一切地给皇帝上书了。

风先生特别喜爱班昭代替哥哥班超上书的那封奏书，因此记忆得也就十分清晰。

书曰：

妾同产兄西域都护定远侯超，幸得以微功特蒙重赏，爵列通侯，位二千石。天恩殊绝，诚非小臣所当被蒙。超之始出，志捐躯命，冀立微功，以自陈效。会陈睦之变，道路隔绝，超以一身转侧绝域，晓譬诸国，因其兵众，每有攻战，辄为先登，身被金夷，不避死亡。赖蒙陛下神灵，且得延命沙漠，至今积三十年。骨肉生离，不复相识。所与相随时人士众，皆已物故。超年最长，今且七十。衰老被病，头发无黑，两手不仁，耳目不聪明，扶杖乃能行。虽欲竭其全力，以报塞天恩，迫于岁暮，犬马齿索。蛮夷之性，悖逆侮老，而超旦暮入地，久不见代，恐开奸宄之源，生逆乱之心。而卿大夫咸怀一切，莫肯远虑。如有卒暴，超之气力不能从心，便为上损国家累世之功，下弃忠臣竭身之用，诚可痛也。故超万里归诚，自陈苦急，延颈逾望，三年于今，未蒙省录。

妾窃闻古者十五受兵，六十还之，亦有休息不任职也。缘陛下以至孝理天下，得万国之欢心，不遗小国之臣，况超得备侯伯之位，故敢触死为超求哀，匄超余年。一得生还，复见阙庭，使国永无劳远之虑，西域无仓卒之忧，超得长蒙文王葬骨之恩，子方哀老之惠。

行文合情合理，丝丝入扣，和帝览奏亦为之戚然动容。特别是文末引用了两个典故，一个是周文王作灵台，掘地得死人骨，而更葬之；另一个是魏文侯之师田子方，见君弃其老马，以为少尽其力，老而弃之，非仁也，于是收而养之。班昭明讽暗喻，装傻充愣的汉和帝以为他再不有所决定，实在愧对老臣，于是派遣了新的西域都护，换得班超回朝……然而回朝来的班超，没有来得及与他的好妹妹班昭多聊什么，不久便病故榻上，使班昭除了垂泪，就还是垂泪。

前边送走蒙冤而死的大哥班固，接着又送走年迈体衰的二哥班超，是为妹妹的班昭也已迈入古稀之年，享年七十多而亡。与她闺蜜一场的邓太后执学生礼，身穿素服以示哀悼，并派遣专使，监办班昭的丧事。

风先生当年去了班昭的丧礼现场，他感佩班昭享有的那一份哀荣，于那个悲情隆盛的时刻，不能自禁地把《诗经》中那首名曰《斯干》的歌谣，很是豪迈地诵念了出来：

秩秩斯干，幽幽南山。如竹苞矣，如松茂矣。兄及弟矣，式相好矣，无相犹矣。

似续妣祖，筑室百堵，西南其户。爰居爰处，爰笑爰语。

约之阁阁，椓之橐橐。风雨攸除，鸟鼠攸去，君子攸芋。

如跂斯翼，如矢斯棘。如鸟斯革，如翚斯飞，君子攸跻。

殖殖其庭，有觉其楹。哙哙其正，哕哕其冥，君子攸宁。

下莞上簟，乃安斯寝。乃寝乃兴，乃占我梦。吉梦维何？维熊维罴，维虺维蛇。

大人占之：维熊维罴，男子之祥；维虺维蛇，女子之祥。

乃生男子，载寝之床。载衣之裳，载弄之璋。其泣喤喤，朱苇斯皇，室家君王。

乃生女子，载寝之地。载衣之裼，载弄之瓦。无非无仪，唯
酒食是议，无父母诒罹。

想来风先生知晓《斯干》颂扬的是周家天子与其兄弟之间的和睦友爱，
但用在班昭的身上，也是十分恰切的呢。

我亦与之不谋而合。

【传十六】

血性西域

击鼓其镗，踊跃用兵。

土国城漕，我独南行。

从孙子仲，平陈与宋。

不我以归，忧心有忡。

——《诗经·邶风·击鼓》节选

扫码听诗

有其兄必有其弟的说法，风先生是不同意的。但人家班固的命好，他还真就有个如他一样，甚或比他更为出色的一位名叫班超的亲弟弟。

"不入虎穴，焉得虎子"的典故说的就是班超，还有"投笔从戎"的成语，说的也还是班超。出身书香门第的他，既有一个史学家的父亲班彪，还有一个史学家的哥哥班固和一个才女的妹妹班昭，他读书作文自不待说，然而他对边事和军事的热心程度似乎更高一些。特别是他的哥哥班固曾随大将军窦宪攻入匈奴的腹地，功成之日手书的《封燕然山铭》，让他读来，不禁血脉澎湃，心向远方，并愤然而言："大丈夫无它志略，犹当效傅介子、张骞立功异域，以取封侯，安能久事笔砚间乎？"

说到就要做到，是班超掷地有声的心迹。风先生仿佛见识过他一般，给有此兴趣的我介绍他时，说他的长相很有特点，燕颔虎颈、虎背熊腰，和后来《三国演义》中的张飞很类似。

我接受了风先生对于班超的描述，以为他就该是这样一副模样。恰在他烦了案头上的文书工作，而决心建功于边关的时候，汉明帝有感于匈奴毫无底线的袭掠，便颁旨给奉车都尉窦固以及名将耿秉，让他们率军出塞，打击匈奴呼衍王的气焰……投笔从戎的班超，这时候刚好就在窦固的大军之中。战斗中，他有勇有谋，多有斩获，窦固非常赏识他，于是任命他为假司马，并拨给他三十六勇士，让他前去传书于阗、鄯善等国，号召他们归附大汉。

这样一个"假"字起头的小官，决定了班超的身份，既没有朝廷的诏书，也没有朝廷的印绶。然而极富冒险精神的班超，凭着他浑身的胆量，甫一出手，就立下了非常大的功劳。而这也是风先生所欣赏的，他因此没少给我灌输关于班超的赞语，说他如何厉害，如何了不起。

风先生说得兴起时，就还说："是真人才，假的又如何？不是真人才，真的又如何？"

风先生说："职位是检验人才真假的试金石，假人才头顶真职位，却一事无成，自然算不得人才；而担负着假职位，把事业干得风生水起，贡献多多，谁还能说他不是真人才？"

风先生这么说着时，还随口把《诗经》中那首名曰《击鼓》的歌谣吟诵了出来：

> 击鼓其镗，踊跃用兵。土国城漕，我独南行。
>
> 从孙子仲，平陈与宋。不我以归，忧心有忡。
>
> 爰居爰处？爰丧其马？于以求之？于林之下。
>
> 死生契阔，与子成说。执子之手，与子偕老。
>
> 于嗟阔兮，不我活兮。于嗟洵兮，不我信兮。

风先生吟诵罢了后，还不厌其烦地给我解释了呢。他说这是一篇典型的战争诗，虽然不是直接来写班超的，但所刻画的人物如班超一样，也是一位远征异域、长期不得归家的将士。风先生可能知觉他吟诵的这首远古的歌谣不能尽述他想要表达的愿望，就还把中华民族抗击日本侵略者时中国远征军吼唱的军歌，很是嘹亮地唱了出来：

> 君不见，汉终军，弱冠系虏请长缨；
>
> 君不见，班定远，绝域轻骑催战云！
>
> 男儿应是重危行，岂让儒冠误此生？
>
> 况乃国危若累卵，羽檄争驰无少停！

　　歌词中的班定远，就是投笔从戎的班超。他当年在平定西域的过程中，曾面临很多艰难险阻，不仅面临外敌的威胁，更受到东汉朝廷的掣肘；但他依然立功于绝远，不仅为同时代的人们所敬仰，还激励着一代代中国人为祖国的强大而奋战！

　　假司马的班超，出使的头一站就是鄯善，也就是后来人所说的楼兰。开始时鄯善王对于班超等人非常热情，然而过了些时日，鄯善人突然降低了招待规格，对汉朝人冷漠了起来。班超料定其中另有隐情，肯定是北匈奴人来了。于是班超找来一个鄯善侍者，恫吓式地询问："北匈奴人来了多久了？他们住在哪？"侍者仓皇间把实情告诉了班超，前不久，确有百人之众的一个匈奴使团，秘密潜入了鄯善！班超当即扣留下侍者，以防他走漏风声。在吃饭时，他大声地对随行人员说："我们远离家人和故乡，来到这个鸟不拉屎的地方，不就是为了立功封侯吗？现在匈奴人送上门来了，这不正是我们建功立业的好机会吗？我们应该先下手为强，如果等鄯善王把我们绑去匈奴，那就太迟了。"接着班超又激励大家："不入虎穴，焉得虎子！让我们和匈奴人决一死战！"

　　百人之众的匈奴使团，人数是班超他们的三倍，想消灭他们谈何容易。有勇有谋的班超想到了火攻，他率领随从悄然潜入匈奴人的住处，先在帐房周围放了一把火，又与随从手持利刃，静待匈奴人从帐房里往出跑。班超他们守株待兔般等着惊慌失措的匈奴人，跑出来一个砍一个，像砍当地人栽种的胡麻棵子一样，很快就砍掉许多匈奴人的头，而班超他们则无一人伤亡……所以如此，盖因为大火中的匈奴人过于慌乱，都没有来得及拿兵器。

　　那么多匈奴人的首级，血淋淋地被班超他们拿在手里，他们去到鄯善王的王室里，把鄯善王吓得不轻。看着不可一世的匈奴人在班超面前输得这么惨，他无话可说了，眼睛落在威风凛凛的班超身上，当即答应他归附于汉朝。

完成使命后，班超立即回到军中，向窦固述职。窦固对于班超的表现大为惊讶，立即向朝廷为其表功。窦固在上书中建议汉明帝，希望他从国内派出个使节，镇抚西域诸国。汉明帝回答："你手下那个班超不是挺行吗？你让他去吧！"于是窦固将班超从假司马拔擢为真司马，并准备给他再拨些人马，但班超却没有多要，只说："我手下的三十六人足矣，多了反而累赘。"于是，班超名正言顺地再次踏上了出使西域各国的旅程。

班超他们这一次到达的首站是于阗。有那个能力的风先生，感佩班超的能耐，他一股风似的就也撵着班超去了，做了他麾下的第三十七人。风先生知晓西域诸国的许多事情，他在班超的身边，给他出谋划策，说是击败了西域霸主莎车的于阗国王，哪知"鹬蚌相争，渔翁得利"的道理，还没从战败莎车的喜悦中回过神来，旋即又被北匈奴打了个措手不及，失败后做了北匈奴的属国。班超在风先生的辅佐下，与他的三十六个兄弟来到于阗国，败给北匈奴的于阗国王广德，对他们却是异常傲慢。广德向来崇信一个巫师，对他几乎是言听计从。这个巫师有点看不惯班超的做派，即对广德说："天神发怒了！汉军中有一匹宝马，你赶紧去拉过来，我要拿这匹马祭神！"愚蠢的广德立即派人去找班超索要那匹宝马。

不等广德派人到来，风先生就把巫师的阴谋告诉了班超。听了风先生的通报，班超心中唯有冷笑，他想了，胡人这是想给我们一个下马威啊！

广德派的人来了，班超好言好语地给他说："马可以给你们，但必须巫师亲自来拿！"巫师欺骗个愚蠢的广德可以，在班超面前，他表现得十分愚蠢，竟然不知死到临头，还真就大大咧咧地来到班超的营地索要宝马了。这时的班超可是不会与他客气，手起刀落，当即砍下巫师的脑袋，提在手上去见广德。班超把巫师鲜血淋漓的头颅扔到了于阗国王广德的脚下，并斥责他背叛汉朝、投靠匈奴的罪行……班超智勇双全，于阗国王广德早有耳闻，如今一见果然如此。广德斟酌利害，以为他能够依靠汉朝撑腰，不用怕匈奴的凶残了，因此命令他的部属把挟制他的匈奴使节杀了个一干二净，重新投入汉朝的怀抱。

于阗在当时的西域算是最强大的一个国家，它的归附，意味着汉朝对西域统治的全面恢复。

然而也只是恢复而已，想要获得相对稳固的统治，还需要不断巩固。彼时在匈奴的卵翼之下，龟兹国雄霸天山道，发兵攻陷了疏勒，继而扶植龟兹人做了疏勒的国王。疏勒同样是西域大国，收复该国是班超的下一个目标。他审时度势，认为疏勒国的国王无非是龟兹的傀儡，民心不可能依附，杀了傀儡王，一切都可以解决。于是班超对疏勒王放出话去："我奉汉皇之名，特来犒赏国王，你们赶紧出城来拿财物吧！"疏勒王名叫兜题，他按捺不住对于财宝的渴望，带着他的亲兵出城来见汉使。但接待他的班超手下田虑，跟样儿学样儿，像班超一般，先下手为强，趁兜题不备，即持刀劫持了他，其余的亲兵见状吓得四散奔逃。于是，班超押着兜题，将疏勒国的文武百官都召集了过来，当着他们的面，给他们说了。

班超现场给他们说："兜题是个龟兹人，是你们的敌国强加给你们的！你们应该立自己国家的人为王！"

班超是这么说的，也就这么做了，他拥立前疏勒国王的儿子忠做了国王，使得疏勒国也纳入了汉朝的统辖……二次出使西域诸国，班超进一步扩大了前次出使的成果。

然而汉明帝驾崩后，北匈奴当即联合车师等国趁势作乱，屠杀屯田的汉军，并将戊己校尉耿恭围困在疏勒城。而洛阳城里继任皇位的汉章帝，对于经营西域没多少兴趣，于是决定全面撤出西域……风先生耿耿于怀汉章帝对于西域的态度，他看得清楚，其消极的、非主动性的、遇到困难就会退缩的策略，只会把班超为大汉在西域建立起来的功业毁于一旦。不过班超就是班超，当他不得已带上自己的亲随踏上归途的时候，疏勒国和于阗国的国王吓坏了，他们诚心想要留下他，不让他走。疏勒国的一个都尉居然在班超的面前哭着说："汉使走了，他们肯定会发兵来灭亡我们，与其如此，不如死了算了！"话音未落，即拔出刀来架在了自己的脖子上，锋利的刀刃都把他的脖颈子割出血来了，这让班超震撼不已。于阗国的君臣，更是全都跪在班超的马前，号啕大哭，不肯让他走。在于阗人看来，班超智勇双全，有他在，他们就不怕匈奴人来报复。

疏勒人和于阗人的诚心打动了他，加之自己也爱着这一片土地和一方百姓，于是班超上书朝廷，决定独自捍卫汉朝的西域。

班超的上书获得了汉章帝的应允，他还协调了一千人的"汉军"给班超，算是对他的支持。千人中一个叫徐干的热血青年和班超一样，有着立功于西域的梦想。但除了徐干和少数"义从"外，其他的都是刑徒，其战斗力可想而知。而其中还有个叫李邑的人，不仅生性胆小，还有满肚子的坏水，人在班超的身边，却不与他一心共事，反而向洛阳的朝廷参奏班超，说他在西域娶了妻子，安乐外国，带着一千多名汉人，在西域劳而无功，真是罪不容诛！好在汉章帝还不是太糊涂，懂得将在外君命有所不受的道理，就没有太理李邑的茬，颁旨把李邑狠狠地斥责了一通，并将其交给班超发落。换作旁人，一定会给这个小人一点颜色看看；但是班超却不同，他身正不怕影子斜，不与小人一般见识，于是将李邑遣送回了国。

稳定了汉军部队之后，班超带领属国士兵，进攻匈奴的附庸莎车国。莎车王立即以重金贿赂班超扶植的疏勒王忠。忠贪于重宝，居然真的忘恩负义，和莎车眉来眼去。然而这一切怎么能逃过班超的眼睛，他立即给忠摆了个鸿门宴，邀请他过来吃饭。忠自然不懂汉人的诈术，竟欣然赴宴，最后被班超一刀结果。其时跟随在班超左右的风先生，对于他的果决与胸襟极为赞赏，数千年来不曾忘记，发现我对此很有兴趣，就给我复述了一遍。

风先生说："行动这件事，从来不在于环境的好坏。此时此刻就是永远，此时此刻就是一切。退缩者永无胜利，胜利者永不退缩。"

风先生说："会战者不怒，但又岂能不怒！是该怒时则怒，不怒时则不怒。那是一个人的修养，亦是一个人的手段。"

风先生说："班超出使西域，把他的修养与手段运用得非常到位。"

我对风先生的论述，除了服气还是服气。班超就这么身在西域，为中华民族很好地固守着边疆，其中的一些细节，我不甚清楚，风先生则清清楚楚。他对班超攻击叛乱了的莎车国一事就特别推崇，说他满打满算，盘算着班超率领的兵士不超过两万五千人；而莎车国投奔在龟兹国的麾下，军队合并起来有五万之众。但班超熟读兵书，知道兵不厌诈的道理，便使诈给他俘虏的一些龟兹兵，让他们旁听他与于阗王的一个军事会议……会议上，班超表现出一副很畏怯的样子，并安排他的部队后撤逃跑。龟兹俘虏不知有诈，偷跑回去报信。听信俘虏传言的龟兹国王，立即调集主力阻截班超的后路。班超见敌中计，心中大喜，便依照他事前的部署，放弃抄他后路的龟兹主力，转而全力攻向龟兹国的大本营，活捉了龟兹国王。擒贼先擒王，龟兹与莎车的联军，在国王被捉后顿然败散，被班超的汉军斩首五千余人。

自此以后，西域虽然时有小的冲突，譬如远在葱岭之外的大月氏前来挑衅，以及焉耆等几个小国不断骚扰，但都没有翻起什么大浪。然而英雄的班超，一统西域，此时也已是个年近七十的老人了。

人老恋故土，叶落还归根。班超这时候做梦都是他想念着的故乡，以及故乡那阔别数十年的家人。公元100年，班超拿起他投笔从戎的毛笔，向朝廷上了一封表奏，希望皇帝恩准他告老还乡。这时候的东汉王朝业已传到汉和帝的手上，结果和帝看了他的表奏，没有恩准。原因是班超之后难有"班超"，和帝在朝堂之上找不出个他那样的才俊。这可如何是好？万般无奈时，班超的胞妹班昭出手了。入宫来到和帝身边的她，鼻涕一把泪一把地向和帝求情了。一次请求不成她两次请，两次不成她三次求，实在不成，她就还给和帝写了一封信。深具文章天赋的班昭，那封信的用词，任谁读来都会顿生肝肠寸断之感。汉和帝一字一句读来，感动于班超、班昭兄妹的那一份手足情，立即颁旨西域，恩准班超安排好那边的事务后返回内地来。

两年过去，即公元 102 年，身经百战的班超回家来了。

想当年，班超怀着为国立功的壮志，出了玉门关。现如今，他满载荣誉而归，头上已经是苍苍白发。风先生看着英雄暮年的班超，不禁悲从心头起，因为他看得十分清晰，回到故土的班超，命运留给他的时日却不会太久……人的身体就是这么奇怪，忙碌劳累的时候，内心憋着那么一股子精气神，再怎么艰难困苦，都是无所谓的；而一旦身闲下来，心里的那股子精气神就会山崩似的垮下来，一发而不可收。便是医术高超的宫廷御医，面对班超垮下来的身体，也是一筹莫展。当年的九月，即他回家不足一个月的时候，班超阖上了他英雄的眼睛。

这一年，班超七十一岁。因他此前被封为定远侯，喜爱他的国人，从此以后就以"班定远"的尊号来称呼他了。

接替班定远担任西域都护的将领是任尚。班超返回故土前再三告诫他，在处理西域事务时不宜过严，不要眼睛里揉不得沙子，水至清则无鱼，西域诸国与中国习俗不同，而汉朝的军人也绝非善类，一些小错就得过且过吧！但是班超的忠告，任尚没能听进去。不久之后，西域诸国造反，丝绸之路再度断绝。此后，班定远的儿子班勇继承父志，毅然带病回到西域，重新打通了通往西方的道路。然而，汉朝统治者对于西域太不上心了，导致对该地的统治名存实亡。风先生对此哀痛不已，他从历史发展的整个层面来看，评说班定远是绝无仅有的。他不借助国家的力量，以一己之力平定远方。他死后的两千年里，几乎再没有出现过他那样的人物。我们国人在儒学的软化下，逐渐失去了立功于外域的进取精神和冒险精神。统治者和士大夫们为了稳定，一再强调羁縻政策，一再强调不要妄开边衅，让华夏这个最具血性的战斗民族，一点点失去了尖锐的锋芒，而在与列强的竞争中，总是落后人家一步，甚至许多步。

怀揣着对班定远的无限敬仰，前些年的时候，我随着一支有组织的丝路采风团，沿路走在他当年开创出来的道路上。我像牢记着他的风先生一般，总要想起他来，为他当年的满腔热血，还有意气风发，时而感怀，时而悲伤……在这样一种复杂的心情下，在丝绸之路上走了十三个日头，我走进了那个叫崖儿奶子（雅尔乃孜）的河道……初听导游如此称呼这条河的时候，我的记忆里又泛出"香格里拉""可可西里"等一串子少数民族语言翻译过来的汉语地名。对此我唯有敬之服之，以为少数民族的语言翻译成汉字，是要让自命不凡的汉语言学家咋舌了，不知怎么，那些八竿子打不到一块儿的汉字组合在一起，陡然就有了一种无法形容的诗意，真是太美太美了。

就说我走进的崖儿奶子河吧，我看见一条不算很大的河，呜呜溅溅地流淌着的并不是奶子，而是清清亮亮的河水，但它就是这么毫无道理地叫了这样一个名字。我惊奇这条河的名字，更惊奇这条河的流淌，竟如刀子一般，深深切割下来，使一条河整个儿陷进一道深沟里，一路漫流到交河故城后分为两条，一条东流而下，一条西流而下，流出两三里的路程，却不甘分离之苦，又合二为一，给交河故城天然地凹出一道护城河，使交河故城自然地变成一座孤岛。

"知道建城的祖先是谁吗？"与我同行的风先生蓦然问了我这样一个问题。我不知道，而风先生也并不需要我回答，他接着说了："就是班超'班定远'哩！"

正是风先生的提醒，让我茅塞洞开，知晓非班定远而不能有此天才的发明。他构筑的这座孤岛似的城堡，不仅地理优势独特，而且建城用工最少，防御功能最好。因为城堡完全就构筑在两河夹峙的那处生土高台上……所谓生土，是相对于熟土而言的。熟土就是挖掘后动了地方的土，这么说来，就能理解生土是为原始未动的土了。这样的建筑风格，风先生最为清楚，而我也不生疏，因为我们生活的古周原上，就常见这样的建筑：平地往下开凿，挖深到一定比例，再四面开凿出窑洞，就是一家人甚至几家人的居住地了。

交河故城的样子，是古周原上那种地窖式建筑的放大版。

涉足交河故城，哪怕风先生不提醒我，我也会想到我远古时的扶风乡党班定远。是他把我们古周原上原始的家室建筑方法带到了这里来，利用这里特殊的土壤地理条件，首先为他带来的随从和军队，在生土上开辟出一批像是古周原上吊庄一样的地窖。班定远是交河故城的奠基者与开拓者，在他之后，不断地有人来，效仿他这位奠基者的方法，进一步扩大着交河故城的生土建筑规模，使其成为丝绸之路上一处不可多见的大型生土建筑城堡。

十分可惜的是，这样一个独具特色的建筑群落，因为战争，于六百年前被毁坏遗弃，成为古丝绸之路上一处保存还算完好的文化遗址。

我徜徉其中，在风先生的引领下，去到了那处挂名"安西都护府"的地下窑洞住所。可以说，这是保护得最好的一个地下院落，我沿着一级一级的生土台阶，下到那处四重门栅阻隔的院落里，待了好一阵子。我看着依然森严高古的旧时安西都护府，顿然生出一股豪迈无比的高贵感来……在这样的感觉里，我没了时间和空间的束缚，天马行空地胡思乱想着，这就走到了交河故城遗址的最北端，看见这里的崖儿奶子河，从遥远的天山山脉深处流泻而来，于此分成两股，一股粗壮湍急，一股纤细柔曼……这使我想像它们仿佛世间的一兄一妹，东西对峙保护着交河故城，是交河故城天然的守护神，它们分流到交河故城的最南端，兄妹俩又亲亲热热地融合在一起，搂搂抱抱着，向下游欢欢喜喜地流泻而去。

它们兄妹两条河流，一条流淌的是班定远的血汗，一条流淌的是班定远的深情。

【传十七】

幽芳寂寞花

衡门之下，可以栖迟。泌之洋洋，可以乐饥。

岂其食鱼，必河之鲂？岂其取妻，必齐之姜？

岂其食鱼，必河之鲤？岂其取妻，必宋之子？

——《诗经·陈风·衡门》

无论是贤山晚照、飞凤拱秀、七星烟霞等自然美景，还是召公甘棠遗爱、马援马革裹尸、班超投笔从戎、马融绛帐传薪等人文故事，都说明扶风是个钟灵毓秀、底蕴深厚的好去处。前文记述的"曹大家"班昭，在风先生眼里是个文名超然的存在，她还有个劝诫君王的本家女子班婕妤，亦是贤德聪颖，在历史的天幕上光彩熠熠，像她撰写的那首《怨歌行》的诗歌一般，令人难以忘怀。

风先生就十分喜爱那首脍炙人口的诗歌，他时不常地要满怀深情地吟诵一遍：

> 新裂齐纨素，鲜洁如霜雪。
>
> 裁为合欢扇，团团似明月。
>
> 出入君怀袖，动摇微风发。
>
> 常恐秋节至，凉飙夺炎热。
>
> 弃捐箧笥中，恩情中道绝。

吟诵着《怨歌行》的风先生，还以他风的姿态，在时间的轴线与空间的幕布前，手之舞之、足之蹈之了呢！舞蹈着的风先生，从吟诵时的阳刚状态，蓦然变得柔曼起来了，仿佛一个远古时的女子，翩然婀娜，正兴高采烈地舞蹈着，却听闻"滋啦"一声，风舞着的长袖被撕裂了一道口子，显露出洁白如秋天明月般的手臂……深宫里的女子，最美的时光莫过于出入在君王怀里，那微风轻拂的感觉幸福极了，温暖极了。然而所有的美好，所有的美满，亦如变了脸的季节一样，担心秋后天气转凉，穿上臃肿的衣裳，不知还能怎么与高高在上的君王耳鬓厮磨？可别是火热的感情，渐渐地变得淡漠，变得不见了影子。

"出入怀袖"的扇子，在人需要的时候，总在人的手上宝贝着；而不需要时，则"弃捐箧笥"，不管不顾，被忘记了呢。古时候的女子，她们的命运正如扇子一般，取决于男子的好恶，随时都可能被抛弃。

一首题在团扇上的《怨歌行》，把班婕妤超越凡俗的诗情才华，顿然推上了一个他人难以企及的高度。她咏物言情，起兴于纨扇的质素之美，像霜雪般鲜明皎洁，暗示了少女出身名门、品质纯美、志节高尚，堪比天上明月。清人吴淇的几句评语说得人心悦诚服："裁成句，既有此内美，又重之以修能也。"不过风先生想要强调的是诗句中的"合欢"二字，他知晓对称图案的合欢花纹，其所象征的便是男女合而欢之的那一种意境，是谁都想永久拥有的哩。"文彩双鸳鸯，裁为合欢被""长裾连理带，广袖合欢襦"，古诗词中的句子，说的皆是此意。

见识高远、德操高尚的班婕妤，有此等惊才绝艳的才情，家学给了她非常大的滋养。

她是左曹越骑校尉班况的女儿，是史学大家班固、投笔从戎的班超和文采斐然曹大家班昭的祖姑，如此刚硬的家族背景，她不优秀又岂能由了她？风先生的认识就是这么不客气，他知道班婕妤的父亲班况在汉武帝抗击匈奴期间，即立下了非同寻常的大功劳。但在家庭教育上，班况丝毫没有娇宠他的千金宝贝班婕妤，教她认真读书做人，而她也极伶俐聪明，秀外慧中，既工于女红，还擅长诗赋。西汉建始元年，即公元前32年，汉成帝刘骜即位，班婕妤被选入皇宫，刚开始为少使，不久获宠，赐封"婕妤"。有此封赐的她，没有恃宠而骄，而是更加刻苦地诵读《诗经》《窈窕》《德象》《女师》等书籍，总是把自己的身段放得很低，每次觐见皇帝，都依照古人的制度礼节。

有一个故事就很能说明，班婕妤的品德是非常令人敬仰的哩。

伴在君王之侧的班婕妤深得汉成帝的喜爱，在成帝的眼里，她比月宫里的嫦娥还要迷人。为了能够与班婕妤形影不离，成帝甚至颁旨宫中匠作，特制了一辆双人并坐的大辇车，以便出游时能够与班婕妤同行。这样的待遇，过往的皇后嫔妃谁能有呢？没人能有。班婕妤有了，但她却明智地拒绝了，而且拒绝得很是坚定，不容一丝一毫的商量。她给成帝说了："观古图画，贤圣之君皆有名臣在侧，三代末主乃有嬖女，今欲同辇，得无近似之乎？"她说出的理由，成帝听得懂，成帝的母亲王太后听得更明白，翻译成通俗易懂的嘴边话，即为："赏阅古代留下的图画，圣贤之君都有名臣在侧；夏、商、周三代的末主夏桀、商纣、周幽王，才有嬖幸的妃子在座，最后都落得国亡身毁的境地。我如果和你同车出进，那就跟他们很相似了，能不令人凛然而惊吗？"汉成帝对不愿与他同辇而行的班婕妤，不仅没有半点怨言，还更钦服和喜爱她了呢。权势熏天的王太后，对班婕妤的作为，比她的儿子成帝还要高兴，她因此对左右亲近说了这样两句话："古有樊姬，今有班婕妤。"

遗憾的是，居于后宫增成舍宫里的班婕妤，虽然幸运地为成帝诞下一子，结果却数月夭折，而之后的她，也再没有生育。

时日长了，别说汉成帝会移情别恋，便是贤淑的班婕妤，也要操心成帝的生育问题了。正因为此，史书上那一对飞扬跋扈的赵氏姐妹，被选进宫里来了。耐得住寂寞的班婕妤，对赵飞燕、赵合德双胞胎姐妹倒没有太在乎；而许皇后就不能了，她看那双胞胎姐妹特别不顺眼，发展着就还十分痛恨了呢！无可奈何之下，许皇后竟然想了一条下策，在寝宫中设置神坛，晨昏诵经礼拜，在祈求皇帝多福多寿的时候，也诅咒双胞胎的赵氏姐妹灾祸临门。事情败露后，赵氏姐妹在汉成帝的耳边鼓捣，说许皇后不仅咒骂自己，也咒骂皇帝。成帝一怒之下，把许皇后废居于昭台宫，不再见面。事已至此，双胞胎的赵氏姐妹还不善罢甘休，想着利用这一机会，对她们的主要"情敌"班婕妤进行打击，遂诬陷班婕妤也参与了巫蛊事件。

听信了谗言的汉成帝，是也要给班婕妤以惩罚的，然而班婕妤不是许皇后，她心里没冷病，不怕"虫害"侵，当即据理力争，从从容容、清清淡淡地给成帝说了呢。她说："我知道人的寿命长短是命中注定的，人的贫富也是上天注定的，非人力所能改变。修正尚且未能得福，为邪还有什么希望？若是鬼神有知，岂肯听信没信念的祈祷？万一神明无知，诅咒又有何益处？我非但不敢做，并且不屑做！"

汉成帝对班婕妤的自救说辞是认同了的，再则念及曾经的恩爱之情，尤觉她的不易，因此不仅不予追究，还顿生怜惜之情，厚加赏赐，以消除他心中的愧疚。

衡门之下，可以栖迟。泌之洋洋，可以乐饥。
岂其食鱼，必河之鲂？岂其取妻，必齐之姜？
岂其食鱼，必河之鲤？岂其取妻，必宋之子？

风先生感佩班婕妤的理性与智慧，当我趴在电脑前敲这篇小文章时，他俯首在我的耳边，给我先把《诗经·衡门》诵念了一番。他诵念完后，还不失时机地议论了几句，说："夕阳已逝，月上柳梢，一对青年男女悄悄来到城门下密约幽会，一番卿卿我我的甜言蜜语之后，激情促使他们双双相拥，又来到郊外河边，伴着哗哗的流水，极尽男欢女爱。"还说："密约幽会的小伙子，或许被这难忘的良宵所陶醉，触景生情，给约会来的女子誓言，吃鱼何必一定要黄河中的鲂鲤，娶妻又何必非齐姜、宋子不可，只要两情相悦，谁人不可以共度美好韶光？"风先生的这一番议论，我不能说不对，也不能说对，因为我在电脑上敲打着的这篇文章，针对的是班婕妤，而不是什么乡野女子。

我被风先生的议论弄糊涂了。不过他没有让我太糊涂，就又对我说了这样一番话。他说："富贵繁华的宫廷生活固然使人向往，令人神往，但它也是肮脏的、充满危机的，倒不如娴雅恬静的乡野生活好。"

风先生说："锦衣玉食是生活，粗茶淡饭也是生活，而且生活得从容平淡，不求富贵，不求闻达，与自己相爱的人厮守终生，不也是人生的大乐趣吗？"

我被风先生说服了，知觉人能苦守清贫、安守本分，的确是件不容易的事情，但却很值得拥有。即如班婕妤一般，聪慧贤淑的她，面对赵飞燕、赵合德双胞胎姐妹，还真不如脱离开后宫那个是非之地，让她清净点儿好。不过入得后宫不易，脱离后宫尤难，班婕妤又哪能轻易脱离开……无可奈何时，班婕妤缮就一篇奏章给汉成帝，自请前往长信宫侍奉王太后，把自己置于王太后的羽翼下，也就不怕蛇蝎心肠的赵氏姐妹的陷害了。

王太后乐得班婕妤能够侍奉她，因为在她的心里，班婕妤堪为后宫妇德的楷模。便是当朝的士大夫和后来的文人雅士，说起班婕妤来，也都众口一词，誉称她为中国历史上最完美的女人。

风先生亦同意人们对于班婕妤的评价，当时的他，把许多时间都给了完美女人班婕妤。他看着她伴在王太后的身边，于长信宫里，除了陪侍王太后烧香礼拜外，长昼无俚，弄筝调笔，写她想写能写的诗，《怨歌行》因之横空出世，接着还有《自悼赋》《捣素赋》等诗文佳作面世。南朝时的文学评论家钟嵘在做《诗品》时，毫不掩饰他对班婕妤诗作的好感，把她的诗作列入上品。西晋时的傅玄亦写诗赞她："斌斌婕妤，履正修文。进辞同辇，以礼匡君。纳侍显德，说对解纷。退身避害，志邈浮云。"曹植论说她："有德有言，实惟班婕。盈冲其骄，穷悦其厌。在夷贞艰，在晋三接。临飙端干，冲霜振叶。"左芬评价她："恂恂班女，恭让谦虚。辞辇进贤，辩祝理诬。形图丹青，名侔樊虞。"

不争不抢、淡定自若的班婕妤，生活得一尘不染，虽然寂寞，却也如一朵芳菲的菊花，幽幽静静地烂漫着。

朝堂上享受着权势、后宫里享受着美色的汉成帝，结果没有活得过寂寞的班婕妤，突然于绥和二年（前7）三月崩于未央宫……汉成帝崩逝后，班婕妤走出王太后的长信宫，去到了埋葬成帝的汉延陵，每天陪着石人石马，继续着她的寂寞，直到最终病逝，陪葬在汉成帝陵侧。

寂寞如花的班婕妤，一生中有苦有甜、有悲有喜、有哀有乐，命运对她似乎不错，又似乎并未分外眷顾她，但她以自己能够享受的寂寞，完美着自己，丰富着自己，深化着自己，让那对双胞胎的赵氏姐妹，被她的光彩彻底地碾压在了污秽的历史垃圾堆里，永远地腐朽着……可不是吗，赵飞燕凭借着勾人魂魄的眼神、清丽入心的歌喉、婀娜曼妙的舞姿倾倒了成帝，带着她的双胞胎妹子赵合德一并进入成帝的后宫，夜夜临幸不息，今日一个坏心眼，明日一个瞎主意，哄骗得汉成帝先把赵飞燕立为皇后，再把赵合德立为昭仪，而后还把她俩的父亲封为成阳侯，使他们一家荣耀到了极致。风先生记忆得十分清楚，名分仅为昭仪的赵合德，其居住的昭阳殿豪华得令人咋舌：中庭朱红一片，门限镶饰黄铜，并镀上黄金；登殿的阶梯以白玉砌成；殿内壁上露出的横木不仅装饰了金环，同时还嵌入蓝田玉璧、明珠、翠羽……身体强壮的汉成帝，倒也喜欢赵合德宫舍的这一种氛围，常要去她那里交欢。但不幸的是，从来不怎么生病的成帝，驾崩那天，清早起床更衣，才刚刚穿上裤袜，衣袍还未能上身，却不知何故，即蓦然身体僵直、口不能言，中风倒床、动弹不得，不久便驾鹤去了。

汉成帝暴死赵合德的床榻之上，朝野为之震动，太常丞谯玄等大臣联名声讨赵氏祸水，飞扬跋扈的赵氏两姐妹很快被贬为庶人，曾经风光一时的双胞胎两姐妹自杀身亡，且被永久地钉在了历史的耻辱柱上。

风先生在回忆两姐妹的情状时，干干脆脆两个字："活该！"

【传十八】

裹尸马革疆场

岂曰无衣？与子同袍。

王于兴师，修我戈矛。

与子同仇！

——《诗经·秦风·无衣》节选

扫码听诗

承认风先生记忆力的强势，是他既不用翻书，亦不用上电脑搜索，张嘴就把历史人物评价马援的句子，流水滔滔般往出说了。

风先生首先推出历史学家范晔来，说他声言"马援腾声三辅，遨游二帝，及定节立谋，以干时主，将怀负鼎之愿，盖为千载之遇焉。然其戒人之祸，智矣，而不能自免于谗隙。岂功名之际，理固然乎？夫利不在身，以之谋事则智；虑不私己，以之断义必厉。诚能回观物之智而为反身之察，若施之于人则能恕，自鉴其情亦明矣。……伏波好功，爰自冀、陇。南静骆越，西屠烧种。徂年已流，壮情方勇。明德既升，家祚以兴"。接着又举例唐代大诗人刘禹锡，说他诗颂马援："蒙蒙篁竹下，有路上壶头。汉垒麏䝙斗，蛮溪雾雨愁。怀人敬遗像，阅世指东流。自负霸王略，安知恩泽侯。乡园辞石柱，筋力尽炎洲。一以功名累，翻思马少游。"还举例明代学者黄道周的四言诗，论说"马援大志，少便莫伦。益坚益壮，时时自陈。阳蛙井底，器挟奸心。及见光武，知帝有真。聚米指形，帝喜进兵。西羌内寇，边害频频。拜援陇守，击破先零。金城欲弃，援苦请存。归民乐业，羌来和亲。宾客故旧，日满其门。征侧征贰，二女不驯。伏波伐之，传首立勋。裹尸明志，曩铄报恩。壶头失利，受责虎贲。怒收印绶，叹杀功臣"。

历史上歌颂马援的文章及诗句成千上万，不胜枚举，我不好一一列举，但风先生絮絮叨叨，给我的耳朵里不断地灌输着，说了宋代的张预、陈亮、徐钧、陈元靓等，明代的归有光、李贽、王夫之等，以及清代的郑观应、易顺鼎、金虞、黄彭年、屈大均、蔡东藩、李景星等对于马援的高度评价，便是写了《红楼梦》而文名满天下的曹雪芹，亦不能自禁，做了首七言古风，颂扬活在他心中的千古英雄马援："铜铸金镛振纪纲，声传海外播戎羌。

马援自是功劳大，铁笛无烦说子房。"

确如曹雪芹的古风说的那样，我是不好论说马援了呢。但我有可爱的风先生做朋友，老实倾听他说怎么样呢？应该可以吧。以他的十分自信，当我伸手在电脑键盘上，还没能敲出一个字来时，他就把《诗经》中那首名曰《无衣》的歌谣，摇头晃脑地吟诵出来了：

> 岂曰无衣？与子同袍。王于兴师，修我戈矛。与子同仇！
> 岂曰无衣？与子同泽。王于兴师，修我矛戟。与子偕作！
> 岂曰无衣？与子同裳。王于兴师，修我甲兵。与子偕行！

风先生在把文言文的原诗吟诵出来后，又没歇气地用白话文翻译给我听了。他说三小章组成的歌谣，第一章讲了："谁说我们没衣穿？与你同穿那长袍。君王发兵去交战，修整我那戈与矛，杀敌与你同目标。"第二章讲了："谁说我们没衣穿？与你同穿那内衣。君王发兵去交战，修整我那矛与戟，出发与你在一起。"第三章讲了："谁说我们没衣穿？与你同穿那战裙。君王发兵去交战，修整甲胄与刀兵，杀敌与你共前进。"

《诗经·无衣》被风先生翻译成白话文，自然就好理解了。

仔细地听来，这首歌谣当是一首战歌，充满了激昂慷慨、豪迈乐观、热情互助的精神，表现出同仇敌忾、舍生忘死、英勇抗敌、保卫家园的勇气，其矫健而爽朗的风格，正是秦人爱国主义精神的反映……当时的秦国位于今甘肃东部及陕西一带，算是马援的原乡故里，这里土厚水深，民情质直厚重。如《汉书·赵充国辛庆忌传》所说，秦地"民俗修习战备，高上勇力鞍马骑射……其风声气俗自古而然，今之歌谣慷慨，风流犹存耳"。宋代理学大家朱熹对此也有议论，说是"秦人之俗，大抵尚气概，先勇力，忘生轻死"。生长在这里的马援，自幼感染并吸纳了这一地域的精神气质，成长起来后，自然有了那股子非凡的家国情怀，以及超越凡人的英雄情结。

"老当益壮""马革裹尸"，从他嘴里吼出来，既是他英雄气概的吐露，更是无数热血男儿保家卫国的精神寄托，深刻地影响着国人的爱国热情，为历代国人所崇拜和敬仰。

风先生知晓马援的先祖为战国时期赵国名将马服君赵奢，子孙因之以马为姓。曾祖父名马通，生父马仲，生有四子，第四子就是马援。马援十二岁时，父亲去世，因其少而有大志，几个哥哥感到奇怪，曾教他学《齐诗》，但他却不愿拘泥于章句之间，就辞别兄长马况，想到边郡去耕作放牧。谁知没等马援起身，马况便去世了。马援只得留在家中，为哥哥守孝一年。在此期间，他没有离开过马况的墓地，对守寡的嫂嫂非常敬重，不整肃衣冠从不踏进家门。

后来，马援当了郡督邮。一次，他奉命押送囚犯到司命府。囚犯身有重罪，马援可怜他，私自将他放掉，自己则逃往北地郡。后天下大赦，马援就在当地畜养起牛羊来。时日一久，不断有人从四方赶来依附他，于是他手下就有了几百户人家供他指挥役使，他带着这些人游牧于陇汉之间，但胸中之志并未消减。他常对宾客们说："大丈夫的志气，应当在穷困时更加坚定，在年老时更加壮烈。"

英雄崇拜，是人共有之的一种情结，我与风先生也都认同，但我没有风先生那样的能力，所以就只有羡慕风先生能追随在英雄马援的身边，驰骋疆场，建功立业。

来到北地郡的马援，带领众人种田放牧，即表现得与众不同。他因地制宜，进而收获颇丰。不几年的时间，他就拥有马、牛、羊数千头，谷物数万斛。没有英雄情结的人，面对如此巨大的财富，还不把自己乐晕乎了。马援就不一样了，他面对那许多田牧所得，不仅没有高兴，还愁得慨然长叹，说什么"凡是从农牧商业中所获得的财产，贵在能施救于人，否则就不过是守财奴罢了"。有此心性的马援，把属于他的所有财产尽皆分给他的兄弟朋友，自己则只穿着羊裘皮裤，过着十分清简的生活。

风先生把马援的这些作为看在眼里，感佩而景仰之，或当着他的面，或背在他人后，忍不住地要赞美他三两句话。

风先生说："天性善良，福虽未至，祸已远离。"

风先生说："做成大事的人，小事做得亦认真；而小事做不来的人，自然也难成大事。小事是大事的基础，基础不牢，地动山摇。"

风先生说："英才马援，未来可期。"

王莽建立新朝，导致天下大乱。王莽的堂弟王林任卫将军，广招天下豪杰，他听闻马援勇武贤能，便登门拜会马援，把他选拔为掾，并推荐给王莽，让他做了新成大尹。追随在马援身边的风先生看得清楚，这会是马援一段不堪回首的经历，但不能否认，马援因此得到了应有的锻炼。他于新朝灭亡之际，早早地逃离任所，去到偏在一隅的凉州避难。建武元年，亦即公元 25 年，光武帝刘秀在洛阳建立了东汉王朝，马援的同胞兄长马员先自投奔刘秀，而羁留凉州的马援还在观望时势的发展。在此期间，陇右割据势力的霸主隗嚣很是器重他，任命他为绥德将军。此时，野心爆棚的公孙述不自量力，居然在蜀地称帝。隗嚣想要探知公孙述的虚实，就借马援与公孙述同乡的交情，派他前去会面。马援倒是想与公孙述握手言欢，没承想公孙述却给他摆起了帝王的架子。见证了公孙述一番装腔作势的会见，马援毅然返回陇右，向隗嚣报告，以为"公孙述井底之蛙，妄自尊大，倒不如专意经营东方"。

马援嘴里的"东方"，就是在洛阳称帝的刘秀。

马援对隗嚣的说教动摇了隗嚣的心态，他深信马援的判断无错，不仅同意归汉，还派长子隗恂到洛阳去做人质……马援携家属随隗恂到洛阳，数月都没有被任命职务。他发现三辅地区土地肥沃，原野宽广，而自己带来的宾客又不少，于是上书刘秀，请求率领宾客到上林苑屯田，光武帝答应了他的请求。然而性情多变的隗嚣却听信了部将王元的挑拨，欲望占据陇西，称王称霸。马援知情后不断写信相劝。但隗嚣不仅听不进马援的劝说，还怨恨上了马援，认为他背离自己，见信后愈发恼火，竟贸然起兵抗拒东汉朝廷。无可奈何时，马援又上书刘秀，陈述了消灭隗嚣的计策。

建武八年（32），刘秀听从马援的计策，御驾亲征隗嚣。军队行进到漆县，不少将领认为前途未卜、胜负难料，不宜深入险阻，刘秀也犹豫不定，难下决心。正好马援奉命赶来，刘秀连夜接见，将将领们的意见告诉马援，并征询他的意见。马援于是说出了自己的看法，他认为隗嚣的将领已有分崩离析之势，如果乘机进攻，定获全胜。说着，他命人取些米来，在光武帝面前，用米堆成山谷沟壑等地形地物，然后指点山川形势，标示各路部队进退往来的道路，曲折深隐，无不毕现，对战局的分析也透彻明白。刘秀因之大喜，遂决意进军，很快就取得了讨伐隗嚣战争的全面胜利。

"堆米为山"是此战取胜的重要因素，也是我国战争史上的一个创举。马援因功于建武九年（33）被任命为太中大夫，统领诸军驻守长安。

从新朝末年始，塞外羌族不断侵扰边境，不少羌族更是趁中原混乱之际入居塞内，金城一带属县多为羌人所占据。马援被刘秀任命为陇西太守，在任上恩威并施，既派遣步骑消灭羌人有生力量，又安抚放下兵器的羌人，开凿水利，发展农牧业生产，使郡中百姓安居乐业，共守边疆安宁。

马援在陇西太守任上六年，使得陇西兵戈渐稀，而与此同时，岭南一带却不断滋生事端。有个名叫维汜的河南郡卷县人自称为神，蛊惑招诱了数百之众，后被杀。其弟子李广纠集余党攻打皖城，杀皖侯刘闳，自封"南岳大师"。刘秀派遣张宗率兵讨伐，被李广打败。马援遂统领一万兵马，一举歼灭了装神弄鬼的李广。可是不久，交趾女子征侧、征贰又举兵造反，占领交趾郡，九真、日南、合浦等地纷纷响应。征侧趁机自立为王，公开与东汉朝廷决裂……马援被刘秀封为伏波将军，率部南下，长驱千余里，直击交趾要害，先于浪泊大破反军，斩首数千级，降者万余人；接着乘胜追击，在禁溪一带数败征侧，杀得敌众四散奔逃。一年后的建武十九年（43）正月，马援率军斩杀征侧、征贰，传首回洛阳城，朝野一片欢呼声，皇帝刘秀痛痛快快地封马援为新息侯，食邑三千户。

在那些腥风血雨的日子里，风先生仿佛马援随军的记事官，一笔一笔，非常认真地记录着马援的每一次战功，还有他的事功……斩杀了征侧、征贰后，马援停下他追击穷寇的步伐，亲率大小楼船两千多艘、武士两万多人，进剿征侧余党都羊等，从无功一直打到居风，歼灭顽敌五千多人，彻底平定了岭南。马援率部凯旋后，刘秀慷慨地赐他兵车一乘，进宫朝见时，位置仅次于九卿。

面对如此隆恩，马援就只有竭尽全力报效朝廷了。他回到京城一月有余，就又听闻匈奴、乌桓从西北方向进犯到了扶风一线。这里为国家的三辅重地，岂容蛮敌侵掠！马援当即请命于刘秀，率领兵马出征了。风先生把马援的这次出征描述得有点轻描淡写，说是建武二十一年（45），马援率领的兵马才出高柳，刚刚巡行在雁门、代郡、上谷等地，还没有抓住蛮敌决战，即有乌桓的哨兵探知来者为伏波将军马援，便告知他们的统帅，不战而火速散去……北方的战局因为马援的威名，迅速平息下来。然而，国家的安全形势却是按住北方的葫芦，又浮起南方的瓢，武陵郡五溪蛮人突然发生暴动，朝廷命武威将军刘尚前去征剿，但他太冒进了，结果导致全军覆没。

　　怎么办好呢？端坐皇宫大殿上的刘秀作难了。他是想到老将军马援了，但此时的老将军年已六十二，还能派遣他出征吗？军务烦巨是一个方面，另一方面还要亲冒矢石，老将军顶得下来吗？就在刘秀犹豫再三之际，马援自觉向刘秀当面请战，说是"臣尚能披甲上马"。刘秀的心动了，准许他试试，马援即披甲持矛，飞身上马，手扶马鞍，四方顾盼，一时须发飘飘，神采飞扬！刘秀服了马援，夸赞他烈士暮年老当益壮，于是派遣他率领中郎将马武、耿舒、刘匡、孙永等人，率领四万余人远征武陵。

　　出征之际，亲友都来给马援送行。马援对老友杜愔说了他的心里话。他说："我受国家厚恩，年龄已大，余日不多，时常以不能死于国事而恐惧。现在获得出征机会，死了也甘心瞑目。只怕一些长者家儿或在左右，或参与后事，特别难以调遣，我独为此耿耿于心啊。"

　　建武二十五年（49），马援率部到达临乡，蛮兵来攻，马援指挥若定，一战大败蛮兵，斩获两千余人，其余蛮兵逃入瘴气弥漫的竹林中。接下来如何破敌，军中将领的看法有异，报告给远在洛阳的天子刘秀，他居然也拿不定主意。马援再三向刘秀主张，放弃进军既耗日头又费粮草的充县，直进壶头，扼其咽喉。刘秀最终同意了他的决策。马援率军取得壶头阵地后，即与据险紧守关隘的蛮兵旌旗相望，形成对垒之势。然而人算不如天算，酷热天气使得好多士兵得了暑疫，便是马援自己也罹患重病，部队一时陷入了困境。年迈的马援没有气馁，他命令靠近河岸的兵士开凿窟室，以消热避暑；同时又意气自如，壮心不减，拖着重病之躯，登山观望敌情，鼓舞军队的士气。

　　别说马援老将军的手下将士被他的精神感动流泪，便是随在他身边的风先生，也为他不屈的英雄气概而慨叹不已。

　　风先生不是要拖老将军马援的后腿，而是实在不忍心功勋卓著的他死在敌人阵前。然而，敌我情势只是风先生担心的一个方面，更为不堪的一个方面，也向一世威名的老将军逼了过来……老将军有所不知，但风先生是知道的呢。他知道身为老将军部将的耿舒，已经写信给后方的朝堂告状了。获悉告状信的天子刘秀，倒是感怀老将军的不易，却也架不住朝堂上他人的攻讦，这就派出虎贲中郎将梁松前去责问马援，并命他代监马援的部队。

这个梁松可不是什么好人，他到达时马援已死，于是他借机诬陷马援，使得刘秀收回了马援的新息侯印绶。

之前马援生病，梁松曾到马援床边行礼问候，而马援没有回礼。梁松悻悻然走后，马援的儿子即提醒老父说："梁松是陛下的女婿，位高权重，公卿以下莫不害怕，大人为何独不对他回礼？"马援笑了笑，没有太在意，只是说："我是梁松父亲的朋友，就算他显贵，怎么能失掉长幼的次序呢？"梁松怨恨马援，此为一件事，还有一件事，风先生曾经给马援提醒过。那就是马援当年南征交趾，在前线听说侄儿马严、马敦到处乱发议论，讥刺别人，而且跟一些轻狂不羁的人物结交往来，便写信劝诫他们了。一封家信，不知何故，竟然传到了天子刘秀的手上，其中有关梁松、窦固的几句言辞，让刘秀看得发了脾气，即把梁松、窦固召到御前，给予了严厉的责备，二人在御前叩头流血，刘秀才免去两人的罪过。

在小人的诬陷下，天子刘秀褫夺了马援的封号，这使马援一家人好不糊涂，既不知皇帝为何如此震怒，更不知马援究竟身犯何罪。惶惧不安中迎回了马援的尸体，竟不敢埋回祖先的坟地，只在城西买了些薄地，草草葬埋了下去。其景其况十分凄凉，便是马援的故旧宾朋，也都没敢到他的墓堆前吊唁……实践了"马革裹尸"而还的老将军，安葬得不明不白，他的妻子儿女和他的侄儿马严前去皇宫向刘秀请罪。刘秀没有难为他们，而是拿出梁松的奏章给他们看，马夫人因之六次上书刘秀，为她的夫君申诉冤情，其言辞之凄切，令刘秀实在过意不去，这才颁旨遵照他们马氏一族的先例，归葬马援回扶风县的毕公村。

后来马援的夫人去世，朝廷不仅为马援的坟墓聚起堆土，还植树建筑祠堂以为记。又过了几年，到了建初二年（77），汉章帝感念马援的卓越功绩，追谥马援为忠成侯。

盖棺成定论，马援以他忠贞不渝、勇毅卓绝的品性，光彩在历史的荣誉榜上。但在风先生看来，这似乎还不足以彰显他的辉煌，在我回到故土扶风县，去到毕公村的马援祠，站在他的金身塑像前向他躬身凭吊时，风先生俯首在我的耳边，还给我说了一些马援老将军的逸闻趣事。

风先生首先说的是老将军在寻阳平定山林乱者后，曾上书皇帝，其中说了这样一段话："破贼须灭巢，除掉山林竹木，敌人就没有藏身之地了。好比小孩头上生了虮虱，剃一个光头，虮虱也就无所依附了。"据说光武帝阅览了他的上书后，觉得他这办法和比喻都堪称绝妙，赞叹之余，还就来了个当场运用，当即下令，把头上有虱子的宫中小黄门一律剃成了光头。

风先生说的第二件事，就是马援征讨征侧余党时，见岭南西于县土地辽阔，三万二千余户的百姓管理起来非常不便，就上书刘秀，请求将西于县分成封溪、望海二县。获得刘秀的恩准后，马援每到一处，就组织人力为郡县修治城郭，并开渠引水灌溉田地，便利百姓。同时，他还参照汉境法律对越律进行了整理，修正了越律与汉律相互矛盾的地方，向越人申明旧制以便约束。

听完这两个故事，我对老将军平添了许多敬意。而最后一件事情，让我听来，即对老将军又多了些怜悯之情。风先生一字一句，说得唏嘘慨叹，他说当初南征交趾时，老将军马援常吃一种叫作薏苡的植物果实。这种果实有治疗风湿、避除邪风瘴气的效果。马援长期南征北战，他的筋骨太需要薏苡的滋养了，因此班师回京时就拉了满满一车……当时的人只见他拉了一车东西，想当然地以为是南方出产的珍贵稀有之物，朝堂上的权贵们听闻这个消息后议论纷纷，都想着能够分享点儿，结果没有得到，便都背过马援说他的坏话。尤其在老将军死后，更是有人上书刘秀，诬告马援搜刮大量珍珠文犀，运回家来，只给自己享用，而不奉献君王，使不明真相的刘秀褫夺起老将军的爵位来就更多了个理由。

风先生絮絮叨叨，似还要给我述说更多关于马援老将军的事情，而我喟叹一声，阻挡住了风先生的话头。

因为在我给马援老将军致哀的时候，马援祠里来了一批海外马姓族人，听他们的口音，似从菲律宾、马来西亚等地而来。他们南腔北调，呜呜哇哇，感佩垂泪者有之，匍匐跪拜在马援老将军塑像前者亦有之，无不虔恭敬畏……是的呢，马援祠在任何时候，都有着强大的文化纽带作用哩。

传薪草

昊天孔昭，我生靡乐。视尔梦梦，我心惨惨。诲尔谆谆，听我藐藐。匪用为教，覆用为虐。借曰未知，亦聿既耄！

——《诗经·大雅·抑》节选

编纂成册的一部《大儒马融》，砖块般垒在我的书桌上有些日子了，我几次伸手到文稿上，想要翻开来阅读，但有一双无形的手，每次都会强横地阻拦着我，使我不能把书桌上的文稿翻开来。

那双无形的手不会是别人的，一定是风先生的呢。果不其然，他那似乎很苍老却又显得十分青春的声音，倏忽在我的耳畔极具历史意味地震响起来。他在朗诵《诗经》里的那首名曰《抑》的歌谣：

抑抑威仪，维德之隅。人亦有言：靡哲不愚。庶人之愚，亦职维疾。哲人之愚，亦维斯戾。

无竞维人，四方其训之。有觉德行，四国顺之。訏谟定命，远犹辰告。敬慎威仪，维民之则。

……

视尔友君子，辑柔尔颜，不遐有愆。相在尔室，尚不愧于屋漏。无曰不显，莫予云觏。神之格思，不可度思，矧可射思。

辟尔为德，俾臧俾嘉。淑慎尔止，不愆于仪。不僭不贼，鲜不为则。投我以桃，报之以李。彼童而角，实虹小子。

荏染柔木，言缗之丝。温温恭人，维德之基。其维哲人，告之话言，顺德之行。其维愚人，覆谓我僭，民各有心。

於乎小子，未知臧否！匪手携之，言示之事。匪面命之，言提其耳。借曰未知，亦既抱子。民之靡盈，谁夙知而莫成？

……

我听得入迷，随即请教风先生，想要知道这首歌谣传达的意蕴。风先生没有客气，他先给我说了《毛诗序》的注解，以为此诗是用来讽刺周厉王的。他如此说来，却并没有苟同，而是又列举了一些后来学者的观点。例如宋代的戴埴，在他的《鼠璞》里即说："武公之自警在于耄年，去厉王之世几九十载，谓诗为刺厉王，深所未晓。"再例如清代的阎若璩，在他的《潜丘札记》一文里说："卫武公以宣王十六年己丑即位，上距厉王流彘之年已三十载，安有刺厉王之诗？或曰追刺，尤非。虐君见在，始得出词，其人已逝，即当杜口，是也；《序》云刺厉王，非也。"风先生十分认同后来人的看法，以为《抑》不可能是为了讽刺厉王。那么是为了什么呢？与后来的学者一般，不能认同《毛诗序》观点的风先生，此时把《抑》诵念出来，不只是为了一种否定，而应该还有他自己的理解呢。

　　我的猜测无错，风先生把全诗诵念一毕，即把他新颖的见解说给了我。

　　风先生言简意赅，他说《抑》在"诗三百"中算是较长的一首，共十二章之多。其艺术手法选用了"赋比兴"中的赋法，也就是直陈。诗歌直陈了一句古人的格言："靡哲不愚。"极言普通人的愚蠢，是他们天生的缺陷；而聪明人的愚蠢，则显得违背常规，令人不解。因此诗歌后半部分箴戒人们，王者要向德为善，惠及下民；而普通百姓，则应该贞纯有节，报效民族。

　　风先生化繁为简的一段说辞，使我懵懂的心豁然开朗，随口回答了风先生一句话。

　　我说："一首古人做来的教化诗。"

　　风先生高兴我的回答，他跟着我说："世间最美妙的事情，莫过于走进你喜欢的那个人的心里，感受他的感受，体会他的体会，真的理解他。"

　　风先生说："好了，你可以翻开《大儒马融》的文稿，写人家请求你写的序言了。"

风先生如此鼓励我，而我却更加心慌意乱，但我没有再迟疑，当即在风先生的鼓励下阅读了书稿，来写那序言了。我开篇没绕弯子，即从汉人、汉字、汉文化上着笔，言说上承周秦、下启唐宋的大汉王朝，是中华民族创造力最为活跃、民族个性最为张扬的一个时代。还说纵观中华民族的历史，没有哪个朝代能给中华民族留下如此深刻的印痕，大汉王朝辉煌而灿烂的文化，像熊熊不熄的火炬，一代代薪火相传，穿越千年，它巨大的成就和影响力，不仅在中国历史上，甚至在世界历史上，都闪耀着无比耀眼的光芒！

我这么说来，虽然极端了点，但谁又能否定呢？大概是不能的，甚或有和我一样的认知。

风先生就很认同我的观点，他说过，如果从时间坐标来看，大汉王朝分了西汉和东汉两大板块。虽然在汉武帝时董仲舒就明确提出了"罢黜百家，独尊儒术"的政治主张，但西汉边患频仍，面对北方时刻觊觎中原、虎视眈眈的匈奴，朝廷把大部分精力放在了消除边患、捍卫民族生存权的战争中。经过无数次的残酷鏖战，汉民族终于败匈奴于漠北，确保了汉民族的生存权，也奠定了汉民族在中华民族中的主体地位。所以人们看到的西汉，更多的是"逐匈奴、通西域、定南蛮、服百越"、金戈铁马、开疆拓土、"犯强汉者，虽远必诛"的英雄主义时代。正是西汉武功的强势，为东汉时期哲学、宗教、文学诸领域的大爆发奠定了坚强的基础。

风先生如此说来，我只有点头了。西汉的确是个以"气吞万里如虎"而显赫的武功时代，那么解除了边患的东汉，则确实是一个汉文化蓬勃发展、繁荣昌盛的大时代。

西汉时期，万流归宗，在哲学思想方面，确立了以儒学为价值核心的思想体系。然而，在西汉以至东汉前期，由于秦始皇焚书、项羽火烧阿房宫，儒家经典几近不存，儒学的传播没有统一文本，都是依靠师授徒受、口口相传，所以儒学界内部门派林立、众说纷纭，并无一个统一的格局。这样一个时期，被统治阶级认定的儒学被后人称为"今文经学"。

今文经学过度强调"君权神授""天人感应"，把世事的变化都归结于自然界（天象）的变化而失之偏颇，把周密严谨的儒学引入了谶纬歧路。

西汉时期，今文经学被立为官学，而此后在孔府墙壁和民间陆续发现的部分儒学残缺经典，给了学者们一次有条件管窥先秦前儒学经典的机会。西汉末年的学者刘歆在领校秘书时发现，今文经学不但在文字词语上与古文经学有异，而且每部儒学著作经今文经学学者诠释后，在思想意识上也与先秦前儒家经典相去甚远，完全偏离了儒学经典的原意。例如对孔子的评价，两者就大相径庭。今文经学家认为孔子是受天命的素王，是谶纬神学中的黑帝之子，人神合一，具有至高无上的地位；而古文经学家就反对这种牵强附会的说法，他们把孔子请下神坛，还原为一个有血有肉的人。这两种截然不同的观点，如同水火不可调和，终于在东汉末年，儒学界爆发了今文经学和古文经学的大争论。

风先生的记忆里，就有贾逵、许慎、马融、郑玄、卢植等一大批著名的学者，以朴素的唯物主义认识论，一方面批判今文经学的谬妄，另一方面溯本追源，发掘儒家学说的真谛。这个今文经学和古文经学的争论过程，以大儒马融及其弟子郑玄的学识而终结，可以说马融是今文经学彻底退出历史舞台、古文经学获得回归和发展的标志性人物。

如此重要的一个人物，在风先生的记忆里一直靓丽着，然而在学术界，马融似乎不怎么被重视，显得颇为冷落。除了"绛帐传薪"这个典故外，人们对马融知之甚少，甚至对他的评价还出现了争议。风先生对此自有主张，以为马融是今文经学的终结者，所以于当时就遭到了部分心存芥蒂者的污蔑和攻击，但马融在经学史上的杰出贡献和他严谨的治学态度使得污蔑他的人无从下手，就转而从个人生活琐事上进行污蔑，说他"器居奢靡，通经而无节"。他们所谓的"节",在风先生看来十分可笑,不是节气、节操、大义凛然的浩然正气,而是在生活上刻意追求贫困的矫情,也可以说是一种不健康的"酸葡萄心理"。

对富足美好生活的追求,是人们极为正当的向往。风先生坚持的就是这一观点,认为这是人类与生俱来的本能,更是推动社会发展的动力。所以对个人的评价,应该着眼于他对民族和历史的贡献,生活的态度和追求不能成为臧否人物的理由。

风先生赞赏马融在东汉儒学发展的鼎盛时期,拨乱反正,独树一帜,博采众长,遍注群经,使陷于神学泥淖的儒学革故鼎新,把以古文经学为代表的儒学推向了更为成熟的阶段,确立了以儒家学说为中心的一元化思想基础,对形成以汉族为主体的华夏民族共同体功莫大焉。正如著名历史学家侯外庐先生说的那样:"两汉经学的结束的显明的表现,就是经古今文学的合流,而时代思想的主流,则已经开始向着玄学方面潜行了。在这一点上,马融恰是这一时代思想转捩的体现者……"通经博学、遍注儒家典籍的马融,还著作了赋、颂、碑、诔、书、记、表、奏、七言等,凡二十一篇。

让风先生念念不忘的是马融著作的《忠经》,他认为为个人、为家庭、为皇帝而牺牲的私忠是小忠;而为民族、为大众奉献自己的是大忠,是忠诚、忠实、忠义、忠贞。这是难能可贵的哩,在他身处的时代,旗帜鲜明地说出这样的观点,没点儿赴死的勇气,是做不出来的。

不仅如此,马融在《忠经》里还对冢臣肱骨、守宰官宦应尽的忠道责任和推行忠道的方法进行了全面的阐述,提出了"为官三惟",即在官惟明、莅事惟平、立身惟清;"牧民三要",即笃之以仁义、导之以礼乐、宣君德明国法;"安民三策",即安民、富民、爱民。这些政治主张和治国理念,在今天仍然具有鲜明的现实价值和指导意义。

这一切在风先生看来，只是马融文化贡献的一小部分，而他最大的贡献，在于创造性地发展了中国私学教育伟业。

马融兴办私学，其重要意义在于，一方面溯本清源，批判今文经学把儒学发展为谶纬神学的错误做法，还儒学朴素唯物史观的面貌，避免了儒学思想的僵化和消亡，使儒学如有源之水得以重生；另一方面则是通过办学培养了大量的儒学人才。如他的弟子郑玄，因为贡献巨大，而被后人尊称为"经神"，他创立的学派亦被称为"郑学"。其后的追随者一脉相承，薪火相传，如隋朝的王通，唐代的颜师古、孔颖达，宋代的朱熹、张载，元朝的程端礼，明朝的王守仁、李贽，清代的乾嘉学派等，都是极其著名的例子。

风先生之所以如此感动于马融兴办私学，就在于他以一己之力，担当起教化天下的重任，这在中国教育史上绝无仅有。大教育家孔子终其一生游说讲学，也只有弟子三千、贤者七十二人，说到底还是"小众教育"，没有脱离旧式贵族教育的窠臼。马融离却东汉后期黑暗官场的羁绊后，雄心不已，不顾自己年老体衰，在家乡扶风筑高台、设绛帐，面对广大黎众讲经布道，践行他自己在《忠经》里所说的"式敷大化，惠泽长久"的夙愿。

绛帐传薪，既是后世对马融教书育人的最高褒扬，也是他教育精髓的思想载体。然而风先生搞不明白，马融在给他的生徒讲授学问时，在悬挂着的红色帐幔的后边，还要安排几位绝色的女子翩翩起舞，又有什么讲究？或者能起什么作用？是为吸引生徒的注意力，还是为了考验他们读书学习的定力？风先生对此不能明白，后来的我就更不能明白了。

在风先生与我都不能明白马融那一种作为的时候，"高台教化"四个字蓦然浮现在了我的意识里，我给风先生讲了呢。风先生伸出手指，在我的额头上戳了一下，很是快活地接受了我的说法。他说，马融的这一作为与后来成形的戏曲演出异曲同工，可不就是为了教化民众吗？风先生说得兴起，还说这对于传播中国文化，使其深入人心、溶解进人们的血液中，从而哺育和壮大中华民族的一切美德和智慧，产生了极其巨大的作用。

高谈阔论的风先生，为了让我更好地理解他的说教，就还朗诵出一首北宋诗人韩驹所作的《题绛帐图》：

岂有青云士，而居绛帐间。

诸生独何事，不上会稽山。

五言绝句的一首小诗，我听得出来，其所传达的意蕴是非常深厚的哩。诗题中所说的"绛帐图"，便是风先生不说，我亦心中有数，知晓其遗址就在今天的扶风县绛帐镇……曾在扶风县文化馆工作过的我，多次去到美好在我心中的"绛帐"，想要获得马融的青睐，让我有所感知与觉悟。然而我去一次，失望一次。前些日子，我呼唤着风先生，让他带我去当年石刻的"绛帐图"故地，但依然还是失望。那处光耀历史的故地空空如也，除了生长得十分茂盛的玉米地，还是玉米地。茫然若失的我举头望天，而高远的天际飘浮着几朵白云，游丝般没有怎么理睬我，无趣的我低下头来，抬脚踢在松软的泥土上，踢出小小的一片土雾……善解人意的风先生看出了我心里的烦恼，他开导我说了。

风先生说："一切物质性的东西都可能毁灭，如山可以崩塌，如水可能断流；但精神性的东西，哪怕只是一页纸上的记忆，都是水淹不朽、火焚不灭的。"

风先生说："教化，马融白纸黑字的教化，千秋万代，辉映人间。"

风先生开导了我两句后，随口又把一首七言古风吟诵了出来：

风流旷代夜传经，座拥红妆隔帐屏。

歌吹至今遗韵在，黄鹂啼罢酒初醒。

　　风先生吟诵出的这首古风，我知道为清代扶风知县刘瀚芳所作。诗名也许就叫《绛帐》吧。我想就这个问题讨教风先生的，可我没有讨教出来，却被风先生用他掂在手上的草秸秆敲打了一下。

　　这根草秸秆是风先生伴我走在玉米地时折下来的，我看得清楚，那不是玉米秆儿，而是一根我叫不出名字的草秸秆，一段碧青，一段血红。风先生折来掂在手上，像是戏耍我似的，过一会儿就往我的身上敲打一下。我被他敲打烦了，回头睁眼瞪他，他乐着又还举起那根草秸秆儿，往我的身上敲。他敲着我说了呢，说是马融当年坐在绛帐背后授徒讲学时，不只手捧书本，还会准备一根这样的草秸秆放在手边，哪个学生不老实听讲，甚或违反学规，他即会手执草秸秆儿怒打之。有次他下手狠了点，竟然打得草秸秆儿染上了血渍……马融伤心染有血渍的草秸秆，就顺手将它插在绛帐台上，不承想几天后，干枯的草秸秆儿居然生根发芽，开花结果，他的学生皆以为奇，就把这根秸秆叫作了"传薪草"。

　　哦，好一个"传薪草"！我从风先生的手里接过草秸秆来，一下一下，往自己的身上敲打了。

后 河

纠纠葛屦，可以履霜？
掺掺女手，可以缝裳？
要之襋之，好人服之。

——《诗经·魏风·葛屦》节选

扫码听诗

古称沮水的漳河，源出于古周原上的雍山深处，初为雍水，东南流经岐山、扶风县时，就有了漳河的名字。这让人好不困惑，而更令人困惑的是，当它漫流到扶风县城南端，与七星河汇流在一起时，又叫了后河；再往武功县的方向去，直到汇入渭河里，就又恢复了漳河的名讳。

这是为什么呢？别人可能不清楚，但风先生是清楚的哩。

因为叫了后河的这段河道两岸，汉唐之际，窦姓一族居然光光彩彩地孕育了五位皇后（太后）！她们是孝文窦猗房皇后、桓思窦妙皇后、章德窦皇后、窦氏惠太后、窦氏顺圣皇后。

五位窦姓皇后（太后），于《扶风窦氏族谱》中都有较为翔实的记载。有鉴于此，风先生放飞了他的想象，给我说扶风人把这一段漳水骄傲地叫成后河，可是太有底气了，当然也有道理，因为诸位窦姓皇后（太后）的娘家，就在这一段漳河的两岸，"后河"之称名副其实，不叫后河，还能叫什么河呢？

风先生倒是会逮机会，他蓦然就把《诗经·葛屦》吟诵了出来：

　　纠纠葛屦，可以履霜？掺掺女手，可以缝裳？要之襋之，好人服之。

　　好人提提，宛然左辟，佩其象揥。维是褊心，是以为刺。

《毛诗序》对《诗经》中这首歌谣的理解为："魏地狭隘，其民机巧趋利，其君俭啬褊急，而无德以将之。"朱熹的《诗集传》云："此诗疑即缝裳之女所作。"两位权威者的注释也许有他们的道理，但风先生把这首歌谣吟诵出来，应该还有他独特的见解哩。我比较认同风先生的见解，以为歌谣描绘的缝衣女，对于尊贵的女主人心有不满，故而以诗讽刺之。可不是吗，缝衣女忍饥耐寒缝制出漂亮的衣裳，而她却连试一试都不能。她唯一能做的，就是提着华美的衣领，服侍尊贵的主妇往身上试穿了。

贵妇一副安然享受的样子，扭动着腰肢，左转右转，穿上华美的衣服后，还一件一件佩戴着精美的发饰。

贫穷与富贵，因为一件衣裳的穿戴，即深刻地表现了出来，而这大概就是风先生吟诵这首歌谣的目的了。五位窦姓皇后（太后）无不富贵至极，然而一时不慎，就有可能跌落苦海，比给贵妇人缝制衣裳的女子活得更艰难、更痛苦……两位没有留下名字的窦氏皇后、太后，因为篇幅的关系，我请示了风先生，在此不做详细的记述；而另外三位，风先生则让我务必记述下来。

贵为皇后的窦猗房，与《诗经·葛屦》中所述的缝衣女有许多相同的地方。缝衣女是个农家女子，窦猗房也是后河边上的普通农家女。缝衣女做过的活儿，她也是做过的，甚至比那位缝衣女做得还多，还辛苦……我在扶风县文化馆工作的时候，没少叫上风先生到后河边去。我不知道当年的农家女窦猗房在做皇后前都做过什么活儿，受过什么苦难，风先生是知道的。他给我说了，《葛屦》里的农家女只是受苦缝制衣裳，窦猗房则是伴在家人的身边，先要从种棉花做起。那时的劳动工具没有现在这么好用，而贫瘠的土地，既要翻耕，更要施肥。从把棉花种子播种进泥土里，要天天不断地下地做务，给成长的棉花掐尖，给成长的棉花打杈，直到开出一地白生生的棉花。将棉花一朵一朵拾回家来，晒干取籽，再用弹棉花的弓弦，"嘣嘣嘣嘣"……"嘣嘣嘣嘣"……将棉花弹虚了，弹涨了，再搓成棉花捻子，架在纺棉花的纺车上，没日没夜地纺成线，然后还要拐，还要浆，还要有经有纬地上到织布机上，脚踏手板地来织了。织成布匹，才好缝制衣裳呀！

　　风先生记得很清楚，正因为窦猗房的布匹织得好，衣裳缝制得好，她才能于汉惠帝时，带着她缝制好的衣裳，从一个普通的农家女子，以家人子的身份入得宫来，伺候在吕太后的身侧。也许因为她有多年农家生活的积累，服侍起吕太后来就非常尽心。吕太后不敢有个小灾小病，如果生了病，窦猗房就伴在她身边，几天几夜不合眼，直到太后康复如初。吕太后就喜欢窦猗房的这一份质朴，她懿旨代王刘恒，把窦猗房纳入他的宫里，到刘恒即位皇帝时，她即被立为了皇后。

　　窦皇后与汉文帝刘恒育有一女二男，长女馆陶长公主刘嫖、长子汉景帝刘启、少子梁孝王刘武。

　　做了皇后的窦猗房，始终不忘她农家女的身份，伴在汉文帝的身边，一贯的低调，一贯的内敛，朝野对她无不敬畏，无不敬重。汉武帝建元六年（前135），已经做了皇太后的她不幸辞世，爱戴她的朝野众人争相送别，人们结伙成群，从未央宫列队，一直排到她与汉文帝合葬的霸陵上。

　　从历史深处走来的风先生，在窦猗房之前没有见过她那样的皇后，此后也再没有见过她那样的皇后。风先生就只有感慨了呢。

　　风先生感而慨之地说："富贵而骄，乃人之常情。人生的修养与智慧，就是让自己的理性战胜人性的弱点，从而让一切达至适度。"

　　风先生说："农家女窦猗房做到了，那是她的福气。"

　　风先生说："可是后来，他们窦氏家族中做上皇后的女子，似乎都缺少她那样的修养和智慧，活得惨兮兮的，怎么就不学习她这个老前辈呢？"

　　我知道，风先生说的那些窦姓皇后，其中就有汉桓帝刘志的第三任皇后窦妙。作为大将军窦武的长女，窦妙于延熹八年（165）入宫，受封贵人，同年即被立为皇后。窦妙虽贵为皇后，却没怎么获得汉桓帝的宠幸。永康元年（167），短命的汉桓帝就驾崩了，窦妙随之被尊为皇太后。因桓帝无子，解渎亭侯刘宏被立为帝，是为汉灵帝。

窦妙生性忌妒，性情暴躁、残忍，为泄失宠之怨恨，在桓帝刘至梓宫尚在前殿时，便斩杀了与她争宠的田圣。杀得眼睛血红的她，本来还要诛杀另外几位贵人的，经中常侍管霸、苏康等人苦苦劝谏，这才愤愤不平地收了手。

皇太后的窦妙，所以立十二岁的刘宏为帝，就是为了方便她操纵朝廷大权。她封自己的父亲窦武为大将军，常居禁中，没过多少天，就又将其封为闻喜侯。把持朝政的窦妙，既缺乏执政的能力，又缺少自知之明，搞得朝廷内宦官专权，政治十分黑暗。在此之前，一些正直文官和太学生团结在一起，以李膺、范滂、杜密、陈蕃、陈寔等人为主，呼吁呐喊，抨击时政，竟被宦官诬称为"党人"而大受排挤。

延熹九年（166），李膺依法处死了宦官党羽张成之子，就此引发了两个集团的全面对抗。宦官们诬陷李膺等人结党营私、诽谤皇帝，糊涂的桓帝下旨把李膺等三百余人逮捕下狱，并罢免了为他们辩护的太尉陈蕃的职务。窦妙的父亲窦武和尚书霍谞还算明白，他们先后上书，自愿罢官，为下狱的"党人"请命；同时，狱中的"党人"在招供时故意扩大打击面，把很多宦官的亲戚子弟牵扯进来，因此就有不少宦官因害怕牵连自己而向桓帝求情。党人们因此才得以赦免，但王府也记录下了他们的名字，至此不准他们再为官。

风先生把那件事记忆得十分清楚，后世人极为不屑地称其为"党锢之祸"。

把持着朝政的窦妙，在父亲窦武的推动下，没有理会先皇的禁令，她重新起用陈蕃为太尉，并找回李膺、杜密等著名"党人"参与朝政，令"天下之士，莫不延颈想望太平"，重新燃起了振兴国家的希望。然而身处深宫的窦太后，被势力强大的宦官包围着，她视他们为心腹，经常受他们的影响而改变主张。对此窦武和陈蕃等人都很担心，于是密奏窦太后除掉这些宦官，但她却犹豫不决。而宦官们得知情况，先下手为强，骗来灵帝开路，先掌握了宫禁，然后闯进长乐宫，以武力逼迫窦太后交出了传国玉玺，并起草诏书调取了军队的符令节杖，派军队以谋反的罪名逮捕了窦武、陈蕃。

窦太后的父亲窦武和她的兄弟被逼自杀，陈蕃及门生数十人被诛，窦太后自己也被迁入南宫幽禁。

宦官们取得了决定性的胜利，灵帝被迫任曹节为长乐卫尉，封育阳侯；任王甫为中常侍；朱瑀、共普、张亮等六名宦官也被封了侯。"群小得志，士大夫皆丧气"，东汉王朝的最后一道余晖消逝了。

幽居南宫的窦太后，已然失去了权势和父兄，她名义上仍然是灵帝的嫡母，实则是被软禁了。无才无能、惑于群小的她，在无限的懊悔和痛苦中，煎熬了三年时间。熹平元年（172）六月，她听闻流放越南的母亲病故，悲伤痛悔，忧思成疾，不久便去世了。

风先生为此好不伤心，他给我说："人的眼界和格局，决定自身的精神结构，喜剧也好，悲剧也罢，脱不开个人的眼界和格局。"

风先生还说："无穷的远方，无数的人们，无尽的思想，都与我无关。"

风先生说出的两段话，前一段话我是理解的，而后一段话，我费了好大的神，才琢磨出些意味来，知他所说的话，专指窦氏家族的另一位皇后……谥号"章德皇后"的她，尊贵到只留下一个尊号，而不知其名与讳。作为大司空窦融的曾孙女，她既受到了良好的家庭教育，亦得到了良好的文化知识培养。风先生就曾阅读过她六岁时作的文章，既十分清丽，还十分浪漫，与她天生的那一份丽质十分吻合。建初二年（77）八月，花容月貌的她及其妹妹随母亲沘阳公主入见长乐宫。由于她风度容貌出众，进止合乎规矩，言谈又很有分寸，不仅迅速获得了马太后的赏识，到章帝召见她时，亦觉她优雅而美丽，于是把她带往掖庭。她不会错过这样的机会，时时尽心承欢应接，上上下下、前前后后，应酬都极得体，好名声一时传得无人不知、无人不晓，来年即被立为皇后，而她的妹妹亦被立为贵人。

掖庭之内，当时深得汉章帝喜爱的还有宋贵人和梁贵人。宋贵人进宫后便生下了皇子刘庆。

建初四年（79），刘庆被立为皇太子。窦后对此嫉妒难耐，便串通她的母亲诬陷宋贵人。于是宋贵人和太子刘庆渐渐被章帝刘炟所疏远，刘庆被废为清河王，章帝改立窦后抚养的皇子刘肇为皇太子。宋贵人因之恨得牙痛，却毫无办法，竟自个儿喝药自杀了。侥幸立为太子的刘肇，亦非窦后亲生，他的生母为梁贵人……梁贵人倒是心巧，深知自己不是窦后的对手，就自愿送自己的儿子给窦后抚养。不过梁贵人一家也有自己的小算盘，身为皇太子的刘肇，有朝一日登上皇位，还会亏待他们生母一家不成？这样的话不胫而走，很快传进了窦后的耳朵里，她不以为然地笑了笑，随即着人找了个茬儿，便逼得梁贵人自尽了。

要说梁贵人的家族，与他们窦家素来交好。窦皇后的曾祖父窦融和梁贵人的祖父梁统，在更始帝时都是河西地区的郡守。河西地区要推举一个人做盟主，首推即是梁统，但梁统固辞，于是再推窦融……东汉兴起后，他们归顺了东汉朝廷，同朝为官，相互多有照应。如此交情，却也躲不过窦皇后那毒辣的妇人心。

尽管如此，风先生却告诉我，窦皇后的心眼和手段，还有更狠更毒的呢！

章和二年（88）二月，年仅三十二岁的汉章帝崩于章德殿前。十岁的皇太子刘肇即位，为汉和帝，窦皇后自然地成为皇太后。因和帝年幼，窦太后便自然地临朝执政。一个偌大的帝国，孤儿寡母的，就这么不容商量地压在她一个弱女子身上，形势绝对不容乐观。好在原来的窦皇后，现在的窦太后，在汉章帝生前即竭力辅助其处理政务，积累了较为丰富的执政经验，当她从极大的悲痛中回过神来之后，便在和帝的身后，轻车熟路地帮助她的养子，有条不紊地治理起大汉帝国来。在此期间，她先下诏任命她的亲哥哥窦宪掌典辅政。但她的这位哥哥太不让她省心了，就在太后妹妹创造性地增加盐铁税以充军费，准备应对匈奴的袭扰时，作为哥哥的窦宪就给妹妹出了一道难题。齐殇王的儿子刘畅来京拜见窦太后，很是受太后的赏识。窦宪担心刘畅会分了他的权力，便派刺客暗杀了他。窦太后知晓后大怒不已，将窦宪收押进内宫监狱，要问他的罪行了……偏巧北匈奴赶在这个时间点上骚扰边境，给了窦宪一个赎罪的机会，他向太后妹妹发出请求，自愿戴罪出征。太后同意了他的请求。

还别说，窦宪这个不让他太后妹妹省心的家伙，征战匈奴倒是一把好手，连战连捷。因此他不仅被赦免了大罪，还加官晋爵，得意无比。

老实说，后来被历史学家所称道的"明章之治"，很有心眼、很有心计的窦皇后，是出了大力、起了大作用的，这是她不应被埋没的功绩。风先生便秉持着这一观点。他看得见，作为汉章帝皇后的她，给了丈夫太多支持，对他关怀备至，帮他出谋划策；在对养子刘肇的养育方面，恩威并施、刚柔相济，既对其照顾有加，又对其教导严厉，和帝后来作为甚大，与她这个优秀养母不无关系。然而风先生遗憾的是，作为太后的她，功绩虽大，却也难掩她的专权与毒辣。而那不让她省心的哥哥更是恃宠而骄，在朝野之中霸道作恶，惹得天怒人怨。加之他们的家人，母亲受封为长公主，增加汤沐邑三千户；二弟窦笃为虎贲中郎将，守卫宫室；三弟窦景、四弟窦瑰为中常侍……刘姓人家的江山，都快被他们窦氏一族坐了。既如此，怎能不引起刘汉皇室的不满？永元四年（92），很有作为的汉和帝十四岁了，他暗中联络皇族，在宦官郑众的协助下，一举诛灭了除窦太后之外的在朝为官的窦家人。

窦太后惊闻朝变，夜不能寐，食不知味……她虽然可以苟延残喘地活着，但家破人亡那一个下场，也是够恓惶的哩。

永元九年（97），窦太后去世，还没来得及下葬，梁贵人的家人就上书揭发窦太后陷害和帝生母的事实，接着太尉张酺、司徒刘方、司空张奋又联名上奏，要求依据先朝废黜吕雉的事例，贬掉窦太后尊号，给她以荣誉和人格上的羞辱，朝中百官亦多有附和。和帝虽心痛难耐，但念及窦太后养育之恩，于是亲书诏文："窦氏虽不遵法度，而太后常自减损。朕奉事十年，深惟大义，礼，臣子无贬尊上之文。恩不忍离，义不忍亏。案前世上官太后亦无降黜，其勿复议。"

风先生因此多有感慨，他是说了呢："这样出生时含着金汤匙，成长在富贵窝，享福倒是享得着，但能一直享着吗？"

风先生说："先享福、后遭罪，可是太难堪咧！"

风先生说："倒不如先遭罪后享福的好。"

法门寺

猗与漆沮，潜有多鱼。

有鳣有鲔，鲦鲿鰋鲤。

以享以祀，以介景福。

——《诗经·周颂·潜》

扫码听诗

历史上的文章大家多了去了，屈原、司马迁、韩愈、苏轼，等等，不一而足。但依照风先生的认识，以及我的阅读积累，我们非常坚定地认为，文章大家还应加上伟大领袖毛泽东主席了呢。

毛主席的文学素养极高，在他的讲话中，"古事新解"为一大特色。风先生记得，在 1949 年夏天的时候，毛主席在北平长安大戏院观看京剧《法门寺》，对他身边的警卫说了："《法门寺》里有两个人物很典型，一个是刘瑾，一个是贾桂。刘瑾从来没有办过一件好事，唯独在法门寺进香时，纠正了一件错案，这也算他为人民办了一件好事。贾桂在他上司面前，一举一动，一言一行，都是十足的奴才相。我们反对这种奴才思想，要提倡独立思考，实事求是，要有自尊心。"1956 年 4 月，毛主席为了撰写《论十大关系》，组织国务院部门负责人汇报，他听完汇报之后，针对社会上流行的"如果没有苏联的援助，中国的建设是不可能的"错误观点，又一次拉出京剧《法门寺》来说事，批评一些人"当奴隶当惯了，总是有点奴隶气，好像《法门寺》里的贾桂一样，叫他坐，他说站惯了"。最后还在定稿了的《论十大关系》中特别强调："有些人做奴隶做久了，感觉事事不如人，在外国人面前伸不直腰，像《法门寺》里的贾桂一样，人家让他坐，他说站惯了，不想坐。在这方面要鼓点劲，要把民族自信心提高起来，把抗美援朝中提倡的'藐视美帝国主义'的精神发展起来。"

风先生把他记忆中毛主席运用过的历史传说与民间故事一一道来，说到《法门寺》这里没再继续说，而是随口诵念出一首《诗经》中的歌谣来：

猗与漆沮，潜有多鱼。有鳣有鲔，鲦鲿鰋鲤。以享以祀，以介景福。

风先生就是这么高深莫测，他把我搞糊涂了，不晓得老先生何以诵念出这首名曰《潜》的歌谣来。我睁眼茫然地看向他，想要听到他进一步的解释。他看出我神情的异样，用他如风般的手抚摸着我的发梢，给我耐心地说了。说前还用白话文把这首远古的歌谣又翻译了一遍："真好啊漆沮河，水里有那么多鱼，不但有鳝鱼、鲔鱼，还有鲦鱼、鲿鱼、鰋鱼、鲤鱼。用来祭祀，祈求洪福。"他虽然未多解释，可如此说来，我是有点领悟了呢。知晓漆水与沮水，即我们古周原上的两条河流……河流不言，千古流淌，既滋养着那么多的鱼儿，也滋养着我们的生命，生生不息，千秋万代。

哦！听着风先生的讲解，我似乎有所醒悟，仅凭"智慧"两个字，是说明不了问题的，必须加上"文化"二字，才可以明晰毛主席高远广阔的精神气质与深思远虑的思想气概。

我是开心了呢！开心的我拉着风先生的手，一溜风地去到古周原上的法门寺，寻觅到了那块镶嵌在寺庙内壁的跪石，目不转睛地盯视着两个光溜溜的小圆坑，觉得好不神异！过去的时候，只听人说那两个小圆坑是人跪出来的，就不再多问，妄自猜测该是跪拜佛家的人，今日你跪，明日他跪，千百年跪出来的。但实际上却不是，而是毛主席所说《法门寺》故事里那个叫宋巧姣的明代民女，赶来法门寺告状跪下来的。

风先生见识了宋巧姣告状的过程，他告诉我说，女孩儿家住郿坞县宋家庄，自幼聪明伶俐，人称"才女"。

可怜宋巧姣一个窈窕黄花女，天不睁眼，让她偏遭风霜杀。巧姣十多岁时，慈母去世，父亲宋国士原是一名生员，因家境贫寒，再无心赶考，年幼的弟弟兴儿便不得不去乡约刘公道家当童工，老幼三人相依为命，苦度日月。家境豪富的刘公道，面善心恶，一点公道的意思都没有。有天夜半，突然听得院内狗叫，刘公道叫兴儿起来察看是否有贼。兴儿掌灯来到后院，见一颗血淋淋的人头滚在当院，不由吓得跌了一跤，连声大叫："吓杀人了!"刘公道起来见此情景,知道大祸临头,于是心生一计,命兴儿把人头扔到后院枯井,又怕兴儿走漏风声,便把兴儿一锹头也打入了枯井。为了堵住巧姣父女追要兴儿之口,刘公道还跑去县衙,反诬兴儿偷盗了他家的财物后连夜逃走了。

就在刘公道打死兴儿的当天晚上,孙家庄的孙寡妇家竟被人一刀连伤两命,孙寡妇娘家胞弟环生与其妻贾氏被人所杀。郿坞知县赵廉立即坐轿前往孙家验尸。只见死者男的有头,女的却无头。赵廉随即提审孙寡妇及其女孙玉姣。

这赵廉虽为两榜进士,但遇事往往武断。他见孙玉姣长得十分美丽,又见其手上戴着一只玉镯,便断定其中必有奸情。孙玉姣经不住酷刑折磨,只得供出了玉镯的来历。

五日前,本乡一位世袭指挥傅朋外出游玩,偶至孙寡妇门前,适逢孙寡妇不在,孙玉姣在门前喂鸡。傅朋见孙玉姣长得美貌,心中顿生爱慕之情,于是借买雄鸡之名,有意将一只玉镯遗在孙家门前。傅朋走后,孙玉姣便将玉镯拾起。此事恰被刘媒婆窥见,刘答应要为孙、傅二人说合。

赵廉听了孙玉姣的诉说后,即又差人提来傅朋严刑拷打,要傅朋招认与孙玉姣通奸杀人。傅朋被屈打成招,赵廉便下令将傅朋和孙玉姣一同关入监牢。

孙、傅二人虽被收监,但缺少一颗人头又岂能定案?赵廉猛然想起刘公道状告宋兴儿盗物逃走一案。两案俱发生在五月十三日晚,且同在一个村,想是宋兴儿那晚去孙家调戏孙玉姣,女子不从,惊动其舅父舅母,兴儿因奸情杀人后盗物逃走。于是赵廉又差人提宋国士全家到案。宋巧姣父女来到县衙,赵廉不分青红皂白,指控宋兴儿盗物杀人,要宋家立即交出兴儿偿命。宋国士连气带吓,说不出话来。但宋巧姣胆识过人,代父上前说清事实,据理相驳,问得赵廉脸红耳赤,难以对答。这位县太爷万没料到，巧姣竟如此才智过人、能言善辩，他为了保全面子，故作镇静，"啪"地将惊堂木一拍，命左右将宋巧姣收监，判决宋国士拿出十两银子赔偿刘公道后才能将宋巧姣赎回。

宋巧姣和孙玉姣被关在同一监牢，两个妙龄女子，同受不白之冤，同病相怜，情如姐妹。宋巧姣趁机细细询问孙玉姣遭冤原委，从玉姣口中得知，那日她拾玉镯时被刘媒婆诓去的一只绣鞋，被一贯赌博不务正业的刘媒婆之子刘彪拿去向傅朋敲诈。宋巧姣断定凶手必是那刘彪无疑，决心上告糊涂知县赵廉。

在那等级森严的封建时代，一个贫苦的平民弱女敢状告一个堂堂知县，此等胆识，令人敬佩。傅府得知此事，立即拿出十两银子赎巧姣出狱，并承诺包揽打官司的一切费用。

宋巧姣听说朝廷九千岁公公刘瑾近日在兴平县下马，要陪老太后到扶风县法门寺降香。巧姣认为申冤的时机已到，悲喜交加，决心豁出性命去告御状。

刘瑾和老太后来到法门寺后，宋巧姣匆匆奔往法门寺，冒死挡轿喊冤，却被校卫一脚踢翻在地。宋巧姣凄厉的喊冤声传到大佛殿，刘瑾问："外头什么鸡毛子乱叫的？"公公贾桂应道："有一民女喊冤。"刘瑾随口道："拉出去砍了！"就在这时，坐在正中间的太后发了善心，喝住左右道："大佛殿哪有杀人的道理？"遂唤宋巧姣上前问话。

宋巧姣双膝跪在大佛殿的石阶上哭诉冤情，直哭得一寺松柏落叶，满天飞鸟恸哭，连膝下坚硬的拜佛石也伤心得酥软如泥……自然也跪得真相大白，刘瑾奉太后旨，处死了杀人犯刘彪、刘公道，还了宋巧姣和孙玉姣的清白，并恩准"双姣"婚配给傅朋，都做了他的新娘。

巧姣告状哭诉时膝下的石头，在她站立起来后，上面便出现了两个圆圆的膝印儿。此后，人们就把这块拜佛石叫作了"巧姣跪石"。

风先生熟悉这块"巧姣跪石",当然也熟悉另一块名曰"卧虎石"的石头。这块看似平庸的石头,其实很不平凡。我曾在风先生的指导下,端来一碗清水,泼洒在这块石头上,石头上面当即显形了数只老虎的图样。几只老虎相互纠结盘绕,极其生动可爱!我的问题来了,现场问了风先生,他当然不会让我失望,这便给我仔细讲来,说是北宋时金兵压境,国难当头,那个一味好色的皇帝宋徽宗,带着宠妓李师师到法门寺来了。上供是必须的,上香也是必须的,当地官员恭迎圣驾亦是必须的。虎狼般的当地官员,征调民夫,修路,植树,忙得不亦乐乎。还将一块取自太白山的石头,交由一位老石匠打磨。老石匠把石块打磨得平整光滑、起光发亮后,便往法门寺搬运了。谁能想得到,这个被搬进法门寺的石块,居然在卸车时把老石匠给砸死了!

只会欺压百姓的官员们,蠢得比猪还蠢。他们不知道这块石头的珍贵,还以为是件不吉利的事,就草草地把老石匠给送回家掩埋了。

惩治这些贪官污吏的想法压在老石匠儿子的心头,让他不得不铤而走险,想办法进入法门寺,向宋徽宗当面揭示那块老虎石的面貌,同时给他以抗击金人侵略者的信心与决心。石匠儿子剃掉满头的黑发,装扮成一个挑水的小和尚,在寺庙院子里游走……在老石匠打磨这块石头的时候,作为儿子,他参与了部分打磨工程,知晓老父亲运用"水隐雕刻法",在石块上刻蚀了数只老虎,刀功之精细,非泼水不能现真形。于是他伺机而动,等待一个泼水于石的好时机。这个机会被有准备的他碰到了。宋徽宗伴着李师师游走在寺庙院子里,刚巧走到那块石头旁,挑水的石匠儿子故意绊了一跤,便把他挑着的水桶摔在了石头上,使得隐刻在石头表面的数只老虎蓦然显现出来,个个栩栩如生、威风凛凛。李师师先看见了,看见了的她,惊呼一声"老虎!"宋徽宗不知缘故,浑身一个激灵,待问李师师时,李即伸手指向那块石头。瞪着眼睛的宋徽宗,顺着李师师的手指指向,也在那块石头上发现了数只老虎。

满心疑惑的宋徽宗，把他恼怒的眼睛看向了随行的那些官员，质问他们："谁这么大胆，敢来戏弄朕！"

官员们一个个吓得魂不附体，跪倒在地，全都不知如何是好。倒是回过神来的李师师，不慌不忙地给众官员解了围。

李师师说："皇上虎年虎时出生，今日石块上泼水现出数只老虎来，那是佛祖显灵，来迎接圣驾您哩！"

跟随宋徽宗来法门寺上香的京城官员，结合当时的国家大势，也借着老虎石的出现，进一步谄媚地说了。

有人说："北蛮子的金人不自量力，总来袭扰咱们大宋，圣主您的生肖现身石上，可是个大大的吉兆呢！"

有人说："虎举龙兴，圣上您万岁万岁万万岁！"

还有人说："大宋江山千秋万代！万代千秋！"

一帮会拍马屁的大宋官僚，因为老虎石的缘故，都被宋徽宗开开心心地晋了一级官阶。但大宋朝却并没有因此而得福，没过几年光景，金人的铁骑踏碎了所有人的梦想，便是"虎举龙兴"的宋徽宗，也被金人俘虏去了冰天雪地的大东北，沉在一口地窖里，过起了暗无天日的日子。

风先生讲着老虎石的故事，一时讲得愁容满面，给我连连摇着手说了呢。

风先生说："不讲咧，不讲咧。"

风先生说："讲得让人只有伤悲，只有哀痛。"

法门寺的故事太多了，风先生不愿意讲那样的故事，还有别的故事可以讲哩。可我发现他紧闭着嘴巴，好多个日子过去，任我如何撩拨他，都撬不动他的舌尖，而我的文章还没有煞尾，我就只有自己来讲了。

我的家就在法门寺西北方向八里处一个叫闫西村的老堡子里。我小的时候，我的大伯父和大伯母都是虔诚的佛教徒，他们没有过生养，就把我当作他俩的小子儿养了。逢着佛诞日等特殊的日子，他们就拉上家里的那头小毛驴，驮上些布施，还驮上我，一起去法门寺，在寺内住那么几天。耳濡目染，我也就知道了法门寺始建于东汉末年桓灵年间，距今约有一千八百多年历史，有"关中塔庙始祖"之称。法门寺有个传说特别吸引我，说是高高耸立的阿育王塔下，有一口深深的水银井，水银井中，浮荡着一条金船，船上有一尊金佛，佛手上端着一截释迦牟尼的佛指骨……这个传说，于千年后的 1987 年，奇迹般地被考古人员眼睁睁地证实了。

考古人员清理佛祖真身宝塔下的地宫，发现了太多令人惊奇的宝物。譬如有文字记载而无实物传承的秘色瓷，就在地宫里发现了好多件，其清澈碧绿的釉面晶莹润泽，恰如一池秋水，自然地要让人想起唐代诗人陆龟蒙《秘色越器》中的两句诗："九秋风露越窑开，夺得千峰翠色来。"与秘色瓷一同被搬出地宫的，还有许多件来自古罗马、西亚各国的琉璃器群。当然了，释迦牟尼佛指骨舍利、铜浮屠、八重宝函、银花双轮十二环锡杖等宗教器物，那套包括茶槽、茶碾、茶罗、茶匙在内的皇家金银茶具，以及武则天的一条金绣裙，更是珍贵无比。这些宝物汇集在一起，法门寺被誉为"世界第九大奇迹"，一点都不为过。

大唐气象的灿烂光华，于法门寺地宫开启的那一刻，形成了至为生动的定格。

我是没有啥话可说了，但是回过神来的风先生却又撺着我，向我说起了良卿大法师。俗名戚金锐、法名永贯的他，清光绪二十一年，亦即公元 1895 年，生于河南省偃师县，七岁时因家乡连年灾荒，遵奉母命，于邻县宜阳铁佛寺出家，拜印川老和尚为师，为临济正宗派第十三代。此后辗转宜阳灵山寺、洛阳白马寺等，最后主持扶风县的法门寺。"文化大革命"爆发的 1966 年，寺院遭受严重冲击，7 月 12 日夜，为阻止打砸抢分子毁坏佛宝，良卿大法师举火自焚。

风先生可是太痛伤良卿大法师的自焚了。他当时就在现场，危急时分，他一边要去阻拦打砸抢分子的恶行，一边还要劝阻大法师的自焚，实在难能两全其美，只能眼睁睁看着大火漫卷了法师身上的袈裟，燃烧着他的身体，他却镇静自若，任凭烈焰把他慢慢地化为灰烬……正是良卿大法师的自焚，震慑住了打砸抢的人，他们灰溜溜地丢下圆寂了的大师，跑得没了踪影。

现在，良卿大法师的遗骨光光彩彩地供奉在中观山法门寺高僧灵塔。风先生常会风行到灵塔那里去，也不与大师交流什么，就只是静静地伴坐在灵塔边上，耸起双耳，静静地聆听法门寺里的钟磬声和木鱼声。

【传二十二】

师旷

呦呦鹿鸣，食野之草。
我有嘉宾，鼓瑟吹笙。
吹笙鼓簧，承筐是将。
人之好我，示我周行。

——《诗经·小雅·鹿鸣》节选

扫码听诗

　　宝鸡新闻网在 2022 年 2 月 28 日报道，位于扶风的三座名人墓完成了环境整治，将以全新面貌迎接游客。这三座名人墓的墓主人依次为师旷、南宫适和马援。

　　在扶风县文化馆工作的时候，风先生陪伴着我，走遍了扶风县境内的名人墓，很为当时的一些古代名人墓而忧心，特别是位于法门镇马家村的师旷墓。我与风先生先双双面对着墓看了一会儿，然后又双双相对着，你看着我，我看着你，眼睛里流露出的只有忧心和担心。唯觉荒草萋萋的那一捧土堆，被耕地的犁铧今年带走一些土，明年带走一些土，这么带上几年，会带得不见了封土……圜丘状的墓冢封土，太需要重新往高培了呢！

　　陕西省 1957 年公布了一批重点文物保护单位，被称为"乐圣"的先秦音乐大师师旷的墓冢即名列其中。重新整修了"乐圣"墓冢的消息传来，我第一时间想要赶回去，却没能够，就只有托付风急火燎赶去"乐圣"墓冢前凭吊的风先生，替我给"乐圣"多鞠几个躬……风先生是我朋友中最可信赖的一个人，他老实替我祭祀了"乐圣"，回来捧着我说了呢。他说这次整修三座名人的古墓冢，在墓冢周边回填了些素土，夯实后又以三七灰土做了铺垫，并打上混凝土垫层，砖砌了挡土墙，再移植了松柏等乔灌木，把原来裸露的墓冢充分地绿化了起来。

　　风先生说得仔细，他说，新移植来的迎春花，在师旷墓周边砌筑的青砖墙里探头探脑，迎风摆动，让人赏心悦目。他这么说来，就还把《诗经》中那首名曰《鹿鸣》的歌谣，抑扬顿挫地诵念了出来：

呦呦鹿鸣，食野之苹。我有嘉宾，鼓瑟吹笙。吹笙鼓簧，承筐是将。人之好我，示我周行。

呦呦鹿鸣，食野之蒿。我有嘉宾，德音孔昭。视民不恌，君子是则是效。我有旨酒，嘉宾式燕以敖。

呦呦鹿鸣，食野之芩。我有嘉宾，鼓瑟鼓琴。鼓瑟鼓琴，和乐且湛。我有旨酒，以燕乐嘉宾之心。

在风先生的诵念声里，我蓦然看见一群呦呦鸣叫的鹿儿，在空旷的原野上啃吃着艾蒿。有那么一群宾客，或弹琴，或吹笙，欢奏着乐曲。吹奏的笙管簧片振动有序，捧着满筐礼品的人献礼如仪。人们都好友善啊，同时又品德高尚，引来君子纷纷仿效……美酒香醇润心，雅乐阵阵逍遥。远古人崇赏的乐，在宴会上表现得多么令人神往呀！

我是被强烈地感染了，因而还就想起曹操的《短歌行》，起头一声"去日苦多"的叹息，以及后来"忧从中来，不可断绝"的悲呼，与古人的歌乐有天壤之别，如是云泥般不可调和。难道这就是历史发展的结局吗？我们人，越活越是苦难，越活越是难见内心里的纯真和雅逸。

风先生经历了原始人成长为现代人的全部过程，他在诵念罢《鹿鸣》的整个诗句后，不禁潸然泪下，说了这样两句话。

风先生说："我常常在想，人活得那么努力，那么义无反顾，到底是为了个啥呢？复杂的社会，看不透的人心，放不下的牵挂，经历不完的酸甜苦辣，走不尽的坎坎坷坷，最后还不就是个死！"

风先生说："人的生命既然脱不开消失的那一天，为什么就不能活得乐点儿，活得单纯和雅点儿呢？"

风先生的祈愿在我的耳鼓上震荡着，我伸手去拥抱他，他却如风一般躲了开来，躲在一边，用他柔柔的细风，一忽儿触摸触摸我的脸面，一忽儿触摸触摸我的头发，引领着我，向有"乐圣"之誉的师旷一步一步地走了去，让我仔细向他学习，用心触摸他的心灵，用心感受他的乐色……不知风先生触摸到了什么，感受到了什么，我是突兀地触摸到一抹灿烂的亮光，强烈地刺激着我的神经，使我浑身不能自禁地抖擞了一下，我清楚，那该是一股逼人的天才之气呢！

"乐圣"师旷的天才哟！我膝盖发软，如果没有风先生伸手扶持，我会给师旷跪下去哩。

天生耳聪目明的师旷，所以致盲，是因为他太过聪明，不能专注于音律的修习，这使他十分苦恼，就从田埂上割回一捆艾草，拧成艾绳，在太阳下晒得半干不干，打火点燃。艾草散发出浓浓的烟气，师旷把他大睁着的眼睛靠近烟气，不间断地熏蒸，熏得他眼睛里的酸水仿佛涌泉般流泻，一直地流，一直地泻，直到流泻得没有了一滴半点的泪水，一双水汪汪的大眼睛变成一对干窟窿，再也看不见什么！瞎了双眼的他，从此专注于音律的演习……风先生见识了他当时所做的一切，说他目盲后弹琴时，吃草的马儿会停止咀嚼，仰头侧耳倾听落泪；而觅食的鸟儿，亦会停止飞翔的翅膀，迷醉低首，丢失掉口中的食物。

具有如此才能的师旷，被晋悼公招进王宫做了掌乐太师，他还深得悼公之子平公的信任，被任为太宰。

晋平公新建了一座王宫，举办落成典礼时，邻国国君卫灵公为了修好两国关系，便也率领他的乐工前去晋国祝贺。卫灵公带着一批侍从，跋山涉水走到濮水河边，但见天色已晚，即与他的侍从在河边倚车过夜。时值初夏，皎洁的月亮映照着两岸垂柳，在风的推动下，柳条一摆一摆轻拂着水面，流水安安静静，曲曲弯弯，仿若天降的一匹锦缎……卫灵公的梦里是这样一番美景，却突然听闻一曲新奇的琴声，把他从梦中惊醒了过来。醒过来的他睁眼望向他的周遭，没有看见什么人抚琴，可是他梦中的琴声依旧鸣响着，他当即招来他的乐师师涓，命他把这奇妙的乐曲记录下来。

卫灵公一行热热闹闹地进入晋国都城，盛装参加晋平公在新建的王宫里摆开的宴宾席。

宴会上的卫灵公，在观赏了晋国的歌舞后，即命他的乐师师涓演奏在濮水河边记录下来的那支曲子，给晋平公助兴。师涓遵命理弦调琴，照着他记录下来的乐谱，认真地弹奏起来。他的手指起起落落，琴弦鸣鸣溅溅，琴声如丝如缕，仿佛绵绵不断的细雨，诉说着令人心碎的哀伤……陪坐在席间的师旷，作为晋国的掌乐太师，面带微笑，很是用心地聆听着。过了一会儿，他脸上的笑容渐渐地淡了，慢慢地就还消失了，取而代之的是满面凝重的神色！

师旷是不能听下去了。他猛地站起身，按住师涓的手，断然制止住了他抚琴的手，并严肃地告诉他："这可是亡国之音啊，你这么能在这里弹？"

卫灵公不知此乐的根本原委，猛听师旷这么说来，他吃惊地愣住了。而师涓更是吓得不知所措，十分尴尬地回头望着卫灵公，而卫灵公又转眼看向了晋平公。晋平公倒是一副好模样，因为他没从乐曲中听出什么不测来，于是就一脸喜色地与卫灵公双目相视，头也不回地责问师旷了。他说："这曲子好听着哩，怎么会是亡国之音呢？"

师旷没有回避晋平公的质问，他言之凿凿，据理力争，给晋平公、卫灵公，以及宴会上所有的人说了。师旷说："这是商朝末年乐师师延为暴君商纣王所作的靡靡之音。后来商纣王无道，被周武王讨灭了，师延自知助纣为虐，害怕被处罚，就在走投无路时，抱着琴跳进濮河自尽了。我想，这音乐一定是在濮河边听来的。这音乐很不吉利，谁要沉醉于它，谁的国家定会衰落。所以不能让师涓奏完这支曲子。"师旷说到这里，转过脸看着师涓，没有问他什么，但师涓业已吃惊地回答他了，说他正是从濮水河边听来的这首曲子。卫灵公的脸面，在师旷与师涓的对话里，红得如血般透亮。他的难堪被晋平公看在眼里，晋平公怕他会更加失态，就为他解围了，说是朝代已改，现在演奏，又有什么妨碍呢？师旷依然固执已见，摇头执拗地道来："佳音美曲可以使我们身心振奋，亡国之音只会使人堕落。主公是一国之君，应该听佳音美曲，为什么要听亡国之音呢？"君是君，臣是臣，晋平公没听师旷的话，他执意要卫灵公的乐师师涓把师旷所说的靡靡"亡国之音"弹奏了下来。

晋平公的道理是："今为大喜之日，怠慢了贵宾，可是不好吧！"

但当师涓弹完了整支乐曲，师旷面上的愠色一直不改。晋平公问他了："这究竟是首什么乐曲呢，使你这般恼怒？"

师旷干干脆脆地说："《清商》是也。"

晋平公问："《清商》是不是最悲凉的曲调？"

师旷没有迎合他，答道："不是，比其更悲凉的还有《清徵》。"

不知好歹的晋平公居然说："好啊，作为回礼，你就弹一曲《清徵》吧！"

师旷却梗着脖颈没有答应，半晌才说："不能。"

晋平公不解，问师旷："为什么不能呢？"

师旷还梗着脖颈，说："古代能够听《清徵》的，都是有仁有德、尽善尽美的君主。大王的修养还不够好，不能听！"

风先生感动于师旷执拗的原则性，又担心他的倔强会让晋平公因在客人面前大失面子而与他翻脸，于是就急呼呼捉住他的手，拉他坐在琴凳上，指引着他的手指，弹拨起琴弦来了。师旷用奇妙的指法，刚在琴弦上拨出第一串曲调时，便见一十六只玄鹤从遥远的南方翩然飞来，于静空之中发出比琴声更为美妙的鸣叫，鸣叫的同时，还变换着多姿多样的队列，凌空起舞……师旷的手指在琴弦上继续着他的弹奏，玄鹤的鸣叫声和舞蹈十分融洽地结合在一起，在湛蓝的天际，长久地飘舞着，回荡着。

晋平公和参加宴会的宾客无不惊喜异常，欢欣不已。

曲终时，晋平公居然提着酒壶，离开席位，向师旷走了去。他要给师旷敬酒了。晋平公看着师旷把他敬的酒大口灌进肚腹后，又问他了："人世间，大概没有比这《清徵》更悲怆的曲调了吧？"

师旷答曰："不，《清角》远在《清徵》之上。"

晋平公几乎忘形地说："那太好了，就请太师再奏一曲《清角》吧！"

师旷却又恢复了他的倔强劲儿，没有立即答应晋平公，而是把脑袋摇得跟拨浪鼓似的，说："使不得！《清角》可是一支不同寻常的曲调啊！它是黄帝当年于西泰山上会集诸鬼神而作的，怎能轻易弹奏？若是招来灾祸，就悔之莫及了！"

晋平公一定要听，他给师旷再次敬上一觞酒，恳切地要他弹奏出来。

师旷能怎么办呢？他拗不过晋平公，就只好勉强从命，弹起了《清角》。当一连串玄妙无比的乐曲从他如飞的手指尖上流出来时，包括风先生在内，宴会现场的所有宾客，都眼见晴朗朗的西北方向，碧蓝的天空倏忽滚起乌黑的浓云；到第二串乐曲袅袅升起，穿越宴会的殿堂，飘摇着弥漫天际时，狂风搅着暴雨，应声而至；到第三串乐曲鸣哇骤响之时，但见狂风呼啸着掀翻了宫殿顶上的屋瓦，撕碎了室内的一幅幅帷幔，各种祭祀的重器纷纷破裂，屋顶上的瓦片坠落一地。满堂的宾客吓得惊慌躲避，四处奔逃。晋平公也吓得抱头鼠窜，被暴雨浇得如落汤鸡一般，趴在廊柱下，惊慌失色地喊了。

晋平公的喊声如狂风一般："不能奏《清角》了！"

师旷应声停下了他弹拨琴弦的手指，而肆虐着的狂风暴雨顷刻间风止雨退，云开雾散。

"惊天地！泣鬼神！"风先生不失时机地喊出了这样一句话。他喊出的话，引发了宴会现场所有人的共鸣，并一直地流传着，便是两千多年后的今天，我也要那么大喊的呢！

有关师旷的故事，在风先生的记忆里，一桩一件，太多太多了呢。有这样一件事，风先生念念不忘，给我说了好几次，我也觉得有趣，牢牢地记了下来。有一次，晋平公与臣僚们饮酒言欢，喝得酒酣耳热的时候，晋平公不无感叹地说了："做国君真是快乐啊，说出的话没有人敢违背。"是为平公乐师的师旷，当时就坐在平公的旁边，他闻言拿琴向平公方向撞了过去。不知是因为眼瞎，还是没有胆量欺君，总之他把琴撞向了一边的墙壁，撞断了几根琴弦，撞脱了一块墙皮。平公不傻，他有所觉察了呢，就问师旷在撞谁。师旷狡辩说："我刚才听见有一个小人乱说一通，为了制止他，我就用琴撞他了。"平公倒是坦荡，给师旷老实说了："那不是小人，是我啊。"师旷因之故作惊讶地回话说："不对吧，那不是国君应该说的话啊！"

对于师旷的狡辩，晋平公左右的人一片愤慨之声，全都请求平公杀掉不知君臣之礼的师旷。而平公细思之下，以为师旷直言敢谏，不仅没有怪罪师旷，还说他听得懂师旷的谏言，对他来说这是一次值得记忆的教训。

还有一件事，记录在西汉经学家、目录学家、文学家刘向编录的《说苑》一书里。说是晋平公七十岁时想要学习，又恐为时已晚，就与师旷交流他的想法。师旷没有犹豫，当即劝他可以秉烛而学。为了给年老的晋平公以信心，师旷接连打了三个比喻，他说："人在年少时喜欢学习，好像太阳初升时的阳光；而壮年时喜欢学习，又像是正午的阳光；到了老年时喜欢学习，则恰如点燃蜡烛照明时的光亮。"师旷巧妙地点明老年时读书虽然赶不上少年和壮年时，但与摸黑走路相比较，还是要好得多。

风先生特别欣赏师旷劝学的故事，多次给我说，晋平公受到师旷的鼓励，活到老，学到老，虽然难说做得多么完美，却也过得去。

春秋时期，乐律因为带有神秘色彩而备受推崇。太师在掌握乐律的同时，往往会被吸收来参与军国大事，卜吉凶，备咨询。师旷自不例外，他不闲于琴瑟而致力于匡主裕民，深得晋君赏识，诚如韩垌所言，师旷"迹虽隐于乐官，而实参国议"。师旷在政治上，主张为政清明，德法并重。认为国君应"清净无为""务在博爱"；同时，还应借助法令来维护统治，"法令不行"则"吏民不正"。在用人方面，力主对德才兼备者委以重任。如果"忠臣不用，用臣不忠，下才处高，不肖临贤"，就会埋下乱政的隐患。在经济领域，师旷强烈主张富国强民，认为民阜才能政平，空虚府库会导致"国贫民罢，上下不和"。他还劝谏统治者"广开耳目，以察万方"，使百姓蒙冤有处申诉；特别提出"不固溺于流俗，不拘系于左右"的积极主张，认为国君应"廓然远见，踔然独立"，唯如此，才能避免失误，有所作为。

师旷的治国宏论是他政治理想的反映，见地精辟之至。晋悼公、晋平公二世，君主贤明，政平民阜，重振文襄霸业，师旷起了很大作用。

晋平公晚年时，宫室滋侈，大兴土木，导致晋国霸业日衰，以致"民闻公命，如逃寇仇"。在平公淫奢之时，师旷没有趋炎附势，依然敢于犯颜直谏。风先生记得晋平公喜欢出门打猎，自认为有"霸王之主出"的祥兆，而师旷则不以为意，认为这是自欺欺人。平公恼怒不已，"置酒虒祁之台，使郎中马章布蒺藜于阶上"，唤师旷解履拾级而上。师旷忍着巨大的疼痛，走在布满蒺藜的台阶上，却还仰天长叹，说是肉中生出虫子要吃肉，木中生出蠹虫要蚀木；人自己兴妖作乱，最终还是自己害自己。庙堂之上，绝不是生蒺藜的地方。现在出现了这种情形，他如啼血的杜鹃般向平公预言："君将死矣。"

守正不阿的师旷啊！风先生以为，他几与楚国的屈原一般，都有着强烈的家国命运之忧思。他不但是一位伟大的乐师、优秀的政治家，在后世的民间故事里，他还成了身负异能的神灵。

道教的天后宫与各地的城隍庙等宫观建筑的门殿东西两侧，通常会泥塑出千里眼和顺风耳两尊护卫神。风先生知道其中的用意：千里眼能够观察到千里以外的事物，顺风耳能够听闻到千里之外的声音。两位神亦被称为"聪明二大王"，他俩一个是师旷幻化而来，一个是离娄幻化而来。有他们两位守护神，加之另两位伴在他俩身旁的武士，妖魔鬼怪还能作恶人间吗？古典名著《西游记》中描写的孙悟空，闹东海、搅地府，事达天庭，玉帝询问"妖猴"来历，告诉玉帝的人，就是失聪而可以眼观千里的离娄和目盲而顺风可闻千里的师旷。

"妖猴"这个玩意儿，那时在千里眼离娄和顺风耳师旷的意识里，原来是个不大光彩的角色哩。

风先生对此心知肚明，他看见我在电脑上敲出那一行字时，不由得呵呵大笑两声，也不做过多的解释，而是捉住我的手指，复在电脑上敲出"太极"两个字。是的哩，古传太极作为中华民族的一个知名拳种，相传就是起于师旷的创造呢。当然，古传太极在学理上还可以追溯到伏羲老祖，他首画八卦，其中就蕴含着"太极"的妙理……说起太极，就不能不说文王姬昌了。而姬昌的老师，恰就是师旷的先祖师永。伟大的师永教授出了一个伟大的学生姬昌，姬昌被拘羑里，掐著草而反复演八卦，终于写出

《周易》。师氏家族所以能有一个"师"姓，就在于他们家族数代都为周家王室服务，被赐姓以师，其中包含了非常深远的意义。

在此之前，我一直懵懂不解，祖籍冀州南和（今河北省邢台市南和区）的师旷，死后何以安葬在古周原上？这个问题，我询问过风先生，他不给明说，只让我想了。我想了又想，到此是想出点眉目来了。

"克己复礼"是孔夫子丘的理想，师旷又何尝不是这么想的呢？他生没能在古周原上做事，死后安葬在古周原上，倒是可以长长久久地感受体会周文化的博大与精深。

豪士扶风

泛彼柏舟，亦泛其流。
耿耿不寐，如有隐忧。
微我无酒，以敖以游。

——《诗经·邶风·柏舟》节选

　　昨夜的一场小酒，把我灌得沉醉难醒，却又听闻风先生絮絮叨叨说个没完，他说着，或伸手戳弄一下我的鼻孔，或伸手戳弄一下我的耳孔，弄得我烦不胜烦，抬手粗暴地朝着风先生扒拉了两下，把自己扒拉得有了点儿意识，睁眼看时，窗外已然一片明媚……嘻！我睡过头了。

　　匆忙间翻身起床，穿衣洗漱，但絮絮叨叨的风先生还没有住口，他还说着我梦里听闻到的话，仔细听来，我怀疑风先生是要作一部历史小说了呢。我静下心来听他说，说的是泾县县令汪伦来到富豪万巨府上，一眼看去，满是花枝招展、丽服艳妆的女人，她们一个个胆战心惊，花容失色，鸦雀无声。汪伦知道，这些女人全是万巨的妻妾。万巨见汪县令一身便服进到他府里来，脸上难掩惭愧之色，不好说什么，只把众妻妾瞪了一眼，让她们散去后，不无羞赧地连声说了。

　　万巨说："家丑不可外扬！家丑不可外扬！"

　　唐天宝年间的某一年，三四月的光景，桃红李白，春晖漫天。在泾县县令任上的汪伦，事情做得还算顺手，安史之乱中，高仙芝来泾县募兵，他就配合得很有成效；接着幕粮，他也配合得十分出色。朝廷颁旨表彰了他，他为此沾沾自喜，就到好朋友万巨的府上来，欲与他小酌两杯哩。结果酒还没有喝上，先就面临了那样一件事情，别说万巨自己难堪，便是县令的他，亦感觉难堪。

　　汪伦难堪的是，万巨别的妻妾在他目光的扫视下，都唯唯诺诺地退走了，而还有一位如夫人没有走。她没有走，不是不想走，而是有一根细麻绳像条死蛇般勒在她的身上，把她紧紧地绑缚在大堂前的一根柱子上，使她动弹不得……汪县令识得万巨的这位如夫人，她叫凤姬，原为长安城里的名妓。远离古周原老家来泾县经商的万巨，隔些日子就要回一趟老家，看望老家亲戚，顺带着巡查一下他在京城里的生意。那一年的那一日，万巨偶与生意场上的好友在妓馆玩乐，无意中见识了凤姬的美艳，她的舞姿和琴声当即令他魂不守舍。在长安盘桓多日，万巨在回安徽泾县之前，即用大把的金银，把凤姬从妓馆赎出来，带在身边，二人恩恩爱爱、卿卿我我，每日里抚琴歌舞，好不自在。

凤姬的琴乐歌舞，唱的就有李白的一些新词，舞的也有李白的一些新曲。长此以往，有点儿文化喜好的万巨就彻底地迷上了李白，一日不听凤姬歌舞李白的新词新曲，他就浑身不快活。

县令汪伦是万巨府上的常客，他到万巨府上来，万巨自然会要他的凤姬出面，来给汪县令抚琴歌舞的。头一次谋面，凤姬歌之舞之，一曲李白的《蜀道难》刚唱了个开头，汪县令就连声称妙，情不自禁时，还会随着凤姬的歌舞在一边击节相伴，甚至会把凤姬歌舞着的李白词曲抑扬顿挫地吟诵出来哩。

就在汪县令第一次见到凤姬，凤姬歌舞罢李白的《蜀道难》后，他即朗声吟诵了：

噫吁嚱，危乎高哉！蜀道之难，难于上青天！蚕丛及鱼凫，开国何茫然！尔来四万八千岁，不与秦塞通人烟。西当太白有鸟道，可以横绝峨眉巅。地崩山摧壮士死，然后天梯石栈相钩连。上有六龙回日之高标，下有冲波逆折之回川。
……
锦城虽云乐，不如早还家。蜀道之难，难于上青天，侧身西望长咨嗟！

那个痛快的时刻仿佛就在昨日，汪县令一路往万巨的府上来，没少想那妙不可言的事情，可他进得万巨府里，眼见到的却与他想象的完全不一样。他意欲欣赏其歌舞的凤姬，哪里还能给他歌之舞之呀？她犯了哪样的错呢，居然被家主万巨绳捆索绑在他家的木柱子上？不知原委的汪县令，把捆绑着的凤姬看了一眼，迅速挪开眼睛去看万巨了……万巨的眼睛是躲闪的，他不敢接汪县令的眼神，只是咕咕哝哝给汪县令说了两遍"家丑不可外扬"的抱怨话，然后就一副听凭汪县令发落的神态。

汪县令何等聪明，他从万巨的神情上，把他的内心活动全看明白了，知晓万巨是给他做人情哩！于是，他发话给万巨，责备他私设法堂有违公理，而后便当着万巨的面，帮凤姬解除身上的绳索，带她出了万府的大门，去了他的县衙后院。凤姬在县衙后院抚琴歌舞，没有多少时日，万巨曾经的如夫人，自自然然地成了汪县令的官太太。

万巨失去一个能歌善舞的凤姬，不仅没有痛苦，反而独自开心地大醉了两场。对此别人有所不知，风先生可是窥探透了呢，他晓得这是万巨给汪县令玩的一个心眼。万巨太喜欢李白那个人和他的诗歌了！但他一个商人，便是把李白喜欢得要死，人家李白会理睬他吗？当然不能了，当朝一等一的大诗人，哪里会搭理你一个小商人。万巨没有别的办法，他只有借助凤姬，让她在汪县令的身边，乃至枕边，给汪县令吹吹枕边风，让他邀请李白来。

万巨的谋划，很快就有了结果。

那一日，凤姬在县衙的后院里，下厨张罗了一桌酒菜，与她的郎君汪伦汪县令对坐，饮酒言欢。几杯薄酒入喉，凤姬还如往日一样，既给汪县令抚琴祝酒，同时又歌舞祝酒。二人宴乐得正在兴头上，县尉忽然闪身进入后院，给汪县令报告了一个消息。县尉说，安史之乱后的李翰林，日子过得山穷水尽，穷困潦倒不堪，于是投奔在了族叔李阳冰身边。汪县令认识这个李阳冰，此人与他一般，在当涂做县令。得知这个消息，汪县令还没说啥，凤姬就先急了呢。

急着的凤姬，当着县尉的面给汪县令说："老爷答应我的，方便时邀约李白李翰林来咱们泾县，现今可不就是很方便吗？"

汪伦能说什么呢？他当即答应凤姬说："夫人，明日吾与汝同去当涂，邀约李翰林来泾县如何？"

凤姬汪着水的凤眼，笑盈盈地瞅着汪伦，含羞带嗔地回了汪县令一句："贱妾随官人前去合适吗？"

汪伦半真半假，巧笑着说："夫人不去，翰林不来哩。"

这话虽然带着些抬举的意味，但汪伦的私心是表露得很足了呢，他就是要凤姬高兴开心哩。凤姬高兴他邀约李白李翰林，开心他邀约李白李翰林，她即给夫君汪伦弹唱了一曲李白的新词……汪伦县令喜欢李白李翰林，只是他自己喜欢；而凤姬喜欢李白李翰林，就既有她自己的成分，还有巨商万巨的成分。她来到汪县令的县衙后院，做汪县令的官太太，就带着万巨的那一份心意哩！

凤先生对凤姬心怀的秘密心知肚明，他赶在这个时候，很没来由地把《诗经》中那首名曰《柏舟》的歌谣诵念了出来：

泛彼柏舟，亦泛其流。耿耿不寐，如有隐忧。微我无酒，以敖以游。

我心匪鉴，不可以茹。亦有兄弟，不可以据。薄言往愬，逢彼之怒。

我心匪石，不可转也。我心匪席，不可卷也。威仪棣棣，不可选也。

忧心悄悄，愠于群小。觏闵既多，受侮不少。静言思之，寤辟有摽。

日居月诸，胡迭而微？心之忧矣，如匪浣衣。静言思之，不能奋飞。

我听着风先生的诵念，想着有关《柏舟》的争议，觉得十分有趣，爹说爹的理，娘说娘的情，各不相同，却又大异其趣。不过，红学家俞平伯的一句话我是非常认同的，他评价这首诗："通篇措词委婉幽抑，取喻起兴巧密工细，在朴素的《诗经》中是不易多得之作。"可不是吗，阅读此诗，似是一位女子自伤她的遭遇，而又苦于不可诉说的难耐，贯穿始终的，是命运中一个难解难分的"忧"字。

忧之深，无以诉，无以泻，无以解，环环相扣，"我心匪石，不可转也。我心匪席，不可卷也"，啊呀呀，那不就是凤姬应有的心态吗？

万巨把风情万种的凤姬从京城带来泾县，又从他的府上转送到汪县令的身边，谁认真想过她的感受和心情？她是悲哀的，悲哀的她偏又一身才学，抚得一手好琴，歌得一腔好曲，跳得一支妙舞，却难得自己的主张，难得自己的生活。好在她喜爱李白李翰林的诗词，喜欢弄弦抚琴，婉转吟唱他的词曲……哦，好了哩，在京城时她没能面见仰慕的李白，在泾县这个远离京城的小县城里，能够见到他，也算她的大福分了！

期待的日子总是太长太长，修书给李白的信笺，由泾县公差快马送达当涂才一日时间，但在凤姬心里，似乎已经过去了一年！与凤姬一般有此心意的人，还应该算上汪伦汪县令，但他们都比不上万巨的心情急切……万家世居古周原扶风县，万巨的祖上万鹏举经商来到安徽泾县，到万巨这一辈，已是富甲一方的大豪绅了。万巨少时聪明，擅长背诵，有过目不忘之才。开元末年，因学识渊博，且以道德著名于世，人称"万夫子"。天宝中叶，万巨由贡生上京师考明经科，这期间与钱起、卢纶结为知交，并被人以济世之才推荐给皇上，但万巨却征辟不就，返回泾县，协助其父经商，闲时则读书舞剑，倒也快意不已，快活非常。

快意并快活惯了的万巨，到他接掌万家产业的时候，万家的生意已经非常大了呢。他的长子在苏州专事经营绫绵制作，次子在扬州少监府任官，他则依然什么都不插手，还像他快意、快活时一样，读书舞剑，舞剑读书……凤姬没有辜负他的托付，帮助他借用汪县令的名义，修书邀约他敬慕的李白李翰林了。知道信息的他，度日如年般地做着迎接李白的准备，盼着李白到来的那一天。

万巨没有白等，泾县的信差把汪伦汪县令的书信送到当涂县衙李白的手里，他拆开来看了呢。许多恭维他的句子，没怎么入他的眼，更别说入他的心了，倒是有那么两句话让他眼前一亮，使他当即下定决心，要来泾县一游了！

"先生好游乎？此地有十里桃花。"

"先生好饮乎？此地有万家酒店。"

好个"十里桃花"，好个"万家酒店"！还有比这更诗情画意的地方吗？或许有，但对此时贫穷潦倒的李白李翰林来说，泾县一行，应该就是最有诗意的游历了哩！窥透了李白心思的风先生，很为李白潦倒时依旧保留着的那份浪漫所感染，他撺着李白，提前给他介绍泾县方面能够给他带来欢愉的人和事……风先生绕不开泾县巨富万巨，他是必须给李白说了呢。

无意官帽子而又快意人间的万巨，多有放浪京城长安的机会。一次，他与时人尊崇的大诗人卢纶还有韩翃相识游玩在了一起。他们游得开心，玩得高兴，可以说既情投意合，又义气相契，但再怎么志同道合，都有别离的时候。

万巨与卢纶要在京城相别了，他俩在一个秋风扫落叶的日子，分别在长安郊外。卢纶看着万巨越走越远，不禁为万巨做了一首名为《送万巨》的送别诗：

把酒留君听琴，难堪岁暮离心。

霜叶无风自落，秋云不雨空阴。

人愁荒村路细，马怯寒溪水深。

望断青山独立，更知何处相寻。

风先生知晓"大历十才子"之一的卢纶，在天宝末年举进士，却遇乱未第；到代宗朝又应举，不知为何依然未第。但他的诗名和文名已经十分大了，宰相元载特意举荐他为阌乡尉；不久后，王缙又举荐他为集贤学士，任秘书省校书郎。他在朝廷中的任职能力太强了，过了些日子，即被擢拔为监察御史。

卢纶以一首诗送别万巨，同在长安城里的韩翃，是也要设宴送别他了呢。

卢纶的《送万巨》，寥寥数语，把他俩相聚欢愉时的酒酣琴醉、流连忘返、依依不舍，写得入木三分；把别离的痛苦和路途的艰险，抒发得怅惘不已。那么韩翃呢，他会输给卢纶吗？这可不是我们后来人可以评判的哩。

便是风先生也不好评判。那就静下心来，听由风先生诵读韩翃写给万巨的诗歌吧：

汉相见王陵，扬州事张禹。

风帆木兰楫，水国莲花府。

百丈清江十月天，寒城鼓角晓钟前。

金炉促膝诸曹吏，玉管繁华美少年。

有时过向长干地，远对湖光近山翠。

好逢南苑看人归，也向西池留客醉。

高柳垂烟橘带霜，朝游石渚暮横塘。

红笺色夺风流座，白苎词倾翰墨场。

夫子前年入朝后，高名籍籍时贤口。

共怜诗兴转清新，继远家声在此身。

屈指待为青琐客，回头莫羡白亭人。

韩翃可也是"大历十才子"之一呢！他于建中初时所写的《寒食》诗很为德宗所赏识，因而被擢拔为中书舍人。风先生把他与卢纶倒是有一比，以为他真真正正算得上个浪漫的人。朋友许尧佐根据他和柳氏的恋爱故事撰写成的《柳氏传》，让他在当时即已声名远播。而他的诗句又多为送行赠别之作，特别善写离人旅途景色，发调警拔，节奏琅然。

这能说明什么呢？足可以说明韩翃既是个浪漫的人，更是个多情的人。

韩翃写给万巨的送别诗，就充分表现了他的这一份情韵。好了，大诗人李白李翰林被汪伦汪县令信笺里的"十里桃花""万家酒店"诓骗到泾县来了，而作为东道主的万巨，以他的情义和能力，竭尽全力招待李白，让风流无限的李白是大受感动了呢！

李白被万巨所感动，就给他写诗了，诗名为《扶风豪士歌》，诗曰：

洛阳三月飞胡沙，洛阳城中人怨嗟。

天津流水波赤血，白骨相撑如乱麻。

我亦东奔向吴国，浮云四塞道路赊。

东方日出啼早鸦，城门人开扫落花。

梧桐杨柳拂金井，来醉扶风豪士家。

扶风豪士天下奇，意气相倾山可移。

作人不倚将军势，饮酒岂顾尚书期。

雕盘绮食会众客，吴歌赵舞香风吹。

原尝春陵六国时，开心写意君所知。

堂中各有三千士，明日报恩知是谁。

抚长剑，一扬眉，清水白石何离离。

脱吾帽，向君笑；饮君酒，为君吟。

张良未逐赤松去，桥边黄石知我心。

　　史料的记载是明确的，当时伴着李白的风先生亦可以作证，其时是唐玄宗天宝十五载，亦即公元 756 年，时值安史之乱爆发后第二年，逃难避祸的李白，心情一定不会好受。他受邀来到泾县，当晚就宴饮在时人誉称为"扶风豪士"的万巨府上。万巨宴请他这个落魄的诗人，没有半点自己的私利，只有对李白的敬仰与崇拜。席间，宾主觥筹交错，李白更是喝得不亦乐乎。不过，他却疑惑在心，便杯来盏去地问了汪伦两个问题。

　　李白问："汪县令诓骗我此地有'十里桃花'，十里桃花在哪儿呢？"

　　汪伦吃一杯酒，搛一口菜，然后慢条斯理地说："你登舟的地方叫'十里渡'，渡口上的那树桃花你没看见吗？"

　　李白说："看见了呀！就一树桃花么。"

　　汪伦说："十里渡口一树桃花，简化下来，可不就是'十里桃花'吗？"

　　李白听得大乐，连连吃进两大口酒，即说汪伦把他诓得好，骗得妙，他喜欢。但他又提出第二个问题，询问汪伦"万家酒店"在哪儿呢？这又怎么解释？

　　汪伦也不客气，直截了当地给李白怼了回去。

　　汪伦说："你今夜在谁的家里吃酒哩？"

　　李白说："万家呀，这还用你问吗？"

　　汪伦说："咱们在万家的酒店里吃酒，不就是'万家酒店'吗？"

　　李白明白过来了。他哈哈大笑两声，忙着又吃了两大杯酒，即拊掌高呼："妙哉！万家酒店！"

　　一声高呼不能发泄他的情绪，就还高呼道："酒店万家！妙哉！"

　　此后的日子，李白吃住在万巨家里，汪伦汪县令还会时不常地带着夫人凤姬过来给他抚琴歌唱，使得他几乎要"乐不思蜀"了呢！不过天性使然，好吃好喝的李白，奈何不了他好交游的毛病，便告别了万巨和汪伦，又踏上了未可知晓的前路。就在万巨和汪伦送他走的日子，李白感动于两人对他的深情厚谊，是都登上一叶小舟，随风去了一段距离了，却又口占了一首《赠汪伦》的诗，大声地给汪伦念诵了出来。

诗云：

> 李白乘舟将欲行，忽闻岸上踏歌声。
>
> 桃花潭水深千尺，不及汪伦送我情。

斗酒诗百篇的李白，泾县一行，留下一首写给万巨的《扶风豪士歌》、一首写给汪县令的《赠汪伦》，让两位热爱他的人，像他一样名传千古。便是千年以后的我们扶风人，也都无不受用，而且受活。

《扶风豪士歌》中，李白从安史之乱的残酷现实入笔，把血淋淋的国乱写得让人痛心疾首，直到"扶风豪士天下奇，意气相倾山可移。作人不倚将军势，饮酒岂顾尚书期"，把他们客人与主人的那份肝胆相照的情谊，入木三分地表露了出来。想想看，大概只有李白才会写出那样的诗句吧！此一时也，李白适逢乱世，很想报效国家，自然地在诗句中引出了战国四公子。众所周知，四公子中的信陵君，养成的门客重义气、轻死生，大智大勇，协助信陵君成就了却秦救赵的奇勋。李白"开心写意"，顿生知遇之感，禁不住一吐心中块垒。从而"抚长剑，一扬眉，清水白石何离离。脱吾帽，向君笑；饮君酒，为君吟。张良未逐赤松去，桥边黄石知我心"。国难当前，李白悲苦的心里，满满的都是明志之声、报国之情。

生为扶风人，不只是我感念李白的《扶风豪士歌》，但凡读了些书的人，识了些字的人，无论身在扶风故里，还是飘零他乡，与人交谈，说起来最能传情达意的，就是李白的这首诗歌了。我出版我的文集，没有用数字编序，而是拿来诗歌中那刻画扶风人豪气的四句诗，共二十八个字编序了。

我骄傲我有这样的便利，而且还推而广之，发现我的一位姨家兄弟，乘着新时期改革开放的东风，呕心沥血，驰骋在商海之中，倒很有些扶风商界前辈万巨的风范，豪气扶风，做得酣畅淋漓，甚是得法。

国家级旅游胜地野河山生态旅游景区、七星河湿地公园里的七星小镇，以及扶风县城新区的西府古镇，硬是凭着他"咬定青山不放松"的那一股子劲头，势如破竹地建设了起来，成为扶风县境内除了法门寺外最为吸引游客的地方。

我不能说他就是当代扶风的万巨，但他的许多作为，倒是很有点儿万巨的味道。他在他经营的野河山景区举办了多次文学采风及摄影大赛，请来的作家和摄影家，也多是全国有点声望的人。我作为组织者，自觉自愿地参加了好几次，不仅为野河山景区写了文章，还为他经营的西府古镇、七星河湿地公园写了赋。

撰写到最后，我是要收笔了，却突然地冒出一个念头来，是关于一场历史的旧说。我看见网上有人说了，在李白给汪伦现场写了那首《赠汪伦》时，汪伦是也给李白赠送了物资的，有"马八匹、绸缎十捆"。这样的说法可信吗？我没法相信，当时的情景，李白在诗中写得再明白不过了，他是"乘舟将欲行"，那八匹大马往哪儿搁呀？而且"绸缎十捆"，你让李白一介书生，把那么多的绸缎驮在肩上背着走吗？太不靠谱了。汪伦一个县令，纵然送得起那么多的财物，还在仕途上奔波着的他，能送吗？敢送吗？疑点太多，也太重，就只当作一笑料尔。

倒是万巨一个商人，不想做官走仕途，所凭借的就是对李白诗文的满腔热爱，他借助汪伦之手把人家李白诓骗到府上来，吃是吃他了，喝是喝他了，可人家李白倾心倾情，呕心沥血，块垒大吐，给他写作了那么一首脍炙人口的诗篇，你能"一袖清风"地让人家李白走吗？那不是"豪士"

的风格。既然是"豪士",就一定要有"豪士"的作风和做派,大大方方地送他雪花银子,灿灿亮亮地送他压手的金子,这点礼数该是不会少的呢。

唐朝的风气即如此,怪不得李白在长安时有"挟妓而游"的名声,生意人的万巨蓄妓养奴,很自然地要提供给李白慷慨地享用了!

不要大惊小怪,有唐一代,文人骚客,没点儿这样的雅兴,才是让人奇怪哩。

总而言之,概而括之,我们扶风人的万巨所做的生意,再大大不过诓骗李白到他府上去的那一个举动,这让他自己赚得千古留名,也使扶风后人世世代代地荣耀着,光彩着。

开发建设了扶风县野河山旅游景区与西府古镇、七星小镇的韩君元,很得风先生的青眼,以为他既有万巨精神传承人的气质,更有万巨灵魂继承人的气概。前些日子,我受到风先生的蛊惑,借用李白写给万巨"扶风豪士天下奇"的题句,为韩君元写了部《豪士扶风》的初记,我与风先生共同祈愿韩君元也能有如万巨一般名垂青史的未来。

煎饼榆钱

氓之蚩蚩，抱布贸丝。匪来贸丝，来即我谋。

送子涉淇，至于顿丘。匪我愆期，子无良媒。

将子无怒，秋以为期。

——《诗经·卫风·氓》节选

扫码听诗

没有风先生的提醒，现在的人，当然也包括我，是要把纪念女娲娘娘的补天节都忘了呢。

我小的时候，倒是见识过我的父亲和母亲，在正月二十，赶在天将黑的时候，在自家院子里支起一口平底锅，架火来摊煎饼哩。两人一个掾着麦草把子，探进锅底烧火；一个往平底锅中倾倒麦面糊糊，用一个特制的木刮子，转着圈儿把面糊糊平刮在锅里，一会儿翻个面，一片煎饼就圆圆满满地煎好了……站在平底锅边的我，既钦佩父母亲摊煎饼的能耐，又馋着煎饼的香味。但我知晓，父母亲摊煎饼可不是给孩儿的我吃的哩，而是在摊好后，学习传说中的女娲娘娘，拿煎饼补天了。

可不是吗，女娲娘娘原就是在正月二十日补天的哩，所以，后来的人就把这一日确定为补天节。不仅我的父母亲在这天天黑的时候要摊煎饼补天，全中国的人家在这一天似乎都要模拟女娲补天的行为，摊煎饼以补天了。

我记忆得十分清楚，父母亲把煎饼圆圆满满地摊好后摞在一起，厚厚的一大沓子煎饼被恭恭敬敬地敬放在一方桌子上。他们既要上香祭酒，还要烧纸碚头，然后把家里的梯子搭在房檐口，我父亲扶着我母亲，她用裹得如菱角般的一双小脚，爬到房顶上去，探手在房檐口，来接我父亲给她往房顶上飞摔的煎饼了。摊煎饼时，我的父母亲一个烧火一个摊，配合就很默契；而他俩一个在地面飞摔煎饼，一个在房顶接受煎饼的动作，配合得更是天衣无缝，堪称俩人共有的一项绝技。我父亲把薄薄的一片煎饼小心地平铺在手上，那么轻轻地一旋，煎饼即会飞扬起来，直往房顶上去；而我母亲则伸手轻轻地一拈，便很好地把飞旋的煎饼拈在手上，然后往星光灿烂的天空那么一举，随即平放在她的身边……我的父母亲如此这般，要把他俩摊好的煎饼，全都配合着补了天哩。

也许扶风小子窦义在小的时候，也有跟随父母亲在正月二十摊煎饼补天的经历，因此他于盛唐年间，把这一传统有趣的事情，非常现实地运用了一次。

他的父母亲和别人的父母亲摊煎饼是为了补天，窦义学着样儿摊煎饼，补的是一块洼地。后来人听到的都只是传说，经历过盛唐生活的风先生，是亲眼见了的。他眼见得繁华的长安城里，既有城市东边的东市，还有城市西边的西市。东市里黑头发黑眼珠子，相对比较纯粹，多为本民族的商人；西市里卷头发蓝眼珠子，成分十分复杂，多为西域来的商人。如果用现在的说法来形容，可说东市为内贸，西市为外贸……亲眼见识了东市、西市的风先生，把两市的情状观察得非常清楚：人头攒动的东市除了人头还是人头；而西市就不同了，除了攒动的人头，还有太多太多的骡马和骆驼。特别是背上耸着两座肉峰的骆驼，一队一队，无不经历了丝绸之路的磨难与沧桑，却又还高傲得可以，散漫得可以，行走在西市上，有尿了随地撒尿，有粪了随地拉粪；再是骡子和马，都一个样，随随便便地撒尿拉屎，把繁华的西市搞得屎尿遍地、臭气熏天。清扫西市的清洁工根本搞不完清洁，他们把骆驼的粪便、骡马的屎尿打扫不及，就往西市边上的那处洼地里抛洒了。

冬天的时候，那处洼地冻得如粪丘屎山，寒冬过去，即又成了粪池屎坑，肆虐的蚊虫漫天横飞，成了西市一大祸患。所有的人，来西市都躲着这处洼地走，扶风小子窦义来了，偏偏地不往别处去，而就撵着往那处洼地边上走。

风先生奇怪扶风小子窦义的举动，只要窦义到西市来，风先生就亦步亦趋地跟紧他，跟了几日，差不多看出他内心的想法了，就按捺不住地询问他了。

风先生问："你小子瞎转悠啥呀？"

风先生问："你好嗅脏污的吗？来西市不买东西，总在洼地边走。你说我听，看你是个啥谋划？"

窦义听见风先生询问他的话了，不过他没有直接回答，而是自言自语地说了。他说东市不买卖南北，西市不买卖南北，两市都只买卖东西。这"东西"是个啥呢？是东市和西市的合称吗？自言自语的窦义这么说来，很坚定地肯定了一句，说他转悠明白了，"东西"就是东市、西市的合称。他肯定罢了自己的认识后，轻轻地叹了一口气，不无伤感地说，他既没有东西卖，也没有东西买，他就在洼地边上，支起一面平底锅，架火摊煎饼了。

窦义的话，听得风先生一头雾水，他在臭气熏天的洼地边摊煎饼，谁又会掏钱买了吃呢？

风先生疑惑着，要再询问窦义了，但他还没有问出声，窦义自己就说了哩。他说他摊煎饼，不是为了卖钱。风先生被窦义说得更糊涂了……糊涂着的风先生，看着窦义向洼地的主人使出三万文小钱，即把那处洼地的地契转到了他的名下。洼地成了窦义的私产，他即如之前给风先生说的那样，在洼地边支起了煎饼锅来摊煎饼了。在支起煎饼锅的同时，窦义还在洼地的中心栽了一根木杆，不仅在木杆顶上竖起一面鲜艳的旗子，更在木杆上挂起一面铜锣。他放话给全城的小孩子，号召他们满城捡拾残砖碎瓦，来他的洼地边，掷击木杆上面的铜锣，谁击打得铜锣一声响，谁就能够获得一个煎饼吃。这城也是，先有周朝的丰京城，再是秦时的咸阳城，下来又是汉代的长安城，到了唐代复建长安城，基本上就是在一片一片的废墟上建设起来的哩。这样的一座城，多的是残砖碎瓦。城里的小孩子们奔走相告，他们成群结伙、争先恐后地到处搜捡残砖碎瓦，搜捡来了，就往洼地中心木杆上挂着的那个铜锣上扔了……一个来月的时间，不知有多少小孩子在城里搜捡残砖碎瓦，总之，方圆十多亩大的臭气熏天的洼地，愣是被小孩子搜捡来的残砖碎瓦给填满填实了。

风先生那些个日子，亦像个小孩子一样，满城寻找残砖碎瓦，拿到烂泥坑边，往木杆上的铜锣上砸了。他因此也就吃了不少窦义摊的煎饼。

洼地被填平后，窦义在上面修建了数十间商业用房，租出去，每日仅房租即达数千钱，获利极为丰厚。千余年后的今天，曾经湮灭不再的西市，在改革开放的潮流中，又被重新开发出来，并保留了许多原有形貌。窦义填埋洼地建设起来的商业用房，如今被依据相关记载建设起来后，原来叫窦家店，现在还叫窦家店。

不知熟知窦义创业情感和智慧的风先生，当年在窦义的面前吟诵过《诗经》中的句子没有？千年后的今日，当我坐在电脑前敲打关于窦义的文字时，蓦然听闻风先生咿咿呀呀地吟诵出了那首名曰《氓》的古老歌谣：

氓之蚩蚩，抱布贸丝。匪来贸丝，来即我谋。送子涉淇，至于顿丘。匪我愆期，子无良媒。将子无怒，秋以为期。

乘彼垝垣，以望复关。不见复关，泣涕涟涟。既见复关，载笑载言。尔卜尔筮，体无咎言。以尔车来，以我贿迁。

桑之未落，其叶沃若。于嗟鸠兮，无食桑葚。于嗟女兮，无与士耽。士之耽兮，犹可说也。女之耽兮，不可说也。

桑之落矣，其黄而陨。自我徂尔，三岁食贫。淇水汤汤，渐车帷裳。女也不爽，士贰其行。士也罔极，二三其德。

三岁为妇，靡室劳矣。夙兴夜寐，靡有朝矣。言既遂矣，至于暴矣。兄弟不知，咥其笑矣。静言思之，躬自悼矣。

及尔偕老，老使我怨。淇则有岸，隰则有泮。总角之宴，言笑晏晏。信誓旦旦，不思其反。反是不思，亦已焉哉！

对于这首远古时的民间歌谣，历来各有解释。一说其以一个女子之口，率真地述说了她的情变经历和深切体验，既是一帧情爱画卷的鲜活写照，也为后人留下了一卷风俗民情的资料。诗中的女子情深意笃，爱得坦荡，爱得热烈，即便婚后生怨，依然用情专深，她既善解人意，又勤劳智慧。全诗情以物迁，情与景会，巧极了，妙极了。

不过，我听着风先生的话，不懂他老先生何以要在这个时候，给我吟诵《诗经》里的这首歌谣。

我茫然的神态逃不过风先生的眼睛，他吟诵罢全部诗句后，加重语气，又特别强调了"勤劳"和"智慧"两个词。如此便使我醍醐灌顶般知晓了他的用意：人的成长，勤劳是很重要的，"天道酬勤"呀！这没毛病，但天道果真酬勤吗？好像不完全是。生活中许多勤劳的人，往往都是受苦人、可怜人、需要帮扶的人。而我们看得见的现实生活里，凡是智慧的人，虽然嘴上不说天道酬不酬他，但天道却真真正正地站在他那一边，十分慷慨地厚酬着他呢。

在风先生的眼里，窦乂该是那样一个智慧的人。他享受到了天道的恩惠，在繁华的唐长安城里，光明正大地成就了自己的商业地位，甚至还被时人温庭筠写进他的小说里，成了一个不朽的传奇。

研究温庭筠的专家说了，温庭筠是唐代文学商业化的重要推手。他所以崇尚商业奇才窦乂，就因为他学习窦乂，把他的文学活动以商业方式努力地向市场上推销了。后世人所说的"以文为货"，就是温庭筠的发明。他主动贩卖他的诗、词、传奇，还有碑文，并由此获得了十分可观的经济收益，使他在销金窟般的长安城里，过得起比之他人更体面的日子。

风先生在温庭筠写出扶风小子窦乂的传奇故事时，第一时间就阅读到了，他至今还能一字不落地背诵下来。他多次给我背诵过温庭筠的这篇传奇小说，说是温庭筠写道，扶风有个叫窦义的小男孩，才十三岁。他的诸位姑姑都是历朝的国戚。他的伯父任检校工部尚书，卸职后，转任闲厩使、宫苑使，在嘉会坊有官祭的宗祠。窦义的亲戚张敬立任安州长史，在卸任返回京城时，带回来十几车安州的特产丝鞋，分送给外甥、侄儿们。亲戚们都争抢着去拿，唯独窦义不去抢拿。到后来剩下一些挑剩的丝鞋，窦义才客客气气地拜收下来。张敬立好奇窦义的作为，就问他为什么拜收人家挑拣剩下的鞋子。窦义浅浅地笑着没有解释，而是一拜再拜地感谢了张敬立，然后把那些鞋子拉去集市上卖，换回来了五百钱。

这五百钱，是窦义商业生涯的第一桶金。他没有声张，而是偷偷贮藏起来，到他发现一个新的商业机会时，便把他贮藏着的五百钱拿去铁匠铺子，打制了两把小铲刀。

看着窦义用辛苦卖鞋赚来的钱打制了两把小铲刀，风先生当时很不理解。但他很快就释然了，因为他发现，智慧的窦义把长安城里黄熟了的榆钱儿扫聚了十余斗，然后去到他伯父家里，说是想借住在嘉会坊宗祠内学习功课。这样的理由伯父能不答应他吗？借住在宗祠里的窦义，用他的两把小铲刀，于学习之余开垦院里的空地，培成数千条五寸宽、五寸深的浅沟，每条均长二十步，然后把他扫聚回的榆钱儿播种在沟渠内。过了几天，下了一场透雨，每条沟里都长出了榆树苗。等到秋来，小树苗即已长到一尺多高，很是茁壮；来年施肥浇水，榆树苗已长得一人高了。此时，窦义手持小铲刀间伐树苗，株距三寸，挑选枝条苗壮笔直的留下来，并把间伐下来的小榆树捆成柴子捆，摞得跟小山似的。是年秋末天气阴冷，连降大雨。窦义将那小山似的柴子捆运到集市上去卖，每捆卖钱十多枚。到了第三年，窦义依旧为榆树苗儿施肥浇水，秋后时节，榆树苗长得都有小孩胳膊粗了呢。窦义挑选枝干茂盛的留下来，间伐获得如山般的榆柴捆子。冬季再卖，获利比之前增加了好几倍。五年倏忽而过，当年种植的小榆树苗儿已经长成了大材，窦乂挑选砍伐可做房屋椽子的千余根、能打造车乘木料的千余根，卖得三四万钱。卖树所得的钱财他没有好吃好喝地消费掉，而是作为资本，向更大的商业方向发展了。

风先生好奇窦乂，不知他在生意场上还能做出什么花样来。

窦乂没有让风先生久等，他买来蜀郡产的青麻布，雇人裁缝成小布袋；又购买了内乡产的新麻鞋几百双。窦乂招呼街坊邻里的小孩到他所借住的宗祠来，发给每个小孩十五文钱和一只小布袋，让他们天冷时拣拾长安城街市上零落的槐树籽。不长时间，窦乂就收集了两大车槐树籽。与此同时，他还让小孩们拣拾破旧的麻鞋，三双破旧的麻鞋能换一双新麻鞋。远远近近知道了这件事的人，都赶来以旧麻鞋换取新麻鞋。窦乂收集大量旧麻鞋后，雇佣劳役，用水洗涤破麻鞋，晒干后贮存在宗祠院中……他反常的举措一个接着一个，让当时关心他的风先生看得眼花缭乱。在收集了许多破旧的鞋子后，窦乂一刻没有消停，即又收集了几堆废弃的碎瓦片，让雇工洗去碎瓦片上的泥滓。同时，他还安排雇佣的厨役熬煮破旧的鞋子，熬煮到一定程度，即用锉碓切破麻鞋，又用石嘴碓捣碾碎瓦片，把这两种互不搭界的物料捣烂混合在一起。其后，又在混合物中掺和上槐树籽、油靛，看着差不多时，便让雇工趁热将其自臼中取出来，双手用力转握，制作成三寸方圆、三尺见长的杵棒，他把这些杵棒称为"法烛"。唐德宗建中初年的六月，京城长安连降大雨，一根柴薪贵如平常同样大小的桂木。就这样，满街巷没有一车柴薪。于是窦乂把他贮存的法烛拿出来卖了，每根卖价百文钱。买到的人拿回家去烧饭，火力竟比一般柴薪还强。

变废为宝，窦乂的商业才能让风先生佩服得五体投地。不过，让他更为佩服的，还是要数窦乂的为人了。

流落在长安街头的胡人米亮，没有谁待见他，众人都嫌他脏，嫌他丑，窦乂却没有，他每次见到米亮，都给他一些钱。不知窦乂记不记得，他如此对待米亮已有七个年头了。一天，窦乂在街市上又遇见了米亮，米亮给他述说着饥寒之苦，窦乂当即多给了他五千文钱。此后不久，米亮找窦乂来了，告诉他说："崇贤里有一小宅院在出售，要价二十万钱，你赶紧将它买下来。还有西市一家代人保管金银财物的柜坊很赚钱，你也可以出钱把它盘下来。"窦乂听了米亮的话，把那两处地方都买到了手里。写房契这天，米亮才悄悄地对窦乂说："我有鉴别玉石的能力。那户人家院子里的捣衣石，可是一块于阗玉哩！"米亮说了后，即找来延庆坊的玉工鉴定了。玉工只把捣衣石看了一眼，即惊呼不已，说是块难得一见的宝玉！

在玉工的精心雕琢下，那块"捣衣石"为窦乂赚回了好几十万贯的钱。为报答米亮的恩义，窦乂把他买下的这座小宅院连同房契一块儿赠送给了米亮。

"智慧的人，仅有智慧是不够的，还应有那么点儿狡黠才好。"这是风先生对窦乂的另一种褒奖了。他给我说了，窦乂的狡黠是他别样的一种智慧。可不是吗，当朝太尉李晟家的大宅边有一座小院，传说是座凶宅，里面经常闹鬼。屋主要价二十万钱，窦乂将它买了下来，四周筑上围墙，拆去房屋，将拆下来的木料、砖瓦，各垛一处，准备将凶宅所在地辟成耕地。李晟宅院里的一座小楼，挨着窦乂买下的这块地，经常无人照看。李晟便想把窦乂买下的这块地，与小楼所占的地方合并到一块儿，建一座击球场。一天，李晟请人代他向窦乂提出买地的事，窦乂明确回答不卖，还说他留着另有他用。待到李晟休假的时候，窦乂却带着房契去见李晟了。见面后，他对李晟说："我买下那座宅院，原打算借给一位亲属居住。但唯恐距离太尉府第太近，惊扰府上。都是贫贱没啥修养的人，很难安分守己。因此，我没有借给这家亲属住。我看这地方宽阔、闲静，可以修建个跑马场。如今特意到您府上来，献上房契，希望大人您能收下我的这份心意。"李晟自然高兴，私下问了窦乂："你不需要我帮你办点什么事情吗？"窦乂客客气气地说了："我没敢有啥奢望。日后如有急办的事情，再来找太尉您。"

太尉李晟因之十分看重窦乂。几日时间，窦乂搬走宅院里堆放的木料、砖瓦，雇佣民工把那块地平整出来，碾压得如磨刀石般平坦坚实后，奉送给李晟做了跑马场。

满腹商人算计的窦乂，才不会白送太尉李晟土地哩。他把东、西两市上与他多有交集的几户大商人分别招呼去他府上，询问他们是否打算让孩子或亲眷子弟在京中和外面各道干个体面的事。富商们听闻窦乂如此够交情，就都送了他不菲的钱财表示酬谢。而窦乂没有辜负他们的酬谢，他带着这些富商孩子的简历拜见了太尉李晟，太尉无一例外地都给予了适当的安排。

善于经营、精于盘算的窦乂，因为生来个头矮小，就还获得了一个"扶风小子"的名讳。

当时的人如此称谓他，后世的人亦如此称谓他，不带半点不敬的意思，而是对他的一种大尊敬。他不像同时代的扶风籍商人万巨，钱财盈室、妻妾成群，他虽与之一般财富盈堂，却少见花天酒地、纳娶妾室，终老八十余岁而无子嗣……风先生为此感慨不已，我亦感慨系之。我俩感慨原来的长安城，在历史长河中几经废兴，如今改名为西安城；而像窦乂一般，在西安城里经营商业的扶风人，秉承着窦乂的志向，代有杰出者涌现。其中，法门镇云塘村的史权福，可算他们中的佼佼者。他如窦乂一般，身个儿不高智慧高，年轻时背井离乡，西去三江源上的青海，在那里艰苦创业；积蓄下一定的财富后，既没放弃那边的基业，又转身返回故地扶风来。他为扶风县的中学捐建了一座图书馆，并为扶风县几所中学安装了空调设备，让扶风的学子们变原来的"寒窗苦读"为今日的"暖窗喜读"，而这些也仅是他慷慨乡里的部分举措。

风先生感怀史权福的作为，我当然亦极感佩，因为长袖善舞的他，把商业经营的重点从青海转移回西安城里来，看准了西安市规划中的滈河湿地公园周边的开发建设。这不是窦乂那片洼地可以比拟的，其面积之大、建设规格之高，落成之后，将会是西安城一处新的标志性群体建筑。

【传二十五】

酸枣与桃花

手如柔荑，肤如凝脂，领如蝤蛴，

齿如瓠犀，螓首蛾眉。

巧笑倩兮，美目盼兮。

——《诗经·卫风·硕人》节选

从我自幼生活的村庄往法门寺去，要路过一通大得耸入云端的石碑。我听风先生讲，那通大石碑俗称"善人碑"。

那时的我还太小，但对善人、恶人已经有了分较，知晓恶人的坏、善人的好。不过我没往善恶方面多想，想的只是法门寺集会上的热闹与繁华。因此每逢集日，就缠着父亲去那里赶集，途中绕不过要与那座善人碑见一面……见面的情景，我至今记忆犹新：在大石碑左右，总有跟集上会的人，因为累而靠在碑座上歇气；还因为要空出手来抽一锅烟什么的，就把牵在手里的猪呀，羊呀，还有马、牛、驴之类的畜兽，拴在碑座那伸得长长的乌龟（准确的说法叫赑屃，传说中力能举天，故旧时石碑的碑座多雕其形）头上，其中有人屎尿急了，就躲到石碑的背后去，一阵放松。我就到大石碑的背后放松过，看见那块面积不大却饱经屎尿滋养的荒地上长满了五色杂草，春夏时节的蒲公英、荞妈苔、娘娘枕，深秋时节的野菊花，全都花团锦簇，十分热闹悦目。

我因此问过家父："这么大的石碑，是给谁立的呢？"

家父没来得及给我说，风先生就抢着说了："一个善人的。"

善人的概念从此扎根在我的心里，直到我在扶风县文化馆工作，查阅县上旧志，才知晓那通巨大的石碑，原来是为杨贵妃的叔父杨珣立的。我因此惊愕了好长时间，难以理解"回眸一笑百媚生，六宫粉黛无颜色"的杨贵妃，其叔父为何可以拥有这样一通巨大的石碑，他与"善人"二字岂能联系得上？安史之乱的罪魁祸首杨国忠，不就是杨珣的儿子吗？……作恶多端的杨国忠，被逃难的禁军杀死在马嵬驿，受其牵连，胖娇娃的杨贵妃亦被爱她如命的唐玄宗赐死在了那里。这样两位人物的至亲，树碑在扶风县境，还享受着百姓"善人"的赞誉，我不能不做些考察了。

但我的考察几无进展，抓耳挠腮的我幸有风先生提醒，知晓杨国忠虽然罪有应得，但祸不能及其父。杨国忠的父亲杨珣，生前收集了许多治病疗疾的药方，并嘱咐他的后人，把他平生收集的药方刻碑公示出来，供有需求的病家照单抄录，治疗自家的疾病……老百姓心里有杆秤，才不论大石碑为谁而立，只晓得在缺医少药的时代，如此无私、如此爱人的人，就是善人。

"善与恶，"风先生说，"老百姓自有评判。"

风先生那么说来，就还赶着点儿，把《诗经》里那首名曰《硕人》的歌谣，清清亮亮地诵念了出来：

硕人其颀，衣锦褧衣。齐侯之子，卫侯之妻，东宫之妹，邢侯之姨，谭公维私。

手如柔荑，肤如凝脂，领如蝤蛴，齿如瓠犀，螓首蛾眉。巧笑倩兮，美目盼兮。

硕人敖敖，说于农郊。四牡有骄，朱幩镳镳，翟茀以朝。大夫夙退，无使君劳。

河水洋洋，北流活活。施罛濊濊，鱣鲔发发，葭菼揭揭。庶姜孽孽，庶士有朅。

我知晓这首远古时的歌谣，是卫人赞美卫庄公夫人庄姜的哩。《毛诗序》即云："《硕人》，闵庄姜也。庄公惑于嬖妾，使骄上僭。庄姜贤而不答，终以无子，国人闵而忧之。"对于《毛诗序》的说法，风先生极为赞同，不过他赶在我作杨贵妃这篇短章时，给我诵念出来，该是另有所指了。

他是在喻比胖娇娃杨贵妃吗？我还疑惑着，风先生就着急地给我说：

"当然是了。"

风先生还说，《诗经》里的这首歌谣，开启了后世以博喻写美人的先河，历来备受人们的推崇和青睐。譬如清代姚际恒即说："千古颂美人者，无出其右，是为绝唱。"与他同时代的牛运震亦曰："首二句一幅小像，后五句一篇小传。"还有方玉润和孙联奎相继又云："千古颂美人者，无出'巧笑倩兮，美目盼兮'二语。""《卫风》之咏硕人也，曰'手如柔荑'云云，犹是以物比物……直把个绝世美人，活活地请出来，在书本上滉漾。千载而下，犹亲见其笑貌。"

当然了，他们的论述是绝妙的，但最绝妙者，还要数唐人白居易的《长恨歌》了。这首长诗在人们的耳朵里，熟悉得不能再熟悉，我就不在此处列举了。

我着重要说的，是胖娇娃的杨贵妃在扶风县北野河山出生成长初期的一些故事……"深山出俊鸟"，古人是这么说的。说的是不是杨贵妃，我不知道，风先生倒是可以证明哩。他说，后来倾国倾城的杨贵妃，便就出生在深山老林子的野河山杨家岭。那里千年流传的一句歌谣，言之凿凿，几乎不容辩驳地说明了这一点。扶风县的小孩子刚学会开口说话，即会从母亲的嘴里学说那句话哩：

老山落生杨贵妃，三年桃花无颜色。

野河山在当地人的口中，是也叫老山的。唐朝时的胖娇娃杨贵妃落生在野河山里，千余年后的我，落生在野河山外的闫西村，而我的一位嫂家的弟弟韩君元，则落生在同一个大村的韩家村。风先生是我俩的好伴儿，我俩起小的时候，即常与风先生结伴去山后的杨家岭，或是采野果，或是挖草药，当然还会赶着一定的时令，去那里拔野小蒜、割野韭菜什么的，所以对野河山里的境况是非常熟悉的哩。

很有商业眼光的韩君元，把野河山的开发权签约到手，深度挖掘野河山旅游资源，业已把数十万亩的山林，改造成了名闻遐迩的 AAAA 级旅游景区。他自己给来客讲述杨贵妃幼年生长在这里的故事，还培训他的员工给来客讲述……他在杨家岭上修筑了一座纪念杨贵妃的石牌坊，自己草拟了一副对联，微信发给我让我润色。我没有怎么多想，就把我与他小时候从母亲嘴里学来的歌谣，略做修饰，墨写出来，传送给他，他即请来匠作，刻石镶嵌在了石牌坊两边的廊柱上。

风先生隔些日子即会上野河山一趟，他前些日子去了后，看了我墨写而又石刻的对联，回头见了我，也不与我寒暄，直接把对联的句子，很是开心地复述给了我听：

胜地落草杨贵妃
春山桃花少颜色

不屑仰人鼻息、不屑阿谀奉承、不屑谄媚讨巧的风先生，这一回让我大开眼界，他夸赞我了，说我拟写的这副对联倒是工整有趣，把杨贵妃在野河山里的故事诗意地表达出来了。听着风先生的赞誉，我羞得脸色赤红，急切地摇着手而不敢接受，并一再央求风先生饶了我，饶了我……人的言不由衷，在我亦是难免。我嘴上向风先生连连讨饶，心里其实还是有点儿小得意哩。

我得意那样一副小联能够获得风先生的青睐，我有不喝一口大酒的理由吗？

背过风先生，我偷偷地在家灌了两口烧酒，便又踏踏实实地坐在电脑前，一字一句地继续敲打着关于杨贵妃在野河山里的文章。真实的情况，确如我对联里拟写的那样，野河山里的杨家岭落生了杨贵妃，满山遍野的野桃花，在此后的年份里，的确少了它应有的那一种艳丽，浅浅的、淡淡的，让人不能不说，野桃花的颜色都被杨贵妃羞煞啦！更有人说，野河山里的野桃花，通了杨贵妃的灵性，有意学着杨贵妃，天真而烂漫，素洁而纯粹……相互映照着的杨贵妃与野桃花，装饰着野河山的美丽，丰盈着野河山的灵魂，山里的人无不喜欢同生共长的杨贵妃与野桃花，但偏偏有那酸枣树不高兴了。

像野桃花一般，酸枣树在野河山生得也是满山遍地，春天的时候，开出的花儿小小的、黄黄的，不怎么上眼，但到了酸枣果儿红熟的秋季，则大为惹眼，红彤彤一片又一片，全如润泽的红宝石一般，在风中颤颤悠悠，横斜妖娆，竖直妩媚，谁见了会不伸手呢？

风先生当初就看见幼年的杨玉环，追着红红的酸枣果儿伸手了。她伸手采摘来酸枣果，用丝线穿起来，小串儿戴手脖子，大串儿戴肩脖子，红红的酸枣果串与她粉嫩粉嫩的肤色相映衬，把她映衬得更加天真烂漫、素洁纯粹……但是有一次，酸枣树上的倒钩刺竟钩住了小玉环的裙摆，她撕扯时，居然嘶啦一声撕扯出一条大口子！小玉环生气了，小嘴巴噘起来，随口说了一句话。

年幼的杨玉环说：“酸枣刺太讨厌了，我要你长的倒钩子，全给我生直了！”

谁能想得到，她一句使性子的气话，把撕扯了她裙摆的酸枣树说得好不羞愧，顿然把倒钩刺脱落在地上，而生出新的直刺来……如今的野河山上，别处的酸枣树还生长着倒钩刺，偏就被杨贵妃诅咒过的那些个酸枣树，依然没有倒钩刺，而只有尖利的直刺。就在离不生倒钩刺而只生直刺的那片酸枣树不远的沟道里，有处流水冲刷形成的景观，因为风先生的缘故，就也成了一处风景。

上到野河山上的风先生逢人会说，他眼见杨贵妃在幼年时，早起沐浴了身子后，来这里倾倒洗浴水，今日一趟，明日一趟，天长日久，便冲刷出了这样一道直上直下的沟渠。顺着沟渠往沟底走，你如若是个幸运的人，就可能遇见杨贵妃沐浴倾倒下来的积水；如果不幸，见着的就只是一处干涸的凹坑。

　　风先生对此还另有说教，他说往那里去的人都是女孩子。爱美的女孩子梦想自己能如杨贵妃般肤白靓丽，她们跑去那里，就是为了洗浴。幸运的见到积水的女孩子，大大方方地洗个透透亮亮，浴个干干净净；不幸的见不着积水的女孩子，没了别的办法，就把水潭里干涸了的泥土抓些揉细，扑在脸上，使自己如杨贵妃般美了哩。

　　生于斯地、长于斯地的杨玉环，重重的深山挡不住她的艳丽，密密的森林拦不住她的艳香。唐大明宫派出的"花鸟使"，闻讯赶到野河山里来了。

　　别人不晓得"花鸟使"是什么，风先生是知根知底的。他晓得这是唐玄宗特设的一个职位，让使者专意到民间搜罗美女，以充实他的后宫。天生丽质的杨玉环被赶来山里的"花鸟使"一眼相中，当即就被带入了大明宫……不过，她没有被直接送到唐玄宗李隆基的身边，而是送给了他的儿子寿王李瑁，并获得唐玄宗的诏命，被册立为寿王妃。

　　大婚后的杨玉环和寿王李瑁生活得甜蜜美满，但却遭遇了一件谁也想象不到的事情。唐玄宗钟爱的武惠妃在帮助杨玉环和寿王李瑁完婚后，竟然一命呜呼。这使得玄宗郁郁寡欢，而后宫佳丽纵然数千，却无一可意者。

　　好事者揣摩唐玄宗内心的喜好，居然寡廉鲜耻地进言，说杨玉环"姿质天挺，宜充掖廷"。贵为天子的唐玄宗也是够荒唐，他听到进言，还真把自己的儿媳妇杨玉环从儿子寿王的身边召到他的身侧，掩人耳目地敕书杨玉环出家为道士。杨玉环做了几日"太真"道人，唐玄宗即把她接进宫里来，做了他的贵妃。

天真烂漫的杨玉环，到这时也许依然烂漫天真着。她心中想着寿王李瑁，面对年老的公公李隆基，可是会要忧愁、蹙眉的。一只岭南贡来的白鹦鹉，此时就陪伴在她的身边。能模仿人语的白鹦鹉甚得杨贵妃喜爱，解了杨贵妃许多愁。唐玄宗李隆基看在眼里，就封白鹦鹉为"雪花女"，而宫中左右更称其为"雪花娘"。有词臣献诗入宫，读给白鹦鹉听，它听后居然能吟诵出来。玄宗与杨贵妃下棋，如果局面对玄宗不利，察言观色的侍从宦官轻唤一声"雪花娘"，白鹦鹉即会飞入棋盘，张翼拍翅，搅乱棋局……"雪花娘"的白鹦鹉，很好地调和着杨贵妃与唐玄宗的感情，两人因之爱意日隆，几乎是如胶似漆了哩。

倾国倾城的杨贵妃，偏又精通音律，擅长歌舞，善弹琵琶……而她的姊妹们，亦大受青睐、恩宠有加。她的大姐韩国夫人、三姐虢国夫人、八姐秦国夫人，每月得到的赠脂粉费就多达十万钱。还有她的兄弟，也都被封赠了高官。最可悲哀的是，受唐玄宗赐名国忠的远房兄弟杨钊，原本是一个市井无赖，因善于计筹，居然攀爬到一人之下、万人之上的高位，终因恶意操纵朝政，导致国乱。杨国忠被杀死在乱军之中，还祸及杨贵妃，贵妃被赐一条长长的白绫，自缢在了逃命途中的马嵬驿。

缢死杨贵妃的是一棵梨树。马嵬驿的那棵梨树早已不见了踪影，开发建设野河山的韩君元心存不甘，在野河山里精心栽植了许多棵梨树。

梨花盛开的三月天，我在风先生的引导下去了野河山，见到了盛开的梨花如飞雪般满山遍野，还看见几株南国的荔枝树，杂生在梨树丛里，已然叶繁花盛……哦，"昭阳殿里第一人，同辇随君侍君侧"的杨贵妃，家乡人没那么势利，当然更不会无情，你的天真烂漫，你的素洁靓丽，在故乡人的记忆里，永远地骄傲着。

你"一骑红尘妃子笑，无人知是荔枝来"！

你"回眸一笑百媚生，六宫粉黛无颜色"！

你"华清笙歌霓裳醉，贵妃把酒露浓笑"！

天下可以与你比拟的女子，太少太少了。扶风是你的家乡，你的家乡人很好地保护着那座属于你们杨家人的"善人碑"，还很好地保护着你们杨家的宗祠……是了，盛唐时建设起来的杨家宗祠，走过了风，走过了雨，还经历了无数的寒冬与酷暑，虽然有过损毁与破坏，但一直还在野河山出口的建构桥边，踏踏实实地存在着。近些年，世界上的杨氏族人，捐钱捐物，把他们杨氏宗祠又极尽完美地修葺了一遍，还原了其本来该有的金碧辉煌，以及无上荣耀！

我是要为这篇短章收尾了呢，风先生却又哀叹了一声。他不解，为何一个朝代由盛而衰时，总会拉出一个女人来，历史地把她说成是红颜祸水。风先生不能同意那样的论调，当权者的昏庸是当权者的事情，绝对不能让一个女人背黑锅。天真烂漫、素洁靓丽的杨玉环，自然也不该做那个"背锅侠"。

飞凤山

凤皇鸣矣，于彼高冈。
梧桐生矣，于彼朝阳。
菶菶萋萋，雍雍喈喈。

——《诗经·大雅·卷阿》节选

扫码听诗

风先生是陪着苏轼赴任凤翔府签书判官的。那一年是北宋仁宗嘉祐六年，亦即公元 1061 年，二十六岁的他通过制科御试而得以擢拔，这可是他二十二岁中进士后头一次外放出京为官。

苏轼掩饰不住他对未来的憧憬和远大的政治抱负，于寒冷的冬季启程，十二月十四日到达凤翔，在这个凤舞九天的地方正式踏上荣辱难料、政治风波迭起的坎坷仕途……说来还真有缘，苏轼与父亲苏洵、弟弟苏辙赴开封应试时，由老家眉山出川北上，就曾途经凤翔。时隔六年再来凤翔，苏轼感觉大为不同，前次是赴京赶考的学子，这时已是朝廷的命官。身为学子的他，路过凤翔歇脚时去了官吏暂住的驿馆，因其破败不堪，"不可居而出"；摇身成为官员的他再次来到驿馆，发现驿馆已被先他到任的凤翔知府宋选修葺一新。苏轼为之有感而作《凤鸣驿记》，特别指出："古之君子，不择居而安，安则乐，乐则喜从事，使人而皆喜从事，则天下何足治欤？后之君子，常有所不屑，使之居其所不屑则躁，否则惰。躁则妄，惰则废，则天下之所以不治者，常出于此，而不足怪。"字里行间，无不透露出他决意廉洁奉公、勤勉务实的人生理想。

在凤翔任上，苏轼协助府尹查决讼案、赈灾济荒、为民除害，做了许多好事。

在风先生的记忆中，苏轼初到凤翔来，还没把官衙里的凳子坐热，就扭身钻入民间，体察民情去了。他发现衙前之役是个大问题。受朝廷旨令，凤翔府每年要定时将秦岭南山的木材通过水路运往汴京。扎起来的木筏子，经渭水漂流进黄河，水流陡然变得湍急，再经三门峡之险，翻船的事故经常发生，衙吏因之倾家荡产者不计其数。深入调查了事故缘由，苏轼即向宰相韩琦上书，希望朝廷改变不合理的做法，准许衙吏自选水手，根据黄河水势，按时令"编木筏竹"……这一政策措施的改变，让原有的灾害减少了一半以上。

苏轼为民请命减税的事情，风先生亦记忆深刻。他走访凤翔府内的乡村，发现不止凤翔府，整个陕西境内的百姓经历过元昊之变，生活都非常贫穷，苛捐杂税、徭役负担又特别重，需要出台相应的利民政策，帮助百姓恢复元气。为此，他甚至上书当时担任三司使的蔡襄，主张把茶、酒、盐等生活必需品，由官卖变为民卖，限制官府的专利、垄断，增加百姓收入。

善歌赋、长诗文的苏轼，按捺不住他的诗情与画意，把深入生活获得的感受，写成诗文以名世。譬如他在大旱之年，率领凤翔百姓向山神祈来一场透雨，解除旱象后，他把住所后花园的亭子命名为"喜雨亭"，并作《喜雨亭记》。该文当时即已广为传颂，至今仍为千古名篇。不过，在风先生的记忆里，苏轼受命府尹陈希亮撰写的《凌虚台记》，才是最好玩的哩。

嘉祐八年，亦即公元1063年，陈希亮前来凤翔接替了宋选的职务。这位字公弼的陈府尹，与苏轼同为川籍眉山人，按说两人应该水乳交融，可他俩的关系却并不怎么融洽。陈公弼待下很严，威震旁郡，僚吏不敢仰视。而苏轼偏又年少气盛，不免行诸辞色，每与他人产生分歧，绝不屈就退让。陈公弼担心他如此发展下去，不晓通融，日后可能会要遭殃，就有意磨一磨他的锋芒。陈公弼先旁敲侧击，打旁人板子震慑苏轼，并让他反复修改撰写的公文，罚他铜钱。好在陈公弼并不是真心害他，而只是想要磨磨他的性子，让他长个做人难的记性。

不甚理解陈公弼的苏轼，逮住了一个报复他的机会。

身为府尹的陈公弼，于他的官署后圃筑造了一座凌虚台，闲时可以登台遥望终南山。他欣赏苏轼的文字，就请他为之作记。苏轼满口应承下来，提笔立就了一篇《凌虚台记》。文章开篇先写了凤翔的地理形势，又将凌虚台的建造原委、结构特征做了一定的铺陈，接着便发起议论来了。议论的指向十分明确，什么"物之废兴成毁，不可得而知也"；什么"夫台犹不足恃以长久，而况于人事之得丧，忽往而忽来者欤"；什么"盖世有足恃者，而不在乎台之存亡也"……他这一通议论，别说陈公弼自己，只要是个明眼人都看得很清楚，特别是风先生，他揣摩透了苏轼的小心思，知他是借此讽诫府尹大人呢。然而君子之怀的陈公弼，读了《凌虚台记》，居然不易一字，吩咐上石，并且慨然道："吾视苏明允（苏洵）犹子也，某（苏轼）犹孙子也。平日故不以辞色假之者，以其年少暴得大名，惧夫满而不胜也，乃不吾乐邪？"听闻陈公弼如此说，苏轼脸红了，始知他的顶头上司处处刁难他，原是为了磨炼他，使他在官场少吃亏。

颠沛流离的苏轼，一生写了多少诗文，但写人物的并不多，而他所写的第一篇人物传记就是《陈公弼传》。他追忆好人陈公弼："轼官于凤翔，实从公二年。方是时，年少气盛，愚不更事，屡与公争议，至形于言色，已而悔之。"

名满天下的苏轼两到凤翔府的经历，既给凤翔人留下了丰富的精神文化遗产，又因他途中路过扶风县，眼见县城南边翼飞羽扬的飞凤山，情不自禁，壮写了五言古风《扶风天和寺》，而使扶风人亦大为欢心……风先生真是会抓机会，他兴趣盎然地把苏轼的这首古风诵念出来了：

远望若可爱，朱栏碧瓦沟。

聊为一驻足，且慰百回头。

水落见山石，尘高昏市楼。

临风莫长啸，遗响浩难收。

我听闻风先生诵念苏轼的《扶风天和寺》，已经有很多回了。最早的那一回，还是我在扶风县文化馆工作的时候，那次，飞凤山经不起一场持续大半个月的秋雨，突然就滑坡了！

那次滑坡掩埋了几户居住在飞凤山半坡上的人家，县城知晓滑坡的人，全都自发地去那里救灾，我自然也是去了。所有到场的人，都不敢动用铁器工具救人，而是徒手挖刨滑坡的泥土，别人的手挖刨出了血，我的手也挖刨出了血……还好，被滑坡掩埋的人，因为滑坡时本能地躲进了他们居住的窑洞里，而全都在大家的血手里，完好无损地被拉扯了出来。

风先生就在那个时候，现场诵念了苏轼的《扶风天和寺》。我当时听来，以为滑坡被掩埋的人能毫发无损地活着，所拜即是那深情款款的五言诗句。从此以后，我如风先生一般，把那首歌咏飞凤山的诗句也记忆了下来，并时不常地尽可能远眺飞凤山，走到飞凤山下，感受飞凤山的景色……我知道，曾经的飞凤山翠竹挺拔，浓荫铺道，曲径回环。源于苏轼的古风，山上建有爱晚亭、苏轼祠、乡贤祠等建筑群落，朱栏碧瓦，雕梁画栋，任谁行走其间，都会如在画中游。扶风古来八景，"飞凤拱秀"独占鳌头。如今的飞凤山，虽然改了容颜，但本质没有丝毫改变，春天的时候，野草萋萋，野花烂漫；夏天的时候，蝉喧阵阵，鸟鸣声声；而秋冬的时候，则因为气温的改变和山下漳水的缭绕，常会烟笼雾绕，雪光云影……当然，最使人留恋忘怀的，还是其别样的地势：一峰孤耸，两翼如飞，俨然一只奋飞的凤凰飞来此地，低头翘尾，栖息饮泉。

总而言之，诗情画意的飞凤山，在扶风人的眼里和心里，可不就是一只神奇的凤凰吗？

风先生深知扶风人对于飞凤山的情意，他每到这里来一次，就要把《诗经》里那首名曰《卷阿》的歌谣诵念一遍。

他对着壮写飞凤山的我，是又诵念了呢：

有卷者阿，飘风自南。岂弟君子，来游来歌，以矢其音。

伴奂尔游矣，优游尔休矣。岂弟君子，俾尔弥尔性，似先公酋矣。

尔土宇昄章，亦孔之厚矣。岂弟君子，俾尔弥尔性，百神尔主矣。

尔受命长矣，茀禄尔康矣。岂弟君子，俾尔弥尔性，纯嘏尔常矣。

有冯有翼，有孝有德，以引以翼。岂弟君子，四方为则。

颙颙卬卬，如圭如璋，令闻令望。岂弟君子，四方为纲。

凤皇于飞，翙翙其羽，亦集爰止。蔼蔼王多吉士，维君子使，媚于天子。

凤皇于飞，翙翙其羽，亦傅于天。蔼蔼王多吉人，维君子命，媚于庶人。

凤皇鸣矣，于彼高冈。梧桐生矣，于彼朝阳。菶菶萋萋，雍雍喈喈。

君子之车，既庶且多。君子之马，既闲且驰。矢诗不多，维以遂歌。

在风先生的诵念声里，一位叫弄玉的小姑娘，蓦然现身于我的眼前。我知晓她是春秋时秦穆公的小女儿。周岁抓周时，宫里人在盘中陈列了几样东西，来测试她未来的志向，她独取一块美玉，拿在手中舍不得放手……长大后的她，果然冰清玉洁、聪慧伶俐，而且姿容无双，生性好清静，喜欢一个人待在深宫，无师自通地把玩一管玉笙，日积月累，演练出了许多好听的乐曲。突然有一日，她自玉笙中居然吹奏出了凤凰的鸣叫声。

学会了吹奏凤凰鸣叫声的弄玉，在父王穆公准备为她选择夫婿时说了："必须是个善吹笙的男子才好，可与我唱和。"然而遍访全国，也没能找到这样的人。弄玉却不急，她闲坐凤楼，取出玉笙，对空独奏。一天夜里，她正独自吹奏着玉笙，却于扑面的微风中，忽闻声声洞箫的应和，若远若近，隐隐约约。弄玉收起玉笙，静心辨听，而那相和的箫声亦随之停止。然其余音袅袅不绝，弄玉因此寻声远望，却只见天净云空，月明如镜……睁着眼睛的弄玉，此刻居然十分清晰地看见天门蓦然大开，五色霞光照耀着天与地，一俊美少年，羽冠鹤氅，骑着彩凤自天而降，落于父王为她修筑的凤台之上。弄玉还没来得及说啥，那少年即对她说："我乃太华山之主，中秋节时，咱二人可成一段宿世姻缘。"言毕，少年从腰间解下一支紫玉箫，倚栏继续他的吹奏。

一夜没有合眼的弄玉，把她夜里的所见所闻说给了父王。秦穆公没敢迟疑，立即派人前往太华山寻访。

寻访的人听当地樵夫说，是有这么一位奇人，每晚必吹箫曲，响彻四周的箫声几百里外都听得到。但不知他从何处而来，只知他结庐在明星岩。寻访之人便守候在明星岩，守候了多日，还真把那位奇人守到了，于是将其带回秦宫拜见穆公……此人没有妄言，他如实说来，说他姓萧名史，自言不懂吹笙，只会吹箫。于是弄玉从帘内传话给穆公，让萧史吹奏几曲听听。萧史没有客气，他取出一支透明光润的玉箫，才吹奏出第一弄，便有清风习来；再吹奏第二弄时，彩云四面聚合，环绕了殿堂；到吹奏出第三弄后，但见一对白鹤在天空盘旋飞舞，一双彩凤落在庭前的梧桐树上，接着百鸟齐来，和着箫声鸣叫，曲终而久久不肯散去。

弄玉细细辨来，萧史手中的紫玉箫，可就是她大睁着眼睛、如梦一般看到的那一管哩！

为了进一步证实她的梦想，弄玉从帘后闪身出来，告诉父王，让他当面问了萧史几个问题。秦穆公问少年："子知笙箫何为而作？始于何时？"萧史答道："笙箫本是同类，都是从凤凰鸣声演化而来。笙是女娲的发明，取万物生发之意；箫是伏羲的发明，有肃清之意，可以清理天地间不好的东西。"

穆公自有女儿弄玉耳语，又问："你吹箫，为何能引来百鸟呢？"萧史答曰："笙箫一理，都如凤凰的鸣叫。从前舜演奏笙箫韶乐，凤凰听到了就飞来行礼。凤凰乃百鸟之王，凤凰都会飞来，何况其他的鸟儿！"

举止潇洒、风度翩翩的萧史，很自然地与弄玉在中秋节时喜结连理。

伉俪二人，在婚后的日子里，经常在凤台合作吹奏笙箫。两人笙箫相和，还真就把凤凰招引来了。有一次，翩然飞来的一只凤凰于飞行的途中，俯首看见了形似凤凰的飞凤山，大受迷惑，居然落在了飞凤山上的一棵苍梧树上，在那里栖息了半天时间，吞食了飞凤山上饱满的竹食，品饮了飞凤山下甘甜的醴泉……飞凤山因之名副其实，不如此，又岂能赚来苏轼的那首《扶风天和寺》？

与龙一样，凤也是华夏民族的一个图腾。它们的意义是非同寻常的，且都是由众多的动物、天象融合成一个和谐生动、神奇万方的形象，而这个形象又进而与众多的动物、天象以及人事相和谐。正如孔子曾把老子比作龙，"神龙见首不见尾"，变幻莫测；老子也曾把孔子比作凤，称他"凤鸟之文，戴圣婴仁，右智左贤"。

两位先师当年的相互评议，为我们后世儿孙认识龙凤的本质提供了一个很好的范例。

龙凤呈祥，在舜帝的时代，夔谱《九招》，在演奏过程中，有龙飘然舞至，苍舒高兴地告诉舜帝，以后的日子将风调雨顺。过了一会儿，又有凤翩然飞至，苍舒又高兴地告诉舜帝，以后的日子将国泰民安。这是一个传说，这个传说正好说明原始初民对于龙和凤的理想追求。有趣的是，古代的帝王及嫔妃们，凭借着他们至高无上的权势，硬要夺取百姓大众对于龙凤的崇仰为自己所专用，称自己为"天上龙，地上凤"，演出了一幕又一幕的龙凤活剧。像成语词典里表述的一样，"龙驹凤雏""麟子凤雏"，指的是身怀异禀的年幼小儿；而"龙兴凤举""龙跃凤鸣"，指的则是王业振兴和人才辈出的景象；至于好吃的食物和好读的文章，则又有"龙肝凤髓"和"龙章凤姿"的比喻了。

我的这篇文章，要写的对象主要为凤，所以就只有按下祥龙不表，专心用墨于吉凤了。

正如凤先生所云，不仅在中国早已有了凤凰的传说，就是隔山隔水的古埃及、古印度，也都有关于凤凰的美好传说。他们的传说与我们的有所不同，认为凤凰是从烈火中诞生的，而且凤凰的生命是周期性的，每隔一段时间，它就要自焚一次。自焚前，它会唱一首优美的歌，用翅膀扇动火苗，把自己化为灰烬，然后在灰烬里获得再生。凤凰是不死的，自焚重生的周期一般认为在五百年之间，也有说在三百年之间的。据传，在埃及的历史上，凤凰曾经出现过五次，即公元前866年、公元前566年、公元前266年、公元34年和公元334年。他们的传说，认为凤凰与太阳崇拜有关，自焚以后，再生的凤凰会把先前自焚凤凰的灰烬盛放在蛋壳里，飞送到太阳神的祭坛上。

古罗马亦有凤凰崇拜，甚至把凤凰铸造成罗马帝国不朽城的象征性符号。

美丽的凤凰就这样紧紧地牵着人心，成为大家心目中的瑞禽。但是，它为什么不常露面呢？非要经过五百年、三百年的周期才出现一次，而且又总是以自焚那种惨烈的方式出现，这叫人很是费思量。没有办法，圣洁正义、美丽善良的凤凰，是见不得暴君当道的。它不愿看到民不聊生、饿殍遍野、灾祸丛生，所以就不肯轻易出现。春秋战乱之际，孔子就曾叹息"凤鸟不至"。这是对的，在漫长的历史岁月里，老百姓不仅没有亲眼看见凤凰的降临，而且也很少对现实生活有过满意的感受，因此就只能寄托于凤凰，期望它的出现为人间带来幸福吉祥。

令人振奋的好消息出现在 2006 年 8 月 14 日，陕西省考古研究所（2006年 12 月更名为陕西省考古研究院）发布公告，在长安区神禾塬战国秦陵园遗址考古发掘中收获了大量珍贵文物，其中一件青铜凤鸟最为叫人称绝。

风先生早于考古研究所发布公告前，即给我说了那件事。他有一种特殊的能力，2004 年西安财经学院出资征下这一片土地，准备建一处新校区时，他就如风似的飘荡在这里，观察可能有的发现。他的苦心没有白费，施工队在挖地基修筑围墙时，意外地发现了一道古墙遗址。在西安搞建设，动一锨土，也可能有一个惊天的文物大发现，施工队都有这个经验。面对那规模巨大的古墙遗址，在此搞工程的施工队没敢迟疑，立即报告给了当地的文物部门。文物主管部门派来了专业的考古人员，驻扎在工地上，进行抢救性发掘。

领衔这次发掘任务的是陕西省考古研究所的张天恩博士。起初，他们对此次的考古发掘采取了严格的保密措施，从不向外界透露发掘情况，直到 2006 年 8 月 14 日，在他们昼夜不息地工作了两年零一个月的时候，首次请来中央驻陕和陕西省、西安市的地方媒体，踏进了砖墙围幔保护着的发掘现场，让媒体记者有幸目睹了全部发掘成果。

当日，作为一个媒体的负责人，我是接到了邀请信的，因我参加市上的一个重要会议，便错失了现场观看的机会。但我第二日在几家平面媒体和电视媒体上，还是很充分地领略到了这次考古发掘的辉煌成就。

这处占地约二百六十亩的陵园，很有可能为秦始皇的祖母夏太后所享用。据考古队的专家说，整座陵园南北长约五百五十米，东西宽约三百一十米，为迄今发掘规模最大的秦时单人墓地。墓圹位于陵地中心，旁边还有十三座从葬坑，很有规律地分布在"亞"字形大墓的四条墓道边上。从葬坑最长的达六十三米，最短的仅八米，宽度及深度一般都在三米五到五米之间。让考古人员最为兴奋的是，在编号为 K8 的从葬坑里，清理出了一辆安车，并有挽马尸骸六具，这可是世所罕见的"天子驾六"的高规格了。能够享受此等荣耀的，除了天子，就只有像秦始皇的祖母这类人物了。

能够证明此为秦始皇祖母陵园的实物，在风先生看来，是那个雕琢打磨得非常精致的石磬。石磬上面印着"北宫乐府"的字样，而北宫，在秦汉之际当属太后居住之所。此外，还有一个茧形陶壶，上面亦清晰地刻着"私官"两个字。而"私官"就是专职负责太后、皇后、太子等人事务的官员。在古代，有"物勒其名"的规矩，即由谁负责制造的物品，就一定要刻上谁的名姓或相应的职衔。这些都可以证明，此处墓园非秦始皇祖母莫属了。更重要的是，《史记·吕不韦列传》有载："始皇七年，庄襄王母夏太后薨……独别葬杜东。"而此地，恰在当年杜县之东南部，是堪称"杜东"的。

可惜贵为秦始皇祖母的人，其陵墓也不能逃脱为后世盗掘焚毁的命运。

地表上已无任何标志的这座古墓，起初给了考古工作者很大的希望，希望这是一座未被盗掘的古墓。但是这个希望，在大家小心翼翼的发掘中，很快就变成了失望。因为考古工作者不仅发现了古代的盗洞，而且发现了焚烧的迹象。最后统计下来，清晰可见的盗洞不下十处，其中位于墓室东南角的盗洞，相信早在汉朝时期就有了，它就像是一个开在墓室墙壁上的大门，盗墓贼出出进进，几乎连腰都不用弯。可想而知，墓室里的随葬品在这时已被基本盗走。在陕的考古工作者，不论是自己亲历，还是翻阅资料，都有丰富的考古发掘经验。在大家积累的经验中，很少见盗走东西而焚烧墓葬的，这个古墓是个例外。盗墓贼在盗走东西后放了一把火，把墓主人的木制棺椁烧成了一堆灰烬。我看着新闻报道中的这段文字，心在痛着，并且疑惑着，不明白盗墓贼为什么要放那一把火。是不小心失火了呢，还是有意而为，或是怀有某种仇恨而报复？不论哪种原因，放火都是很不应该的，而且是很危险的，弄不好还可能伤及自身性命！

可憎的盗墓贼！可怜的盗墓贼！

前赴后继的十余次盗掘，并没有完全盗空墓葬，考古工作者最终还是从墓葬中清理出各类文物三百多件，其中不乏品质很高的珍贵文物。它们有金银质地的，有玉石质地的，有珍珠、玻璃质地的，也有青铜质地的。自然，我的关注点在青铜质地的器物上，那件青铜器物不大，仅有四厘米高，是只做工异常精巧的凤鸟。刚从泥土中清理出来时，它浑身生满了翠绿色的铜锈，仿佛一只涅槃重生的小小雏凤，栩栩如生。轻轻地端在手心里，它似乎立马会振翅腾空飞去。

写这篇文章时，风先生让我不要着急，要我先去陕西省考古研究院，把暂时存放在那里的秦始皇祖母陵墓出土的文物过目一遍才好。我听了风先生的话，托人进得他们"铁将军"把门的库房，目睹了这只美得叫人心颤的青铜凤鸟。我为见到它而兴奋，更为它能重见天日而激动。我把这只"美"在帝王家的青铜凤鸟端在手里，却也为它的命运唏嘘慨叹，慨叹它贵为皇家尊崇的宝物，其实与寒门小户的凤鸟在本质上没有什么区别，甚至比寒门小户的凤鸟还要凄惨一些。这只秦始皇祖母墓陪葬的凤鸟，原来并不是一件独立存在的器物，其前身可能是一件大型青铜器物的配饰，只因盗墓贼的野蛮，才使美丽绝伦的它与原来的大型青铜器分了家。

"倒是民间的青铜凤鸟，因为不甚为人关注，就保存得十分完好。"风先生是这么感叹了哩。

凤翔区出土的那件春秋时期的凤鸟衔环铜熏炉，对风先生的感叹做了很好的证明。有幸挖出这只凤鸟的人是凤翔区豆腐村的李喜凤，我在《宝鸡日报》工作的朋友吕向阳专门采访过李喜凤，说她虽不识字，却心灵手巧，剪纸、编织样样精通。父母为了吉祥，给她取了个"喜凤"的名字，仿佛命中注定，名叫喜凤的她，在十几年前，很幸运地相遇了一个青铜凤凰。

那一日，李喜凤的儿子方国强去上学，在路边的一个土堆上踢了一脚，不承想把娃的脚踢疼了。他想，不就一堆虚土吗，至于踢疼了脚？心有怀疑，用脚再踢，这就踢出了那件凤鸟衔环铜熏炉。

在这个名叫豆腐村的地方，顾名思义，家家户户都是会做豆腐的，而且因为水土的不同，他们做的豆腐比别的地方要好，观其色，仿佛凝脂，食其味，鲜嫩可口，豆腐是他们村的特产。此外，这个地方似乎还特产青铜器。20 世纪 70 年代，村里的一匹马死了，村干部指派社员剥了马皮，在村头的打麦场边支起一口大锅，准备烹煮马肉。社员侯建勤蹲下身子，歪着头吹火时，屁股碰上了一件坚硬的东西，把他碰疼了。回头看时，有一个尖尖的铜头，在地皮上闪着亮光。侯建勤不明白那是个啥东西，从旁边的一堆劈柴里找了个有棱角的，把那个铜家伙刨出来，一看竟是一件古老的青铜犁铧。这使大伙儿很惊奇，再往下刨，就又刨出了一件一件的青铜器来，最后数了一下，竟有二十一件之多。

这可太意外了，意外的还有李喜凤的儿子用脚踢出来的凤凰。

当时，李喜凤的儿子没有立即把青铜凤凰刨出来，而是用虚土原封埋好，待到他放学回家时，这才刨出来抱回了家。村里人知道了，都到李喜凤的家里来看，七嘴八舌地讨论着，归结到一起只是一句话："是个宝贝，值大钱哩！"

风传了两日，有个戴着石头眼镜的中年人来到李喜凤的家，把那个满是土染铜锈的凤凰转着圈地看了个仔细，最后给李喜凤说："给你六万元，让我把它抱走。"这个价钱把李喜凤吓得退了两步，差点儿跌倒在地上。按说，其时寡妇失业的李喜凤是太需要钱了，可她听说这是文物，就不敢随便卖人，低了头，咽下一口唾沫后，还是很坚决地回绝了。

别人有所不知，但风先生是知道的哩，他知道李喜凤的嫂子是个明白人，这几天，见人不断出入喜凤的家，心里不免犯慌，就到喜凤的门上去，劝她赶快把青铜凤凰交给国家，别搁在家里惹出事来。李喜凤听懂了嫂子的话，翌日清晨，即把青铜凤凰装进一个编织袋里，背到了县城的博物馆，交给他们后，照了张相，转身就回了家。过了些日子，李喜凤想念她上交的青铜凤凰，就到县城的博物馆去看了。她看得正是时候，博物馆刚从省文物局给她申请了三千元的奖励，当场让她写了个收条，就把一沓百元的票子送到了她的手上。

这点钱与一件不可多得的春秋凤鸟衔环铜熏炉比起来，的确是微不足道的，但是李喜凤已经很受安慰了。我的朋友吕向阳到她家去过，知道她的日子过得还很紧巴，但一说起上交春秋凤鸟衔环铜熏炉的事，李喜凤为生活困顿而布满脸上的愁云就会顿然消散，现出发自内心深处的喜悦。李喜凤说，那只铜凤凰经常会飞到她的梦中来，给她带来欢喜和愉悦。

这件凤鸟衔环铜熏炉的制作太精美了，不仅是那只展翅欲飞的凤凰，那件可以分离开来的方形镂空底座和竖插在底座上的那个镂空圆球，一样精美得让人心跳。方形底座上，铸饰了蟠螭和瑞兽纹样。据信，古人在熔铸这件凤鸟衔环铜熏炉时，不但运用了传统的溶液浇铸法，还结合了编织、镶嵌、焊接、镂空等十多种工艺，如此精心制作的它，堪称青铜艺术作品的一朵奇葩。

吉祥的、美丽的凤鸟，在以青铜的形式呈现在我们的面前时，总会给人无限的感动和向往。凤先生又何尝不是如此？但他似乎还盘绕在我正抒写的飞凤山上，感动着人们的感动，把一首元人唱和苏轼《扶风天和寺》的诗作，十分嘹亮地诵念了出来：

溪南一带列千家，高下楼台傍水斜。
天阔乱鸿横晓照，烟轻百鸟戏晴沙。
波光莹澈涵山影，秋色澄清鉴物华。
僧倚上方云绕槛，市声昏晓自喧哗。

晚照贤山

风雨凄凄，鸡鸣喈喈。既见君子，云胡不夷？

风雨潇潇，鸡鸣胶胶。既见君子，云胡不瘳？

风雨如晦，鸡鸣不已。既见君子，云胡不喜？

——《诗经·郑风·风雨》

扫码听诗

清代那位名叫毛士储的读书人，可是不简单哩。在他的家乡浙江汾口镇，发现了康熙皇帝颁给他的圣旨。这足可以证明他父亲毛际可大文豪的地位，亦可以证明他本人文林郎的卓越贡献。康熙四十一年（1702）秋天，毛士储奉旨任扶风知县，来到扶风的他没有在县衙里久坐，而是遍访扶风县境的名胜古迹。他来到扶风县午井镇的高望寺原边，远眺近观，但见田野流岚焕彩，牵系着远处的终南山亦霞飞影逐，及至太白峰巅，积雪覆顶，秀丽奇瑰，望之使他神清气爽、心旷神怡，随即便口占了一首七言绝句：

秦麓渭畔起烟岚，绿树层层入云端。

眼底难收千里景，高望寺里去参禅。

风先生特别欣赏毛士储的才华，以为他继承了乃父毛际可的衣钵，在扶风县知县任上，做了许多有益的事情。扶风县修于清代的旧县志，对此有着较为详细的记载，在此就不多说了。只说他口占的这首《高望晴岚》的七绝，就很让扶风人感怀他了呢……受到毛士储诗意的引导，我与风先生寻觅着他当年行吟的足迹，也到"晴岚"可以"高望"的高望寺原畔来了。

携手风先生，我穿越般走入千年前始建的高望寺里，先眼见了那棵古老的楸树。在长长久久的岁月里，它依然老枝遒曲，枝繁叶茂地散发着勃勃生机。老楸树的旁边还有一棵老槐树，亦如老楸树般苍劲蓬勃，葳葳蕤蕤。依着两棵老树的，就是壁立着仿佛城墙似的大原了。想来它的面貌，现在是什么样子，原来应该也是什么样子，兼有北方之雄和南方之秀，雄浑苍茫，秀佳万方……高望寺为一处景观，距离其不远的贤山寺，是为另一处景观。

扶风县旧时八景，其中的"高望晴岚"与"贤山晚照"，说的就是这两处地方。

当然了，寺庙名讳能称"贤山"者，自然有它的道理。对此，风先生心知肚明，他就曾见识过高傲的元顺帝听闻贤山寺的大名，屈尊赶来寺里问道的情景。当时主持寺庙香火的为贤齐和尚。元顺帝向他一番请教，便十分诚恳地把他拜作了国师……"关学"的创始人张载，对这里也是十分关爱。风先生知晓张载的父亲张迪在涪州任上病故，家人商议归葬故里开封。年仅十六岁的张载，与更年幼的弟弟张戬，陪伴着母亲陆氏，护送父亲灵柩越巴山、奔汉中、出斜谷，行至眉县横渠，既因路费不足，还因前方发生兵变，无力再向前去，就把父亲张迪安葬在了这迷狐岭下。从此一家人安居下来，好学的张载在母亲的督促下，常年游学于此，为贤山寺的名望更添了一分光彩！

贤山晚照……高望晴岚……

同一道大原的原畔，相距不远的两座寺庙，特别是贤山寺，能够吸引来满腹经纶的张载，是寺庙的荣幸，亦是张载的荣幸。张载从他居住的横渠，不舍气力，不舍脚力，涉水爬坡数十里，上到这高耸云中的寺庙里来，用风先生的话说，吸引他的确是夕阳下的晚照。他登高站在贤山寺的高处，远观壮丽斑斓的晚照，从中感受得到一种别样的收获，既能够开阔他的胸怀，还能够放浪他的视野，壮大他的精神境界。

为天地立心，

为生民立命，

为往圣继绝学，

为万世开太平。

那天，我与敬爱的风先生沿着古周原的原边，像是当年的张载一般，曲曲折折地往贤山寺走来了。他走着，还要把国人耳熟能详的"横渠四句"不断地诵念出来。在他朗朗的诵念声里，我看见夕阳把它红亮的脑袋，一点一点往西边的天际线上枕去，我一时心血来潮，把那迷人的晚照瞥了一眼，居然给风先生提议下到城墙般的原下去，像当年的张载一样，从原的跟脚起步，爬一回贤山寺。风先生不无开心地同意了，他二话不说，就往原下去了。他拥有我没有的能力，无论下原还是上原，全都如风般轻灵自在，而我就只能凭借自己的两条腿，走下去，走上来……实话实说，走下去不容易，走上来更为艰难。不过走到原下，仰望修建在原顶上的贤山寺，悬空般辉耀在原嘴子上的寺庙，毫无遮拦地沐浴着绚烂的晚照，确有那么一股子神秘的力量，对人不仅是一种吸引，更是一种启发。

我询问风先生了……问的是张载当年从原下往贤山寺爬，爬的是原面上的哪条道。料事如神的风先生，仿佛早就窥透了我的心思似的，他听我这么问，呵呵乐着给我说了。

风先生说："你自己找着走吧。"

我还想继续问风先生，可他撂给我这样一句话后，就先独自如风一般往原上走了，留下我茫然地仰望着原顶上的贤山寺，顺着一条似有似无、恍若黄色飘带的小径，曲曲拐拐地爬了……我的攀爬是艰难的，但我心里却快活着，想象先哲张载攀爬时一定也不轻松。因为不轻松，所以才会有那么通透的见识，那么恢宏的建树，因此不仅攀爬上了贤山寺，还从那里攀爬上了他人生的至境。

在贤山寺苦修苦读的张载，没有把自己禁锢在故纸堆里，而是偶有心得就要付诸实践。

高望寺、贤山寺背靠着的，便是周人辗转搬迁而最终落脚的古周原了。这里如周人先祖开心豪气说的那样，"周原朊朊，堇荼如饴"。在这样的地方，张载开展他的实践活动，可是再好不过了呢。张载动员这里的百姓，学习商朝时就已出现的"井田制"。这种乌托邦式的土地管理制度，周朝时也曾推行过，后来的春秋时期亦推行过，效果似乎很是不错，很好地推动了当时的社会经济发展。张载总结古人的经验，并加入一些新的措施，创造性地再做实践了……也不知他的实践怎么样，好还是不好，只知他没有太留恋已有的成果，而是在此基础之上勇敢地走了出去，开始了他新的人生实践。

张载一身豪气地走出来时年仅二十一岁。当时的西夏王国经常侵扰宋朝西部边境，宋廷向西夏"赐"绢、银、茶等物资，以换得边境和平。这些国家大事，对"少喜谈兵"的张载刺激极大。

宋仁宗庆历元年，亦即公元1041年，张载写成了《边议九条》，向时任陕西经略安抚副使、主持西北防务的范仲淹上书，陈述自己的见解和意见。他还联合精通军略的陕西永寿人焦寅，组织民团去夺回被西夏侵占的洮西失地，为国家建功立业，博取功名……看到张载《边议九条》的范仲淹，在延州的军府面见了这位志向远大的儒生。张载的谈论深得范仲淹的赏识，但他认为张载更应在儒学上用心，将来必有一番成就。于是对张载说："儒者自有名教可乐，何事于兵？"听懂了范仲淹言下之意的张载没有固执己见，而是回到家里来，继续他的读书生涯。在遍读了儒家著作的同时，他还遍读佛家、道家之书。经过十多年的苦读，张载终于悟出了儒、佛、道互为补充、互相联系的道理，逐渐建立起自己的学说体系。

戍边防御西夏南侵的范仲淹，没有忘记这位志气高拔的年轻人。庆历二年（1042），在庆阳府西北修筑的大顺城竣工之时，范仲淹函请张载到庆阳，张载于此撰写了《庆州大顺城记》以资纪念。

嘉祐二年（1057）时，张载已经三十八岁了。是年他赴汴京应考，同科的还有苏轼、苏辙兄弟。他们进士及第，在候诏待命之际，张载即受到宰相文彦博的器重与支持，在开封的相国寺设虎皮椅以讲《易》。期间巧遇程颢、程颐兄弟，经过一番开诚布公的论学，张载对听讲的人说了："易学之道，吾不如二程。可向他们请教。"不过，张载依然自信他已经求得的道义，此后不论他人去了哪里，都继续致力于他的道学研究。

别的学问家可能只会坐而论道，张载不一样，他必须把他的学习心得付诸实践不可。

张载任职祁州司法参军、云岩县令、渭州军事判官时，风先生就发现，他不仅办事认真、政令严明，而且在处理一切政事时，都坚持以"敦本善俗"为先，推行德政，重视道德教育，提倡尊老爱幼的社会风尚。如在云岩县时，他每月初一都会召集乡里老人到县衙聚会，设酒食款待之，席间询问民间疾苦，并根据大家的反映提出他的主张和要求，反复叮咛到会的人，让他们转告乡民。在渭州时，他注重与环庆路经略使蔡挺的关系，深受蔡挺的尊重和信任，军府大小事情，都要向他咨询。当地遭遇饥荒时，他说服蔡挺取军资以救济灾民，并因此首创"兵将法"，推广边防军民联合训练作战，展现出卓绝的军事政治才能。

御史中丞吕公著很是崇尚张载的学问，他向神宗皇帝推荐张载，称誉他"学有本原，四方之学者皆宗之"。

宋神宗召见了张载，问他治国为政的方法，张载"皆以渐复三代（夏、商、周）为对"。神宗非常满意，欲派他到二府（中书省、枢密院）做事。张载没有贸然应允，原因是他对王安石变法还想多做了解，观察观察再说……恰其时也，身为宰相的王安石找他了，表明自己想得到他的支持，王安石对他说："朝廷正要推行新法，别人恐不能胜任，想请你帮忙，你愿意吗？"张载倒是赞同政治家应有大作为，但又反对盲目冒进，因此不仅含蓄地拒绝了参与王安石新政，还上书想要辞去他崇文院的校书职务。未获批准的他，不久被派往浙东明州审理苗振贪污案。案件办毕回朝，张载没有与王安石起冲突，倒是担任监察御史的弟弟张戬，因坚决反对王安石变法，与王安石发生了激烈的冲突，被贬知公安县。送别弟弟后，张载即决然辞官回到故里。

"俯而读，仰而思。有得则识之，或半夜坐起，取烛以书……"经历宦海浮沉的张载，在风先生看来，他此时最想念的人莫过于范仲淹了。依照范仲淹当年对他的期许，张载著书立说，先后完成了《正蒙》《横渠易说》《东铭》《西铭》《经学理窟》《横渠中庸解》《礼乐说》《论语说》《祭礼》《孟子说》等煌煌大作。风先生眼见他的《经学理窟》一书，就是在贤山寺隐居期间著作的。

等候在原坡顶上的风先生，看着我满头大汗、气喘吁吁地上到贤山寺门前来，他有点幸灾乐祸地冲我乐了一乐，开口给我说了这样两句话。

风先生说："无际的远方，无数的人们，无尽的思想，都与自己有关。"

风先生说："引路靠贵人，走路靠双脚，学习靠觉悟……昨天再好走不回去，明天再难也要抬脚继续。你不勇敢，没人替你坚强；你不疯魔，没人帮你实现梦想。记住记牢，昨天的太阳晒不干今天的衣裳，葆有阳光的心态，迎接脚下的每一天。"

听着风先生的话，我举目向西边的天际看了去，虽然不见了炽热的太阳，却还看得见晚照璀璨，耀人眼目！

我与风先生往贤山寺寺门里进了，正进着，风先生把《诗经》中那首名曰《风雨》的歌谣，不失时机地吟诵出来了：

> 风雨凄凄，鸡鸣喈喈。既见君子，云胡不夷？
> 风雨潇潇，鸡鸣胶胶。既见君子，云胡不瘳？
> 风雨如晦，鸡鸣不已。既见君子，云胡不喜？

炼词申意，循序渐进，我听得明白这首古老的歌谣，抒写的是一位女子怀念故人的心情，"风雨凄凄""风雨潇潇""风雨如晦"，她"既见君子"，苦涩而甜蜜。我不是远古时的那位女子，也不清楚她的境遇，但我知晓我的心情与她曾经的心情息息相通，是差不了多少的。

倾慕在心的先哲张载，我就要踏着你的足迹，走进贤山寺里来了。

如今的贤山寺，固然沿用其原来的名讳，但物是人非，变化是很大很大的哩。现在的主持是贤明法师，他俗名靳添琳，生于1933年12月23日，陕西省宝鸡县（今宝鸡市陈仓区）杨家沟五一村靳家庄人。在西北大学有过三年的深造，毕业后教书育人一十四载。因自幼喜爱佛学，1985年时，他在长安县（今西安市长安区）香积寺续洞和尚座下皈依，后又礼拜慧莲师父剃度出家，而后遍访宇内名刹，直到主持贤山寺……身披晚照的我和风先生见着了贤明法师，简单的几句寒暄后，他把我俩让进他居住的西寮房里。坐上一把竹凳，啜饮一杯淡茶，我们与法师聊了起来。

我从法师嘴里知道，原来的贤山寺有上、中、下三院。沟底为山门殿，起步到下院，有天王殿、菩萨阁、大雄宝殿、钟鼓二楼、法堂、藏经楼、念佛堂、净室禅堂和两廊配房、斋堂、法物流通处。到了中院，又有玉佛阁、达摩殿、祖师堂和前殿回廊相连。再到上院，有前殿、中央贤公塔、千佛阁、卧佛殿，左侧药师殿，右侧弥勒殿，以及两廊配房和戒室寮房……那般恢宏的庙宇建筑群落，遭遇过数次毁坏，到他主持寺庙时，依旧不成样子。因为他的到来，原有的三进院落和院落里的建筑基本得以重建，恢复了曾经的样貌。

我与风先生感动于贤明法师的功德，就也上了些布施……贤明法师口颂了两声"阿弥陀佛"，若有所思地给我说了两句话。

贤明法师说："我知道你是谁。"

贤明法师说："我知道你来的心愿，是要拜识张载哩。"

我没有否认贤明法师的揣测，因之起身，央求法师带着我，往贤山寺为纪念张载而修筑的夫子殿走了去。"夫子"是贤山寺一带的人们对关学大家张载的誉称。大殿的格局为前书院、后祠堂，始建于宋朝末年，迄今已有九百余年的历史，清乾隆十九年（1754）、光绪十年（1884）有过重修。进入大殿，正中的神龛里供奉着张载高大的彩塑坐像，两侧各站一男一女两个小书童。神龛两侧的黑漆柱子上，挂着一副木刻的对联。风先生与我都被那副对联所迷醉，他诵念上联，我诵念下联，以为七言的一副对联，把先哲张载的名望基本是书写出来了：

一代口碑留蜀道
千秋血食在秦中

告别了贤明法师，我和风先生要回扶风县城去了。

走在晚照中的古周原上，我和风先生似乎还沉浸在贤山寺里。我俩走着走着，走得很远了，无意中回头去看贤山寺，却看不见它的踪影；再去观望高望寺，亦不见了它的踪影，好在还能看见那棵耸立在天地间的唐时老楸树和与它做伴的老槐树。只说这棵老楸树吧，或许是天下最古老的一棵哩，合围两米有余，树皮斑驳，其所呈现的满是岁月的痕迹，昂扬招摇着的枝条绿叶浓厚，显示着其强大的生命的力量……我不知风先生回望老楸树时有何感受，我是把老楸树看成一个精神豪迈、气质豪宕的老人了。

这个老人不会是别人，只能是先哲张载呢！

璇玑图

【传二十八】

鴥彼晨风，郁彼北林。
未见君子，忧心钦钦。
如何如何？忘我实多！

——《诗经·秦风·晨风》节选

风行天地之间的风先生，当你面对了他，不心虚是不可能的。他的阅历以及观察事物的能力，不是寻常人可以抵挡的。在你不知不觉时，他即已洞察了你的所思所想，使你要悲叹了呢，悲叹自己没有半点隐私。

可不是吗，我正着手扶风乡里人物窦滔与苏若兰的书写，风先生即俯在我的耳畔，把《诗经》中那首名曰《晨风》的歌谣吟诵了出来：

鴥彼晨风，郁彼北林。未见君子，忧心钦钦。如何如何？忘我实多！

山有苞栎，隰有六駮。未见君子，忧心靡乐。如何如何？忘我实多！

山有苞棣，隰有树檖。未见君子，忧心如醉。如何如何？忘我实多！

对此歌谣的理解与认识，历来各有说教，权威的《毛诗序》言之凿凿，秉持的是"刺秦康公弃其贤臣说"；到了宋代朱熹的《诗集传》里，则说此诗写妇女担心外出的丈夫已将她遗忘和抛弃。为了自圆其说，朱熹还特意举例证明："此与《扊扅之歌》同意，盖秦俗也。"我阅读过《扊扅之歌》，风先生当然也阅读过，知晓此歌谣是百里奚妻子所作。百里奚逃亡后当上了秦相，宴席时厅堂上乐声齐奏。有个洗衣女佣说自己懂得音乐，于是操琴抚弦而奏，并唱道："百里奚，五羊皮。忆别时，烹伏雌，炊扊扅。今日富贵忘我为。"百里奚听得泪水涟涟，听罢后上前询问，方知洗衣女佣是他失散多年的恩爱妻子，两人因之相拥团圆……朱熹的秦俗论，风先生以为是站得住脚的，而我还会有别的辨识吗？当然不会了。

听风先生的话，跟风先生走，几乎成了我生命的本能。他俯在我的耳畔，把这首远古的歌谣，一字一句地吟诵着，还未吟诵罢，我即抬起手来，准备与他击掌了。

我与风先生的击掌声是嘹亮的，有种穿透历史帷幕的能力，使我与他一起蓦然穿越回苏若兰十五岁的时候。那一年的四月初八，亦即佛祖释迦牟尼的圣诞日，素有"关中塔庙始祖"之称的扶风县法门寺（唐以前称阿育王寺），因其珍藏着佛指舍利，善男信女们不顾路途的遥远，纷纷从四面八方往法门寺涌来，进香祈福……家住武功县苏坊村的苏若兰起了个大早，缠着父亲与她一起出门，也远道向法门寺来了。

这天的法门寺人头攒动，热闹非凡。苏若兰跟随父亲，兴致勃勃地走了三十多里路，把她都走累了呢！走累了的苏若兰突然抬眼，看见高高耸立的法门寺真身宝塔的塔尖上，一朵如烟似雾的云团兜头笼罩着，一点一点地往下退，慢慢地退出塔尖的时候，却见一轮闪射着七色光芒的环形霞光，不偏不倚地包容着塔尖！苏若兰惊呼一声，给她父亲说了。不知究竟的她说了句"霞光"，而她父亲听她那么说，即也看见了那神异的光环，他在她的脑袋上轻轻地拍了一巴掌，给她纠正说了，说那是"佛光"，是祥瑞无限的佛光啊！

苏若兰困倦的身子，因为佛光的照耀，蓦然力气倍增，她拉着父亲的手，跑着进到法门寺里来。他们父女二人从寺院外转到寺院内，跟随进香的人们，双手合十，跨进大雄宝殿来，跪向一个很大的草蒲团。苏若兰心里默默祈祷，愿佛祖保佑，能让自己碰到一个情投意合的如意郎君。

风先生当时就在苏若兰的身边，他偷听到了她的祈愿，便有意带动她和她的父亲从寺庙里出来，走向了法门寺的街头，去到一个荷花满塘的池塘边……吸引了苏若兰眼睛的，先是出淤泥而不染的荷叶，它们全都蒲扇般摇荡在池面上；然后才是亭亭玉立的荷花，这里一株开了的，那里一株待开未开的，苏若兰都要看入迷了哩。却突然听到一圈人的叫好声。苏若兰拉着父亲挤过去看了，但见一个二十岁出头的青年正在挽弓射箭，"嗖嗖嗖"三箭射出，碧蓝的天空中正在振翅飞翔的三只大雁应声掉落，周围的人无不大叫出声："好箭法！"

风先生听见苏若兰也在大声地叫呢。她叫着，情不自禁地去看他了。一眼看过，就把射雁青年印记在心，唯觉一身武生打扮的他，相貌堂堂，英姿勃勃，她的心狂跳起来了。

少女狂跳的心，又岂能压制官兵们如狼似虎的吆喝。苏若兰把她看着那英俊青年的眼睛稍稍偏了一下，这便看见几个官兵绑着一个满脸伤痕的青年走了过来，而跌跌撞撞搡在后面的一个老者，须发灰白，凌乱如草。他苦巴巴地追着喊："你们不能抓他呀，我就这么一个儿子……"然而老者悲苦的哀诉没能触动乱抓兵丁的官兵的情感，他们依然恶着脸，押着被抓的青年在前边走。三箭射杀三只大雁的青年，听着老者的哭诉，顿生怜悯之心，他横身过来，挡在几位官兵面前，劝说他们放了老者的儿子。蛮横乡里的官兵当即对他使出了手段，骂他狗拿耗子多管闲事，并挥拳飞脚，对他动起手来。英俊青年不急不慢，拳来拳挡，脚来脚阻，客客气气地防守了几招，看他们不识相，这便不客气了，腾挪翻转，强势出击，仅几拳就打跑了官兵。哭诉的老者和他受伤的儿子屈身拱手，是要感谢青年了。而青年扶住两人的手，从他怀里摸出一些碎银子，交给老者和他的儿子，让他们赶快逃走，免得再生事端。

苏若兰少女的心，被青年彻底地征服了。她钦佩他不仅武艺高强，而且心地善良，特别富有正义感和同情心。

爱慕上了青年的苏若兰，法门寺进香一毕，她就跟着父亲回家了。在路上思想的还是那个青年，她问父亲，那青年是为何人？父亲不糊涂，明白她的心思，就含笑回答她说："那是大将军窦真的孙子窦滔哩……"父亲回答苏若兰的话，叫少女的她忘记了女孩儿该有的矜持，当下就把心里所想和盘托出，要她的父亲托媒去窦家提亲。

扶风县城的老窦家，人才辈出，远近闻名。这一代的窦滔，如先祖一般，豪气干云，立志除暴安良、报效人民。他的年岁不小了，迟早都将走出家门，奔赴沙场。家人想着在他走出家门前，给他娶上一门亲，可是再好不过了哩。苏家的媒人，到窦家门里一进一出，一桩千古流传的好姻缘，就这么定下来了。

准备了一年时间，在公元 372 年一个阳光明媚的春日，一顶龙凤呈祥的大花轿，从武功县的苏坊村抬起十六岁的苏若兰，一路吹吹打打，抬进了窦滔的家。他俩喜结连理，恩爱幸福地生活了一段时日，满怀英雄梦想的窦滔就要离家奔赴沙场去了。这对他俩来说是悲伤的。小夫妻的两人，所处的时代太不如人意了，史称"五胡十六国"。正统的东晋王朝屈居江南，而北方各少数民族，把血腥的力量毫无节制地发挥到了极致。各个朝代像走马灯一般轮换，黎民百姓饱受战乱之苦，望眼四方，无处不是哀鸿遍野。直到前秦皇帝符坚顺应潮流，统一了北方后，才为百姓建立起了一个难得的"小康"局面。

将门之后的窦滔，非常痛恨战乱给黎民百姓造成的苦难，一心想为家国的长治久安作出点贡献。于是，就在新婚后的那年秋天，他给爱妻苏若兰说了，好男儿当在疆场实现自己的报国之志，才不妄人世一场。

小夫妻枕边的话，风先生是听到了呢。他没有言语，只是看着苏若兰把她的双臂缠上了窦滔的脖子，静静地抱住他，把她的嘴巴深深地吻在他的脸上，细声慢气地给他说了："你去吧。我不拦你，只要你记着我。"

新婚宴尔、情意缠绻的小夫妻，因此赶在那个秋风飒飒、黄叶飘飘、雁鸣阵阵的日子分别了。一匹战马一杆枪、一身武士装束的窦滔，在妻子苏若兰的陪伴下，走出了他们居住的法门寺小西巷，从军上路了……他俩缓步来到初识时的池塘边，夏日的艳荷在季节的变化里，到深秋已经是残荷了，触景生情的苏若兰，不禁对她的夫君窦滔低声吟道：

送君送到池塘东，当年射鸟识君容。

红线相牵结秦晋，不想今日两离分。

转过荷花塘，来到了小巷南，走在了大街上，苏若兰又吟道：

送君送到小巷南，只恨时短路更短。

此去前途两不知，郎君何日得回还？

当他们相伴来到寺院西边时，恰遇寺院钟声响起，苏若兰又吟道：

送君送到寺院西，钟声伴君跨征骑。

祷告神灵多保佑，等郎平安归故里。

小夫妻卿卿我我、缠缠绵绵、难分难舍，弄得男子汉的窦滔差点儿拨转马头回家了呢。但他毕竟是个有血性的大丈夫，于是跃身上马，挥鞭抽打了一下马屁股，使得胯下的骏马四蹄飞扬，向着男儿理想的征程奔驰去了……在烈焰血光的战场上，窦滔南征北战，屡建奇功，迅速成长为一员有勇有谋的青年将军。特别在协助符坚攻取东晋的梁州和益州的战役中，他的文韬武略得以全面展现，深得符坚的赏识，认定他是一位难得的人才。公元374年，从军两年、年龄二十三岁的他，即被提拔为秦州（今甘肃天水）刺史。窦滔回到故乡法门寺，接上十八岁的妻子苏若兰，一同赴秦州上任。

刺史的职责，各朝各代不尽相同，但前秦的刺史，实际上就是本地的最高军政长官。所以窦滔既要管军，又要理政。他上任之初，适逢当地连年大旱，庄稼无收，而符坚又要不断征粮扩军、开拓疆土。面对这种情况，窦滔巧妙周旋，全力抗灾救民，把当地治理得清平有序。

野心勃勃的前秦皇帝符坚，不顾民众疾苦，一心想要迅速南下，消灭东晋，统一全国。在秦州任上的窦滔，常常深入群众的生活，看到了连年兵灾给百姓带来的痛苦。耿直的他劝谏苻坚了，要他审时度势，息兵休战，给百姓一个休养生息的机会……刚愎自用的苻坚，哪里听得进窦滔的逆耳良言，加之个别好大喜功的权奸之臣屡屡背后谗言陷害窦滔，这就引得苻坚更为不满，以为他抗旨不遵，一道旨令下来，把他谪贬去了遥远荒凉的流沙，即今甘肃敦煌，去做地方小官。

赴任秦州刺史时，窦滔回了一趟扶风县的老家，接上爱妻苏若兰，同銮共驾到了秦州。小夫妻的热被窝才暖和了不长日子，就又要被迫分别，诗意满怀的苏若兰，忍受不住内心的凄凉，送别窦滔到府衙门口，即给他吟诵出一首诗来：

> 银箭昔日穿红线，何故今朝断丝弦？
> 送君池边千秋泪，漠漠流沙几时还？

窦滔听着，既悲伤又无奈，他无奈地摇头叹息，因此就更惹得苏若兰泪眼婆娑了。她接着前边的诗句，便又吟诵出了一首诗：

> 瑟瑟秋风孤雁鸣，古道西望泪湿巾。
> 暮日惨惨照荒草，佳音不知几度春。

窦滔被贬谪发配边关，刚满二十岁的苏若兰一时手足无措，在痛别夫君之后，不好再留秦州，只身回到故里扶风县法门镇的小西巷居住。这里有她的家人和亲朋好友，但也难以磨灭她对丈夫命运的担忧。因家产被查抄充公，她的生活没有了来源。面对这种情况，苏若兰也许是悲情大发，也许是诗情泛滥，她写出了一篇令时人惊叹、让后人慨叹的回文诗。

这篇回文诗最初仅有六十六字，因为思想情感的动荡和发酵，苏若兰一遍又一遍地修改，一次又一次地丰富，到后来发展成百余字的一首长诗。

全文如下：

贵米何不当量妻夫抛怎咐真鹤阳
再夫柴初早寡思离妇嘱老深情月
我思结中配回织垂时恩山年日语
侣发身夫家锦归去双叫深同婆谁
好伴奴上回想凄本早泪怜久料翁
谁放寻文少孤更回要可上至别去
早知朝能受寒野归地与今枕日离
子天冷淡尚雀衣天不久夫同鸳鸯

至于后来的人如何解读苏若兰的回文诗，风先生是不怎么理会的，他那个时候就伴在苏若兰的身边，见识了她创作回文诗的过程，也听闻了她阅读回文诗的节奏，是按每句七言来诵读的哩。首句从第一行中的"贵"开始，释读出来即是这个模样：

贵米何不当量妻，夫抛怎咐真鹤阳。
再夫柴初早寡思，离妇嘱老深情月。
我思结中配回织，垂时恩山年日语。
侣发身夫家锦归，去双叫深同婆谁。
好伴奴上回想凄，本早泪怜久料翁。
谁放寻文少孤更，回要可上至别去。
早知朝能受寒野，归地与今枕日离。
子天冷淡尚雀衣，天不久夫同鸳鸯。

如果从第一行中的"夫"字开始，向下斜着念，到边缘处向上、下、左、右念，宛转回环，一直到第一行的"妻"字为止，释读出来就会是这样一首七言诗：

夫妇恩深久别离，鸳鸯枕上泪双垂。

思量当初结发好，谁知冷淡受孤凄。

去时嘱咐真情语，谁料至今久不归。

更想家中柴米贵，再思身上少寒衣。

天地可怜同日月，阳鹤深山叫早回。

野雀尚能寻伴侣，我夫何不早回归。

本要与夫同日去，翁婆年老怎抛离。

织锦回文朝天子，早放奴夫配寡妻。

无论怎么诵读，风先生听来都极入心，既素朴平实，又朗朗上口，当时即流传了开来。风先生特别喜欢苏若兰抒写出的回文诗，他那个时候，全身心地追随着这首回文诗的流行足迹，到处奔波，总结众人的智慧，给苏若兰的回文诗很是恰切地起了个《回文朝天子》的诗名。

这里的"天子"，自然指的是前秦皇帝苻坚。

这位氐族的皇帝，雄才大略，历史是有定论的。风先生以他可以有的方式，把苏若兰的回文诗呈送给了身在京城长安的皇帝。做着前秦皇帝的苻坚，仔细品阅苏若兰的回文诗，他反复咀嚼，圣心大受触动，就也思念起了青年才俊的窦滔……时名流沙的敦煌，别说距离长安城了，就是距离窦滔原来任职的秦州城，亦有遥遥数千里，千山相隔，万水相阻，路途上要经过金城（今兰州）、凉州（今武威）、甘州（今张掖）、肃州（今酒泉），以及嘉峪关、玉门关，直到阳关下。周边是望不到头的沙漠，人烟稀少，生活艰困。

唐代诗人王维撰写的那首名为《送元二使安西》的七绝，就很能说明问题：

> 渭城朝雨浥轻尘，客舍青青柳色新。
> 劝君更尽一杯酒，西出阳关无故人。

风先生一旦思接流沙的敦煌，就会想起王维的诗句，甚至会不能自禁地吟诵出来。他知道，盛唐之际，国势强盛，内地与西域往来频繁，从军或出使阳关之外，在唐人心中是令人向往的壮举。即便如此，唐人依然排遣不掉独行穷荒的艰辛寂寞，更何况在纷争战乱的十六国时期……阅读了苏若兰回文诗的皇帝苻坚，应该有如风先生一般的情绪，他对窦滔生出一股恻隐之心，是要把他召回长安城来，免去他的一切罪责，给他新的任命，让他建立新的功劳。

接到旨令的窦滔，没有先去长安城面见皇帝苻坚，而是回到扶风县的法门寺故里来了。因为窦滔的心里，急切想要见到的，是他的妻子苏若兰。不知道她生活怎么样？牵挂着苏若兰的窦滔，从流沙的敦煌一路往回走，身边还伴着个名为赵阳台的女子。被贬敦煌的窦滔内心苦闷极了，他度日如年，虽然极度想念自己的妻子，却也难熬眼前的痛苦烦闷与孤单寂寞，结果偶遇了年轻曼妙的赵阳台，她能歌善舞，活泼调皮，给了窦滔心灵许多安慰，不久即纳她为妾……带着小妾赵阳台，窦滔心急如焚地赶回了老家法门寺，进到了他小西巷的家里，见着了爱妻苏若兰。

走在路上时，窦滔做了多种多样的想象，"久别胜新婚"是他想得最多的场面。可是他想错了，思念着他的苏若兰，不能接受他带回的小妾赵阳台。

在家的日子，苏若兰垂泪不止，她刻意躲着窦滔和赵阳台。一家人就那么尴尴尬尬地熬了些日子，窦滔架不住朝廷的催促，他要离家赴京了。

窦滔是想带着苏若兰与他一起去的，但他向苏若兰再三求告，都没有说服她。无可奈何的窦滔只得泪别苏若兰，带着小妾赵阳台赴京去了。

见到皇帝苻坚后，苻坚任命他为领军大将军，并令自己的儿子苻丕为监军，统兵去攻打东晋的军事重镇襄阳城。风先生见不得苏若兰的悲苦相，他不远千里，从扶风县的法门寺跑去窦滔统兵作战的前方，发现他运用自己的文韬武略，巧妙指挥，与前秦的另外几支军队密切协同，几场艰苦卓绝的战斗打下来，胜利夺取了襄阳城。苻坚因此大喜，遂封窦滔为安南将军，镇守襄阳城……能歌善舞的小妾赵阳台，不惧血雨腥风的战争，她日夜陪伴着窦滔，倒也给了他无尽的支持与慰藉。

独居扶风县法门寺小西巷老家的苏若兰，形只影单，天长日久，她不免思念远方的丈夫窦滔，并为自己的年轻气盛和任性赌气，产生了些微的悔恨之心。于是，她把她的所思所想书写成诗，越写越多，床头上、桌案上，到处都是。一天，她临窗对镜梳妆，看到外面杨柳吐絮，燕子呢喃，更觉悔恨难当，无限寂寥之际，自个儿占了一卦，卦象曰"嗟"。

情不能禁的苏若兰于是以"嗟"起首，吟出一首诗来：

> 嗟叹怀，所离经。遐旷路，伤中情。
> 家无君，房帏清。华饰容，朗镜明。
> 葩纷光，珠曜英。多思感，谁为荣？

看似感情细腻脆弱的苏若兰，其实是个意志坚强的女子。一首诗才吟完，另一首跟着又吟出来了：

> 仁贤别行士，颜丧改华容。
> 贞物知终始，寒岁识凋松。

一日复一日，一月又一月，一年还一年，苏若兰把她的思念之情，全都融入几千首的诗句中。此后还用了许多个夜晚，反复排列，互相交织，融通对比，叠加重合，最后浓缩在了上下左右各二十九字，共八百四十一字的文字方阵中，工工整整地完成了她《璇玑图》的创作。其中还对曾经迫害窦滔的奸佞之徒给予了鞭笞："谗佞奸凶，害我忠贞。祸因所恃，恣极骄盈。"在对权奸陷害表示愤愤不平的同时，也对丈夫窦滔的恃才傲物进行了批评，认为他应该吸取教训，防患于未然："虑微察远，祸在防萌。察微虑深，慎在未形。"风先生对此该是最有发言权的哩。他说了，苏若兰所以能有《璇玑图》面世，既是她才智情感的表现，更是她无数孤寂夜晚苦熬的结果。

独守空房的悲情，使苏若兰的才情发挥到了极致。诗成之后，她又在家门前的池塘里浣纱，在家里搭起织布机，用她漂染出来的五色彩线，红、黑、蓝、紫、黄，精致细腻地将诗句织在了一方长宽各八寸的锦帕上……锦帕四周用了红线，是红色字，四笔顶头的红字，又构成了大大的一个"井"字，把画面切分成了九大格。而"井"字中间的一大块，再用彩线分成了九小块。这样一方彩色锦帕，花团锦簇，不只好看，而且为解读诗文提供了极大的方便。

清代小说家李汝珍所著《镜花缘》里面的《璇玑图》，用风先生的话说，于颜色上很好地保持着苏若兰当时织锦的原有色彩。

苏若兰把她织在彩锦里的回文诗命名为《璇玑图》，有着十分严密的考虑。她知晓"天璇""天玑"是北斗七星中的星名，古人因此也把北斗七星称为"璇玑"。多才多艺、学识渊博、聪慧过人的苏若兰，给她的回文诗不起《璇玑图》的名字，还能起个啥名字呢？她上通天文，下晓地理，中悉人文，借用七星所用的"璇玑"二字，不但融汇了天地机缘，还巧妙地融入四书五经和诸子百家的典识。有人统计过了，说是《璇玑图》运用《诗经》的典故达七十七处，运用《易经》的原理达六十四处。

风先生特别认同李汝珍在《镜花缘》中对《璇玑图》的评析，他说："（《璇玑图》）上陈天道，下悉人情，中稽物理，旁引广譬，兴寄超远，此等奇巧，真为千古绝唱。"

织成彩锦的《璇玑图》，时人少有读得明了的，辗转送往襄阳窦滔的手里，他当即就读懂了，并因此悔恨得大哭一场。窦滔备重金把赵阳台送回关中，并备了车马，来到老家法门寺小西巷，接上苏若兰，把她接去襄阳，低头给她认了错，夫妻二人因之和好胜前……但这样的好日子，夫妻俩没有过多少天，残酷的淝水之战就拉开了序幕。战争的结果，不仅败亡了前秦帝国，也摧毁了他们幸福的小家庭，年仅三十二岁的窦滔，壮烈地牺牲在了战场上。

窦滔的牺牲，更是要了苏若兰的命。她短短的一生，除留下回文诗《璇玑图》外，尚有其他作品，可惜都遗失不存了。

大战结束后，阵亡了的窦滔有苏若兰给他守灵，把他的灵柩运送回扶风县来，安葬在了七星河畔。七星就是璇玑，璇玑即为七星，待苏若兰身殁，她的后辈遵照遗嘱，把她与窦滔合葬在了这处"七星""璇玑"相融合的地方。

【传二十九】

飞花如雪

信彼南山，维禹甸之。
畇畇原隰，曾孙田之。
我疆我理，南东其亩。

——《诗经·小雅·信南山》节选

　　杏林镇原来是有一片杏林的，杏花如雪，赶着季节烂漫得让人心伤，让人喟叹"沾衣欲湿杏花雨，吹面不寒杨柳风"。风先生就目睹了那曾有过的壮观与艳丽，他给我说了呢，那铺天盖地的杏花，像新棉，似白沙，安安静静地开着，编织出它独有的一场杏花梦，洁白它的洁白，风韵它的风韵，典雅它的典雅……耐不住风先生几句深情的感念，我不禁心儿湿润，眼里亦是一片泪光。

　　因为我知道，扶风县大名杏林镇的地方，是不见了那片杏林呢！

　　不见了杏林的杏林镇，近些年来，一种被老百姓称为"发财树"的元宝枫，却连天接地、呼呼啦啦地多了起来……风先生感念曾经的杏林，也感怀今日的元宝枫。他知晓又名五角枫的这一种树木，大平原上是没有它的落脚地的，原先就只作为荒山造林、绿化及景观行道树种而存在着。森林工程科学家结合化学家的眼光，从元宝枫的籽粒中分离出元宝枫籽油；然后继续分析化验，又从元宝枫籽油中发现了一些独特的化学成分，譬如亚油酸、神经酸及多种不饱和脂肪酸等。这些成分对人体可是有十分显著的保健医用效能哩，既能够防癌，还能够延缓衰老，更能够保护大脑，促进神经细胞再生，预防失眠健忘。

　　风先生细数元宝枫的这些良好用途，还鼓动我去到杏林镇，参观那里的元宝枫林。只见杏林镇的元宝枫林这里一片，那里一片，大成规模了呢。风推树摇，仿佛一片突出在古周原上的绿色湖泊，招引来许多鸟雀，既有花喜鹊，更有灰喜鹊，还有这样颜色那样颜色的画眉、百灵、杜鹃、乌鸦、山雀等。风先生因此说了呢，他说元宝枫林没有形成规模的时候，这里是难见这些鸟儿的；元宝枫林规模化发展起来后，这些珍贵的鸟儿才赶到这里来，把这里当作了它们的家。

"环境的好与坏，生态的优与劣，不是人说了算，而是要鸟儿来证明哩。"风先生的感叹令我心悦诚服，给他做了个鬼脸算是对他的认可，而后便埋头钻进身边的元宝枫林里，想要一睹元宝枫籽的芳容了。

我钻进得太鲁莽了，惊飞起栖息在元宝枫林里的鸟儿们，它们嘎嘎叫着飞起一群。正是因为鸟儿的飞起，掉落下一些元宝枫籽粒。我张开手掌，很便当地接住了几粒，在手掌心中倒了两倒，即凑在眼前细看了。但见不是很大的元宝枫籽粒，一颗一颗，金灿灿的，全然袖珍版的金元宝一般，可是太招人喜欢了呢！跟着我走进元宝枫林来的风先生，观察到了我对元宝枫籽粒的痴迷，不无玩谑地伸手在我的额头上戳了两下，风先生要说我了呢。

风先生说："元宝枫的籽粒，不是真的金元宝。"

我回答风先生："胜似真的金元宝。"

我的回答改变了风先生的态度，他把玩谑的样貌收起来，很认真地给我说了这样两句话。他说的话脱离开了我俩正在说着的元宝枫，而是跳跃到了另外一种语境里。

风先生说："如果你是鱼儿，就不要迷恋天空；如果你是鸟儿，就不要痴情海洋。对于草木来说，凋零或枯萎，是生命的必然经历。选择从容面对，是因为幻变的世界和人生，每时每刻都会有新的样态。"

风先生说："想要回去而回不去，应该也是一种回去的方式。人总是在回不去的时候又不断地回去，用过去的时光观照现实生活的存在。"

听着风先生的说教，我似乎明白了些什么，但又似乎什么都没明白。

钻进元宝枫林里的我，糊涂着朝风先生引导的方向想了，如今的元宝枫林与往日的杏林，是该有种紧密的联系哩。如今的元宝枫林，为的是造福当地的老百姓，往日的杏林，不也是为了造福当地的老百姓吗？我这么想来，对着风先生会意地笑了一笑，即被风先生思接千年地拉回到那个名叫石泰的人身边，陪伴着他，追寻他的足迹，见证他的事迹。

> 信彼南山，维禹甸之。畇畇原隰，曾孙田之。我疆我理，南东其亩。
>
> 上天同云，雨雪雰雰。益之以霢霂，既优既渥，既沾既足，生我百谷。
>
> 疆埸翼翼，黍稷彧彧。曾孙之穑，以为酒食。畀我尸宾，寿考万年。
>
> 中田有庐，疆埸有瓜。是剥是菹，献之皇祖。曾孙寿考，受天之祜。
>
> 祭以清酒，从以骍牡，享于祖考。执其鸾刀，以启其毛，取其血膋。
>
> 是烝是享，苾苾芬芬。祀事孔明，先祖是皇。报以介福，万寿无疆！

与我一起追寻石泰足迹和事迹的风先生，蓦然给我吟诵起了《诗经》中的《信南山》。我从他的吟诵声里，听出他是动情了呢。我能理解，他所以动情，是因为这首远古的歌谣，不仅刻画了农事结束后隆重的烝祭活动，还形象地描写出老百姓生活不易，需要心怀民众疾苦的圣人，帮助大家脱离苦海，过上没灾没病、安静幸福的生活。

歌谣的笔调舒展灵活，有浓郁的抒情意味。

风先生就特别感佩那位远古而不知名的人，感佩他有怎样的一副柔肠，能描写出如此有特色的自然风物。如是田原，即从大处落墨，突出沟渠纵横交错、延伸向远方的情景，给人一种辽阔苍茫之感；如是山川，则突出其连峰叠嶂、逶迤绵延，仿佛万物屏障，更显气象雄浑……他写到冬雪，让人的眼前立显阴云欲坠、霰雪纷扬、银装素裹的壮丽画面；再写春雨，则柔笔轻触，描绘出春雨绵密、大地一片迷蒙的柔媚景象。

在如此风景中，我与风先生追逐的古人石泰，在他所处的时代，就那么云游天下，从他的老家常州，走过了春夏，走过了秋冬，走到古周原上的扶风县来，实现了他人生梦想的一次大确立。

别说今日的常州是个经济发达的城市，便在石泰所处的南宋时期，亦是全国数得着的繁华大都市。"三吴襟带之帮，百越舟车之会"，常州的地理位置优越，交通十分便利，商业极其繁荣。早在盛唐之时，即被称为"毗陵大藩"。时人多有评论，有人说"当全吴之中，据名城沃土……吴中州府，此焉称大"；还有人说"江东之州，常州为大"；更有人说"常州为江左大郡，兵食之所资，财赋之所出，公家之所给，岁以万计"。如此，足可证明历史上的常州是太不平凡了。但在风先生的记忆里，他最为欣赏的还是那句流传十分深广的谚语。

谚语云："苏常熟，天下足。"

历史上，常州非常丰富的农业发展资源大大促进了该地区手工业的发展，唐宋时期即以丝织品和青铜器的制作享誉全国。城中开辟有专业的织机坊，出产的晋陵绢深受欢迎。常州也与苏州、杭州、湖州、松江并称为"江南五大丝织产地"。在这样的一种环境里，名石泰，字得之，号杏林，又号翠玄子的一代医家，先学习掌握了一手十分了得的缝纫技能，既养得了家，糊得了口，更可以结交八方宾客，到后来竟然还入了道家，走出家门，云游到了古周原上……他留守在这里，一边为人缝纫衣裳，一边为人疗疾治病。

石泰的缝纫技艺高超，甚得当地人的喜欢；而他的医疗技能亦十分高迈，不能说可以包治百病，但感冒、发烧、咳嗽等普通疾病，他医治起来得心应手，差不多可以做到药到病除。

疾消了，病去了，病家酬答他是人之常情，他接受酬答也是理所应当。可名叫石泰的他，可能因为道家的身份吧，压根儿一分一文都不取。过意不去的病家如果硬往他怀里塞医药费，他还会气恼呢。他最乐意看到的是，由他医治好的病家，赶在冬末春始的日子，来他居住的河沟两岸，广植杏树苗儿……古周原上的地貌就是这个样子，平展展一望无际，但横亘在北面的乔山山脉孕育了一条条小河，河水出山后奔流不息，年复一年地流泻着，冲刷着，在陷湿性的黄土地上，刀劈斧砍似的，割出一道道宽窄不一、深浅不一的沟壑来，弯弯曲曲，极尽婉转。石泰所住的地方，恰好就处在那样一道沟边上，河沟的两岸，满是荒芜的草坡，正好可以让受益于石泰的病家种植杏树了。年月久了，杏树成林，这个地方也就被叫作了"杏林"。

地方名杏林，石泰号杏林，地与人，人与地，情缘相契，结合在一起。原来的荒草沟，没有几年时间，就满是葳葳蕤蕤生长着的杏树了。风先生亲眼见识了那壮观的情景，春风拂面的时节，杏花开了，粉白鲜嫩，开得像是落了一场春雪，千树万树裹银装，惹得风先生要来，惹得附近村庄中爱美的女孩子也要来。风先生看着窜进杏树林里的女孩子，以为她们亦如杏花般美艳迷人。

这样一幅情景，可以说是石泰想要的呢。他从此不舍这里，就在满沟杏树的崖边上，凿了几孔土窑洞，既在窑洞里非常虔诚地修他的道学，还在窑洞里缝纫衣裳、悬壶济世……在扶风县文化馆工作时，我缠着风先生，让他做我的向导，就曾到石泰当年修道行医的杏林来过。那个时候，杏林见不着了，石泰居住过的土窑洞也见不着了。可以看到的，是后来崇拜他的人，在他居住过的窑洞基址上修建的药王庙。我与风先生来得不是时候，所看见的药王庙，破败得可是太厉害了。沟崖上青砖砌筑的墙壁，虽然还雄赳赳昂然挺立着，但青瓦覆盖的屋顶，则已塌掉了小半边。伤心着石泰的我与风先生，看着那样的一个局面，满腹的难受想说，却不知能给谁说。因此就只能伤心地在那里看了一圈，然后伤心地离开那里，回到县文化馆，把我们看见的药王庙情况给组织上反映了一下。不过我们的反映，就像抛进大风里的一撮灰尘，当即随风而去，不见丝毫踪影。过了些日子，受到风先生的蛊惑，我与他再次拜访了立给石泰的药王庙。这次看到的情景比前次更惨，破败的药王庙居然被毁了去，庙基上建了个养猪场！

"啊呀呀！"我与风先生吃惊得一通呼叫。

呼叫着的我与风先生，想要听到些正面的回答，但却没有，而只听见几十头大猪小猪的合唱，"吭吭唧唧""吱吱哇哇"，叫得那叫一个欢实。

我是无可奈何了，顿然软得像被人抽去了筋骨。好在我有风先生帮扶，他伸手拉住我，用他过来人见惯不怪的口气，给我说了两句话。

风先生说："所谓世界，就是一些人在不停地善行善为，而另一些人，则享受着他人的恩惠，还又不知珍惜。"

风先生说："当然了，作出了奉献的人，也不要期望应有的回报。做就做了，为就为了，坚持平和与谦卑，淡泊名利，活出一个真实的自己就好了。"

风先生的话安静了我的心情，我知晓千年前的石泰，背井离乡，来到这处地方，驻足下来，其所作所为，没有我想的那么复杂。他是单纯的，单纯他缝纫的技巧，单纯他道学的修炼，单纯他岐黄的修为，他就很满足了。这么想来，我释然了许多，并联想到自己有太多向他学习的地方。他兼顾缝纫与岐黄，据他的弟子薛道光记述，直到八十五岁时，他还能夜事缝纫！他那么做，是因为他的眼神好，还是他生活的需要？我揣摩不清，猜测不明，因之还求告了风先生，不知他会做何回答。

见多识广的风先生，对我的许多问题，回答起来都很顺溜，但对这个问题，他思索了好一会儿，不能确定地给了我一个答案。

风先生说：“是他的一种习惯吧。”

习惯成自然，我满意风先生的答案。把自己的生活活成一个习惯的石泰，最后竟然活到了一百三十七岁。他在他的习惯里，自食其力地过着自己的日子，做着自己的事情，还著作了《还源篇》。像他在《还源篇》序里自述的那样：“泰素慕真宗，遍游胜境。参传正法，愿以济世为心；专一存三，尤以养生为重。”

哦，一个完美的好道人士，一颗纯美的济世之心。

与石泰几乎同时代的琼山道人白玉蟾就极为尊崇石泰，他说：“石居士鹿鼻鼠耳。”研究者言之凿凿，认为白玉蟾所言“石居士”就是石泰。根据他的这一描述，石泰的形象与天津说相声的马三立老先生倒有一比，生得很滑稽，而且可乐。这就对了，有异象的人，才可能有大志向、大作为、大收获。他的弟子薛道光就说了呢，说他的老师“绿发朱颜，神宇不凡”！

弟子薛道光如此描述老师石泰，绝非溢美之词，因为他自己就十分了得呢。

姓薛名式、又名道源的他，从文献资料来看，比他的老师石泰还要整齐。风先生记忆中，他老家在陕府鸡足山，初为僧，法名紫贤，居福安寺，参修长老，深明佛法，人称毗陵禅师。因观桔槔开悟，颂之曰：“轧轧相从响发时，不从他得豁然知。桔槔说尽无生曲，井里泥蛇舞柘枝。”佛家据此颂扬他机锋敏捷、宗说兼通。别人怎么说他，薛道光是无所谓的，他所谓的只有石泰道人，为此他弃僧从道，幅巾缝掖，混俗和光，以了性命大事。薛道光享年一百一十四岁，几与他的老师石泰一般。身后留有《丹髓歌》《还丹复命篇》《悟真篇注》等。

杏林没有了杏林，杏林变成了元宝枫林，这可否说是杏林的一种传承？大家怀念石泰，怀念曾经的杏林精神，而作出了新尝试、新发展。

文章敲到这里，我是要收手了呢。但风先生兴趣未减，他拿开我的手指，自己在键盘上噼里啪啦敲起来了。风先生敲道，杏林镇民风淳朴，"要鞋袜子一块给"。见面互相问答，首要的一个词是"吃咧？""吃咧！"即便问候的人从茅房往出走，也不忌讳。吃饭时端个大瓷老碗，先要让人，"吃点？""吃点？"推来让去，行礼如仪，过后才能下筷子……风先生真是有趣，他在键盘上敲出这段话来，似乎还不满足，就还继续敲着，大夸特夸杏林人的实诚与厚道，以及邻里间的和睦与亲切，谁家街门向哪边开，院里盖几间房，地里长几棵树，闭着眼睛都能说得清楚。

风先生如此做来，倒使我对现在的杏林镇要有一番赞扬了呢。

我知晓他们的现代化良种工程做得就很出色，譬如以浪店村、菊花村的小麦良种为示范，带动形成了东坡、廿里铺、杨家村小麦良种产业区；再就是精品果业工程的建设，即以召宅村为中心，辐射菊花、涝池岸、汤房等村，形成了精品苹果产业区；还有长命寺的绿化苗木，廿里铺村的核桃苗木，三官庙、涝池岸村的高效甜瓜等特色种植……回忆里"飞花如雪"的杏林大地，姹紫嫣红，平添了更多艳丽迷人的色彩。

扶風傳

双『青』会

青青子衿，悠悠我心。纵我不往，子宁不嗣音？
青青子佩，悠悠我思。纵我不往，子宁不来？
挑兮达兮，在城阙兮。一日不见，如三月兮。

——《诗经·郑风·子衿》

扫码听诗

宽崖、深沟、细水，是漳河流经扶风县城南那一段的样态。

宽不是一点的宽，深不是一点的深，细不是一点的细，宽得不见边，深得不见底，细得不闻声……古周原上的河流，因为历史的缘故，还因为地理的缘故，无不如漳河那般，把细细的流水变得仿佛一枚永不生锈的刀片，千万年地切割着，纵纵横横，在平坦的古周原上切割出许多条深陷沟渠里的涓涓细流。一座孤坟，一座神庙，就隔在漳河深而宽的沟壑两边，南北相望。我不知这孤坟和神庙有什么交集，但风先生是知道的，他会指导我去到那里，解开二者间的时间之谜，以及故事之源。

知心识情的风先生，先就给我捧出一本他珍藏的《庙会风情》的书。这部由周至故人张长怀着意撰写的书本里，有一篇名曰《官村娘娘响当当》的短文，约略透露出了漳河两岸那座孤坟和神庙的奥秘。

文中较为详细地叙述了一位名叫索姑的女子，开宗明义，确定她是古周原上的扶风人氏，并极言她从一个普通的农家女子走向神坛，是个特例！对于张长怀的论述，我不好说什么，但风先生是肯定了的。他甚至说，千古唯有她一人。风先生这么说了后，就还拉着我去了邻县的周至，撵到当地人叫作青山，而地理学上称之为翠峰山的索姑娘娘庙里，参加那里的百姓为索姑举办的庙会……庙会自三月初六日起，到三月初十结束。之后，索姑的娘家人，也就是扶风县青龙寺周边的村社，就要横渡渭河，接索姑回娘家继续办会了。

娘家的扶风县青龙寺周边村社如何给自家的女子索姑办会，暂且按住不表，就只说周至人给索姑举办的庙会，盛大得让人要感激涕零了呢！

把翠峰山庙会简称为青山庙会，是周至人感恩索姑的一种表现。索姑的娘家在扶风县青龙寺，翠峰山（青山）是个"青"，青龙寺还是个"青"，"两青结一青（亲）"，翠峰山庙会简称为了"青山会"，扶风县青龙寺的庙会也简称为了"青龙会"……在周至县翠峰山周边村社举办的青山会，依据例制，由各社轮流承办，每社一会。过会时，必在官村或者车峪口搭台子唱大戏，由当年轮值之社主持。剧团从本县或外县延请，如果筹集的钱粮允许，还会从西安城里延请戏班子，少则一台，多则数台，让延请来的戏班子唱对台戏。

好热闹的风先生，满怀对索姑的深情，没有缺席过一次举办给索姑的庙会。因此他也就见识了庙会上数家戏班子对台斗戏的情景，既是热烈的，更是激烈的。

戏班子对台斗戏，开始时倒也平和，你唱你的，我唱我的。但台下看戏的观众有自己的喜好，觉着谁家的戏吸引人，就往谁家的戏台前涌。失却了观众的那家戏班子不能忍受了，就要亮出他们的绝招来，把流失的观众重新吸引回来。这家戏班子如此做来，那家戏班子照样儿来做，斗戏的效果就出来了，而且越来越激烈，直斗得声嘶力竭、鼓破锣裂、天昏地暗……所以斗得那般惨烈，宣扬本戏班子的名声是一码事，获得高额经济收入是又一码事。戏台下多有怀揣钱币的戏痴和戏迷，他们看戏看得高兴了，就会登上戏台，给他们中意的戏把式披红搭彩，花钱写戏（点戏）让他们唱。

举办给索姑的庙会，既是对索姑的一种怀念，更是百姓们的一次狂欢。

等待主持庙会的其他村社不会空着手来参加庙会，他们都会成群结伙带着厚礼来呢。呈送献祭纸货与大蜡必不可少，送来社火芯子、秧歌鼓乐助兴似也少不了，庙会的现场人山人海，其中就有心眼活络的人，沿街摆摊子做生意……风先生说了，庙会兴隆的日子，街巷里人满为患，就得往村外扯了呢，三扯两不扯的，庙会要扯开十余里，摆摊子做生意的人就把他们的生意摊子也扯开十余里。这样的生意摊子，买卖地方特产的有，但最多的还是风情小吃与小喝，吃的自然多是筋道香糯的翠峰饦饦，喝的自然多是粳米醪糟。听风先生说，翠峰饦饦的做法是很考究的，庙会前的日子，有摆摊想法的人家，把面揉好醒好，再酵软，置于凉水中，摆摊时用手撕开，撕扯成小孩巴掌般大小的面片，顺手丢进沸水锅里煮熟，调上调料就可以享用了。乌黑红亮的陈年老醋、呛人鼻息的细碎蒜泥、油润香艳的油泼辣子，勾引着逛会人的眼睛，看一眼，他们的喉咙里即会伸出一只手来，当即蹲在人家的摊子前，从衣裳口袋里抠搜出卷角发毛的零碎钱，给自己点一碗来吃了。

翠峰饦饦惹人馋，粳米醪糟也不输它。小小的一盘泥炉中，玉米芯子燃烧的火焰既冲又旺，热辣辣舔着铜质带把儿的炒瓢，滋啦啦烧着铜瓢里的水，甜蜜蜜倾入些微醪糟胚子，眨眼之间，既润喉，还润心，又润肺的热醪糟就送到交了钱的食客手上。

这样的热闹，这样的快活，不过是索姑娘娘庙会的一种表面现象。最本质的还是进到索姑庙里去，给索姑上香祷告诵经了呢。风先生的记忆真好，赞颂索姑功德的《十贤惠》像是刻进了他的大脑里一般，无需准备，他随口就能诵念出来：

一要学贤惠，做事需谨慎。不可荒唐了，自呀自思量。天天需慎为，时时要小心。损人不利己，了呀了不得。

二要学贤惠，做人需明白。对待那亲朋，莫呀莫私心。端平再搁稳，不能欺哄人。公道又合理，才算真明白。

三要学贤惠，常存忍让心。会忍得福分，会让得善报。忍让两个字，时常对邻居。忍让兼礼仪，才能落贤明。

四要学贤惠，管好自己嘴。动口出言语，讲理不伤人。吃亏即是福，便宜即是祸。为人多行善，小心酿祸患。

五要学贤惠，贤心在孝顺。孝顺爹和娘，尊敬老与长。孝言与顺语，恭敬对高堂。不学忤逆汉，孝顺要当先。

六要学贤惠，慧根在慈悲。伤天害理事，绝对干不得。慈悲不伤天，慧贤除灾祸。事情颠倒颠，方称英雄汉。

七要学贤惠，多多积阴德。路旁遇乞丐，门头可怜人。施舍为善行，帮人为积德。为了再生世，积德才有得。

八要学贤惠，慧眼看周围。聪明或愚蠢，长短不一般。种田与做官，必得心思善。安康与富贵，全需德来换。

九要学贤惠，礼让存心间。仁义礼智信，永葆廉耻心。取长可补短，永做贤惠人。贤惠福寿长，吉星佑忠良。

十要学贤惠，贤惠积功德。贤惠人人学，神圣喜欢你。老君哈哈笑，观音来接你。喜欢心内存，度你享极乐。

就在风先生滔滔不绝地诵念人们赞咏索姑贤惠与仁德的《十贤惠》时，我的思想开了会小差，从周至县的青山会跑去了扶风县的青龙会。青山会上的人要涌入娘娘庙里念诵《十贤惠》，青龙寺庙会上的人们也会涌入青龙庙里去，集体诵念《十贤惠》……我心里想了，传统村社文明中一个值得总结的现象，就是索姑庙会一样的会社活动了。活动中，人们聚集在一起，诵念被大家公认的贤惠人事是一回事；坐在戏台下，观看戏剧演出是又一回事。我记得十分清楚，《三娘教子》的小戏，给了我耕读持家的教育；《安安送米》的小戏，给了我百事孝为先的教育；《岳母刺字》的小戏，给了我精忠报国的教育；《罗通扫北》的小戏，给了我怀抱高志的教育……高台教化，传统中国"仁义礼智信"的文化教育与道德树立，就这么不知不觉、潜移默化，一代一代地传承了下来。

就在我为此而感慨的时候，居然如风先生一般，似乎有了特异功能，听得见风先生腹语吟诵的《诗经》里的一首歌谣：

青青子衿，悠悠我心。纵我不往，子宁不嗣音？

　　青青子佩，悠悠我思。纵我不往，子宁不来？

　　挑兮达兮，在城阙兮。一日不见，如三月兮。

　　我听得明白，风先生腹语吟诵的是《子衿》哩，翻译成现在的语言，是说：“青青的是你的衣领，悠悠的是我的思念。纵然我不曾去会你，难道你不把音信传？青青的是你的佩带，悠悠的是我的情怀。纵然我不曾去找你，难道你不能主动来？来来往往张眼望啊，在这高高的城楼上。一天不见你的面啊，好像有三月那样长！”多么抒情的句子呀，我是要陶醉了呢。

　　我陶醉《子衿》里所抒写的那位多情的女子，并因此还陶醉被后世人神话了的索姑。

　　未被神话前的索姑，在她扶风县的故里，像《子衿》中的那位女子一样，向往自己被人爱，而且她也爱她想爱的人，相思萦怀，念念不忘。然而现实给予她的，却是让她太伤心了……索姑幼时丧母，为了家计，父亲长年奔波在外，行商在西陇一带的崇山峻岭里，不知是另安了家室，还是出了什么事故，一次离家后就再也不见回来。索姑随在哥嫂身边生活，哥懦嫂恶，索姑屡遭虐待，但她忍得下来，尽心尽意地帮助哥嫂料理家务。索姑的目的只有一个，那就是等待她的父亲回家来。可是她没能等待回父亲，而是等待来她的恶嫂把她嫁人的消息。所嫁之人，除了能给兄嫂一大笔钱财，并不是索姑想嫁的人。那个家伙是丑陋的，不仅外表丑陋，内心更是肮脏。面容姣好、心地纯良的索姑，岂能嫁与这样一个孬汉？前思后想，索姑就只有逃婚去了。她赶在唢呐声声、炮仗轰轰的出嫁日，趁人不备，乔装独自出门，渡渭水，入秦岭，至青山，在这里安居下来。索姑在青山广行善事，觅得甘泉为民解渴，采挖药材为民疗疾，深受远近百姓的赞颂。索姑去世后，百姓们为了纪念她，在她安葬的地方立起一座庙，四时八节，给她焚香点烛、烧纸祭酒……一日，雄强无比的唐太宗李世民在青山下狩猎，他单骑迷了路，又饥饿难耐，索姑因之仙灵重现，为其赐泉煎茶、煮粥烧饭。唐太宗圣心为之大动，当即颁下圣谕，封索姑为"全贞娘娘"。

唐太宗回朝后还又拨来专款，整修了索姑的庙宇，重塑了索姑的雕像，索姑金身彩衣，一时荣耀无两。

自家的姑娘逃婚他乡修炼成仙，娘家人心里的滋味一定不会好受。扶风人痛定思痛，便依照周至人在青山为索姑建的庙宇，也在扶风县境索姑成长起来的青龙山上为索姑建立起了一座庙……我在扶风县文化馆工作的时候，与风先生去了趟青龙山，发现青龙山徒有山的名讳，看上去毫不起眼。而在傍着湋河悬崖边的一处沟梁顶端，四面古柏环抱，郁郁葱葱，势如星辰倒映，倒是有那么点儿华山壮伟之势、终南秀逸之趣。周至人为索姑举办的青山会偃旗息鼓之日，扶风人为索姑举办的青龙会相接着就办起来了。

奔赴周至青山接索姑，是青龙会拉开序幕的标志，日期就在每年农历的三月十五日。周至人抬着索姑塑像从青山往渭河边上送，扶风人从青龙山去渭河边上接。两县热爱索姑的信众成千累万，周至那边的人扯开来一长串，扶风这边的人扯开来亦有一长串。两县人不会让索姑塑像落地，而是他从他的肩膀上往你肩膀上挪，你从他肩膀上往来接，接住接稳，继续抬在肩膀上走。走到青龙寺的庙堂里，接来的索姑由方圆十三方村社的当家人，伸手合力，恭恭敬敬地安顿在庙堂正中间的那处莲花状的高台上，然后再给索姑净身、换装、开脸，下来就是焚香点蜡、烧纸祭酒了。

头一炷香谁来上？这是大有讲究的哩。

像周至青山索姑庙周围的村社轮番主持索姑的庙会一样，青龙寺这边亦由十三方村社轮流承办。哪家村社承办，头一炷香就由哪家上。而这家村社为承办庙会出资最多的人家，才可以上头一炷香……扶风县青龙山索姑庙会，比起周至县青山索姑庙会，不会小，只会大。当日当时，不仅扶风县境的人会蜂拥而来，便是相邻的乾县、武功、兴平、眉县、陈仓、岐山等地的人也会来，即便远在四川的广元、甘肃的陇西、宁夏的固原、河南的灵宝，人们骑马坐轿、携幼扶老，亦会自发赶来朝拜，祈愿风调雨顺、人寿年丰。

索姑所以受人敬拜，或许与许多地方传说的一个故事有关。风先生说了呢，那个传说里名叫虎姑的女子，虎性不改，常会装模作样地哄骗小孩子，溜进小孩屋子里去睡觉。睡到半夜，趁着小孩熟睡时，即会露出原形，张嘴吞食小孩儿……祭拜过索仙姑，虎姑便不敢哄骗小孩子，更不敢吞食小孩子了。

关于虎姑的传说，随着地区的不同，会有不同的版本。在这里我就不多列举了，只说我小的时候，老娘为了我能睡好觉，总会细声细气地念一曲口谱给我听：

爱哭的娃娃不要哭，虎姑听到咬你的小耳朵。

不睡的娃娃赶快睡，虎姑来了咬你的小指头。

在老娘反反复复的口谱声里，我闭上眼睛睡着了，老娘还会再念几声口谱呢。这时候念出的口谱，反反复复就一句话：

虎姑吧，别咬娃，乖乖的娃娃睡着咧。

风先生就有那样一种能耐，常能钻进我的肚腹里去，在我大气不喘、小气不出地想念老母亲时，他拳打脚踢，鼓捣得我心痛难忍，我知道他是有话要给我说了呢。我只得收回我幼年的回想，安静下来，静听风先生的说教。

风先生说："坚强是生命最为本质的能量。有了坚强的理由，虚伪的懦弱在真诚的生命面前自会露馅。有了坚强的信念，短暂的挫折又算得了什么呢？坚强的人，活得也许并不精彩，但死后会成为一抹永远的风景！"

风先生说："让自己停止烦躁，学会适应逆境……逆境或在高处，或在低处，都是不易到达的。看淡眼前的名利，看重脚下的台阶，向上向下，走过逆境，就是一个不一样的你。"

风先生钻在我的肚腹里，说的不是我。我听得出来，他说的是索姑……索姑的嫂嫂贪图钱财，把她卖给那户有钱的人家，她不乐意，嫂嫂就安排她纺棉花、拧麻绳。狠心的嫂嫂安排给她的活儿是繁重的，三天的活儿要她一天完成。索姑没有反抗，她拿着嫂嫂安排给她的活儿出门去，按嫂嫂的要求，很好地做完了活计。嫂嫂心里有了疑惑，安排给她更多的棉花和麻索，让她纺棉线、拧麻绳。索姑依然逆来顺受地接受下来，拿着棉花、麻索出门了。嫂嫂暗中跟着偷看，不看不知道，一看吓得不轻。但见索姑来到沟畔的树林里，把棉花和麻索挂在树枝上，自有细风摇动的树枝代她纺纱拧绳，而她则在林间欢快地与花草树木和鸟兽玩耍游戏……总是虐待她的嫂嫂，因之顿悟过来了。

顿悟过来的嫂嫂，感知索姑不是一般人物，她扑向索姑，想要给她认错，向她参拜，可是索姑见状却腾云而起，飘飘荡荡向南山去了。嫂嫂追在她的身后懊悔不及，一声声地向着她呼喊了。

嫂嫂既呼且喊："姑姑等……姑姑等……"

呼喊着索姑的嫂嫂，竟然呼喊着成了一只鸟儿。古周原上的人都认识，那就是布谷鸟。平常的日子，它的叫声没有什么特别，就在青龙寺索姑庙会的日子，它的叫声就会转换成"姑姑等"的音调，叫给庙会上的人们听。那么叫着，它还可能飞越到宽阔的湋河北岸去，在那座高大的坟堆周边鸣叫……与青龙庙遥遥相望的那座孤坟，安葬的就是大名鼎鼎的《汉书》作者班固，他在中国的历史上，以他的一支笔，谱写了属于他的辉煌。索姑的时代晚了他许多年，她应该知晓他的伟大。他们两个毫无干系的人物，就这么定格在小湋河的两岸，让我们扶风人永远地传说着。

青山会，青龙会，绵绵千年双"青"会。

老婆会

嘤嘤草虫，趯趯阜螽。

未见君子，忧心忡忡。

亦既见止，亦既觏止，我心则降。

——《诗经·召南·草虫》节选

扫码听诗

连着几个春节，扶风县不知是谁，总要弄出个《扶风名片》的微信短视频，发布出来，给扶风籍的人以谈资，于宴饮斗酒时论说一番。我记得十分清晰，其中就有西周时的周文王、周武王、姜太公，汉、唐时的班固、班超、马援、马超、耿弇、窦融、窦乂、万巨等，最后连我的名字也幸运地忝列了进去。对此我不能说不开心，但心里虚极了。因此心想，应该把明代素有"铁胆御史"称谓的王纶列入才好。

风先生同意我的观点，他说了呢，保护扶风人安泰的城隍神，可不就是曾经活生生的天度人王纶吗？

城隍信仰之于我们中国，风先生最有发言权了。他知晓"城隍"一词最初源于城墙的修筑，在城市的四周，挖出土来夯筑高墙，取过土的沟道就成了护城的堑壕，引水注入则为池，无水的则称隍。这也就是说，城隍原指护城的河沟，如班固的《两都赋序》说的那样，"京师修宫室，浚城隍"。一朝一朝地流传，一代一代地传承，及至明代，登上皇位的朱元璋于洪武二年（1369）正月，大封京都及天下城隍神，把这一传统推高到极致。当时的京都，即南京应天府，城隍神被封为"承天鉴国司民升福明灵王"；接着就是朱元璋"龙兴之地"的开封、临濠、太平、和州、滁州等地城隍，亦被封为正一品王爵；其他府城隍则为"鉴察司民城隍威灵公"，秩正二品；州城隍为"鉴察司民城隍灵佑侯"，秩三品；县城的城隍为"鉴察司民城隍显佑伯"，秩四品。扶风县的城隍，也就是在那个时候受封的哩。

有明一朝，扶风籍的四品官吏有好多个，如鲁马赵家的赵御史、午井镇的张御史和天度镇的王御史，几位御史公中，王纶王御史最为人们所推崇，他必然地就受封成了扶风县的城隍神。

关于封了扶风县城隍神的王纶王御史，风先生比起别人要熟悉得多。他知晓王纶的一生并不平顺，幼时家境艰难，父母早丧，年幼的弟弟妹妹需要抚养。王纶白天务农种地，晚上苦读书籍，努力操持家庭，等到弟弟妹妹都成了家，才去安心读书。后来，王纶成功考取了功名，穿上官袍，戴上官帽，登上官靴，做了威威赫赫的官人……艰苦的童年生活赋予了他刚直不阿的本色，做起官来不仅尽职尽责，而且独当一面。他曾任真定知县、巡按四川监察御史、嘉兴知府及浙江参政等职，做得最亮眼的有这么三件事。其一为他初任真定知县时，势力熏天的京官权珰奉使过境，来县打骂笞辱官吏。王纶怒从心头起，径直进入权珰的住所，解下他的袍带抽打权珰，并绑缚了权珰的随从，检查搜寻他们的私囊，使得权珰惶恐不已，当即向他表示悔过。其二是他出巡四川，正值鄢匪作乱，而督臣洪钟、高会却在宴饮，王纶当即罢免了他们的官职，自请掌管十二团营，迅速平息了叛乱。其三是他不畏权臣刘瑾，针锋相对，大胆揭露刘瑾胡作非为的桩桩罪恶，受其迫害贬斥而不退缩，不仅被时人誉称为"铁胆御史"，还受到了明武宗的颁旨嘉奖。

拥有如此丰富多彩的人生履历，到了晚年，王纶告老还乡，联络了多位有志之士，出资在扶风县城建了一处取名"多贤"的书院，为传承扶风县的文化根脉和培养人才发挥了非常大的作用。仅仅他们天度王家，在书院读书的学子，先后就有数十人考取了功名，用他们天度人的话说，王姓一族，世代都有"手持笏板朝见君王"的人物。

书院初建起来时，王纶作为山长，经常要面对年轻学子，给他们讲授知识学问。与此同时，他还收拾整理了他过往书写的诗和文。譬如他的《多贤书院》绝句就很耐人寻味，风先生时不时地还会诵念出来：

> 荒诗夜月霜华白，故国秋园树锦红。
>
> 只此关河全胜地，人文犹有古邠风。

风先生在诵念罢王纶的一首诗作后，往往还会情不自禁地再诵念一首。如王纶的《绛帐村》就很得风先生的赏识。

诗曰：

> 野寺山冈古洞纤，人传曾是马融居。
>
> 地深只隔秦人树，岁久仍藏禹穴书。
>
> 绀宇钟连清梵寂，碧罗烟袅绛纱虚。
>
> 当年借问横经者，前列生徒孰启予？

王纶和马融同为扶风人，因为王纶对于马融的追念，使得他们两位超越了时空的限制，变得那么亲切美好，犹如王纶《远爱亭》诗作里说的那样："风物着人题梦草，乾坤容我醉眠沙。"才情、诗情绝佳的王纶不做扶风县的城隍，谁还能做呢？

风先生就服气王纶的城隍做得好，他因之时不常地要把《诗经》里那首名曰《草虫》的歌谣，逮住机会给我诵念一番。

平心静气地听吧，他是又要给我诵念了哩：

> 喓喓草虫，趯趯阜螽。未见君子，忧心忡忡。亦既见止，亦既觏止，我心则降。
>
> 陟彼南山，言采其蕨。未见君子，忧心惙惙。亦既见止，亦既觏止，我心则说。
>
> 陟彼南山，言采其薇。未见君子，我心伤悲。亦既见止，亦既觏止，我心则夷。

我知晓《草虫》的诗作自有它原始的意味，非常抒情，借助弱小的草与虫，而抒发诗人想要表达的情感……草虫的鸣叫声仿佛乐曲一般，带动了阜螽相随蹦跳起舞，自此起兴，便又写了秋风的凉意，以及衰败的秋草和枯黄的树叶，使人难免忧愁苦闷、心绪不安，而要寻找能够安慰自己的去处。

这个去处会是城隍庙吗？自然是了呢。

我的理解把风先生惹得乐了起来。我不怕他恼，怕的是他乐。过去的经验告诉我，他如果乐了，而且乐得还有点儿不正经，就说明他是嘲笑我了哩。我因之红了脸，老老实实地看向他，听他会有什么说教。他没有客气，依然那么不很正经地乐着说了。

风先生说："草虫就只是草虫吗？就不能代表老百姓？"

风先生说："草虫之声，不也就是老百姓的声音？"

我听得脸更红了，因而就更服气风先生了。他说得对，草民百姓，朝菌夏虫，鸡虫得失……一连串关于草虫的成语蓦然涌上我的心头，使我回想起我在扶风县文化馆工作时，食宿在县城隍庙里所见识到的"老婆会"。这可是太能说明问题了呢。

赶在每年的正月十三，扶风县可称老太婆的妇人，能走的拄着拐杖来，不能走的就由她们的家人拉在架子车上，条件好点的租用一辆小四轮，带足吃喝，都往县城里的城隍庙来了……在那几天，扶风县大大小小的道路上，奔走的都是老太婆；县城大大小小的街巷里，拥挤着的还都是老太婆。黑色的袄儿，黑色的裤子，黑色的帕子，满到处一色儿的黑。老太婆进县城来了，有亲的投亲，有友的投友，没亲没友的，街道上有能插足的地方，就是她们的歇脚处了。老太婆到县城来，赶的是专属于她们的老婆会。进到城隍庙里，给城隍烧了纸，点了蜡，向城隍告赔几句她们心里的话，退出城隍庙门，就是她们的自由活动时间了。

传统女性很少有自由活动的时间，趁着老婆会的时机，聚集在一起，她们能做什么呢？最可能的情形，就是大倒肚腹里积存下的苦水了。

我听风先生说，扶风县的城隍庙会，之所以演变为独特的老婆会，是有一个故事哩。故事的主角，原是跟随朱元璋南征北战的一个小卒，后来有幸被选派在扶风县当了县太爷。这位小卒出身的县太爷没有多少文化，而他娶的婆娘却识文断字。因为兵荒马乱、逃灾避祸，她嫁给小卒县太爷时，一对大脚很是惹人谈笑，而夫妇俩全然不顾，谁爱怎么笑谈就怎么笑谈去好了。因为两人知道，当今坐在金銮宝殿上的朱皇上，娶的就是个大脚马皇后……出身低微的小卒县太爷觉得，他能娶个大脚皇后一样的大脚老婆，终其一生，是他莫大的幸运。心怀幸运的小卒县太爷与他的大脚老婆，因为自己的出身，还因为自己的平民情怀，都时刻惦记着百姓的生活。那年的城隍庙会，扶风县城人山人海，县太爷的大脚老婆走在进香祈愿的老太婆中间，向来自四乡八社的老婆婆们询问家道民情。没见过世面的老婆婆们都躲着县太爷的大脚婆娘，一句话也没人答。其中偏有一个大胆的老婆婆，问了县太爷的大脚婆娘两句话。

老婆婆说："能让我摸一下你的脚吗？"

老婆婆说："摸了你的脚，我就有话给你说。"

县太爷的大脚婆娘当时就红了脸，但脸红归脸红，她要知晓民情，就只有血色着脸让那老婆婆摸了她的脚，而她也得到了她想了解的下情。那老婆婆来了兴致，还给县太爷的大脚婆娘唱了一首《猫儿点灯》的扯谎歌：

这灯，那灯，猫儿点灯，老鼠吹灭。

蝇子告状，告出皇上。

皇上推磨，推出他婆。

他婆碾米，碾出她女。

她女锄地，锄出她姨。

她姨没处来，没处去。

跑到门后挖个窝窝，

窝窝里面存个响屁。

……

风先生讲述着那个故事，讲到扯谎歌时，他忍不住要笑了呢。笑着的他会继续往下讲，讲说那老婆婆起头摸了县太爷大脚婆娘的脚后，接着就有许多老婆婆都摸了县太爷大脚婆娘的脚，也都和县太爷的大脚婆娘说了话。过后几日，县太爷听了他大脚婆娘转述给他的老婆婆们说的话，雷厉风行，处置了横行乡里的几个恶霸，因此大得人心。到县太爷调任，带着他的大脚婆娘离开扶风县时，万人空巷，垂泪相送，一直送出县境八十里。县太爷的大脚婆娘还为送行的百姓唱了扯谎歌。

当然了，县太爷的大脚婆娘唱的还就是《猫儿点灯》。

这位县太爷和他的大脚婆娘在扶风的几年时间里，每年开春的城隍庙会，大脚婆娘都会到老婆婆们中间去，让老婆婆们摸她的脚说话。所说都是心里话，说时不免笑，不免哭，不免骂。任老婆婆们笑也好，哭也好，骂也好，县太爷的大脚老婆一概不急不恼，她和老婆婆们贴心贴肺，融洽和睦，成了老婆婆们的贴心人。一年一度的城隍庙会，来的老婆婆一年比一年多，到大脚的她和她的县太爷丈夫走后也未见衰落。发展到后来，城隍庙会倒被人忘记了，习惯渐成自然，城隍庙会就流传成了老婆会。

多年的媳妇熬成婆，而要熬到堪称老婆的时候，不经历三个漫长的过程是不能的。风先生知道，头一个过程是在娘家做姑娘的时期，这个时期多梦而短暂，这从她们的称谓上就能体会得到。所谓姑娘，就是姑且长在娘家的意思。"女大不可留，留下结怨仇"，姑且长在娘家的姑娘，虽然多梦，却可能一个梦还没做完，便吹吹打打地被送出了娘家门，进了婆家门。称谓在这一出一进中便有了变化，姑娘变成了婆娘。为婆娘的时期最受苦，要生儿育女，要料理家务。这时期她的心几乎被分成了两瓣儿，一半操心着婆家，一半还要操心娘家。在婆家住得久了，拖儿带女、吆鸡撵狗地回娘家再住些日子；熬几日娘家，却想着婆家的事，就又急匆匆回到婆家。婆家娘家来回走动，不叫婆娘叫什么？"婆娘"的称谓，之于她们实在是又现实、又劳累。这下好了，儿大了，女嫁了，她们被人称为老婆了，家务活全推给了小的们，而娘家的心愁操也操不上了，剩下的只有等着老死婆家的日子，唯一的热闹是到县城逛老婆会。

扶风县老婆会的内涵与热闹，在九州天下是独一无二的。

一生辛苦的老婆婆们，来撑老婆会是一次精神的大解放。她们不用急着回家，白天有白天的逛头，晚上有晚上的逛法，彻夜不睡觉，三人一伙，五人一群，随便什么地方，席地而坐，这就拉起了家常……老婆婆们的家常，拉起来没完没了，既是一种倾诉，更是一种宣泄。如今的老婆婆没有了老早时的便利，无法摸着县太爷大脚婆娘的大脚宣泄倾诉，就只能自己给自己倾诉宣泄了。开始可能是一个老婆婆说，说自己的难场，说自己的可怜，说到了老婆婆们的心伤处，大家便都说起来，也不知谁给谁说，谁说给谁听，拄着的拐棍在地上跺起来了，敲起来了，拐棍清清脆脆的跺敲声，强化着老婆婆们宣泄倾诉的气氛。内行的人从拐棍的跺敲声里听得出来，敲得声儿轻、声儿慢的时候，一定是夸她的姑娘了，姑娘是怎样乖顺、怎么能巧，那简直是她心上的一块肉，含在嘴里怕化了，顶在头上怕吓了；跺得声儿沉、声儿急的时候，一定又是骂她的儿媳了，她是多么懒惰、多么蠢笨呀，那真是天造的冤孽，给我遇着了，哎哟哟，咦吁吁，这让人咋活哩。

风先生经历得多了，他知道夸姑娘、骂儿媳是老婆会千古不变的一个主题。他与我还就这个问题计较了呢，风先生说，她们的儿媳可都是姑娘来的，有好的姑娘，怎么就没有好的儿媳？风先生还说了，他说老婆婆们不也都是从姑娘熬成婆娘，最后熬成老婆的吗？三个阶段你们老婆婆也都经历过了，怎么就不能打个颠倒想一想呢？"要得公道，打个颠倒"，俗话这么说是有道理的。老婆婆把儿媳当姑娘待，儿媳把老婆婆当亲妈待，还有啥矛盾不能解开？然而，问题就出在了这里，娘生姑娘时，娘受了疼，有疼就有爱；儿媳是外姓人家，娘没生，娘没疼，没疼就没爱。道理就是这么个道理，再过千百年，这个矛盾的结也难解得开。

传统的老婆会办到了现在，一年一年地还在办，但因形势的变化，内容也就发生了一些变化，通过广播电视，夹杂进了许多新型家庭关系的教育。不过老婆会上老婆婆们的拐杖，该跺还是跺，该敲还是敲，仔细地去听，主题还是原来的主题。然而过去不能逛老婆会的年轻婆娘和姑娘也参加了进来，使纯粹的老婆会不那么纯粹了，声势自然弱了下去。

老婆会上的年轻婆娘和姑娘一开始不是很多，而且多是陪着老婆婆来的，为的是照顾好老婆婆。慢慢地就多了起来，花花绿绿的姑娘媳妇，使得原来一水儿黑色的老婆会多姿多彩起来。她们虽然极有兴致地逛老婆会，却对老婆婆们的一些古旧行为不屑一顾，专捡热闹的地方去。商家把卡拉OK搬到了街头，就有嗓子好的年轻婆娘或姑娘拿起麦克风唱一首，唱得好，还会有围观的人鼓掌起哄，让你再唱一首；也有商家铺了猩红的地毯，挑选几个长腿细腰的姑娘，让她们穿着新鲜时尚的衣服，在地毯上扭着屁股腰走来走去。

真正逛老婆会的老婆婆是看不惯这些作为的，在跺着拐杖、敲着拐杖夸姑娘、骂儿媳的话语中，也骂几句看不惯的事物。但她们的声气儿太弱了，像飞在空中的唾沫一样，哪里是现代化的伴奏乐的对手？像是遇到一阵狂风，或是一场洪水，顷刻被吹没了。

老婆会遇到了前所未有的挑战，这实在是一件没有办法的事。老婆婆的坚守，和年轻婆娘姑娘的侵犯，在老婆会上不见硝烟地对抗着。老婆婆才不管你年轻婆娘和姑娘怎么疯，姑娘该嫁人时必须嫁，婆娘该生孩儿时必须生，这是天经地义的事情，老婆婆不怕你年轻婆娘和姑娘的挑战。

老婆婆说："你们也要老的哩。"

老婆婆说："你们老成了老婆婆了，看你们还疯不疯。"

老婆婆说了这样的话，心里的气顺了一些，从怀里掏出一截红绒绳，拴在城隍的脚趾头上，有姑娘的，祈盼一户好姻缘；有儿媳的，祈望抱一胎胖娃子，然后一路"笃笃笃"地戳着拐杖回家去……我的经见有限，看着老婆婆们的背影，很为她们的落寞而悲伤。但风先生就不一样了，他没有为她们悲伤，而是像我一样看着她们的背影，给我讲了个过去的故事。

风先生故事里的主人公，与扶风城隍庙里的城隍神王纶一样，同为天度镇上的人。她没有自己的名字，因为她所生活的清代，男尊女卑，大家就都只叫她王夏氏。王夏氏的娘家是与天度镇相邻的豆会夏家，她嫁到天度街上来，没有多长时间，丈夫便去世了。王夏氏自觉担负起了家庭事务，并兼顾家里开在街道上的生意。她知人善任，颇有智慧，生意越做越好，逐渐成为当地的富户……戊戌变法后废除了科举制度，扶风县要创办新学。热心肠的王夏氏听到这个消息后，把自家位于天度街的两间屋舍腾出来，改建为书房和宿舍，并添置了桌凳等设施，种上花草树木，然后交由当地政府接管。这件事被陕西提督学政张焕堂得知，赠其"慈惠堪风"牌匾。

就在这件事过后不久，扶风县城隍庙一年一度的老婆会，赶着点儿举办起来了。

熬得有了参加老婆会资格的王夏氏，又岂能错过逛会的机会？她骑着一头驴子，下到扶风县城来了。这一年，扶风县南乡的老百姓因为近年来连遭旱魃，大家的光景过得都很艰困，王夏氏骑驴走到县城门口，即眼见一群一群衣衫褴褛的饥民倒卧在门洞里外，望眼欲穿地盯着往来的行人，渴盼有人能给他们以施舍……风先生当时就在现场，他看见王夏氏眼里满含泪水，她从驴背上翻下来，把她带来孝敬城隍神的资费，以及她自己在老婆会上的花销，一个子儿不剩地都掏出来分送给了饥民。她晓得，她所有的施舍，在千千万万的饥民面前杯水车薪，是解决不了根本问题的。她逛老婆会的兴致没有了，于是径直走进扶风县衙，面见了县老爷，不避情面，当即问了他一句话。

王夏氏问："你的眼睛看得见街头饥民的情况吗？"

县老爷早前参加了省府学政给王夏氏授匾的活动，知晓她的名望，就没敢敷衍，老实地回答她说："我的眼睛没麻达，都看见了。正愁怎么解决呢。"

王夏氏也不拐弯抹角，她说："那好，我天度镇上的家里藏有一百石粮食，一粒不留，全捐出来，分发给饥民如何？"

享受惯了老百姓给他下跪的县老爷，双膝软了一下，扑通给王夏氏跪了下来。

由王夏氏带头，扶风县的富裕户纷纷慷慨解囊，你家五十石，他家三十石，最不济的也有十石。三日过后，县里即收到了足够多的救灾粮食。陕西巡抚把王夏氏的义举上报给朝廷，朝廷颁赐了一块"乐善好施"的牌匾，着令巡抚送到王夏氏的家里，悬挂在了她家的中堂上。

风先生感慨王夏氏明辨是非、关心家乡教育和百姓生活，当即号召天度镇上的人为她立了一通路碑，这通路碑如今还光光彩彩地存留着。风先生因此说了呢，他说王夏氏是天度王家的骄傲，是王家后人学习的榜样。

风先生说了这样一句话后，似未能吐却内心的块垒，就还说："有人把占便宜看作是自己精明，然而人心如镜，别人会背离开你，把你远远地拉开来，斜眼看你。"

风先生说："人品好的人，才不会占便宜哩。吃亏是福，心怀公益，心怀百姓，才会活得让人爱，让人喜欢。"

【传三十二】

河灯会

蒹葭苍苍，白露为霜。
所谓伊人，在水一方。
溯洄从之，道阻且长。
溯游从之，宛在水中央。

——《诗经·秦风·蒹葭》节选

扫码听诗

风先生知道，扶风县的古会多种多样，独特的香头会、老婆会是，奇诡的河灯会也是。

这样的古会，仿佛一册又一册的风俗画本，翻开来看，不只有舞枪弄棒、提袍甩袖，吼叫得喧天震地的热闹，还有香喷喷的吃货和吃货之外的景致。风先生不说，后来的人不知道；他说了出来，会让人产生一种难以启齿的困窘，低下头来，脸上扑满红晕……我就因为风先生关于河灯会的述说臊得不轻，伸出手去，要捂他的嘴巴，但却怎么都捂不住。风先生理解我的困窘，他躲着我的手，劝我别不好意思，因为那样的习俗许多地方也都有，而扶风县的河灯会，应该还是最为文雅的一种哩。

风先生这么说来，我是释然了呢。

因为我在扶风县文化馆工作的时候，参与整理了扶风县的民俗节会资料，知晓在县城东门外的七星河上举办的河灯会，确有其不一样的内涵，为的是纪念周人的祖先姜嫄氏。对此我不敢乱说，不过从远古走来的风先生，或是经历，或是眼见了那些传说中的故事，他是可以说了呢。我就听风先生说，姜嫄氏为远古部族首领帝喾的元妃，相传她祈嗣时，在郊野踩了一只巨人的大脚印，于是怀孕生子。其子聪明伶俐、好学下问，成人后教民稼穑，开创了中华民族农耕文明的先河。于是，野合生子的姜嫄氏就成了人祖之神，可爱的"送子娘娘"。风先生还说，姜嫄氏在郊野踩过的那只大脚印，可就在七星河下游的旷野上。流经扶风县城东门外的七星河，以其坚忍不拔的伟力，切削着身边的厚土，使自己最终深陷在一条曲折蜿蜒的沟谷里，两面都是数丈高的土崖。先民在土崖上凿了许多土窑洞，星星点点，遍布整个流域。

与七星河在县城东南交汇的，是那条《水经注》里有名的小漳河。七星河自北而下，显然没有小漳河粗犷雄浑，细细瘦瘦的一股，泛滥着鱼鳞般的清波，完全不知道她的清白。她懵懵懂懂地撞进小漳河的怀抱，被那浑浊所玷污，而丧失了她的清白……酸溜溜的地方文人看惯了这一自然奇观，议论中便把小漳河俗称为"丈夫河"，而把七星河俗称为"女儿河"了。两河汇流成一河，又能怎么称谓呢？当然是俗称为了"夫妻河"。

"三月三日天气新，长安水边多丽人。"大诗人杜甫笔下唐时的长安，丽人们踏青郊游，是多么自在浪漫呀！扶风县七星河边的这一天，虽不敢与其相比，却也春日融融，春情荡漾，四乡八社的青年男女亦会结伴踏春而来，在七星河上放河灯了。

他们来放河灯，怎能不在七星镇逛一逛呢？这是天黑后放河灯的前戏。没有前戏，后边来放河灯，男男女女那么多人，谁给谁放？谁又去接？不就太盲目了吗？所以放河灯前在七星镇上逛会，是非常重要的哩。做生意的人，特别懂得逛会人的心理需求，一街两行的门面房，一街两行的摊点，都会把原来的买卖歇下来，换上好吃好喝，换上好要好玩……好吃的有凉皮和御面，有凉粉和镜糕，有麻花和油糕；好喝的有热烫烫的醪糟和热烫烫的酒麸，有热烫烫的油茶和热烫烫的扁豆糊汤；好要好玩的似乎更为丰富，全都在于逛在街道上的青年男女自己的兴趣了。喜欢花花朵朵的，自有花花朵朵的摊子去选；喜欢猫儿狗儿的，自然也有泥塑布缝的猫猫狗狗摊子去选；还有五颜六色用来扎发的头绳和绸带、形形色色的头巾和手绢、各种各样的小玩具和小要活，应有尽有，多了去了。不过最入青年男女眼睛的，则是那些形状各异的河灯了。风先生看得清，河灯都是用白萝卜或红萝卜切成小段刻制出来的。十二生肖的模样，一样都不会少，而且全都固定在用数根小木棍扎起来的排子上。你是属虎的，自然撺着老虎河灯去买；你是属猴的，自然会撺着猴子河灯去买……来赶河灯会的青年男女，寻觅在那些吃喝、耍活与河灯的摊子前，选买吃喝、耍活与河灯虽说也很重要，但最关键的，还在于选择晚上去到七星河边放河灯的对象了。

风先生是逛过河灯会的，当然也要逛前戏似的七星镇集会。他惊奇逛在前戏会上的青年男女，他们后脑勺上似乎都多长了一只眼睛，逛着逛着，就给自己选择好了河灯会上的对象，就等着天色暗下来，去到七星河边放河灯了。

多情又多心的风先生，对七星镇集会上的一些规矩特别感兴趣。我在电脑上敲打河灯会相关的文字时，他即俯首在我的电脑前，扳着我的手指头，一条一条地罗列了。

要我说，那些规矩不仅有趣，而且有用，真的是不错哩。大家逛在大街上，因为是来寻情的，所以就耻于说钱，买个啥东西，都不能提说那个"买"字。譬如说买好吃的，不说买，而说调；譬如说买好喝的，不说买，而说匀；譬如说买好耍好玩好用的，不说买，而说拿；便是大家必须要买的河灯，似乎更不能说买了，而是说请……相熟的人在这天见了面，拉家常时，最忌讳死呀亡呀那些个字眼，譬如小孩子没了命，得悲哀着说糟蹋了；譬如老人倒头去世，还得悲哀着说老百年了；再譬如中年人病亡，更得悲哀着说丢下娃娃走了。所有的人，这天在这里相遇，都须放低了姿态，见面矮人三分，是不是叔辈都要开口叫人家叔，是不是姨辈都要开口叫人家姨；如果对方年龄比称呼他的人还小，还得客气地说了："人小骨头老，不叫不得了。"

客客气气地把前戏般的集会从白天逛到天黑，看对眼或是还没看对眼的青年男女，就都从七星镇下到七星河边来放河灯了。

放河灯的目的，用风先生的话说，没有别的道理可讲，就只是为男女的一场野合找个借口罢了。"不孝有三，无后为大"，一个家族，为了香火继承，还有什么事做不出来。老祖先已有例证，后来人大可不必羞报。放河灯是种仪式，最终目的是野合。虽是野合却不能那么叫，而是叫"踩大脚"……风先生就很感佩先民的智慧，一样的事情，从他们嘴里说出来，不仅好听，而且文雅。当然了，设计安排得还应有一份浪漫和诗意。我查阅了县志，未有河灯会的记载，口传得也十分模糊，便是无所不知的风先生，对此记忆得也极是糊涂。我问他了，他居然批评我认真，还说一个人所犯的错误，除了认真，还是认真，被皇上打屁股的人都是认真的人。认真点儿被打屁股倒还好说，如果再还死认真，皇上能怎么办呢？赐你死、砍你头、要你命，就成了必然。我被风先生这一通批评，当即吓得不敢多嘴，而他又笑笑给我说了。他说饮食男女，放河灯就放河灯，"踩大脚"就"踩大脚"，赶在了这一天，说不上兴高采烈，更不会愁眉苦脸。大家来了，如是女人家，一定是结婚几年未能生育的人，她们来没有别的目的，就是借种健壮的男人家哩。

白天在七星镇上逛会，晚上在七星河边放河灯。不论相准了对象没有，男女青年可是不能同在七星河的一边哩，而是要分男在左岸、女在右岸，于夜色的笼罩下，往河水里放河灯了。

风先生给我描述过七星河的夜景：白晃晃的太阳让人揪心地沉下西塬，亮瓦瓦的月亮从东塬上升起来，不薄不厚的夜色，像是浸染过的棉絮，填得七星河的河沟昏沉沉的。左右两岸的男女，给小木排上的白萝卜、红萝卜灯盏添了油，一人点亮十人亮，百人点亮千人亮。自北而下的河水，倏忽像是天上的银河一般，盏盏河灯闪亮水面，在呜呜溅溅的流水中划过一个一个的倒影，好似河灯拖着长长的尾巴，在河水中沉沉浮浮、荡荡悠悠，大有千帆竞发、万乘沧海的壮丽景象。漂流中，有的河灯落水了，就会听到一声无奈的叹息，叹息的人会停了脚步，遗憾地看着还在河水上漂移的河灯，明明亮亮地向前流荡……白天看对了眼的男女，会盯着对方的河灯不错眼地看，并亦步亦趋地追随在河岸边。河灯漂流到哪里，他们跟到哪里。跟到一处避人的地方，赤脚涉水，捞起自己的河灯，捧在手上，向河岸边去"踩大脚"。

他们"踩大脚"的地方，可能是一处荒草坡，也可能是一处废弃了的土窑洞。

当然了，白天没有看对眼的男女，就凭河灯在七星河的流水里自由地飘荡了。冥冥中总有什么神异的力量在推动，原先毫不搭界的两盏河灯，忽忽悠悠地在河水里相互撞上了。这一撞，自会撞出一对男女来，赤脚下到河水里，捞起他们的河灯，去到河岸边寻找他们"踩大脚"的地方……他们互不认识，因了河灯的引诱，两个陌生人夫妻般欢爱地在七星河边完成一次求子野合的壮举。之后，各走各的路，男女双方谁都不会互问姓名籍贯，两个人一夜夫妻，到头来还是两个陌路人。不过，风先生说了，那荒草坡，那废弃的土窑洞，还有那闪闪发光的河灯，会在他和她的心中明亮着，留下一世的念想。

有种就有收。来年三月三的河灯会，"踩大脚"生了儿女的，还得来河灯会还愿寄保。还愿者是要祭拜姜嫄圣母的，寄保者也是要祭拜姜嫄圣母的。所谓"还愿"，是因为在河灯会上，求子的一方向姜嫄圣母默许了若干牺牲，现在如愿得子，哪有不还的道理？所谓"寄保"，是怕得来不易的宝贝心肝半道有个灾病闪失，寄保给姜嫄圣母，求一个平安无事。还愿寄保的仪式肃然而生动，求来子女的父母，一般会牵来一只活羊或一头活猪，猪羊的头尾都染着一坨吉祥红。活羊活猪就贡献在当年放河灯的地方，有人燃放噼啪炸响的鞭炮，而有人会舀着河水，一遍遍往猪羊的身上浇。羊叫猪嚎一时响彻河沟，一呼一应，蔚为壮观。谁贡献的牺牲声音响亮，谁就高兴，知道姜嫄圣母已领了他的情。

杀猪宰羊的刀子手，这一天都会在河边揽到许多活儿。还愿寄保的活羊活猪，放了血才算仪式有终。

有种无收的人家，只能眼巴巴忌妒还愿寄保的人家，在河灯会上为新一轮"踩大脚"做准备……"踩大脚"虽有严格的禁忌和戒律，但那死的禁忌和戒律，怎抵活的男欢和女爱？河灯会后，总有一夜情奔的男女不知所终，从此杳无音信。封建专制下的男女，特别是女人，哪能把性事做得和"踩大脚"一般大胆狂野？在那样一种高潮的鼓舞下，情奔便成了一种必然。

　　蒹葭苍苍，白露为霜。所谓伊人，在水一方。溯洄从之，道阻且长。溯游从之，宛在水中央。

　　蒹葭凄凄，白露未晞。所谓伊人，在水之湄。溯洄从之，道阻且跻。溯游从之，宛在水中坻。

　　蒹葭采采，白露未已。所谓伊人，在水之涘。溯洄从之，道阻且右。溯游从之，宛在水中沚。

原来的河灯会，已经消失了数十年。但七星河不会消失，它从远古走来，依然以它河流的姿态，在深深的河谷里呜呜溅溅地流淌着。前些日子，风先生拉着我又回了一趟我熟悉的七星河，我俩刚刚踏进河谷之中，就听到风先生不无深情地诵念出了《诗经》中这首最为抓人心肺的歌谣。我知晓这首名曰《蒹葭》的歌谣，研究者各有说法，但我此刻从风先生的嘴里听来，以为古人写的就是七星河的景色哩。

风先生这个时候深情诵念《蒹葭》，是眼前的七星河触动了他吗？

我的猜测是对的。看着整修一新的七星河，不仅风先生要情不自禁地诵念《蒹葭》这首古老的歌谣；相对愚钝的我，受到风先生的影响，也要跟着诵念出来了呢……曾经在扶风县里工作的时候，我闲暇时能去的地方，就是七星河了。弯弯的一条流水，细细的，不声又不响，仿佛我亲密的伴侣一般，每日清晨或是傍晚，我都要从她的身边走一走，不走我吃饭不香，不走我睡觉不香。我只有傍着她的身子走过，心才会安静下来，才会有所收获。

所以说，我熟悉七星河。我感动七星河。我深爱七星河。七星河是我的文学处女地。

风先生伴我游览在七星河最新建设的湿地公园里，触景生情，我想得最多的，是七星河对我的滋养，是七星河对我的启发。1981年的秋季，我就是在七星河边，蓦然生发出文学创作的梦想，并于当夜写出我的文学处女作，投寄给《陕西青年》而发表。此后几年，我在七星河边散步，倾听七星河的诉说，感受七星河的脉动，因此写出了一批短篇小说和散文。1984年，还是在七星河边，我构思创作了《渭河五女》，这篇发表在《当代》杂志1985年第3期上的中篇小说，是我文学生涯的成名作。

我离开七星河三十年了。今天，我重回七星河的怀抱，热切地发现着她的发现，诚挚地感受着她的感受，我想说，我文学处女地的七星河，我是你的儿子。

我发现，原来的七星河如今已成历史，经过新的勘测设计，七星河变了。如果说原来的七星河是待字闺中的乡村秀女，那么改造成湿地的七星河则呈现出一种盛装贵妇的样态，她雍容大气，她精美雅致。我不能抑制内心的冲动，仰脸看向风先生，斟字酌句，来为七星河湿地谋划着写一篇赋文了。

风先生看出了我内心的冲动，他以他的方式鼓励我作了呢。因为熟悉，因为有感，没多会儿，我即腹稿出了一篇赋文，并痛快淋漓地诵念给风先生，请求他予以斧正。

风先生倒好，在我给他诵念出来后，他一字不改，就又诵念给了我听：

远古洪荒，天赐兮七星河。源发乔山，深切周原，东西襟带雍乾，南北襟怀麟眉。不显不露，如诗如画，天光云影龙翔，雾重华浓凤飞。风和于野，雨润于乡，历经千秋废兴，遍阅万物枯荣。

旷古鸿蒙，地造兮七星河。虽非大江，亦非长河，却也水流浩茫，而且水波浩荡。哺育生灵，滋润厚土，矛盾于此遁逸，水火于此相偕。禽鸣鸟啭，花开花落，更闻鸥语鹭歌，更多丽日彩虹。

今古宏盛，人爱兮七星河。功名当代，造福未来，湿地生态幽静，绿肺水肾维生。仙境梦幻，氧吧天然，白发忘忧福地，红颜欢乐天堂。群策群力，前程共赴，天高水长初捷，天人应顺久远。

我撰写的这篇赋文，被七星河湿地的建设者照样儿镌刻在了那座假山背后。

风先生

【后记】

习习谷风，维风及颓。
将恐将惧，寘予于怀。
将安将乐，弃予如遗。

——《诗经·小雅·谷风》节选

扫码听诗

世无天才，更无长生不老者，但风先生是。

出生在扶风县北乔山脚下的我，奇怪自己起小的时候，不知是何道理，即知会了风先生的存在。他老人家鹤发童颜，精神矍铄，既风行在冰冷的历史长河中，又傲首在火热的现实生活里。我追风而生，想要拜在风先生的膝下，做他的学生，可他又是那么让人难以捉摸，以风的姿态，说风的话语，做风的事情，使我对他敬而畏之，虽然想要亲近他，却又不能不背对他，甚至弃他而去，躲到我能躲的地方，似学舌西府的口谱一般，编派他了呢。

　　　风先生，风先生，
　　　来时一阵风，去时风一阵；
　　　唠唠叨叨烦死人，
　　　缠缠绵绵都是风。
　　　……

我虽然编派着风先生，却没有一点不尊重，甚或贬低。我晓得神行天地间的风先生，没人奈何得了他，愿意不愿意，高兴不高兴，他要给你说什么，你就只有听的份儿了。像我手握笔头，正在笔记本上落墨着这篇短章时，风先生就把他的嘴巴贴在我的耳朵边，这么说了呢。他说："智慧性的思考是种财富，唯有思考才会使人杰出，并反思错误，且在反思中成就。"他又说："思考更是一种天赋，而独具天赋的人往往善于独立思考。"他还说："格局表明一个人的眼光是否长远、心胸是否宽广。这是更深层次的思考了呢。识得自己的能力，放大自己的能量，成就自己的成就……"

风先生的话说得我一愣一愣的，当下就吸引住了我，是还想再听他说的哩，他却闭嘴不说了。我能怎么样呢？就只有紧跟着他，亦步亦趋，他走一步，我走一步，地老天荒，不离不弃，哪怕回头逆行也在所不辞。

《诗经·谷风》就在我紧跟风先生的日子里，于一个风和日丽的春天，被他抑扬顿挫地诵念出来了：

> 习习谷风，维风及雨。将恐将惧，维予与女。将安将乐，女转弃予。
> 习习谷风，维风及颓。将恐将惧，寘予于怀。将安将乐，弃予如遗。
> 习习谷风，维山崔嵬。无草不死，无木不萎。忘我大德，思我小怨。

从《诗经》里走来的风先生，熟悉《诗经》里的每一首诗歌，他诵念出一首来，如果兴头不减，是还要诵念出另一首来的。果然，《诗经·北风》被他相跟着诵念出来了：

> 北风其凉，雨雪其雱。惠而好我，携手同行。其虚其邪？既亟只且！
> 北风其喈，雨雪其霏。惠而好我，携手同归。其虚其邪？既亟只且！
> 莫赤匪狐，莫黑匪乌。惠而好我，携手同车。其虚其邪？既亟只且！

诗三百，有太多关于"风"的描述与刻画了。风先生沉浸其中，有他人所不可及的体会与感受。他深得风的滋养，深受风的启发，深感风的情怀，当然也深知风的凛冽、风的冷峻、风的蛮不讲理……他就是风，脱胎于《诗经》，活跃于烟火人世，一天天、一月月、一年年，在古周原上，与周人的祖先们相濡以沫、休戚与共。他亲历了古周原上发生过的一切，他既先知先觉，而又后知后觉，上知天文，下知地理，他把他活成个使人敬畏的风老先生了！

如果风先生允许，我愿意自己生出一双翅膀来，以他为依托，扶风而起，向着九天振翮飞翔……我如此幻想着时，风先生以他特有的方式，撕扯着我的耳朵，给我说了哩。他说："你树堂扶风，在你的扶风堂里，不是已经墨书了你所向往的那样一个境界吗？"

风先生的提醒使我汗颜，但我要如风先生提醒的那样，把我为自己作的《扶风堂记》，一字不落地罗列出来，接受朋友们的指教了。

> 翮之者，巨鸟翅膀也。传说大翮扶摇，天为之遮，地为之蔽，直上云霄九万里，是谓神鸟。扶风者，地望名也，肇始于汉，制县于唐，扶助京师，以行风化。大翮扶风，楷模寰宇，诗意神州，周家天子采风集《诗经》，汉高祖刘邦抚剑唱《大风》，李太白骚论扶风豪士，苏东坡长歌凤飞扶风。钟鸣鼓乐，阿弥陀佛，释迦佛指法门寺；风物长存，风气长扬，班马耿窦文武功。荡荡乎，长河无风不风流；巍巍乎，长天无风不豪情。风是美酒，风是力量；风推仁心，风范义气；风昭礼乐，风扬智信。风是万物之魂，风是宇宙之魄。我心念扶风，风怀扶风，傲然扶风，树堂扶风，生作扶风烈士，死为扶风忠魂。

因为风先生的提醒，我在斗胆照录旧作《扶风堂记》时，感觉我捏在手里的笔杆儿，似乎亦不能脱离风先生的操控，我落墨点点，他言语声声，我成了他的传声筒，不折不扣，落墨出来的文字，也是他的心声哩。

我开心风先生对于我的关爱，脱口而出，不禁说了这样一句话。

我说："扶风有个——风先生！"说出这句话时，我与十多位全国很有影响力的作家朋友，在当时的县委常委、宣传部部长刘新龙陪同下，进到古周原上的周原博物馆。大家兴致勃勃地钻进馆室里参观去了，而我与刘新龙，还有一位同乡的女孩儿，因为馆室里的文物已看了多次，就等在馆室外的一片小平台上，聊着家乡的事，三皇五帝，针头线脑。正聊着，我抬头看向博物馆的屋顶，发现仿真远古茅草的屋顶上，一排溜垂在屋檐下的草絮受到风的鼓舞，不疾不徐、不停不歇地轻轻摇摆。我不禁敏感起来，敏感那可是风先生伸给我的手？因此，我努力地去拉他的手，可我却怎么努力都拉不住。近在咫尺的他，仿佛一位精通隐身术的魔术师一样，忽然就不见了踪影。我是失望了呢，但就在我失望着时，他又会撺着来。而他来时的姿态，或是呼啸着翻山越岭，扬沙飞土，弄得我灰头土脸；或是踏浪蹈云，雨雪交加，弄得我一头雾水……风先生神秘莫测，我一个凡夫俗子，只有望其项背、察言观色，与他为友了。

总而言之，风先生在许多时候，还是非常善解人意的，一副不气不恼的样子，使人要风时来风，要雨时来雨。在他无微不至的抚慰下，人们惬意幸福地生活着。

我爱风先生，不论他对我如何，待见不待见，亲切不亲切，我都保证自己紧随他的左右，做他最忠诚的一个信徒……我自觉做得还是可以的哩，但在我的一次梦境里，他一副烦不胜烦的模样，看着我，像是还要考验我似的，给我指出了一条做他信徒的路径。

风先生说："想要我接受你，做我的信徒，你就一定得研究我，知道我是谁。"

风先生说着笑了，他"哈哈哈哈，哈哈哈哈……"笑了个不亦乐乎。

笑着的风先生还说："我是谁呀？"

梦境里的风先生啊，他发白如雪，长髯飘飘，和蔼极了，是我在纷繁复杂的现实生活里想要遇见却从没见到过的一位老人。风先生仁爱智慧，德高望重，仿佛孔老圣人见识了老子后给他的弟子说的那样："鸟，吾知其能飞；鱼，吾知其能游；兽，吾知其能走。走者可以为罔，游者可以为纶，飞者可以为矰。至于龙，吾不能知其乘风云而上天。吾今日见老子，其犹龙邪！"孔子见老子，视老子犹龙，风先生对于我来说，也就如图腾中华文明的龙一般，是一种精神性和灵魂性的存在。

精神性、灵魂性存在的风，毫无疑问，首先该是一种物质的存在。物质的风，研究者搞得是很清楚了呢。而我的阅读也给了我这方面的积累，知晓存在于自然界中的风，在不同的地域，在不同的季节里，都有其各不相同的形态。

去到沿海的地方看吧，那里白天时的海风，到了晚上又可能幻变成陆风哩。而在山地之中，学术上称谓的山谷风，所能依凭的就是太阳的光照了。白天时阳光照射在山坡上，使得贴近山坡的空气温度不断升高，热空气顺着山坡持续爬升，从而腾出一定的空间，就由冷空气来补充。周而复始的山谷风，就永远只能是山谷风。这样的风，也许有其规律可循，也许完全没有规律，但那是不可怕的，更无害处，让人莫不习惯性地享受着。但若是风突然地变化着，变得暴烈起来，兜头来场大的台风，或是飓风、龙卷风，那可就不好了，不仅让人头痛，而且会使人折财受害。

那么精神的、灵魂的风呢，与自然的风则大不相同。

挂在人们嘴边的就有风化、风华、风情、风气、风尚、风俗、风物、风度、风味、风习、风流、风骚、风月、风谣、风雅、风骨……以至无穷，一一罗列出来不知道会是怎样一种大观。但是回头来看，还就是脱胎了风先生的《诗经》，虽然也"雅"也"颂"，但都难抵"风"的风头。风独占鳌头，邶风、卫风、王风、郑风、齐风、魏风、唐风、秦风、陈风、桧风、曹风等，不一而足，统纳在"国风"之中，大而观之，可说是华夏文明最早的文学记忆呢！

骄傲我生长的地方，先天地带着个"风"字，"扶风"——九州之内最大气的一个县名。

原来的我没有这样的骄傲，是结识风先生以来，他告诉我的。风先生利用一切机会，在给我灌输"风"的种种迹象和形态时，很有点儿过来人的伤感。他对我说了呢，他说："你既然认我是风先生，我也就不客气了，摊明了给你说哩，我风先生是有那么些年龄了，究竟有多老呢？我可是都不记得了呢！不过，老与不老，对我风先生是没有关系的，我原来怎么存在，今后还会怎么存在，我是老而不死的！而且还将老而弥坚，老而弥强，老而继续做想做的事，记忆自己想要记忆的人。"

什么是风先生感兴趣而想做的事？什么是风先生有兴趣想要记忆的人？

我揣摩着风先生的心思，不敢说我能做个让他记忆的人，但我斗胆与他商量了哩。商量着我做他的助手，完成一本书的写作。我的坦诚，我的决心，使我与风先生商量着向他提出建议时，他没有惊讶我的冒昧，也没有嫌弃我的鲁莽，而是伸手轻拂着我的心扉，用他温热的嘴巴咬着我的耳垂，给我语重心长地说了。

风先生说："《扶风传》是部好书！"

风先生说："你大胆地做吧，我支持你。"

风先生说："有些不能忘的事、不能忘的人，正好活在你的书写里。"

扶
風
傳

2022 年 7 月 13 日

扶风堂

重游古周原 随「风」入扶风

扶风风物 壹

周原千古遗风存，

扶风直上看古今

扶风豪士 贰

扶风豪士天下奇，

意气相倾山可移

作家访谈 叁

文学创作葆初心，

为乡立传扬美名

白话诗经 肆

诗三百篇永流传，

歌风颂雅寻本源

扫码获取·